乾嘉詩文名家叢刊

張寅彭 ● 主編

畢沅詩集（下）

楊君 點校

人民文學出版社

靈巖山館詩集卷二十三

崆峒山房集

屠維赤奮若（己丑）

後梅花十首并序

隴頭無梅，唐詩用驛使寄梅事，此風人誕詞耳。余早歲讀書靈巖山中，與吳下同社諸子賦《梅花》詩十章。歸愚先生許為于『暗香』、『疏影』外別開面目，能為此花寫真。薄游廿載，小住金城。浩蕩關河，素心契濶。欲折瓊花一枝寄贈，不可得也。思江上故人而不見，則思江上梅花。因成長律，亦如前數，題曰《後梅花》。恨先生已歸道山，無由一証此中得失耳。

不斷青山不了緣，寒葩萬樹得春先。香霏煙外敲鐘寺，根繫湖邊載鶴船。對我良朋情脈脈，感時靜女態娟娟。平生怕作繁華夢，手折瓊枝意惘然。

三弄音傳綠綺琴，山人為爾入山深。有生孤注成高節，無意相逢愜素襟。妙處不關香色味，悟時已徹去來今。十年空谷雲蹤杳〔一〕，薄靄輕煙寫一林。

羃䍥春陰暝色蒼，湖光花氣渾空茫〔二〕。月生書幌橫枝瘦，僧定禪鐙照影荒。晼晚情懷風雪院，蕭寒節候水雲鄉。人間凡艷消除盡，貞骨誰憐抵死香。

空濛開遍向南枝〔三〕，紙帳衾寒睡起遲。惟我一生成獨往〔四〕，勾人千種起相思。呼童掃雪烹茶後，對客彈碁寫韻時。如此清風原共見，何須傲世畏人知。

天生真色學難真，憑藉孤芳絢好春。蕩滌文章無穢俗，胚胎元素有靈神。偶逢一樹還思舊，纔放三分便斬新。香國清盟寒未久，江頭應戀未歸人。

定山鼻觀斷塵聞，曾與寒花誓不分。吟冷騷蕭雙鬢雪，雨昏狼藉一溪雲。獨清早歲應慚我，偕隱他年定許君。結賞本無諧俗願，平章枉費展慇懃。

憑仗東皇玉汝成，孤生獨爾占清名。羲皇世上論標格，夷惠花間共性情。十里荒墟斜照遠，一宵香夢小庭橫。江南或有懷人者，隴首春風數幾程？

梨雲片片著天黏，無賴餘寒風力銛〔五〕。千萬朵開仍寂寞，兩三枝亞亦清嚴。苦吟為爾移情立，妙悟從予帶笑拈。果是他生修得到，孤悰只合寄青崦〔六〕。

窈窕山村帶水村，寒林漠漠濕無痕。魚罾香杳潮平岸，樵斧人歸月到門。許彼高僧施梵供，賺他名士斷吟魂。劇憐瘦削清如許，地老天荒慘不溫〔七〕。

記得鄉園景正韶，蕭齋簾捲坐清宵。愛而不見心如結，對卻忘言意也消。萬里玉門春淡淡，一江香水恨迢迢。五湖雙槳伊人遠〔八〕，愁絕繁枝照寂寥。

【校記】

〔一〕「谷」，青箱書屋本作「如」。

〔二〕「渾」，青箱書屋本作「混」。

〔三〕「遍」，青箱書屋本作「逼」。

〔四〕「往」，青箱書屋本作「法」。

〔五〕「銛」，青箱書屋本作「尖」。

〔六〕「悰」，青箱書屋本作「踪」。

〔七〕「地老天荒」，青箱書屋本作「氣象冰堅」。

〔八〕「五湖雙槳伊人遠」，青箱書屋本作「雨昏燭燼西泠路」。

青箱書屋本王批

此種性情，乃公獨絕處。治亦有此情，惜筆力遜公，不能達也。

較前十首更覺堅瘦荒寒，不圖爲樂之至於斯也。

「如」字誤。（「十年空如雲蹤杳」）

公之高處在此。（「如此清風原共見，何須傲世畏人知」）

人皆知頷聯之妙，不知頸聯之更妙也。（「偶逢一樹還思舊，纔放三分便斬新」）

異境異想。（「魚罾香杳潮平岸，樵斧人歸月到門」）

寄友

君構石湖宅，我開硯山亭。君家湖上雲，來我林間停。雲林共一色，簾幕常青青。微風偶披拂，紅日光瓏玲。君每抱琴來，為君沽醁醽。一斗亦徑醉，累日不復醒。自從與君別，音問久隔絕。前年乞假歸，訪君上元節。怊悵不逢君，柴門掩殘雪。玉梅雙樹花，冷香吹不歇。室邇人偏遙，對花心蘊結。旋即宦岷州，殘春向隴頭。去君三千里，關河益阻修。獨處西羌地，攢天巒嶂稠。如何不思君，思君上高樓。高樓不見君，白雲空悠悠。欲作書寄君，君今客何處？他鄉雖云樂，不如早歸去。江南二三月，綠波明浦嶼。燕飛鷺亂嘑，雜花生滿樹。酒旗負郭樓，燈舫橫塘路。仙乎復仙乎，君無似我誤。我苦拘一官，孤負湖山趣。昨宵夢偕君，仍在山間住。亭林罨畫中，停雲尚如故。花葉坐題詩，覺猶記一句。

王叔明夏山欲雨圖

浦漵帶葭菼，夏木圍山莊。嬾雲飛不起，雨催梅子黃。板橋一人行，破繖迎風張。昏昏煙嶺樹，漠漠水田秧。蓑笠垂釣翁，隔谿泊野航。浩渺漲流急，逶迤沙尾長。白鷗爾何猜，將集復又翔。披圖涉遐想，宛似蓴鱸鄉。

坐桐花下偶作

亭前一株桐，春盡花始吐。幽芳流碧空，蛺蜨來無數。我移竹榻亭間住，旦晚褰帷對佳樹。綠玉瓏璁韻細風，芳蕤馣馤凝清露。因憶家園手植桐，亭亭偃蓋撑青空。三弇草堂擬三島，清陰四罩排天風。童時攤書讀其下，紅暹欲入苦無罅。涼颸掩動翠雲流，百尺寒泉屋頭瀉。花舒艷不禁，璀璨糝黄金。年來門掩無人到，晴粉堆廊一寸深。

寄逸園主人程自山

萬頃水雲空，蒼茫信不通。老無經世意，閒有課花功。鬢影殘秋外，簫聲淺夢中。飛鴻呼侶急，叫破洞庭東。

分水嶺

清流一氣出盈科，當道難堪嶺脚多。蓄意從中來作梗，令渠兩地各奔波。
盤踞中央峽角敧，上游難據且分馳。臨歧不用多嗚咽，但到朝宗是合時。

超然書院歌

洮流清駛雲瀾展，講堂高壓東山巘。摩挲翠碣認年月，前明楊公椒山始創建。先生抗疏批逆鱗，詔獄拜杖九死瀕。死而不死謫荒縣，朝衣碧血紛璘彬〔一〕。洮陽治鄰番徼俗，人習戰爭不知讀。末僚俸錢餘幾何，捐出買田還置屋。鼓篋橫經三百年，單寒久久蒙其福。洮河之石製作硯，硯石曾見先生面。毒焰熏天烈骨香，騎箕披髮訴穹閶。表忠遺廟蒸嘗遠，典學風流惠澤長。偉人作事類如此，後官此者應羞死。人文培養費經營，乃出曲曲一典史。

【校記】

〔一〕『璘彬』，青箱書屋本作『玢璘』。

題宋陳所翁畫龍

空堂畫捲銀濤飛，淋漓墨瀋雙龍肥。一鬌半爪雲霧晦，下拔巨柳大十圍。偶然驤首六合窄，九天雲垂海倒立。我來遠矚不敢近，心恐其中有霹靂。童年渡海親見之，懸帆乍逢龍挂時。驚濤拍天魂墮地，送我直薄榑桑枝。恍兮雪壁怒潮掣，飄忽天風旋起滅。真龍假龍兩奇絕，驚看未易分優劣。乾坤開泰景昭融，潛躍無端付太空。龍兮龍兮我告汝，作霖雨慶年屢豐。神物首見尾不見，盡在雲雷變化中。上有『乾坤開泰』四字。

古意

小艇向蓮塘，風柔日杲杲。為郎采芙蓉，郎卻不云好。持篙弄浮萍，知郎意潦草。

小園三首

數卷他山石，玲瓏且犖礐。疊垛半牆高，居然衆峰擢。具體學孤雲，真形寫五嶽。雖無泉清泠，已覺境悠邈。輕風來徐徐，幽鳥下數數。會待春雨後，莓苔綠压角。招友試新茶，竹鑪燒筍殼。

石池小橋西，隙地廢無用。閒來課奚童，雜卉移苗種。儻得有花開，亦可作清供。簃簾不嫌多，彌補雲根空。既可添野趣，並堪涼鶴夢。連朝過微雨，土融生意動。一團繡墩草，勃勃綠先弄。

娟娟數竿竹，森森百尺梧。清風吹不斷，白雲時有無。磐石大于席，橫向綠陰鋪。左置琴一張，右爇香一鑪。州僻放衙早，獨來還獨娛。有時觸吟興，枯坐窮追摹。旁觀竊相謂，一幅迂倪圖。

栽柏

園角風摧矮柏攲，栽培因令僕夫移。雖然幽翠無奇特，他日淩霄未可知。

支枕

山城春欲闌，松影一窻碧。花茵斑竹牀，支枕有餘適。醒是羲皇人，夢亦游仙客。

卷簾

衙齋春晝永，閒試紅絲硯。湘簾搭銀鉤，飛入營巢燕。無端觸膽瓶，滿案落花片。

杏花亭二首

日日公餘日未曛，小園來看遠山雲。吏人欲見無須問，但覓花亭有使君。
小圃春深石徑斜，長廊西轉畫闌遮。庭空吹滿香雲片，懶問當年及第花。

即事

一磴嵌空一樹攲，露根恰與坐相宜。鶴逢月上先離立，知讓主人來賦詩。

每夜

山童竊笑太無端，每夜攤書燭屢殘。不省銀蟾升漸晚，限時陰轉石欄杆。

哭先室汪夫人詩二十二首有序〔一〕

夫人姓汪氏，名德，一名得，字清芬，世居吳郡。先外舅禱嗣黃山，夢神以綠衣女子畀之，是生夫人。年二十歸予。予早歲浪游京華，門祚單薄，兩弟幼穉，家業中落，生計且不支。夫人性恭謹，知書而有才識，事太夫人至孝，必誠必敬，所以仰體親心者無不至。迨予官中翰，直機庭，庚辰及第，授職修撰，夫人奉事太夫人，不忍遠離膝下，經營家政，婦代子職者垂十年。癸未夏，始攜子椿北上，小住春明，間關度隴。己丑四月，産後遘危疾，不治，卒于蘭山官舍。嗚呼，天乎，命乎！以二十年相依共命之人，忽焉永訣。金城月冷，繐帳風凄。閟淑質於重泉，隔慈幃於萬里。追想涕零，傷心曷極〔二〕。昔安仁傷逝之文，元相悼亡之什，古之賢達，尚難忘情，矧予多愁，豈能默默？聊成長律，以寫悲悰，發乎情，未必能止乎理義也〔三〕。夫人平生梗槩具詳小傳中，茲畧述一二云。

璚枝摧折落花風，蒿里簫傳鳳閣中。逝水年華春冉冉，轉輪世界夢匆匆。傷心往事從頭說，次骨相思到底空。廿載恩情成幻影，枉將長恨訴天公。

西風鶗鴂渺愁予，仗爾高堂侍起居。蘐草色淩冬閣暖，梅花香靄夜窻虚。辛勤消受惟荆布，甘旨經營到菜葅。記得問安簾下立，白頭雙鬢為親梳。

丁年家運值艱危，零落生存祇自悲。失怙兩心同耿耿，夫人三歲喪父，先大夫亦早見背〔四〕。思親雙淚獨垂垂。重闈寂寞傷朝露，百事紛紜抵亂絲。余授室後次年，先大父棄世。不是持家有新婦，黔婁生計恐難支。

金閶亭子隔婁江〔五〕，每為歸寧泛小艭。外姑沈太恭人只生夫人，每歲一再問省。綰袖幾曾離月地，畫眉多半在船窗。春風蘅杜吹衣影，秋水芙蓉寫面龐。本是吳淞舊鴛侶，任他來去總雙雙。

蓬心萍影總依稀，如葉身隨朔鴈飛。入洛陸機年最少，登樓王粲計真非。新婚判得三秋別，浪跡空邀一第歸。辛未冬入都，壬申下第，依舅氏賓田先生于保陽。次年癸酉領鄉薦歸。只道定諧偕老願，當初容易拂征衣。

重回蘭槳泊姑蘇，喜我歸來惜我癯。行跡憐同驢轉磨，苦心愁叶鳳將雛。乙亥七月椿兒生，九月再北上。銀鐙翠幙神離合〔六〕，珠箔紅樓夢有無。從此江皋分手處，萬重雲樹又糢糊。

羽書旁午漠亭西〔七〕，視草年年濕紫泥。游子有衣煩候鴈，書生無命問腰犀。補官中書，入直機地，值西北用兵，屢欲從軍，不果。玉堂晝永花甎迴，角枕宵長紙帳低。宮扇鳳翎明月樣，秋風珍重寄山妻。時以御賜宮扇一柄寄歸〔八〕。

同居諸娣耦無猜〔九〕，珠桂全家賴主裁。兒竟遠遊緣婦孝，妹嘗相倚為甥孩〔一〇〕。口銜石闕憑誰說，心比車輪逐日摧。嫁娶事完衣釧盡，幾曾奩篋剩私財。

馬蹄得得逐香塵，知是深閨夢裏身。繡閾頻煩聽鏡卜，江關早有問潮人。吳中舊有『潮到維亭出狀元』之諺。己卯秋，潮適過之，夫人致書相告。庚辰予果及第。空傳樂府刀鐶恨，又轉京華斗柄春。寄語桃花新漲滿，雲帆應泊潞河濱。癸未五月，夫人偕余妹、甥及椿兒北上〔一一〕。

石虎街南廣廈分，時寓大司空裘叔度前輩第。團圞小語趁斜曛。為嫌紡織抛湘管〔一二〕，怕著絲羅愛縞裙。畧續金羊輝彩筆，心灰寶鴨篆香雲。重城風雪雙扉掩，不是繙書即對君。

偕隱襟期仔細論，一心能保百年恩。金釵慣典緣償負，玉指親調每勸飱。繡佛樓頭聽夜雨，弄兒花底借春溫。于今得石軒前路，猶印蒼苔屐齒痕。十月移居宣武門外聽雨樓，樓後小軒為湯西崖先生書額，顏曰『得石』。

敗名敭我凜懷安，報國寧憂家食難。延客何妨清俸薄，時與諸名士常結詩社，多集予寓齋〔一三〕。校書生怕敝裘寒。聯吟硯北詩千首，閒話江南花一闌。冷況似水人似玉〔一四〕，相依恰稱女兒官。明人謂翰林為女兒官。

詔點春坊供奉班，丙戌春，由修撰五遷至庶子。星霜五易滯燕關。孟光姓字人爭說，張敞風情老未慳。除到死期方是別，最耽禪悅只尋閑〔一五〕。玉鈎銀押書床近〔一六〕，愛倚秋窗看遠山。

祥和性格本天然，愛結人間懽喜緣。拈線慣遲宵課後，試粧常及早朝先。玳梁燕壘雙棲穩，玉笛龍沙一曲傳。丁亥十月，外轉隴西。夢繞隴頭嗚咽水，離愁早已滿金天。

一載蘭山駐彩旃，行抵蘭州，制府吳雨亭先生留綜新疆經費局事，挈眷屬寓省中。那知骨肉眼前拋。六千里外夫妻別，四十年來生死交。人世幾迴尋鹿夢，仙家何處覓鸞膠。可憐淚濺金城地，不放春風度柳梢。

生子欣看比鳳毛，錦綳捧出示親曹。五更一病嗟何及，白日青天慘不高。執手尚愁家未立，吞聲頻說命難逃。淒涼湯餅虛嘉會，指點常羞到脯桃。

盡室蒼黃喚奈何，靈丹無計訪延和。欲言還咽惟憐我，已絕重蘇忍泥他。幻境是真多不解，戲言成讖總非訛。六如妙諦生前證，花雨諸天散曼陀。夫人事佛虔謹，彌留時猶誦大士咒也。

江頭親送七香車，母弟牽情望眼賒。内弟立山篤于友誼，夫人病中猶冀其來。兩地關河傷白髮，九秋風雨泣黃花。珠沈寶魄難歸掌，楓泠芳魂定到家。剪紙小招營奠別，幾回鬟影墮窗紗。

花冠霞帔逗雲軿，重證三生叩杳冥。天降玉棺先入夢，未病十日前，予夢一玉棺陳中堂。妖生明鏡漸通靈，秦鏡一枚，夫人失手墮地破之〔一七〕。只應仙籍同茅許〔一八〕，余少時請乩仙，呼余為『步虛子』〔一九〕。怕向人間結尹邢。蓬島他年如有約，瑤笙雙引鳳凰翎。

空瞻遺挂憶聲音，慟絕人亡碎玉琴。細雨涼生多病骨，孤燈愁照下泉心。稠桑路杳書難到〔二〇〕，魚嶺衫淪恨轉沈。信誓死生堅旦旦，殷勤何必展同衾。

傷神奉倩病懨懨，萬里臨洮久滯淹。塵界浮生同野馬，秋霄並命妬雲鶼。新愁嶽色河聲遠，遺恨男婚女嫁兼。漆管乍拈編孅行，那禁珠淚落霜縑。

歸田囑我語喃喃，對月鋤憐獨自芟。花巷枉勞規夏屋，近卜居于蘇州城中百花巷。錦溪何日掛春帆？他生誓已鐫金合，同穴人應待碧巉。依約琴臺攜手處，墓門松影傍靈巖。予營生壙在靈巖山麓，擬遣椿兒扶櫬南歸安葬。

【校記】

〔一〕青箱書屋本題作『哭先室汪夫人詩』，無第二十一、二十二首。

〔二〕『極』，青箱書屋本作『已』。

〔三〕『理』，青箱書屋本作『禮』。

〔四〕『夫』，疑當作『人』。『早』，青箱書屋本下有『年』。

〔五〕『閶』，青箱書屋本作『昌』。

〔六〕『鐙』，青箱書屋本作『屏』。

〔七〕『亭』，青箱書屋本作『庭』。

〔八〕青箱書屋本此首與『馬蹄得得逐香塵』一首位置互換。

〔九〕『娣』，青箱書屋本作『姊』。

〔一〇〕『嘗』，青箱書屋本作『常』。

〔一一〕青箱書屋本無此小注。

〔一二〕『嫌』，青箱書屋本作『妨』。

〔一三〕『予』，青箱書屋本誤作『于』。

〔一四〕『水』，青箱書屋本作『冰』。

〔一五〕『最眈禪悦只尋閑』，青箱書屋本作『早捐塵事本來閑』。

〔一六〕『床』，青箱書屋本作『窻』。

〔一七〕『之』，青箱書屋本無。

〔一八〕『應』，青箱書屋本作『因』。『籍』，青箱書屋誤作『藉』。

〔一九〕『余』，青箱書屋本作『予』。

〔二〇〕『桑』，青箱書屋本誤作『柔』。

青箱書屋本王批

沉痛入骨。（『以二十年相依共命之人，忽焉永訣。金城月冷，繐帳風凄。閟淑質於重泉，隔慈幃於萬里。追想涕零，傷心曷已』）

唐人之文如是，宋人則必欲止乎禮義矣。（『發乎情，未必能止乎禮義也』）

靈巖山館詩集卷二十四

崆峒山房集

靜夜怨二首

萬古一明月，照我今夕愁。碧海斷波瀾，傾成雙淚流。

盈盈十五夜，蟾影漾虛寥。怕看十分滿，圓不到明宵。

青箱書屋本王批

不是太白，不是長吉，足令仙才、鬼才一齊頫首。

七夕有感

燭冷銀屏掩綺寮，空堂四壁罥蠨蛸。僊凡悵望長終古，生死關情重此宵。微月有波秋澮澮，新涼無夢夜迢迢。明河即是重泉路，天上人間總寂寥。

青箱書屋本王批 入木三分。義山七夕詩極多，大都為悼亡而作，未能如此沉著也。

連夕車中夢内子作

喜極翻嗚咽，驚看涕一揮。亂雲迷履跡，殘月照容輝。腹痛車輪轉，心知泡影非。莫愁余負負，生死總相依。

庭前叢菊盛開感賦二絶

洋種分來植瓦盆，幾枝爛漫對黄昏。晚涼陣陣經秋雨，一夕花光滿淚痕。
霜光滿院惜虺隤，畹晚風心夕夕催。我恨寒花太情薄，一叢依舊向秋開。

中秋對月二首

皎景無邊一色新，舉頭顧兔走踆踆。忍看天上重圓月，長照人間失偶人。水調殘歌傳舊譜，鍾陵小謫記前因。夜臺此夕清光共，應惜秋衾獨病身。

心折刀頭嘆轉蓬，一輪冉冉畫樓東。境鄰寂寞偏吟鬼，魄落高寒最怯風。銀鏡影消蟬鬢冷，玉簫聲斷鶴幢空。孀娥莫漫傳清怨，心事分明爾我同。

四十生朝自述三首

吾家老宗系，本是新安分。一遷玉峰麓，再遷婁江濆。世德漸淩替，繼葉顛弗振〔一〕。空存傳家笏，易代貽子孫。家藏象笏二，係先代所貽。高曾事業盡，為庶為清門。大父嗜經籍，晚歲貢成均。中復業計然，辛苦儕齊民。經營五十載，家計幸苟完。夙存利濟念，誓將古處敦。麥舟不惜助，債券隨時焚。生為給衣食，死為營棺墳。散財不望報，澤物寧肥身。仁風扇桑梓，鄉里稱善人。中年育我父，門衰丁又單。哀哀孤生兒，我父旋棄捐。大父攜孤兒，同衾共被眠。寶護比珠玉，愛養如心肝。下筆為文章，一見便喜歡。其年七十七，疾入膏肓間。涕泣跪牀下，從容授遺言。吾宗大衰頹，屬望惟汝焉。汝父早棄世，汝母幸淑賢。汝婦能持家，汝弟行隨肩。學書復學劍，不若守一編。余少好游俠，先大父每禁飭之。少歲不自拔，遲暮徒傷憐。他年汝獲第，泉下應開顏。叩頭敬弗忘，駑駘力加鞭。廬墓開故篋〔二〕，雪案撫遺牋〔三〕。恭儀母氏命，刺股垂三年。三年釋持重，騎驢走幽燕。前輩老宗匠，倒屣猶懃拳。謬許慘綠人，末座廁吟壇。遂登政事堂，遂躋侍從班。螭頭忝簪筆〔四〕，天語親承溫。圭璋愧特達，監郡來階秦。羌民紛雜遝，凋敝資撫循。官人疎惠澤，節鉞空嶙峋。上恐負我君，下恐負我親。雙丸恣跳擲〔五〕，四十嗟無聞。念之心煩鬱，晨夕起長歎。

烏烏林中禽，飲啄抱微質。懷此返哺私，飛鳴不能歇。日夜聞烏啼，欲言淚先咽。念母生我時，朝夕不離膝。丁年遘艱屯，門祚竟兀臲〔六〕。哀哉先君子，中道遽奄忽。諸孤在後單，禋祀半存歿。我母生名門，弱齡解吟雪。青鐙掩靈幃，麻衣理卷帙。口授三百篇，點墨漬淚血。曰爾祖爾父，愴焉齎志卒。汝曹弗讀書，何以慰繼述？十年茹荼苦，廿年柏舟節。同胞三弟兄，一一皆授室。沅也藉寵靈，膴仕依禁闥。手書寄日下，官箴細書列。戒以滿招損，勗以名副實。丁亥補外初，烏私念明發。一麾六千里，暫假五十日。上堂拜我母，母心大歡悦。母心大歡悦，兒子大愁結〔七〕。昔去尚丹顔，今來半白髮。精神非往年，疾病有時節。扶杖繞階行，單衣見出骨〔八〕。迢遙車馬程，貪緣山嶽臣。迎養母力勞，棄官母心怫。母曰兒去去，勿復重言説。内外各有程，君親本無别。苟能盡所事，身致力亦竭。雞鳴下堂行，彳亍久未出。白雲隔晨昏，歲月去飄瞥。兒年已四十，母年六十一。去日既苦多，來日安可必。采蘭違色養，不如反集菀。逝將返故鄉，將母計已決。隴水濺濺流，思親但愁絶。兒大母力衰，兒官母養缺。

秋宵不成寐，攬衣起彷徨。哀我泉下人，嘆逝行自傷。當年結絲蘿，各各二十强。年庚自相對，門户自相當〔九〕。上堂拜大父，入室參姑嫜。共説新婦好，婉孌揚芬芳。朱絃譜瑶琴，彈出雙鳳凰。百年更萬里，久久共翱翔。人事有乖違，離合不可常。金門滯游跡，燕吴路阻長。承歡婦兼子，日夕在母傍。慮我資斧竭，遠道釵環將。囑我寒暑慎，先秋寄衣裳。辛夏始北上，我官晉宫坊。經營苜蓿盤，内政資匡襄。彈指二十霜，甘苦實共嘗。浮萍乏根柢，大海吹茫茫。挈家度隴坂，盡室行蒼黄。那知一年間，門庭判滄桑。哀哀鬼夜哭，骨肉痛死亡。一病竟弗瘳，幼子旋夭殤。執手悲永訣，含淚聲琅琅。

勸我早歸耕，兩親鬢髮蒼。回頭顧大兒，兒今始無娘。嬌癡年十五，事事須周防。娘今捨兒去，如刀割胸腸。西風吹素幬，殯棺在中堂。羅衣閉塵篋，角枕横空牀。夙昔同衾人，生死共一房。荏苒變節序，霜露感新涼。眼枯涕淚盡，骨瘦形神尫。趨來好親友，肴榼羅篚筐。謂予覽揆辰，酌酒進一觴。再拜謝諸君，高誼弗敢忘。早年痛失父，中年悼妻喪。搔首問蒼昊〔一〇〕，曷予罹百殃。月夕雨昏昏，舉頭天荒荒。璧碎不復完，琴斷不復張。我生縱有涯，焉能學蒙莊。麤酬家國事，逝欲皈空王。

【校記】

〔一〕『弗』，杏雨草堂本作『風』。

〔二〕『廬墓』，杏雨草堂本作『結泗』。

〔三〕『雪案』，杏雨草堂本作『汎瀾』。

〔四〕『忝』，杏雨草堂本作『每』。

〔五〕『擲』，杏雨草堂本作『躑』。

〔六〕『竟』，杏雨草堂本作『漸』。

〔七〕『子』，杏雨草堂本作『心』。

〔八〕『出』，杏雨草堂本作『立』。

〔九〕『自』，杏雨草堂本作『還』。

〔一〇〕『昊』，杏雨草堂本作『旻』。

杏雨草堂本王批

三詩情真語摯，絕無雕琢，在集另是一體。

樂府之遺。（『烏烏林中禽，飲啄抱微質。懷此返哺私，飛鳴不能歇。日夜聞烏哌，欲言淚先咽』）真摯不在詞藻。（『兒年已四十，母年六十一。去日既苦多，來日安可必』）十字抵一篇《蓼莪》。（『兒大母力衰，兒官母養缺』）

冬至

短至日又至，曰歸未有期。錦衾傷獨旦，風雪正淒其。寒極祛憑酒，愁深遣杖詩。遙憐梅信近，無夢繞南枝。

不寐

燭燼吹無焰，蘭衾輾轉頻。庭涼風嘯鬼，窗近月窺人。泡影分存歿，愁懷失曉晨。中宵縈百感，大覺恐非真。

寒窗晷短悶坐無聊偶學九龍山人筆意寫墨梅小幅題詩其上〔一〕

五湖孤負梅花早〔二〕，陸海飄零偏草草〔三〕。無計能回造化功，東風常在花常好。隴首無梅日憶梅，水邊林下夢裵回。空山本性存孤潔，肯教移根雁磧栽。雪閣濡豪寫鵞素〔四〕，幽芳冷豔溪雲沍〔五〕。玉叉挑向壁間懸〔六〕，風來便有寒香度。鄉園手植玉梅時，翠袖憑闌共詠詩。畫圖想象冰魄杳，挂月雲窗一兩枝。

【校記】

〔一〕杏雨草堂本題作『花疆兄以墨梅一幅見寄因題其上』。

〔二〕『五湖辜負』，杏雨草堂本作『年年喜見』。

〔三〕『陸海』，杏雨草堂本作『叵耐』。

〔四〕『雪閣濡豪寫鵞素』，杏雨草堂本作『昨日遙蒙寄尺素』。

〔五〕『幽』，杏雨草堂本作『孤』。

〔六〕『玉叉挑向壁間懸』，杏雨草堂本作『纔命山僮掛壁間』。

除夕寫懷示竺莊〔一〕

殘臘風光景逼真，寒鐙愁對冷吟身。錦衾獨客添憔悴〔二〕，紙帳殘宵共苦辛〔三〕。我自傷心人自樂，境成陳迹歲成新。紅鑪燒燼松明火，關塞泉臺兩不春。

【校記】

〔一〕『寫懷』，杏雨草堂本作『有感』。

〔二〕『錦衾』，杏雨草堂本作『一霄』。

〔三〕『紙帳殘宵』，杏雨草堂本作『此夕多年』。

屠維赤奮若（己丑）

樵人三章

青壁萬仞〔一〕，微聞斧聲。人蹤鳥影，渺茫飛騰。狙公為弟，虎子為兄。吁嗟乎樵人〔二〕！心無阻深，足無險艱。笑彼世人兮，指予為爛柯之仙。衣之食之，惟一斧弗閒。吁嗟乎樵人〔三〕！木葉脱矣，霜露溥矣。拾橡拾薪〔四〕，惟予樵之歡兮。今夕得柴，明朝換錢。日暮空山，行歌而還。吁嗟乎樵人〔五〕！

【校勘記】

〔一〕『璧』，疑當作『壁』。

〔二〕青箱書屋本此句下有小注：『一章。』

〔三〕青箱書屋本此句下有小注：『二章。』

〔四〕『拾』，青箱書屋本作『採』。

〔五〕青箱書屋本此句下有小注：『三章。』

隴頭水

隴頭水，東西流，行人聽之愁復愁。愁復愁，淚雙落。西風吹游子，關塞獨飄泊〔一〕。隴坂高崔巍，隴水流潺湲。鸎花三月二月間，朝朝暮暮聞嘷鵑。肝腸斷絕，迴望秦川。秦川非遠，蜀道非難。遠莫遠兮江上之青山，上有蒼浪天，下有清泠泉。浮雲終日往復還，思親不來花草寒，蕭蕭白髮愁親顔。隴頭水，摧心肝。

【校記】

〔一〕「獨」，青箱書屋本作「愁」。

青箱書屋本王批

至性詩，古今不可多得。

隴頭月

隴頭月，照離別。只照生離，不照死別。夜臺一閉萬古絕，月光寒徹征夫骨。我願地下有情人，不見天上無情月。月無情，黃蒿古城秋夜明。孤鴻絕叫天冥冥，隴頭流水多死聲。月無情，人有情。惟願天上月，鑒此區區誠。感予幽獨〔一〕，慰彼孤靈。併光全耀入海底，散作地下長明鐙。

【校記】

〔一〕「感」，青箱書屋本作「戚」。

青箱書屋本王批

音節諧妙。（「我願地下有情人，不見天上無情月」）

沉著。（「月無情，人有情。惟願天上月，鑒此區區誠。戚予幽獨，慰彼孤靈。併光全耀入海底，散作地下長明鐙」）

春柳四首

深費東皇點染工，千條萬葉翠搖空。垂垂涼露離離月，裊裊輕煙側側風。樓閣碧窗青影裏，鞦韆紅索緑陰中。不知致竟緣何事，恨眼愁眉處處同。

征帆一片挂江潭，怕聽陽關疊到三。輕暖輕寒春若此，多離多别爾何堪。麝篝衣色分新緑，鸞鏡眉痕借淺藍。試問章臺停馬處，有人攀折可能甘？

羽葆門前尚未收，折腰纔了又低頭。送迎當道真無謂，眠起終朝不自由。姓字播聞因樂府，顛狂贏得是風流。可知故里横塘外，翠幄如煙映酒樓。

十五吴姬裊細腰，新詞倚笛未全調。鶯鶯燕燕來還去，雨雨風風暮復朝。伴我曾臨青瑣闥，盼誰猶傍赤欄橋〔一〕。旁人莫比閒桃李，一點春星在絳霄。

【校記】

〔一〕『盼』，青箱書屋本誤作『贈』。

青箱書屋本王批

旖旎至此，大是奇事。（『鶯鶯燕燕來還去，雨雨風風暮復朝』）

花朝詞

玉關二月春無迹，好花不到黃沙磧。繁華轉眼夢全非，落寞良時真可惜。少年選勝冶游狂，白袷衫輕泥衆香。鬬草嬉春傳繡閣，湔裙祓禊記銀塘。說著花朝尤旖旎，金罍傾倒繁枝下。紅雨簾櫳玳瑁筵，綠楊庭院葳蕤瑣。鬻蠶撲蝶舊聞傳，何處芳菲不可憐。燕市酒杯關塞月，花期孤負又今年。年前客走洮陽道〔一〕，隴頭踏遍傷心草。玉樹凋殘春雨中，生香連理枝難保。人琴痛絕涕沾袍，小句冬郎恨寂寥。每到百花生日日，未曾淒斷似今朝。韓偓句。去年此日巡春去，臨風握手丁寧語。雲箋半幅報平安，雪版長途慎居處。杏梁零落燕泥空，無那東風怨落紅。花開花謝腸堪斷，便是無花也惱公。

【校記】

〔一〕『年前客走洮陽道』，青箱書屋本作『年年前客走洮陽』。

青箱書屋本王批

此種七古，似不必通韻，更以質之高明。（『說著花朝尤旖旎，金罍傾倒繁枝下。紅雨簾櫳玳瑁筵，綠楊庭院葳蕤瑣』）

過鳥鼠同穴山

清渭源有三，僻在雪峰後。涓涓始濫觴，渟泓小于臼。出山曲折流，盈科漸東走。巨嶺障落日，百盤絕磴陡。山中產鳥鼠，同穴自相偶。讀書至禹貢，蓄疑時已久。今來暫停驂，爰咨荷鋤叟。叟云少見怪，掘地處處有。呼童搜草根，穴居測昏黝。深藏似服氣，配合認牝牡。二物不同類，一飛而一走。默感氣遂通，其理實難究。格致上聖功，疑陣待發蔀。始知天下事，未可常理狃。暝色催歸牧，勒馬重迴首。瑟瑟空山秋，斜月掛疎柳。

清明日行洮陽道中作歌二首

紙錢窸窣淒風吹，老鴉啄肉牛礪碑。兒嘑野拜婦哭隨，哀哀欲訴重泉知。我來驅車適過之，悲酸塡臆淚交頤。先人捨我髫髮垂，奄忽廿載駒影馳。老屋權厝妻江湄，封植馬鬣猶無期。簡書萬里走隴坻，前森晝戟後纛旗。長吏負弩候路歧，讙呼童叟掀簾窺〔一〕。空憐此日多羽儀，我祖我父顧復私，淚痕不到冬青枝。雨冷花稀春欲暮，寒潮嗚咽吳淞渡〔二〕。尋常百姓多哀慕〔三〕，麥飯年年到墳墓〔四〕。

去年清明寧遠道，荒墟野哭傷我抱。今年清明洮河邊，不聞哭聲先泫然。我妻嫁我二十年，持家奉母孝且賢。好花愁剎春風顛〔五〕，香悰吹散成雲煙。寶釵珠鬘想像間，之子不見悲腸牽。孤兒失母伴我眠，聞我出門哭柩前。風光乍值上冢天，鬼輿鬼馬滿壟阡。呑聲飲泣慘不歡，淚滴隴水流潺湲。官舍蘭山路尺咫，影堂月上纔燒紙。嗟我早衰非壯齒，嗚呼死者長已矣。

【校記】

〔一〕『讙呼童叟掀簾窺』，青箱書屋本下有『說我第一臚傳時』。

〔二〕『雨冷花稀春欲暮』二句，青箱書屋本作『寂寂丙舍花事稀，冷酒無由奠一巵』。

〔三〕『多哀慕』，青箱書屋本作『所優為』。

〔四〕『到墳墓』，青箱書屋本作『送夕暉』。

〔五〕『刹』，青箱書屋本作『煞』。

青箱書屋本王批

二詩皆於結處含思無盡。

一結有呑聲飲泣之意，神龍屈伸，變化出人意表。（『嗟我早衰非壯齒，嗚呼死者長已矣』）

赤亭

連村負郭帶林坰，勝地相傳古赤亭。最愛夕陽山色好，盤雲螺髻數堆青。

秦安寓館

明月不到地，清光落樹梢。亭林約秋色，冰簾蕩清寥。黃葉卷涼雲，陣陣吹無聊。候蛩唬破砌，驚鶴鳴孤宵。淒鐙照客心，魂夢袪煩囂。任他隴頭水，嗚咽暮還朝。

杏雨草堂本王批 十字古今絕唱。不知比『清晨登隴首』、『明月照積雪』何如？（『明月不到地，清光落樹梢』）

唐權文公墓

長慶元和溯典型〔一〕，衣冠此地閟泉扃。排奸並列陽城疏，考行重繙韓子銘。獨客來時春草綠，善人死矣舊山青。孤墳三尺文千古，斗酒空酬相國靈。考昌黎墓誌，云葬河南北邙山〔二〕，則此為衣冠墓矣。

【校記】

〔一〕『慶』，底本原作『德』，據杏雨草堂本改。

〔二〕『邙』，杏雨草堂本無。

憂旱三首

樹頭脆葉六月飛，千山枯草青痕微。烈風驅掃片雲盡，百日一雨地不知。二麥焦黃多曬死，翻種晚秋難下籽。市上無糧窖無水，前村日落千山紫。

前年霜災去年旱，十室九家炊爨斷。今年赤地千里餘，兩河州縣居其半。私糧喫盡官糧糶，賣男鬻女真可憐。米麥市斗價及千，小口索值三百錢。

炎風鼓扇民力瘥，甫田無麥兼無禾。其間補救藉人事，吁嗟吏習沿頹波。昨聞開倉借民穀，今朝勘災飛報牘。吁嗟今乃飛報牘，村巷無人聞鬼哭〔一〕。

【校記】

〔一〕『聞鬼哭』，青箱書屋本作『鎖生綠』。

青箱書屋本王批

仁人之言，讀之慘惻。

慘絕。（『吁嗟今乃飛報牘，村巷無人鎖生綠』）

朱圍山

洪鑪工烹然，太乙鍛石骨。吸噓純陽精，突兀色頳艴。誰將補天手，融鍊亘奇崛。很谷摩空蟠，玄根截垠出。赤殷霞車屯，焦爛火劫斡。頑然石一塊，留此太古質。翹瞻陋禿髗，爾即炫積鐵。剝蝕斑痕昏，呛呀窾竅豁。傲睨諸峰卑，偃蹇避排揬。巉厓帶清渭，浩浩奔浡汩。名山鐃古澤，直欲嶽鎮匹。開鑿記鴻荒，力與玄功軋。

仇池

單椒矗紫霄，一幅畫屏展。鳥道掛雲邊，細逕窮百轉。淩虛一線穿，危磴滑春蘚。三十六盤迴，巨石塞絕巘。蛇行出峰背，異境開平衍。良田百頃餘，井井畫疆畎。子姓各成村，籬落散雞犬。上有小鹽池，日用供黽勉。陰洞有神魚，陽巖多美蕣。飽食而煖衣，頗覺人事善。此地即桃源，仙凡真不辨。中有高隱人，遺世甘蹇偃。四面看碧山，一琴兼一卷。青壁孃飛梯，白雲蟠廢棧。跫然空谷音，福地恣留戀。掃榻快題詩，恐孤宿約踐。九十九泉庵，為署雲窩扁。

哀愚民効白傅體

武都漢巖疆，廢縣治同谷。居民雜氐羌，種類非一族。其俗本慓悍，其風近枝鹿。江山盤古棧，一綫扼隴蜀。黠寇並蠢酋，負嵎時角逐。歷代戎馬場，兵火罹慘毒。我朝百餘年，雨露遍亭育。邊垣奇險處，比屋事耕讀。千峰束犀牛江名，村莊嵌巖腹。山以葫蘆名，堡由鐔氏築。聚族多丁男，橫經復抱犢。兩三佻達子，恃符被儒服。簧鼓扇子弟，異議起鄉塾。識丁貽嘲譏，呼癸甘恥辱。奮臂為大言，惡少互排蹴。聚嘯等綠林，恫喝到親屬。申申詈長官，曷不折予獄。有吏果舞法，公然拆其屋。米廩及水磨〔一〕，頃刻蕩平陸。識比蚊睫交，勢類蝸角觸。那計伏禍胎，只求快私欲。長吏心蒼黃，經營削報牘。傳聞制府來，官民兩觳觫。可憐蚩蚩輩，遠竄顫手足。妻孥大驚惶，號咷怕鞭扑。叢林灌莽間，宵行晝仍伏。朱符傳羽箭，號令如火速。不教無辜累，但將首惡捉。天網實恢恢，詎漏三寸目〔二〕。昨如雉罹羅，今如兔入罝。白筆定三等，罪狀窮考鞫。檻車徵就道，赭衣淚簌簌。罪輕魑魅親〔三〕，罪重鬼伯促。釀此者誰與，我欲問司牧。一官萬民寄，一身萬民矚〔四〕。好惡背民情，俯仰遞縮恧。沉冤雪烏頭，庶獄戒鼠角。勿飲盜泉水，更忌濕薪束。居官昧此義〔五〕，那免覆公餗。以之挂彈章，庶幾警食肉。予亦重自尤，先事昧早燭。同官諸君子，從此願交勗。官勤民守法，官清民受福。勵茲冰霜心，勉繼卓魯躅。秋山停征軺，客緒糾轣轆。遙睇鳳臺雲，涼意滿花竹。人家炊煙外，蕭條見落木。青鐙耿殘夢，吟思了不續。忍聽風雨夕，荒城新鬼哭。

【校記】

〔一〕『廩』，青箱書屋本作『廬』。

〔二〕『寸』，青箱書屋本作『尺』。

〔三〕『罪輕』，青箱書屋本誤作『輕罪』。

〔四〕『矚』，青箱書屋本作『屬』。

〔五〕『官』，青箱書屋本誤作『民』。

青箱書屋本王批

忠主愛民之心，自然流露，非尋常佳詩可比。

真得樂天之神，何止効其體而已。（『釀此者誰與？我欲問司牧。一官萬民寄，一身萬民屬。好惡背民情，俯仰遞縮恧』）

有德之言，和而嚴，淺而深，徒工文章者萬不能造其境也。（『居官昧此義，那免覆公餗。以之挂彈章，庶幾警食肉。予亦重自尤，先事昧早燭。同官諸君子，從此願交勗。官勤民守法，官清民受福』）

山行雜詩十二首〔一〕

危嵐壁削上無梯，淡靄疎林一抹齊。雲外午雞嘑不歇，居人更在萬峰西。

村落荒涼節候差，土房多半槿籬遮。山田高下鋪紅雪，九月晚蕎纔吐花。

風作秋聲雨作泥，勞人旦晚重栖栖。白頭老叟顧余笑，荷鍤疏泉灌藥畦〔二〕。

一峯曲處一峯開，阪滑霜濃馬力隤。好鳥款人如舊識，幽花背客笑重來。

繆谷獰飈作怒號，密林處處有山魈。雲深寺隱聞清梵，日落山空見老樵。

四山風來竹韻敲〔三〕，一鐙熹微隔柳梢。楓林月落夜昏黑，虎跡直與人跡交。

碧峰高高插雲，峰腰出泉泉澐澐。瓊嵐三尺鐫古篆，枯藤瘦絡蛟螭文。石關堡道旁有碑〔四〕，鐫『碧峰插雲』四隸字，筆力極古勁。

棧細雲平控蜀都，芙蓉幾瓣貼天孤。杜鵑何苦抵死叫，滄海月明淚已枯。

潑眼溪山畫不成，排空六六錦屏橫。寒泉有脈穿林出，老樹無根帶石生。

水沒平橋路欲迷，幾間荒驛近村西。燈昏壁破僕夢魘，月暗林深狨鬼啼。

遙村陣陣送歸鴉，雞黍殷勤野老家。峰外殘陽溪上月，水雲深處路三叉。

一重一掩萬花香，松翠飛泉撲面涼。并翦若教裁半角，移歸便壓午橋莊。

【校記】

〔一〕杏雨草堂本題作『山行雜詠』，闕第五、十、十一、十二首。

〔二〕『藥』，疑當作『菜』。

〔三〕『四』，杏雨草堂本作『凹』。

〔四〕『關堡』，杏雨草堂本作『堡關』。

九日宿同谷二首

斗大荒城裏，秋聲滿竹林。不知佳節到，都為客愁侵。紅葉溪山好，黄華風雨深。感時嗟素鬢，杯酒罷登臨。

去歲攜鑾榼，登高上五泉。今來同谷縣，雨冷客窗前。晴晦同今日，悲歡判一年。明秋在何處，俯仰正淒然。

飛龍峽杜工部草堂四首

開闢留奇境，荒祠閟莽榛。江山長不改，千古一詩人。風景真清絕，歌行尚嶄新。蟄龍共遺卷〔一〕，冥寞有靈神。山南即萬丈潭〔二〕。

有客來同谷，衰年託轉蓬〔三〕。功名雙鬢外，身世七歌中。下土淹羣盜，荒山走寓公。荷鑱人不見，秋壑起悲風。

疾湍衝敗棧，峰勢背西康。落日唬狨鬼，孤村想鳳凰。臺荒靈武業，松老贊公房。縣東三十里大雲寺即贊公房舊刹。容易承平日，篝車滿稻粱。

黃葉雙崖仄，虛窻老樹支〔四〕。蘚紋纏石碣〔五〕，江影照花枝。一瓣心香拜，三秋夢雨吹。才人嗟失職，今古抱愁思。

【校記】

〔一〕「遺」，杏雨草堂本作「吟」。

〔二〕「山南」，杏雨草堂本作「南山下」。

〔三〕「轉」，杏雨草堂本作「遠」。

〔四〕「樹」，杏雨草堂本作「石」。

〔五〕「蘚紋」，杏雨草堂本作「土花」。

野廟

突兀三間屋，陰廊瘞斷碑〔一〕。溪迴雙板閣，院僻一松奇。香火妖狐據，靈風巫女為。豐年多報賽，衰草紙錢吹。

【校記】

〔一〕『斷』，青箱書屋本作『蘚』。

青箱書屋本王批

幽絕處直逼靈均《山鬼》篇，餘子何足論也。

姜伯約墓

卯金無祿鼎將移，劒外孤提一旅師。義膽尚支殘漢局，忠魂不負武鄉知。錦城輿櫬江山恨，郪道投戈將士悲。鍾鄧釁成身亦死，英雄即是報韓時。

萬年藤杖引

靈根倒插太古石，天神夜控蛟螭脊。益烈山澤逃焚厄，遺在寧遠山中萬丈之青壁。太陰澒洞風雨愁，陵崢岸峭撑潛幽。此物不剛亦不柔，秉性勁直無與儔。其生也想鴻濛乍開之歲月，其成也得後天不老之春秋。盪以日月之光華，厲以雷霆之精銳。比松心筠節而彌堅，經石泐金寒而不敝。雲冥冥兮霜雪涔涔，山鬼夜哭，猿父曉吟。泉穿貞蔓，月浸寒心。眼看叢花灌木自生而自死，不知悲條苦榦何古而何今。一朝瞥落樵人手，斷之為杖曰靈壽〔一〕。銀角銅環製飾工，苔文蘚節根株黝。靈物自壽兼壽人，不然材不材間淪悶人間同敝帚。余髮種種已如此，終見容顔變僛醜。登山臨水送將歸，他年罨畫香溪梅花雪海蓮社相依真老友。噫吁乎！杖兮杖兮，我不願汝然作太乙老人之青藜，夜照校書天祿閣。我不願汝隨夸父逐日而成鄧林，混沌欲死金烏落。我不願汝化為葛陂之遊龍，乘仙靈兮馭天風。我不願汝杖鄉杖國復杖朝，伴彼龍鍾鶴髮逶迤進退之衰翁。噫嚱乎！世途險阻何其多，跬步五嶽森嵯峨。危而不持顛不扶〔二〕，杖兮杖兮，不如千秋萬歲老死荒山阿。

【校記】

〔一〕『斷』，青箱書屋本作『斲』。

〔二〕『顛』，青箱書屋本下有『而』。

青箱書屋本王批

前三『不願』在人意中，此『不願』出人意表。（『我不願汝杖鄉杖國復杖朝，伴彼龍鍾鶴髮逶迤進退之衰翁』）

無限苞孕，妙在眼前，而不能道。

南山寺雙柏行有序

秦州南山寺佛堂前古柏二株，夭矯輪囷，梢雲翳日，真數千年物。故老相傳云，杜老《雜詩》『老樹空庭得』，即此柏也。爰為作歌。

一株童童若車蓋，鬱蒼直與精靈會。質鍊風霜古有心，枝撐日月光無外。一株臥地千尺強，頹然偃蹇淩鴻荒。神物見尾不見首，空際一掉，雲冥霧晦，霹靂飛去蛟龍僵。銅柯鐵榦勢參天，此樹種在開元前。仙李摧殘歲已千，貞蕤不受浩劫纏。古刹突兀南山巔，碧根亞抱寒翠連，想見當年杜陵野老偃息吟嘯於其間。麥積山頭千仞石，柏子堆埋深一尺。斲削寧登大匠門，支離偃臥空王宅。傍人見爾歎遭逢，終老荒山亦何益。嗚呼！終老荒山究何益，千古萬古常抱淩霜傲雪不彫色〔二〕。

【校記】

〔二〕『千古』，青箱書屋本作『千秋』。

青箱書屋本王批

公每有十餘字長句，非真大力者不能。（『神物見尾不見首，空際一掉，雲冥霧晦，霹靂飛去蛟龍僵』）筆陣横掃千人軍。（『嗚呼！終老荒山究何益，千秋萬古常抱淩霜傲雪不彫色』）

陸叔平寫生花卉十首〔一〕

碧桃

七寶雕闌十樣箋，瓊臺麗色冠春先。生來本是蓬萊種，貌帶穠華骨帶仙。

山茶

恒沙劫外一枝芳，照耀長依慧日光〔二〕。瓔珞寶珠真艷絶，枉將色相証空王。

素心蘭

碧湘寫影淡無痕，泣露嗁煙暮雨昏。香味疎疎波湛湛，靈均猶有未招魂。

杜鵑

繁艷根分閬苑中，子規嗁血灑芳叢。鶴林賺出司花女，放遍秦山躑躅紅。

白荷花

月白風清水閣涼，綃衣薄貼翠雲裳。自憐花貌如冰雪，強被旁人比六郎。

牽牛

草頭秋冷露華零，寂寂金風掩畫屏。怨女不知銀漢遠，錯從籬角認雙星。

老少年

夢抵年華月抵愁，無花偏占一庭秋。嫦娥憐爾風情在，也放清光照白頭。

秋海棠

牆根秋雨浣芳塵，紅粉淒魂泣素晨。不悟前身為情死，幽窗又惹斷腸人。

芙蓉

木末相思記歲華，美人畹晚悵無家。繁霜九月金塘路，艷到秋深只此花。

水仙

殘臘鄉園昔杜門，冷泉手汲灌雲根。此時對雪遥相憶，熨斗江村月一痕。鄧尉山西村名熨斗柄，土人多種水仙為業。

【校記】

〔一〕青箱書屋本僅錄《老少年》一首，題下並有小注：『陸叔平寫生。』杏雨草堂本詩題與底本同，但闕《老少年》一首。

〔二〕『慧日』，杏雨草堂本作『日月』。

青箱書屋本王批

無限低徊。（《老少年》一首）

天池

春池渺無涯，不知深幾仞。赤日來中天，黄金一點印。清風偶披拂，散作魚鱗陣。岸花片片浮，海燕雙雙趁。荷青小貼錢，苔緑亂翻鬌。時逢撥刺聲，尺鯉知充牣。團餌試垂綸，儻獲良友信。或云此南溟，鵬徙可驚震。斂翼落扶搖，浪比雪山峻。聞説心悚然，凝眸復重認。惟見水盈盈，下乃碧天襯。由來是星河，銀沙瑩且潤。黄姑在何許，我欲乘槎訊。

登鹿玉山抵師子洞窺玉井歸紀以詩

素性好探奇，不憚路艱梗。愈險愈窮追，往往造佳境。有如觀異書，初難晰要領。苦心復孤詣，乃覺味悠永。可知讀與游，心貴堅而猛。昨登鹿玉山，山徑細于綆。盤旋入杳冥，分寸未敢騁。黏衣碧薜腥，衝面白雲冷。半日至上方，一望極荒憬。穿塞走渾河，界天峙秦嶺。手可攬垂虹，足真淩倒影。爰往窺幽洞，石類獸延頸。張口肆磨牙，清泉從臆逞。飛灑數千尺，下注玉色井。苔髮緑絲絲，隨波梳始整。地高風自涼，林密鳥偏靜。乾坤忽赭紅，崦嵫銜半景。曳策且言旋，煙寺暝鐘打。

玉壘關

一門開闔青雲裏，天生阨要險莫比。上揭巑岏萬仞之危巒，下臨瀰泙無垠之急水。架橋飛渡人不知，鼎足三分事去矣。我來覽古暫停車，日煖風柔感物華。子規聲裏山凝黛，開徧金釵石斛花。

大雨夜度廣吳坡山行險絕抵落門聚憩宿

涼風吹客上崢嶸，急雨衝輿挽牽行〔一〕。絕壑亂泉穿有徑，巖城宵柝濕無聲。巡廊山鬼窺鐙笑，當道楓人蹴馬驚。泥滑夜昏忘路惡，冷雲和夢不分明。

【校記】

〔一〕『牽』，青箱書屋本作『縴』。

靈巖山館詩集卷二十五

秋月吟笳集

古出塞曲五首

疾飈振驚砂，萬里失險隘。白骨紛如麻，幾人羨封拜？
下有萬古冰，上有萬古月。月冷傷人心，冰堅傷馬骨。
胡姬抱琵琶，奪來馬上彈。天生好顏色，零落燕支山。
天山一丈雪，雪凍鼓聲絕。人頭斲飲器，殘酒洗刀血。
暮聞衆鬼哭，朝聞衆兵歌。男兒在行間，不死復如何？

夜渡河橋

十年西徼記投戈，重譯鋒車絡繹過〔一〕。萬里涼風吹素鬢〔二〕，三更殘月下黄河。極邊人去秋將老，覊宦心驚感倍多。縱是封侯屯骨相，壯懷此日未蹉跎。時方出塞。〔三〕

【校記】

〔一〕『絡繹』，杏雨草堂本作『倍道』。

〔二〕『涼』，杏雨草堂本作『西』。

〔三〕杏雨草堂本無此注。

杏雨草堂本王批

到此地不由筆下不豪。（『萬里西風吹素鬢，三更殘月下黃河』）

自蘭州至嘉峪關紀行詩一百韻

止戈宏遠模，神武奠西極。有綏靡不來，有征靡不克。匪僅丕武功，實緣懿文德。遐荒諸部落，向慕悉來格。懷柔本至仁，鎮撫賴恒則。羌俗恃畜牧，莽平本《前漢書·烏孫傳》失墾闢。屯戍待轉輸，未免疲民力。在昔營平謀，允為靖邊策。即戎並受田，兵農利兩得。戰守裕儲胥，永可銷鋒鏑。聚米勞九重，機宜示指畫。予乏綜邊才，簡稽是素識。草草具行裝，迢迢赴絕域。惟時秋漸深，天宇氣寥寂。黃河亘城下，雪浪向空拍。鐵索鎖浮橋，朽板聲側側。月滿金城關，涼風送飛舄。小駐琵琶山，離思滿肝膈。昨宵石堂鐙，親友話疇昔。發軔未半程，已似天涯隔。儻去大荒西，羈懷何以釋。載欣復再奔，摩天橫嶺窄。疏林露闃甍，鞭指紅城驛。入門已昏黃，篝火背殘壁。滿砌繡土花，頹簷皷枯櫟。揄袂拂浮埃，繩牀聊憩息。支枕思模糊，驚沙風淅瀝。邏卒鉦繞垣，疏櫺月侵席。鴻鶩唳嚴霜，馬渴嘶敗櫪。

僕夫早戒塗，衆星猶歷歷。炬束生松枝，霑霧然復熄。潛行十數里，始覩曙天色。初旭射巖巒，濃煙冪杉柏。翻苦睡魔侵，據鞍慮傾仄。似過村兩三，誰計堠雙隻。犛牛無絆羈，岡阜恣游陟。我馬少所見，膽怯時辟易。飢憐麥飯香，渴忘沙泉濇。車塵涴衣裳，騾鐸送朝夕。鰥魚夜不眠，倏爾故鄉憶。有母居北堂，那知子行役。孤燈照遠夢，花生手頻剔。鏡聽復錢占，憂疑兆難析。家書盼不到，愁緒紛如織。詎料授衣辰，迢歷漢屬國。況當悼亡後，南鴻信勿亟。蹤迹母儻知，翻令損歡懌。下阪更緣厓，度阡兼越陌。遙認暮煙屯，寧知驛松黑。謂黑松驛。臥椸代長欄，垂藤成小帟。板屋十餘間，景物喜幽闃。莊浪古雄鎮，番戎聚肘腋。防兵夜吹角，嗚嗚韻淒惻。鎖鑰達青海，萬幙屯沙礫。前望徑若窮，蒼峽對面擗。兩厓各鬭高，不分天影碧。日光午一逗，終古凝雲積。不定修修風，落葉厚半尺。地以古浪名，無水悉巉石。左旋右迂迴，十步九蹶蹐。八月降繁霜，冷霧滃四塞。旗亭斷垣外，幽燐黏莽棘。巖疆數西涼，雄樓森翼翼。突兀竇融臺，低視飛鳥翮。霽景刷浮雲，淩霄勢崱屴。下瞰牧羊川，秋草淨如拭。節旄化劫塵，孤忠儼可覿。土岡捲乾風，天半晚霞赤。黃蒿塞古道，蒼皇損眠食。帶星促征騑，畏此簡書急。搖鞭還自笑，耽吟性成癖。常攜筆一枝，到處弔遺迹。長吟更短吟，盈囊究奚益？玉宇現眼前，危峰飛雪冪。地勢本高寒，不畏紅日逼。猶疑鴻濛初，留茲一片白謂雪山。峽口驛名帶羌村，明駝鳴遠磧。厓陡急流奔，風定孤煙直。斷蓬忽颺空，影逐羣鷹擊。正苦宿程遙，已見日西匿。矧聞新河岸，途徑愈荒僻。旋地神颷馳，撞擊喪我魄。餓鴟詐鬼鳴，暗石類彪額。宵行古墩頭，借得田家宅。主人甚殷勤，割雞並炊麥。借問向甘州，路出焉支北。凌晨發山丹，薄暮達張掖。弱水說荒唐，濡輪計勿迫。祁連不斷青，形勢最雄特。一氣奔流沙，作意成險阸。飲馬無定河，寒灘沈折戟。何年此龍戰，尚多未掩骼。往往陰雨天，飲恨聲啾唧。旅魂獨黯然，對影情脈脈。前旌指酒泉，巡方等過客。嚴部投伊吾，秋瓜正堪摘。祖帳仙姑祠，早月上關柵。行行萬餘里，月窟到可蓦。漫憂出塞行，刁斗催飛檄。一往訴邊愁，梅花飄玉笛。

莊浪

扼險孤城百雉雄，宏規遠過漢提封。嚴疆南路通青海，古驛西風控黑松。一自烏孫歸屬國，至今鴈塞靖傳烽。時平盡主裁兵議，三面番戎孰折衝？

嘉峪關

鎖鑰雄西徼，孤城控極邊。出關雙扇閉，回首淚潸然。草白渾疑雪，沙黄遠到天。最憐秋黯黯，極望路縣縣。荒磧平如砥，殘營曲作圈。天方迷節物，戈壁斷人煙。雲暗雕防箭，途迷馬著鞭。偶聞風四起，惟見日高縣。曠野飛燐出，横阬戰骨填。作炊聊刈莽，淅米待尋泉。僮僕從勤嬾，輪蹏任後先。傍林迎邏卒，過嶺駐行旃。土舍茅充瓦，松棚板當簷。緣坡烽堠峻，疊石戍樓堅。蕃俗惟游牧，羌村不力田。起居牀是革，聚落屋俱氈。編户思投筆，生兒學控弦。神駒饒逸足，俊鶻罕空拳。古迹東西漢，降藩左右賢。地遙窮亥步，功定紀辰躔。幸值犁庭後，還思載筆先。邊愁方浩蕩，鄉思轉牽纏。迢遰關河迥，艱難信字傳。籌邊慚賈至，奉使憶張騫。絮襖塵侵汚，韋鞮鐙齧穿。去程猶累月，歸騎近新年。定遠曾生入，嫖姚記凱旋。天光低昧谷，山勢走祁連。磨劒榆河岸，題詩葱嶺巔。壯游誰及我，伴月磧中眠。

鶴城鎮口號

人半雜華戎，居然百貨通。不堪麻餅黑，生怪鹵鹽紅。出塞全無井，沿家總挂弓。街多白榆樹，盡日足悲風。

赤金峽道中作

王事程嚴敢憚勞，旅懷秋氣兩蕭騷。官郵出塞逢迎少，戍堠緣岡結構牢。風挾塞沙尤覺烈，日來空磧不能高。聲靈震疊天山外，絕徼弓櫜盡自弢。

犖孤天迴雁聲哀，木脱亭皋驛路開。秋草綠銷盤馬地，夕陽紅上晾鷹臺。漫言壯士遐荒戍，賸有儒生絕塞來。何代戰場堪慘目，冷風吹散髑髏灰。

添盡征衣總怯涼，草根亭午尚凝霜。氈廬星散千堆白，羽騎塵飛一道黃。偏是空林無鳥雀，每經平阪見牛羊。明晨已出陽關路，卻夢承歡在故鄉。

行路艱辛歎未曾，嶺崇磧迴步淩兢。烘衣雪驛宵吹火，飲馬沙泉曉鑿冰。殘角嗚駝遥應和，斷蓬飢隼互飛騰。不知馳抵西陲路，尚隔雲山幾萬層？

曉登靖逆驛樓

蟠木朝暾上，紅光射驛樓。樓高一百尺，窻納大荒秋。地盡陰山脚，天窮黑水頭。風稜寒徹骨，九月擁重裘。

渡黑水

曲折趨西海，魂魄自古今。諒非烏鰂吐，恐有劫灰沈。理欲諮玄宰，源應出太陰。一泓如可翦，試作墨池臨。

鳴沙山

高峙蒼黄色，遥聞蕭屑聲。何曾停晝夜，不見損崢嶸。雲霧有時合，樵蘇無路行。夷堅稱志怪，曾否載斯名？

弔古戰場篇

絕漠沙黄殘照紫，無邊榛莽黏霜死。壁壘傾隤亂石存，風驚蓬轉鴉飛起。何代何人此鬬爭，遐陬無處問分明。兵連偶值紅羊劫，戰没誰分白馬名。朽骨堆邊留箭簇，血痕半雜苔痕緑。怪底經過氣尚腥，草根蝕盡征人肉。慨憶當年羽檄催，辭家荷戟赴龍堆。夜卧鐵衣槍壘閉，曉傳金箭幔城開。重義輕軀拌苦戰，陣雲黯慘天容變。競入重圍奮大呼，那防萬弩來當面。汗流驄馬血霑衣，勝負存亡兩未知。不為拳空同覆陣，或因援絕遂横屍。敵軍乘勝猶虓虎，深入長驅據疆土。斯時閨閣起居人，豈料關山霜月苦。閨閣何曾少别愁，丁丁砧杵擣深秋。但望凱旋重聚首，敢期勳策得封侯。消息傳聞渾不一，連宵惡夢心驚怵。珓卜龜占罕吉徵，鬼嘑梟嘯無虚日。凶問晨朝至里門，慟傷已歿念生存。欲全幼稺身難殉，且隱姑嫜淚暗吞。記得前時分手處，黄昏翦紙招魂去。暇日仍褰小閣簾，癡情尚望長亭路。青天低處是沙場，骼腐骸枯化白霜。西風萬里吹霜至，也算征人返故鄉。烝民若此誠何罪，道理殊難問真宰。策馬前驅暝色催，回看煙靄深如海。

蒲海望月歌

朝發黑松嶺，暮抵蒲海灣。遥聞拍岸水，洶洶復潺潺。披衣揭氈帳，佇望曠漠間。白草平鋪如集霰，稜稜寒氣侵人面。長風盡捲浮雲開，飛出天山月一片。金波雪浪兩瀲鮮，滉漾孤峰影倒縣。冰奩玉鏡水精域，螺髻一點浮蒼煙。夜景分明終恍惚，若有人兮行窸窣。爰看古戍廢臺邊，露濕三堆兩堆骨。鬼火導先路，毛髮淒森森。舉頭望明月，有淚難灑桂樹陰。回頭望故鄉，有琴難寫萱堂心。安西至江南，迢遞一萬里。其間關與山，滿地月如水。月如水，照蘇州，家家砧杵急深秋。有誰褰幔倚高樓，雁鳴嘹嚦風颼飀。可憐今夜清光裏，海角泉臺一樣愁。

客路

客路迢遙日色昏，沙飛葉舞斷蓬翻。西風似較東風遠，送盡愁聲入玉門。

古玉門關月夜聞笛作

燉煌西控玉門關，關外連雲萬疊山。山頂夜分迎海月，月光倒映一城寒。曲巷斜街色炯炯，笳聲嗚咽人聲靜。霜華撲地樹收煙，時見橫空飛雁影。驀地風傳笛一枝，良宵荒館阿誰吹？儻非遷客家新別，定係征夫戍未歸。寥亮悠揚吞復吐，依依如怨還如慕。折來楊柳兩三條，落盡梅花千萬樹。柳梅絕域未曾生，此曲分明太不經。想因塞月邊風苦，聊寄傷春惜別情。說與知音休更弄，有人雪海方飛鞚。萬里空銷客路魂，餘音莫引家山夢。

玉門柳枝詞

春光偷度紅沙磧，馬前飛絮黏衣白。恨殺長條蹤地垂，回頭掃盡征人迹。

三危山

並峙亭亭出太霄，昔傳於此竄三苗。煙雲靉靆無真相，日月經行只半腰。礙黑水流非易導，問青鳥在可能招？厓根寂歷凝冰雪，時值春殘也不消。

訪唐侯君集紀功碑碑在松樹塘，頂用甎石封砌，禁遊人讀，讀之風雪立至

黃雲橫壓天山嶺，聞有豐碑留絕頂。淩兢立馬駐孱顔，傾巖仄磴遮松影。滿徑繁霜午不融，境高漸怯衣裳冷。七十二盤逼霄漢，日色沙光交炯炯。摩厓巨碣雖尚存，疊石周遭作藩屏。衰蔓枯蒿雜土花，蒙戎斑駁無人省。未審胡為設護防，史書挂漏難推詳。虬髯神武定天下，手揮玉斧綏遐荒。麴文泰獨恃阸險，車師後部仍披猖。偏師一隊遣君集，破竹勢定平高昌。削壁摛詞紀鴻烈，主英臣勇豐功彰。所悲寡學倚勳舊，麒麟冢毁身罹殃。我未讀碑長太息，烹狗藏弓未為得。誰使龍堆魚澤西，迢遙

萬里烽煙熄？迄今閲世逾千年，一片猶存貞觀石。登臨滿擬獲奇觀，豈期邂逅成虛覯。或云物久鬼神憑，顯異呈奇夜有聲。碑文特惡游人讀，讀則風雪隨飛騰。我聞其説竊匿笑，世俗好誕難理爭。不見竇憲涿郡外，燕山磨石刊新銘。又聞伏波南海上，銅柱表界鐫勳名。紀功垂遠一例耳，奚為此石能通靈。默揣無難明厥故，玆山峻極多寒冱。風侵雨蝕易銷磨，封填欲代紗籠護。驅丁毀垣石完好，翠墨拓本文無誤。攜歸補入金石編，歐洪儻見應欣慕。初唐碑刻世間希，拓全仍令重封固。更磨峭壁古藤邊，自鐫出塞新題句。竚遇千秋好事人，識予游蹤曾小住。萬松寒翠起天風，盡吹詩思淩雲去。

大宛馬歌

寒空睒閃電光紫，月精下墮渥洼水。迴風蕭颯雲靉霼，軒然波立一龍起。應陰配陽叶坤體，俶儻權奇駿莫比。漢武得之為色喜，作歌紀瑞播遐邇。龍媒著名自玆始，遺種相傳今尚爾。我初讀史心猶疑，玆游秦隴親覩之。空磧亭亭落日低，颵颾不斷北風吹。捲地沙乘敗蘀飛，或臥或立或長嘶。千羣獻自西極西，雲霞可掠電可追。自昨王師蕩絶域，犁庭罨地烏孫北。玉斧寧畫伊犁河，金戈直指大宛國。萬幕遙分左右部，天方別種哈薩克。遠人臣服許朝正，深目鬖毛充貢職。議開互市綏遐荒，五花神駿來如織。或以布帛或以茶，以此易彼平其直。春秋沙暖草豐候，如錦如雲道梗塞。軍實郵傳兩便宜，騰驤盡為中華得。猗歟此馬中華不易得，巍巍武功煥文德。天庭血戰幾千回，天駟星移敵壘摧。虎頭猿臂思良將，麟角虬文想異才。圖象漫矜花萼壁，降精不數拂雲堆。天閑萬匹皆龍種，樂府空歌天馬來。哈薩克全部臣服，沿邊貿易互市，得良馬甚多。每歲春秋，解送内地，充陝、甘等省，撥補營驛缺額之數。邊防馬政均有便宜，洵為綏遠良策。

苦寒吟在巴里坤作

前日北風如虎吼，樹折蓬飛亂石走，黄沙陣陣塞人口。昨日風停寒已奇，繁霜簌簌晴晝飛，雖有太陽霜不知。今晨欲雪猶未雪，百鳥潛身齊結舌，沈沈四望黑于鐵。自天至地雲萬層，但愁黏合凍為冰，道路不復通人行。無聊且自閉土屋，老馬伏櫪形觳觫，亦苦凛冽嘶如哭。冷氣切膚森有鋩，解帶添衣十指僵，夢魂一往天荒茫。榾柮堆鑪火不力，雪飛爭與客愁積。未審來朝深幾尺，且呼僮僕酤村醅。板扉雙扇鑿凍開，三百青錢止數杯。因憶舊冬當此候，官閣攤書坐清晝，滿簾紅日鑪香透。豈知行役有今年，短裘匹馬巡窮邊，顧影自笑還自憐。回頭揚鞭急歸去，正好江南正月暮，千山一白梅花路。

九日松樹塘登高寄劒飛延青兩弟三首〔一〕

迢迢鄉國萬餘里，黯黯風光重九天。菊花笑我信癡絕，尊酒相違十五年。

蘭山高會空懷友，同谷傷秋正悼亡。俯仰此身如落葉，無邊任爾逐風狂。

茱萸插鬢頻惆悵，兄弟三人各一方。可念塞垣于役者，酸風嚴雪過重陽。

【校記】

〔一〕『松樹塘』，杏雨草堂本作『塞上』。

雜詩六首

極目荒荒去路遙，窮邊景象欲魂銷。林間似石眠蒼兕，磧裏如人立皂鵰。度嶺雲隨風撲面，入秋樹已雪埋腰。前途且喜軍臺近，畫角聲殘號旆飄。

只疑別是一乾坤，山勢嶙峋水色渾。塞俗殘秋爭出獵，邊城白晝也關門。豈知風定沙仍起，卻怪雲收日亦昏。客況偶嘗終不慣，駝酥牛炙當盤飧。

雲黃草白遠天低，路入邊陲倍慘悽。氣候未曾分廿四，沙場難更辨東西。深憐負戴奴龜手，忽訝竛竮馬裂蹏。今日不知何處宿，寒鴉鼓陣已歸栖。

弢戈解甲表昇平，西域風塵萬里清。大漠近開都護府，遐荒久設受降城。何勞戍部防邊警，漸有丁男出塞耕。聞說近來諸屬國，喜談文事怕談兵。

郵館風號古木悲，何年戰壘滿山陂。荒城斜挂秦時月，破廟空闕漢代碑。自笑寒宵猶訪古，誰來絕塞更留詩。此生別具襟期在，癡甚從嘲類凱之。

柝聲未定又雞聲，旅夜生憎睡易醒。塞月正來窗上白，家山偏入夢中青。昨宵慈母曾相見，數拍淒笳不可聽。為問衝寒向西去，天涯仍有幾長亭？

有答三首

君問邊庭況，行蹤可概論。踏冰秋渡海，鑿雪曉開門。日已峰顛出，雲猶磧上屯。前朝龍戰處，多少未歸魂。

無風蓬自轉，欲暮馬先驚。天了磧難了，春生草不生。馬嘶迷轍路，鵰作控弦聲。尚有焉耆種，能談博望名。

一日過一驛，將窮西極天。塞雲常帶雪，野水不歸川。南北山爭大，晴陰氣總偏。斷人恒累月，那得尺書傳。

觀東漢永和二年裴岑紀功碑五首

巴里坤屯兵墾地得之，移置城北叢祠，文簡篆古，洵可寶貴。爰搨數紙攜歸，以補《關中金石錄》，並跋短章

邊城喜值快晴時，走馬來尋漢代碑。翠壁手捫窺古法，唐前秦後接冰斯。

嵩山洛水冷雲煙，宮殿迷茫認不全。誰料玉門關外石，至今留得永和年。

松岡聞說駐降旗，祠後猶留萬竈基。每到雪昏風橫夜，煩冤新鬼哭殘碑。雅將軍曾殲沙克多爾曼濟部衆于此。

未必勳名衛霍如，簡編失載亦麤疏。我來不枉風霜苦，摭得遺聞補漢書。
摩挲自剔土花青，篆法猶存舊典型。為乞銀光覓人搨，不辭獨立夕陽亭。

抵廸化城有作四首

都會雄西徼，層岡立界碑。橐駝行負水，羌女出擔柴。孤戍松圍屋，千屯稻覆街。輪臺歸版宇，無外荷柔懷。
雉堞淩雲起，蛟旗背日遮。萬家軍府肅，百貨市廛奢。古驛連回部，靈峰對吏衙。邇來番俗革，比屋喜栽花。
闢地規疆里，環城儼邑都。泉饒禾黍茂，人雜語言殊。白塔談經市，紅闌賣酒壚。邊防應警急，未瞑角烏烏。
萬里攜孤劒，驅馳我亦堪。衣冠通日下，風景似江南。畜牧耕屯廣，膠庠文字諳。異鄉難久住，衝雪促歸驂。

題虎峰書院壁

巉巖西極讋聲靈，化廸殊方見典型。屬國君臣羞說劒，窮邊士庶慕談經。涼雲影濕松窗翠，遥嶺光分竹簡青。廢碣尚留金滿字，備参金石徧遐庭。

吉木薩行帳與紀曉嵐前輩夜話

毳幙雄談刁斗沉〔一〕，石城西去乍秋深。奇書讀罷為遷客，酸淚揮殘賸壯心。絕域何時歸馬角，陽關此夕奏烏欽。他年紅廟題名處，人識乾隆兩翰林。

【校記】

〔一〕『毳』，青箱書屋本作『窾』。

博克達山歌

輪臺山大碧天小，三峰高矗層雲表。馬蹏纔渡木壘河，五百里外遙見煙鬟青了了。自麓至顛，路凡幾千。境靈地異，飇車造焉。恒春萬年樹，冰雪長寒沍。福地虎狼巡，遙壇風雷護。或云上有金銀臺，仙靈控鶴時一來。丹霞紫霧，常覆林岑。世人可望不可即，微聞天風吹落飄渺鵷鸞音。山巔湖水，周遮百里。中出神瀵，飲之不死。時值冬夏，氣如春秋，木蘭為柟蓮為舟。桃花一色十萬樹，終朝紅到湖心樓。樓無主掌，隨意來往。俯視濛濛，但聞雲響。又云此山遙接太華峰，形聯脈貫一氣通。石根如藕埋地底，扶輿秀結東西，兩地爭聳青芙蓉。終南太白直驅祁連走絕域，如蔥如薔，鈎連映帶瀛寰中。十二萬年地輪墜，陽施陰設，精靈不肯閟。水融為山，全態呈紫翠。宛若枯槎萬里長漂流，天漢橫亘人間世。我聞是語，心遊窅渺。急擬尋真求至道，赤松黃石侶非杳。鍊氣化神，後天而老，御風來此種瑤草。一任黃塵澒洞飛茫茫，我居別有扶桑島。

雪蓮花歌

雲重重，山疊疊。中有孤芳凝秀靨，亭亭莖幹青瑤接。含素豔，吐清芬。自開自落，世斷知聞。寧淩寒忍凍以獨立兮，不與衆羣。薄言采之，遠遺夫君。爾毋飄煙而墜粉，遽抱月以飛雲。所愁厓縣隥裂，石梁凍折，徑路阻絕兮，使吾心乎愛矣徒與太古堅冰鬭孤潔。劑藥石以砭彼膏肓兮，慎勿失高寒之本性，助世人之內熱。吾聞仙人有杖九節兮，逝將借之徧踏天山萬峰雪。其性熱，用以入藥。

火山行

火山磅礴勢巀嶪，未至百里地已熱。赤亭口外無人行，浮燄飛熛時閃掣。秋冬令行不到處，但有炎蒸斷霜雪。長風披拂氣庵庵，直欲上炙銀河溫。金烏玉兔遙匿迹，惟恐毛羽遭燒焚。縱有愁雲銜雨至，雨未及下雲先乾。翔禽遠覰且心懾，奔獸潛窺各膽寒。千尋倒影落海水，近有熱海。瀲灩盡日翻紅瀾。泡騰沫濺沸不止，地底誰將熾炭燔？有如周郎破孟德，黑夜潛軍入赤壁。蔽江艫舳一時燒，光芒激射半空赤。又如女媧支洪鑪，鼓皮排，鍊補天石。百靈奔走運樵蘇，絳煙紫霧兩間塞。我聞五方配五行，西土於位為白精。竟許火官逼處此，日銷月鑠無留停。相尅豈非物所忌，金天胡以偏容情。造化深微理難究，戈壁陰疑陽獨透。流晞村墅田廬間，建子之月花如繡。聊投逆旅覓壺飡，形情細向居人叩。山光照曜夜不分，開闢以來一白晝。

大風歌

闢展南山麓有風穴如井，大風將起，數日前即有聲。行人亟須避匿，否則連車馬捲去，無蹤影矣。風五色不一，《漢書·西域傳》所云「風災鬼難」之境，殆即此也

天山巀嶭塞太清，蜿蜒起伏癡龍橫。上有風穴井口大，衝飈每發先作聲。海洶洶，雷砊砊。噫氣一鼓，六合俱晦冥。天輪疑欲翻，地軸恐將壞。岡巒起舞，林木傾拜，浮雲摧積，止水澎湃，日車欲進難進仍倒退。沙阜捲已平，巨石淩空磓擊而星碎。斯時百鳥驚翥，羣獸駭奔，力疲膽裂，颮颮紛紛。相距幾州郡，居人競杜門。有時風色赤，有時風色黑。黑如一刷千里墨，鵬怒摶扶搖，影落垂雲翼。赤如陽燄倏噴激，電火輝輝搜魅迹。羣龍怒戰，血濺雜鳴鏑。有時風色黃，有如夕陽照寒磧。飛沙浮雲共一色，人世鴻荒猶未闢。有時風色青且白，青如狼煙散荒驛，白如銀漢沈西極。又如巨靈途經雪嶺嫌徑窄，手揮金斧淩空劈石黛，冰珠灑落交摵摵。呀呷紛披，形象閃屍。神靈出沒，鬼怪離奇。儼有金支翠莖，飛車突騎，絡繹爭奔馳。行人儻值此，驀地即吹起。輿如轉蓬馬片紙，形滅迹消，焉知生死。或熱或寒，簸盪無端。山獰石燕，商羊折丹。憑威藉勢，同惡濟姦。傳語飛廉，莫萌故態。我具封章，乞帝

除害。將遣羣神，悉臨下界。息壤一拳，坎窞立蓋。否則夸娥負山遠厝西海外，佇見王道平平無隔礙。千秋萬歲，煙塵淨邊塞。

塞下曲九首

骨肉當年聚一堂，出門百里算殊方。今來蔥嶺從東望，蟠木紅輪近故鄉。

漠漠平沙接遠林，涼飈砭骨客愁侵。昔年博望曾經此，白草黄雲可似今？

信書易被古人欺，每到身親始自知。磧上眼看紅日落，誰言夕入是崦嵫。

黄昏走馬向交河，渺渺寒沙接白波。客路不知當晦日，遥看猶謂月明多。

停車暫宿磧西頭，太白暉暉帶戍樓。一夜布城眠不穩，笳吟鬼哭雜涼秋。

風捲寒雲去不迴，偶斟苦酒遣懷開。山頭燐火河邊骨，總是昆明劫後灰。

牢蘭海距皋蘭山，水隔重巒磧隔關。只道程途天樣遠，豈知夢可片時還。

邊城風景也堪誇，毳帳氈廬可當家。纔到小春春已透，冰條如柳雪如花。

問訊良朋尺素裁，未知何日手親開。朔風乍緊嚴霜急，不放隨陽一鴈迴。

冰山行土人呼為木蘇達阪

西域冰山實奇絕，氣結為峰水作骨。銀濤隔海疑三島，瓊闕朝天森萬笏。嶙峋直上淩蒼天，層巒幽磴盤幾千。逼人但覺肌生粟，迓日何常玉有煙。東風著力吹難綠，亘古童童無草木。作意龍庭梗道途，漫思鳥徑逢樵牧。天山南北此限之，造物狡獪太逞奇。世間果現水精域，霧裏應扃玉女扉。或云此即司寒府，六月凌陰不知暑。銀竹森森接大荒，瑤宮曲曲通縣圃。千層萬疊堆琉璃，誤傳姑射仙人居。冷月升沈渾莫辨，白雲樓宿未曾知。忽然一柱擎霄漢，淩虛卓立絕依傍。忽然一縫裂馬前，俯窺有路通九泉。玄陰凝結春不到，消息欲問鴻蒙巔。中華轍跡出飛鳥，六合以外境幽窅。準夷回部次第平，此地行人成大道。換防官軍限瓜期，荷戈往還少者老。安得夸父之仗，逐迴九日西崦遙。燭龍噴焰金烏驕，太古之冰見晛消。嗚呼！冰融山折永永兵氣消，免教金刀鐵甲勞人勞。回疆葉爾羌城駐防有伊犁滿兵數百名，掄年換班，來往必經由此路。

于闐采玉歌

祁連西走一萬里，靈源洄折方流水，中產瑰寶純且美。漢武拓邊偶流傳，不通中原二千年，沐日浴月全其天。天戈掃蕩靖西極，玉瓏哈什歸版域即玉河，神物呈祥不敢匿。官兵日出催晨餐，飛揚旂幟陳河干，風融雲簇水不寒。精華孕育只在此，岸潤沙明清見底，越境惟看石齒齒。孚尹茫昧不可知，采采須屆春秋時，否則辛勤徒爾為。五人為伍比肩立，短衣跣足戴青笠，水流激脛聲瀺瀺。不以手捫以足探，銅鉦一響如銜參，隨拾所得儲筠籃。遙看波面疑羣鷺，雁行並進仍徐步，臨淵不為魚堪慕。令嚴法禁藏私家，瑜美何曾欲掩瑕，千中拔一已足嘉。瓊瑤拂拭重英蕤，彩色輝華湛然起，似幸遭逢獲知己。他山石攻國器成，如圭如璧古製精，聲價遠邇誇連城。彤庭席珍璨溢目，溫其有人在板屋，韞匱待價甘抱璞。出肇昌期豈偶然，三棘五德符高賢，王度可式寧舍旃。翠珉銘勳詞義肅，靈英庇蔭多嘉穀，大有頻書天下福。

哈密瓜

異域值瓜時，頻陳冷不辭。張騫攜未及，胡嶠記偏遺。大豈輸萍實，甘真勝蜜脾。何當留數子，歸種向陽陂。

土魯番白葡萄

堆盤滿眼涼，色合配西方。馬乳非人挏，蠙珠論斛量。釀當名白墮，錦擬號明光。無異金莖露，翻從絕域嘗。

東歸過多倫達阪烏魯木齊南，通闢展孔道

一嶺界南北，突兀撑太清。飛隼不敢度，横截蒼龍形。百盤疑絕頂，猶是第一層。層層升險峻，亂石虎牙獰。穿雲人倒退，石齒與車爭。淩虛防傾覆，雷霆震訇訇。俯降又仰陟，地不咫尺平。黄沙捲驚蓬，寒日無光晶。長空雲數片，風裏凍為冰。積重忽然墮，著地鏗有聲。林際木甲結，厓根霜華凝。薄暮出重險，寸步難再行。四天暝色合，宿宿無郵亭。草根搘氈帳，偃息亦少寧。馬飢齧落葉，僕冷燒枯藤。寒雞噤怕叫，宵長未肯明。披裘看天宇，風摇一磧星。

入玉門關夜題客館壁

大漠纔過疊嶂排，關門中扼斷厓開。數聲畫角淩雲去，萬點寒鴉作雨來。偏閱窮邊驚險要，始知鑿空信奇才。今宵那可無詩句，冷月如霜照酒杯。

大風宿柳溝驛

漸進陽關道，天陰氣慘淒。風驅亂石走，沙壓凍雲低。作勢天將雪，驚心馬屢嘶。且欣逢古驛，得

免路旁栖。

曉入嘉峪關

五更即起展征輪，漸見東方曙色新。殘月尚縣雞亂唱，今朝第一入關人。

發甘泉驛作

曰歸曉夜兼程進，似較前時路倍長。郵館嗁烏催夢醒，一輪紅日一街霜。

抵紅城驛書此先呈蘭州諸同志

往返萬餘里，斯行實所欣。詩題蒲海月，衣染鐵關雲。羊角驚稀見，口外野羊雙角彎環，大如車輪。飈輪幸未聞。謂三間房、五色風。且須沽美酒，歸與話離羣。

自題秋月吟笳集

簪筆曾陪鸞鳳羣，請纓悔不學終軍。錦囊莫笑空羞澀，匹馬寒衝萬里雲。
長短亭過頻畫壁，寒暄客至且銜杯。天山涼月重陽雪，總與詩人助壯懷。
游蹤遠趁西流水，心事淒同北塞鴻。一掬思親哀逝淚，新翻玉笛變聲中。

靈巖山館詩集卷二十六

杏花亭吟草

登樓

縹緲飛樓霄漢間，畫闌一曲俯孱顔。白雲正起谿邊樹，紅日方沈鳥外山。可當歸家聊望遠，不能謝事且偷閒。塵緣解脱原非易，吏隱無妨學閉關。

删詩

小坐巖删舊日詩，箇中得失寸心知。安能洗髓全無垢，只問吹毛可有疵。惡竹斬餘通碧嶂，浮萍濾盡見清池。後人亦解相思否，卅載襟期兩鬢絲。

觀碁

水亭簾捲午風清，兩客無言對石枰。冷眼不難分黑白，當場終自戀輸贏。收官我覺先機好，見劫人俱末路爭。指與偏傍休念念，可知餘子本來輕。

留客

年時懷想每依依，出處殊途願各違。宦達我慚糜鶴俸，飢驅君惜撇漁磯。今宵只可談風月，白馬何須辨是非。十日且拌同酩酊，囊空典尚有朝衣。

左副將軍協辦大學士果毅阿公輓詩三首

入險艱能濟，捐軀恨尚呑。蜩螗喧老緬，阿瓦緬匪，各土司俱稱為『老緬』。樓櫓失公孫。時公領舟師從金沙江進勦。妖彗捎芒出，愁雲帶瘴昏。戛鳩江上月，邊草嘯忠魂。

曩歲平回部，兵圍黑水旁。轟天千騎落，破膽二酋僵。兆大將軍被困黑水三月，我師危甚。公兼程應援，夜半抵營擊賊。賊疑為神兵，逆酋宵遁。表伐垂青簡，圖形上紫光。飾終隆典命，灑涕覽遺章。

鐵券勳臣重，珠裾祕闥通。予直機地，公官大司農，追隨最久。功成心轉細，業盛德彌沖。百戰恢全力，三生悟大空。平時奉佛甚虔。束芻重拜墓，拱木颯悲風。

宕昌寓樓〔一〕

小閣支窗愛夕陽，憑闌客想半蒼涼〔二〕。白雲本是無心物，一出山時便底忙。

【校記】

〔一〕杏雨草堂本題作『宕昌寓樓晚坐看遠山雲起』。

〔二〕『想』，杏雨草堂本作『思』。

暖泉

岷陽鬱蒼潤，洑洄迸碧湫。瑩然一泓泉，虧蔽圍古柳。其源出樹根，涓涓漸盈畝。波微不容輈，水淺難置罶。一脈靜而深，四時清且瀏。澌流輕暖先，澹蕩堅冰後。始知坤涵靈，不與衆泉偶。我昨巡春來，輶車指隴右。行行出北門，逶迆度陂阜。徘徊雲泉上，不覺靜憩久。觀瀾術豈窮，討源義弗取。予聞蟄龍神，潛靈待虔叩。冬春兆旱徵，憂心繫職守。芸芸萬姓命，籲請載稽首。噓吸盪雲雷，行霖遍九有。

魯班崖

雙闕拔險峭，下垂虛無根。峰盤勢逼仄，闔闢環重閽。仰窺天輪軋，俯壓地軸掀。日月不到底，今古潛靈昏。石骨露蒼翠，冥若雲氣屯。又似蛟龍蜕〔一〕，驅走波濤紋。豪湍觸危磯，宊圖不得奔。撞擊齧山石，彼此互欱歕。齟齬不肯讓，盪薄轉欲吞。建瓴注絕壑，演漾天四垠。開雕創奇闢，施設窮胚渾。土人艷稱説，穿鑿煩仙人。巨斧一以劈，煙塞排長源。谽谺片雲石，隱見刻削痕。至今巔崖上，賸有靈柯存。神仙匪渺茫，此事理或真。弗識化工妙，跬步堪驚魂。不見龍門峽，僉頌神禹神。

【校記】

〔一〕『似』，青箱書屋本誤作『以』。

青箱書屋本王批

奇景以奇筆出之，奥而顯，曲而達，少陵不過如此。韓公文則能之，詩尚不及也。（『豪湍觸危磯，宊圖不得奔。撞擊齧山石，彼此互欱歕。齟齬不肯讓，盪薄轉欲吞』）

序魯班事，大雅之至。（『建瓴注絕壑，演漾天四垠。開雕創奇闢，施設窮胚渾』）

通人之言，非小儒所知。（『神仙匪渺茫，此事理或真。弗識化工妙，跬步堪驚魂』）

觀音閣

昔登燕子磯，拾級觀音閣。江山豁襟抱，奇情恣揮霍。今渡白龍江，踽步淩岝㟧。孤庵貼峰腰，倒影下無著。髣髴曩所歷，名同境則各。雙崖束湍走，奮迅勢險惡。徑逼塞巨障，路轉陷虛壑。翠岫劖青冥，千仞當面落。危構嵌石罅，飛厂絕地堮。基與立壁爭，址向縣崖鑿。孤支杖朽柱，牢絆賴鐵索。一廛扼造化，萬象就橐籥。重簷不盈咫，突兀接雲腳。繞檻轟春雷，攢窗吐蓮鍔。倏忽盪景光，傑卓矜劖削。天空敞清眸，峽翻壓驚魄。無風意飄簸，欲動神錯愕。約險到微茫，索奇向寥廓。慈雲護禪界，法座被纓絡。始知佛力普，那藉人巧作。江聲蕩山影，萬古青簾幕。

青箱書屋本王批　奇險至此，不可思議。（『基與立壁爭，址向縣崖鑿。孤支杖朽柱，牢絆賴鐵索。一廛扼造化，萬象就橐籥』）一結萬鈞之力。

滴水巖

青山解愛客，夜靜窺虛窗。娟娟寫煙鬟，窈窕世無雙〔一〕。推簾一延接，便須倒酒缸。舉尊酹清景，村歌不成腔〔二〕。爾傲淩霄姿，予慚健筆扛。山意與詩情，爭險不肯降。獨惜嶺背月，四更隱崆峣。

煎茶沸石鼎，剔花墮銀釭。支枕弗成寐，巨浪喧春江。

【校記】

〔一〕『世』，青箱書屋本作『矜』。

〔二〕『村歌不成腔』，青箱書屋本作『為歌故園腔』。

青箱書屋本王批

押險韻如入無人之地。（『山意與詩情，爭險不肯降。獨惜嶺背月，四更隱崆峣』）

甘泉村

山容添潤澤，冷翠淨欲滴。好花開未已，爛漫款行客。宛轉雲嵐深，突兀烽堠隻。居民數千家〔一〕，聚落抱泉石。屋旁帶牛宮，屋後連豕柵。官符無欠糧，私囷有積麥。父老喜我至，邀我暫憩息。小樹敞南榮，十圍蔽松櫪。深黃菜甲花，鳴湍清晝激。靜抱淳古意〔二〕，勤修耕佃職。望歲歲屢豐，巖居樂何極。擾擾征途間，何苦勞形役。

【校記】

〔一〕『千』，青箱書屋本作『十』。

〔二〕『抱』，青箱書屋本作『涵』。

自臨江堡至乾江緣崖上下仄徑險絕

江源奪山出，奔赴絕宿溜〔一〕。千峰一線通，開闢爭此竇。東之益豪怒，隴蜀弗能救。截留便倒激，得罅旋下就。疾湍與亂石，曲折成邂逅。中容裂帛懸，外駭迅霆鬬。夾以萬仞山，立壁削青瘦。細境緣秋豪〔二〕，不敢下猨狖。穿從石脇迴〔三〕，鑿定鬼工奏。兩崖斷絕處，朽木支危構。下有薄板鋪，上有怒石覆。凌虛峰倒壓，仰睇怯矇瞀。趾錯憚弗前，魂驚呀欲仆。平生好奇癖，至此始一究。大造挺崛靈，咫尺安可囿。日落山外山，亂紅堆衆皺。

【校記】

〔一〕「溜」，青箱書屋本作「留」。
〔二〕「緣」，青箱書屋本作「琢」。
〔三〕「從」，青箱書屋本作「欲」。

青箱書屋本王批

起五字真而奇。
少陵入蜀諸篇不過如此。
結處湛足，妙有遠神。

雨後登試院寓樓展眺階邑近郭諸山

好山乍經新雨沃，有似名姝澤膏沐。煙鬟霧鬢百媚生，面面相逢看不足。廿番風信逼春歸，社翁無權雨師縮。麥苗枯焦青草死，高下山田九日暴。昨遵江潯眺四山，絕岸萬丈立⿰黍叚駮。岷州得雨階州晴，同戴皇天異歌哭。宵闌行館擁衾坐，星斗含光焰韜燭。孽龍倒踢雷車翻，蒼狗變幻雲鋒簇。須臾颯拉動紙窗，倏忽琤琮鳴板屋。雲頭掣電大滂沱，初若翻盆繼霢霂。百昌洗刷暢生意，萬象清新縱遙目。孤村艷潤欲殘紅，側隴勻鋪乍生綠。太白晴峰凍雪融，錦屏仙洞飛流澓。春林淡靄喚鳴鳩，殘月清歌聽驅犢。春行豈為看山來，登臨快慶蒼生福。

武都懷古

漢將征西重武功，此邦控馭節麾雄。安邊有策思虞詡，黨惡無名惜馬融。雲棧千盤連蜀道，耕屯萬幕雜氐戎。昇平絕塞銷兵甲，花影春江漾亂紅。

碧雲關

幾家煙戶不成莊，鎖鑰嚴關扼漢唐。馬倦尚聞車轣轆，雞鳴惟見月荒涼。薄襟愛染溪山色，破屋低垂星斗光。止為太平邊禁絕，一兵差比萬夫強。時當關止一老兵。

兩當

亂山藏古縣，遺俗愛敦龐。春老黃花驛，波明白水江。城荒嘷故鬼，花隱吠仙尨。廢宅思吳十，扶藜度石矼。縣西南有廢城，每風雨，聞鬼哭聲。

黄花驛

月送清江影，三更照鬢絲。客吟隨夢冷，蟲語挾秋悲。俗近秦猶古，山連蜀漸奇。西風吹破驛，晼晚折霜枝。

成縣張氏寓樓前牡丹一株高丈餘主人云一百四十年物矣題詩二首[一]

仙葩零落炫虚堂，小夢繁華記洛陽。綠浪紅瀾消不盡，一枝親見閲滄桑。

百寶朱闌翠幔遮，水天閒話玉堂花。看來絕代風華種，小隱偏宜處士家。

【校記】

〔一〕『成』，青箱書屋本作『禮』。『丈』，青箱書屋本作『九尺』。『主人云』，青箱書屋本作『張氏』。

麥積山

碧空形團團，勢連汗漫宇。隴西擅富強，封殖屬天府。來彝億萬斛，堆積少倉庾。行近始知山，巖巒秀今古。下馬攝衣登，琳宫開淨土。紅泉瀉石磴，畫閣面花隝。禪房曲且深，老僧約三五。當檐多筼簹，不辨日亭午。銅鼎凝妙香，竹鑪煮春雨。啜茗出松門，苔龕瞻佛祖。鷲嶺現雲根，龍天迴八部。知由神鬼功，精微到絲縷。蘭成銘尚存，文字兼媚嫵。小憩潭上亭，諸峰青可數。丁丁不見人，煙林響樵斧。驚起鶴一雙，遠落夕陽浦。

雕窠谷

丹霞襯遠岑，紅日到幽谷。曲徑裹霞外，森森夾喬木。萬綠深如海，中藏古金屋。白水起真人，羣雄互逐鹿。隗囂據天水，與蜀為犄角。右控白馬氏，左接青羊谷。僭竊擬王居，高標玉泉麓。隴西雄勝區，私占作湯沐。避暑起離宮，月榭依巖築。麗色數秦娥，妝鏡菱花簇。彈指霸圖空，疾風吹短燭。賸此好溪山，繁華猶在目。時方暮春天，新筍漸成竹。一叢危磴前，弄影風簌簌。何當解簪組，遂我返初服。坐擁萬卷書，嘯傲靈巖麓。試訂隴山雲，佳客不勞速。浮蹤儻過吾，借爾石樓宿。

東行經安會道中感時述事寄蘭省諸公十首〔一〕

一望無青草，傷心逼晚春。荒墟逃鼠雀，古廟失靈神。已絕全生望，猶為半死人。哀哀聞野哭，蒿目倍酸辛。

解渴爭泥水，充飢盡草根〔二〕。四年三遇旱，十室九關門。流徙子孫絕〔三〕，蕭條墳墓存〔四〕。更誰攜麥飯，燒紙酹孤魂。

土渴山形死，飆獰地脈焦。村虛遺破竈，人盡賸空窰。怪鳥呼魂魄，妖狐噉血膋。瘠捐鄰死日，不敢逼昏朝。

窖涸多逃水，倉空久絕糧。長衢行亻亍，破寺聚流亡。路哭家橫擔〔五〕，山荒足裹瘡。黃蒿照涼月，乞食向何方？

天低妖霧合，日瘦暮山寒。暴骨烏爭肉，敲門鬼索餐。哀歌喧薤露，槀葬缺桐棺。一掬鮮民淚，憂來豈有端。

賣兒償一飯，鬻婦索千錢。長別寧堪此，生存亦偶然。吞聲知淚盡，分手尚衣牽。決絕真無計，斯須立道邊。

野店孤鐙暗，荒雞慘不鳴。蒼涼春夢短，俯仰客心驚。血變千林火，尸填十丈阬。可憐人餓死，賑册尚留名。

不雨難安麥，愁深隴坂間。饞倀憑虎虐，疫鬼逼人頑。瑣尾民生急，遨頭花信慳。諸君同守土，何以慰時艱？

奇荒今至此，草草議難支。鄭監圖誰繪，春陵句可思。盡心臣下責，惜命上天慈。牢補羊亡後，經營莫更遲。

石田愁餓鼠，荒澤遍哀鴻。災象夏秋并，甘省辦賑，分別夏災、秋災勘數題報〔六〕。倉儲借糴空。時各屬官倉已空，方議撥運。焦勞煩聖主，補救仗羣公。急切陳民瘼〔七〕，飛章達紫穹。

【校記】

〔一〕青箱書屋本題作『春仲東行安會道中感時述事寄蘭省當事諸公十首』。《羣雅集》卷八、《詩徵》卷一百五十五、《詩傳》卷二十二、《正雅集》卷十八題作『春仲東行安會道中感時述事寄蘭州當事諸公』。

〔二〕「盡」，《正雅集》卷十八作「𥂕」。
〔三〕「子」，《詩傳》卷二十二、《正雅集》卷十八作「兒」。
〔四〕「壙」，《詩傳》卷二十二、《正雅集》卷十八作「壟」。
〔五〕「擔」，青箱書屋本誤作「檐」。
〔六〕「數」，青箱書屋本無。
〔七〕「瘼」，青箱書屋本誤作「莫」。

青箱書屋本王批

少陵《無家》、《垂老》，次山《春陵》，同此一段胸懷。

曉發六盤山寄平涼太守顧晴沙光旭

荒雞喔喔夢初殘，隴坂橫雲翠影乾。人踏罡風羊角細，峰翻晴雪馬頭寒。憂時卻減探山興，訂游空同山不果。閔雨難償訪舊歡。傳語空同麥未熟，使君漫擬賦休官。時君擬乞假南歸。

題高山書院圖為晴沙作

空同鎮隴坻，峰巒鬱靈淑。仙人廣成子，傳道留遐躅。餘氣洩斯文，蔚為弦歌俗。前明拔隊起，首推趙浚谷。邊城兵燹餘，俗尚兼耕讀。茅簷多秀良，亦知被儒服。漸摩既無方，失教在司牧。虎頭古循吏，下車勤教育。揖讓進諸生，拔尤遍黌塾。北郭舊書堂，頹廢翳榛蔌。鳩工謀鼎新，規模仿白鹿。繚垣疏曲池，夾道森喬木。巍峨韓子冠，突兀杜陵屋。用講堂楹聯句。經術師文翁，儼然治西蜀。六藝抉精英，百家萃芬馥。我來雪初晴，空庭鋪碎玉。憫彼災餘民，春田或可卜。瀹茗共談詩，風騷佩子獨。坐久竟忘歸，紙窗敲亂竹。雲外碧芙蓉，影閃孤檠燭。玄鶴唳寒宵，書聲間斷續。

客從江寧來誦袁簡齋前輩詠物詩九首愛其運意遣辭有不即不離之妙因如數擬作聊以示客不必寄袁

鏡

最愛芙蓉是小名，奩欹開處水澂清。有誰悲喜能相隱，一覽媸妍各自明。幸賴玉臺堪寄託，直贏璧月不虧盈。繡囊揭後寒光露，多少精靈見影驚。

簾

繡額銀鈎畫檻前，已過花事欲風天。箇中消息惟香透，一片玲瓏愛月穿。望去真疑深似海，算來原只薄如煙。佩環聲杳音容隔，小立桐陰意惘然。

牀

畫石沈香未足珍，青楊八尺稱清貧。雨聽長晝於中好，情與勞生分外親。紅粉妝成偏獨守，銀釭滅後任橫陳。笑他繡被閒堆處，孤負溫柔豈乏人。

鐙

佛香初上寺鐘撞，自剔閒房背壁釭。寸草有心終不昧，孤幃伴影暫成雙。幢幢何處徵歌院，耿耿含愁聽雨窗。坐憶昔年歸櫂夜，春星一點泊寒江。

扇

泰輪何必巧安排，自愛齊紈製作佳。便面有人分月貌，同心隨地展風懷。撲來螢火花閒徑，按徹歌聲水上齋。我亦昔年京兆尹，持將拊馬走天街。

尺

累黍調鐘舊典詳，可知布指異尋常。縱橫誰得逃分寸，長短原非愛較量。入手紅牙先可意，滿身金粟有餘香。綺羅叢裏從裁度，已準閒眠向繡牀。

杖

龍形麟角總傳聞，獨愛桃枝最絕羣。去矣同行攜上座，飄然一策會淩雲。持危到處皆由我，濟勝何人不羨君。於國於朝非所望，乞吹藜火照修文。

帳

教放金鈎燭欲殘，折枝花繡綺幬丹。風能披闥遮防好，夢解游仙護衛難。一入睡鄉雲四抱，不知塵世日三竿。西堂祕閣何人到，寐態偷窺揭曉寒。

香

自啟彫匳任意拈，未焚先已韻清甜。熏籠舊憶朝衣覆，吟案今憑侍女添。宿墨半乾初滌硯，名花正放乍開簾。宵涼點罷冬郎集，尚覺餘芳繞筆尖。

靈巖山館詩集卷二十七

青門集

重光單閼（辛卯）

月夜望終南山

南山破全秦，積氣莽迴斡。太白太華間，兹山與之軋。惚恍通神明，飛騰向空濶。夜深霜露下，洗出蒼翠骨。何年紫閣峰，猶掛古時月？

青箱書屋本王批

此一首已具後卷十五首之勢，此望彼遊，故分詳略耳。

秦鏡曲

寶蟾昱昱摘太清，飛精水銀百鍊成。壽光紫珍無定名，毒龍猛虎左右縈。范金合土五兩輕，古質鏉澀銅無聲〔一〕。開歙一氣寒贔屭，凛凛顛毛見心事。日精月華斂幽祕，銀花汞蝕土花漬〔二〕。血痕斑斑背有識，瑰文依稀相斯字。我聞咸陽宫中有鏡分神姦，鬼物欲近心膽寒。磁石門前却兵甲，菱花影裏流江山。一朝美人化黄土，銀鳧玉雁飛人間。鏡乎亦是掖庭物，寫翠傳紅消歲月。阿房焰冷古今平，墓裏還隨劫灰出。我思秦皇鑄鏡照膽兼照形，不能照使六州豪傑無離情。金城萬里已破碎，區區一鏡何用空光明。嗚呼！一鏡何用空光明。

【校記】

〔一〕『鏉』，青箱書屋本作『繡』。

〔二〕『汞』，青箱書屋本作『未』。

春夜獨眠夢偉丈夫攜古琴一張示余音響清越背鐫籀篆十餘字似霹靂文不可識也作詩紀之〔一〕

涼雲吹春夜風急〔二〕，雨欲逼窗愁夢濕。薄幃爛爛鐙燭光，前有丈人抱琴立。長身玉顔鬢髮黄，星冠珠履仙官裝。見我長揖意甚莊，枯桐三尺紫錦囊。謂是晏龍遺制鈞天廣樂之古器〔三〕，敗漆黯淡無精光。驂鸞鞭鳳鶩八極〔四〕，審音操縵抗手成連行。腹藏太古蝌蚪字，蛟螭拏擲淩三倉。是時月黑天茫茫，賓鴻不驚玄鶴翔。得非空絃宛轉感敬伯，定是九皋霹靂悲商梁。含苞淳泊製玄古，精爽騰越游鴻荒。琴停夢醒春寂寂，梅花弄影香無迹。

【校記】

〔一〕『似』，青箱書屋本作『以』。
〔二〕『雲』，青箱書屋本作『雨』。
〔三〕『廣樂』，青箱書屋本無。
〔四〕『鸞』，青箱書屋本作『龍』。

夢三弟

驚看魂不定，相抱意還疑。聚散全難信〔一〕，悲歡那自持。憐予塵鬢老，惜爾病軀羸。斷夢和鐙暗，吞聲一注思。

【校記】

〔一〕『聚散』，杏雨草堂本作『生死』。

喜嚴侍讀冬友至

一笑懽悰合，三秋別恨删。奇情壓華嶽，險句扼秦關。肝膽平生托，文章古境扳。相期朂明德，未覺鬢毛斑。

灞橋示送行友人

瀕行相送灞橋頭，攀揀垂楊我勸休。早被旁觀人記取，者枝春是使君留。

長安詠古四首

茂草周原迹久陳，高山依舊矗青旻。創垂業統開農事，作述君師總聖人。流火一篇豳俗古，遷都九鼎洛濱淪。卜年八百滄桑變，漆簡金縢記失真。

函谷兵威掃電霆，雄圖事事駭聞聽。并兼地盡窮三島，煨燼書殘出六經。博浪鐵椎能不死，阿房匕首竟無靈。只悲金椀人間售，繡嶺秋宵鬼火青。

斬蛇一劍剸羣英，威斗高臨北斗城。亭長開基原創格，金仙垂淚總關情。吏循實並經明重，閹孽還同黨禍傾。憑弔七陵禾黍外，空留殘照滿西京。

晉水龍飛拓遠規，一編貞觀繫安危。宮闈改步窺神器，藩鎮稱兵借義旗。裔本神仙多入道，靈鍾河嶽出新詩。子孫孱弱弁毛棄，莫纘戎衣開國時。

出函谷關作

雞鳴殘月出關初，蘇季當年計亦疏。笑他肘挂黄金印，曾到秦邦十上書。

花朝馬上口占

眨眼春三已半分，馬頭紅雨正繽紛。經旬涴盡征衣色，華嶽嵐烟泰岱雲。

登龍門山觀黄河出陿作

黄河絕塞來，不肯就約束。奔騰出壺口，作意盪平陸。偉哉神禹功，三泉窮反覆。因性利導之，將洩務先蓄。上鑿丹厓開，下穿翠硤縮。洪波似游龍，欲出形反曲。舉頭風雨飛，掉尾雷霆逐。掀騰力過猛，卻被峰稜觸。突然向前趨，兩岸若排蹴。建瓴乃得勢，一瀉千尋瀑。瀑色爛如銀，晝夜舂地軸。

旋渦深成淵，駭浪大于屋。亂抛合浦珠，碎擦昆岡玉。轟轟聲不停，萬乘齊轉轂。遠聽怯驚魂，俯闞駭
邊目。宇宙此開闢，斧痕手可觸。巨石激驚濤，猶含上古綠。在昔太史公，於此最傾屬。須識會心處，
非為離塵俗。流連山水奇，可當異書讀。

禹廟

靈旗高捲大河濱，想見當年開鑿辰。玉殿金鑪閒白晝，珠龕羅幔掩殘春。八年風雨乘橇樺，九鼎
圖經泣鬼神。到底不辭衣服惡，衮龍今亦集香塵。

漢太史司馬遷墓

寂歷空林騎久停，為公姓字有餘馨。一抔土占韓城古，殘表苔留漢代青。蠶室不緣傷虎穽，龍門
安得繼麟經。臨風載把芳醪奠，曾讀遺文溯典型。

隋清娛墓

史筆龍門絕代奇，瑤姬幸侍絳羅帷。松枝明月開妝鏡，石磵清泉潤墨池。芳草埋香憐麗骨，杏花

漾影想幽姿。生前玳瑁貽雙管，半佐修書半畫眉。

哭延青三弟

亭午放衙罷，身閒一事無。緩入竹西徑，獨坐池上廬。非關體疲苶，只覺心恇恗。方牀聊伏枕，猝然來友于。急起出相視，執手上階除。謂汝客西江，何由遽來乎？弟容甚慘戚，徐徐道起居。自從罷官後，鬱鬱心不舒。心病旋嘔血，二豎肆揶揄。沈緜歷數旬，百計延醫巫。三月初六日，乃得復故吾。有事特白兄，願兄垂聽予。人生如寄耳，苦被名利拘。僅緣五斗米，局促類轅駒。今欲謝紅塵，海上探蓬壺。輕身跨雲鶴，寧暇戀妻孥。高堂有兩兄，孝養恒歡愉。兄慎弗念弟，弟自樂玄虛。努力加餐飯，善保千金軀。語竟即辭去，涕泣攣弟袪。嗚咽倏驚寤，輾轉心躊躇。無聊步迴廊，空庭日已晡。策策檐上聲，風搖雙碧梧。司閽忽入報，豫章遣長鬚。火速呼至前，手呈尺素書。署名乃幼姪，書中竟何如。自從罷官後，鬱鬱心不舒。心病旋嘔血，二豎肆揶揄。沈緜歷數旬，百計延醫巫。三月初六日，〔二〕溘然痛長徂。旅邸治喪事，事事形拮据。覽書未及竟，淚下霑襟裾。汝年三十五，正爾富居諸。詞華衆交仰，才智吾所輸。方期騕褭足，騁步淩雲途。方期鸞鶱翼，翻飛集仙都。胡為天不仁，遽教中道殂。卷施每難死，猗蘭偏易枯。不斃流離子，卻殪九苞雛。我欲問真宰，為善誠非歟？遙憶匡廬下，荒涼宅一區。白晝雨淅瀝，長夜月模糊。巷陋喧急柝，城春唬曙烏。舉目鮮親丁，一孀偕一孤。靈牀鐙昏昏，風冷繐帷疏。兒小猶覓爺，婦病時號夫。哀哀哭泣聲，聞者為嗟吁。興懷及於此，五內同封刳。爰命家人輩，設位堂東隅。醍酒酌盈罇，麥飯盛滿盂。呼弟在天靈，來此相依於。一言特告汝，言出吾不渝。行即理舟楫，扶櫬歸里閭。沙田營數棱，汝歸食無虞。汝子猶吾子，鞠育寧辭劬。矧聞頗聰穎，崢嶸頭角殊。詩書吾家事，須俾仍業儒。魂兮儻有知，遺憾可稍攄。所苦慈闈中，聞信正欷歔。翻累白髮親，招魂向空呼。古廳風淒淒，燭燼香在鑪。歷亂紙錢灰，吹徧庭間蕪。

【校記】

〔一〕『自從罷官後』七句，與前文第十五句下同，原作如此。

蜘蛛嘲蠅虎

緣君善捕蠅，加以波羅名。奈何任若輩，附熱常營營。

蠅虎嘲蜘蛛

同一腹中絲，君用作羅網。安居而欲得，此風不可長。

閒房

古槐濃綠隱閒房，山海屏風繞石牀。時未交秋天正午，暫來坐定即身涼。

孤樹

朝暾夕照東西屋，綠滿軒窗暑不侵。未易中庭作孤樹，兩邊顛倒送涼陰。

青箱書屋本王批

寄託遙深。

聞蟬二首

筠簾綺閣約清風，夢落方塘綠影中。最愛晚涼新上月〔一〕，一痕秋意到梧桐。

一賦陳王託興深，孤吟仗爾豁炎襟。貂璫地分雖清切，肯易餐霞飲露心。

【校記】

〔一〕『上月』，杏雨草堂本作『月上』。

都下故人貽書問詢鄙狀惠賜白玉念珠一串展緘復讀詞意悱惻令人增離索之感率成絕句六首却寄恐不成報章也

蕩漾花間白露光，秋衾抱影臥虚堂。書來顛倒千迴讀，三歲相思字八行。

短衣匹馬走窮邊，風雪長途路萬千。愁倚天山看塞月，分明三十六回圓。

光碧流精舊夢長，曾騎白鳳叩雲閶。罡風吹落人間去，蓬嶠回頭漸渺茫。

塞垣雨冷埋香骨，前歲悼亡。江國風顛折紫荆。今春三弟沒于西江。聽遍隴頭嗚咽水，年來總作斷腸聲。

停雲吟慣懷人句，編集詩多出塞篇。見說長卿憔悴甚，茂陵秋雨病年年。

遠道芳緘鄭重開，念珠小串琢瓊瑰。暗攜袖底循環記，一日相思一百迴。

雨夜夢裘文達公感賦

素車白馬氣如虹，邂逅生前一笑同。執手忍揮知己淚，論心猶見古人風。青衫認我仍為客，予為諸生，蒙公有國士之譽。蒼鬢憐公已作翁。涼雨又喧殘夢覺，容暉還照壁鐙紅。官修撰後，館於公之石虎街賜第。夢中光景，宛如昔日。

冬日出游崇聖寺

歲晚餘閒愜所欣，田家墐戶鳥呼羣。荒寒極目心彌遠，日落空山不起雲。

青箱書屋本王批

觀此覺『微雲點綴』一語真是滓穢太清。

玄黓執徐（壬辰）

上元前一日喜雨

宵闌酒淺雨初深，小閣安牀近竹林。望歲民情虛臘雪，試鐙天氣作春陰。五更斗入清涼夢，萬物平添歡喜心。多謝嶽靈施巨手，三秦久已盼甘霖。

花朝復雨

乾風捲土一冬晴，再慶春霖得滿盈。雲色曉濃連嶽色，雨聲晚急帶河聲。洗兵佇看邊氛靜，上市喧傳米價平。不是天心頻錫澤，災餘何以活蒼生？

夢中得句醒後能記憶詩甚奇然不解所謂壬辰二月二十日夜也〔一〕

俯仰平生任俠名，崢嶸身世劍孤横。淵深嶽峻空今古，二十年前心已平。

【校記】

〔一〕『然』，青箱書屋本無。

青箱書屋本王批

題經百鍊。

晚晴

南山露圭稜，刻畫夕陽影。空谷收餘霆，輕霞繡遙嶺。暗雨打三春，轉頭月過病。愁爭青草生，夢戛翠篠冷。白雲倏破碎，蔚藍見天頂。鳥欣投暮林，水渾汲古井。海棠洗未殘，明妝艷而靚。微月淡蛾眉，幽懷坐耿耿。

青箱書屋本王批

峭刻至此，令人塵滓都盡。

楊花四首

漢殿隋堤白下門，飄零到處總銷魂。深春霜霰驚緐密，乍別心情易絮煩。臨水獨來疑顧影，隔簾自去悄無言。數聲玉笛紅樓上，吹落江潭月一痕。

若箇清談松麈揮，淩空玉屑墜霏霏。顛狂各上青雲去〔一〕，團聚俱成皓髮歸。風定經時留曲榭〔二〕，身輕驀地入重扉。春殘爾更情懷好，閒伴南園蛺蝶飛〔三〕。

情到纏緜未易裁，別離難耐杜鵑催。偶緣春雨成留滯，不管鄰家即去來〔四〕。點點散時仍自聚，紛紛落處始知開。閒庭盡夜風聲息，失卻青青一片苔。

一一無聲下畫檐，窺窗猶認雨廉纖。迴風競作僊僊舞，點硯疑歌昔昔鹽。擬學步虛游紫府，阿誰彈粉在紅簾。銀塘若有鴛鴦侶，日見浮萍漸次添。

【校記】

〔一〕『顛狂』，杏雨草堂本作『對揚』。

〔二〕『經時』，杏雨草堂本作『窺園』。
〔三〕『伴』，杏雨草堂本作『賸』。
〔四〕『鄰』，杏雨草堂本作『誰』。

延青弟手披文選書後

杏花零落早春天，碧草池塘痛惠連。未了緣猶期世世，難乾淚自灑年年。每聽夜雨慵登閣，曩在京邸，同居宣武門外聽雨樓。為鞠孤兒早買田。今春節俸寄歸，為姪裕曾在婁東置田三頃。掩卷幾番愁卒讀，朱書遺蹟在殘編。

三弟忌日感賦

骨肉中年傷死別〔一〕，綆縻涕淚洒昊天。愁吟軾轍聯牀句，怕說機雲入洛年。庚辰、辛巳間，弟應試南宮，暫留日下，一時聲名籍甚。千萬種花偏早落，廿三迴月不成圓。白頭慈母逢寒食，親向雲堂掛紙錢〔二〕。厝太倉北郭門外古廟〔三〕。

【校記】

〔一〕『中』，杏雨草堂本作『半』。

〔二〕『雲』，杏雨草堂本作『靈』。

〔三〕『厝』，杏雨草堂本作『殯』。

友人示我舊時畫册感作長歌

丁年作事中年悔，少賤多能動為累。南香北雪爾何堪，東抹西塗甚無謂。隔霧看花春有無，覆蕉求鹿心明昧。瞢騰入手撫陳迹，感歎赧颜發深媿。憶昔髫齡事事宜，風光駘宕冶游時。酒壚棊墅經過早，帽影鞭絲歸去遲。江鄉二月花如霰，到處流鸎不住唬。鉢盂香飯徐波墓，畫舫青山短簿祠。時時涴壁題詩句，往往高歌動行路。賭取黃河羌笛詞，吟殘碧落清鐘曙。興來旁薄畫滄州，一片深情托豪素。生香活色能幾時，紫姹紅嫣不知數。少日詞場偶噉名，浮煙浪墨不關情。青春背我堂堂去，白髮從頭漸漸生。此日看花愁眼暗，此時迴首欲心驚。睇來猶恐平生負，緬去還令感慨并。感君示我童時畫，到眼分明劇悲咤。柳韠鸎嬌尚宛然，撫今嘅昔何能罷。披圖不省記當年，翻覆尋思乃恍然。曾憶長安乞米日，無聊寫向寓窗前。寓情漫興聊為此，暈碧施朱亦徒爾。長安春色恰東來，綺歲芳華當稚齒。淚濺花枝別夢多，心傷柳陌飛光駛。雖工點綴何補益，得飽酣嬉任泥滓。卷中花鳥意中忺，翕黛霏藍翠彩含。埜亭春還煙景暮，竹塢影動斜陽嵌。拾香草方懷硯北，看梅花又思江南。江南江北迢迢合，夜雨橫塘話螺蛤。綠蒲紅蓼是家鄉，棣萼金萱到眉睫。花間數遣版輿迎，枕旁常帶淚痕濕。白雲冉冉望歸來，寸草心心點於邑。忽然感激從中來，花臺日暮風煙開。春暉浩蕩何所望，日月逾邁良可哀。丈夫致身會許國，悲惋于吾何有哉。收圖卻立靜俯仰，澄懷默坐還裵回。自慚結習久未屏，嗜古耽詩苦妨靜。雕蟲刻鵠何足論，矧乃區區雪鴻影。還君此畫三歎嗟，長笛一聲遙度嶺。

題沈松原竹刻枯槎竹石臂閣

子規叫裂湘筠清，鉏刃所到雲林呈。蕭疏工入纖妙處，竹心石骨筆筆鋒稜生〔一〕。貞篁淩霜老空谷，剗刻欲令山鬼哭。漆書竹簡淳古俗，吾願已雕已琢反其樸。

【校記】

〔一〕『稜』，杏雨草堂本誤作『錂』。

咸陽懷古二首

杜郵落日接孤城，古礎方花積蘚生。原廟精靈呼夜雨，一作『吹碧火』。河山煨燼愴神京〔一〕。斷碑不辨何王號，破瓦猶鐫古殿名。閱遍興亡清渭水，故應鉛淚滴來成。一作『多少興亡鉛水淚，月明清渭咽無聲』。

陵闕蒼涼古道邊〔二〕，五原豐草碧芊芊。窮泉鏡隱秦時月，採藥風迷海上船。夜市有人沽玉盌，秋風無淚泣銅仙。霸圖王業消磨盡，禾黍高低落日圓。

【校記】

〔一〕『煨』，《詩徵》卷一百五十五、《詩傳》卷二十二作『灰』。

〔二〕『蒼』，杏雨草堂本作『荒』。

杏雨草堂本王批

一作似不如本句。（『閲遍興亡清渭水，故應鉛淚滴來成』，一作『多少興亡鉛水淚，月明清渭咽無聲』）

畢原

豐鎬基開八百年，黍離王跡又東遷。飄搖風雨懷桑土，陟降岡原溯澗泉。秘寢玉魚游夜月，靈臺白鳥守荒阡。五雲松柏橋山路，父老低頭拜野田。

樊川

翠黛染終南，風光亦艷冶。杜韋尺五天，濃緑罩平野。煙容列嶂凝，雲影晴波瀉。沙鳥故銜人，花枝時礙馬。遙林中斷處，飛甍露碧瓦。清磬聲泠泠，知是古蘭若。叩扉紆步屐，讀碑香臺下。小桃一樹開，紅霞風碎撦。不見傷春人，我來春去也。夕陽弔吟魂，名花摘一把。

少陵原

屏從停輿滻水旁，經時延竚攬風光。黄梅不雨雲仍濕，綠野無花草亦香。漢后荒陵眠石獸，杜公何地問書堂。接天太乙清如畫，賺我登臨覓句忙。

游草堂寺六首

終南赴幽期，峭峰背古寺。松徑煙未收，紵衣涼濕翠。初日射山門，雲藏金牓字。小童如帚長，方埽落花地。破閣鐘一聲，不似人間世。

前賢施草堂，慧因結蘭若。照佛琉璃鐙，亘古紅不灺。吾思謝簪纓，來依白蓮社。一几一石牀，盡借金經寫。空言非偶然，作證有尊者。

幽苑罕人到，青莎連石幢。題名半唐宋，歲久惜漸駹。檣桷何代物，挺立各成雙。禪室在其下，黑雲屯一窗。晝夜疏簾外，巨浪舂春江。

緣厓百尺樓，欄杆出林杪。渭川座上呈，秦嶺窗中小。傍衣生冷雲，平地看飛鳥。此景畫應難，兹游吾亦少。誰云世界寬，大千一目了。

疊石轉迴廊，深篁連靜室。為看圭峰碑，知是裴休筆。神堯多情人，亦為子祈疾。啜茗據禪牀，下簾遮落日。驀地聞幽香，盆蘭初放一。有唐太祖為子祈疾石碣。

境佳未忍歸，更借石堂宿。僧進伊蒲供，佐以桃花粥。良夕值三五，華月吐雲木。鐘定鶴初回，滿地露苔綠。一夜何曾眠，得句即題竹。

游渼陂望紫閣峰

翠色染不成，虛嵐罨高嶺。亭亭隔渼陂，撩人頻引領。新篁抽玉篸，孤日縣金餅。倒映沖瀜間，水底臥峰影。髣髴綠雲鬟，瀉入鏡光冷。窈窕世無雙，春曉妝初整。雨勢嶢關來，長風恣驕逞。毰毸亂鳧鷖，繚繞翻藻荇。萬丈碧琉璃，盪碎只俄頃。少焉復開朗，半巖延返景。涼意滿菰蒲，暝色動蛙黽。漁村已晚炊，煙裹楓林頂。

黃簡齋學博秋江歸櫂圖

行年五十見華顛，設帳春明又幾年。莫悵故園歸計晚，休官還擁舊青氈。
綠波渺渺意悤悤，蓬影萍心西復東。却恨石尤無賴甚，逢君便逞打頭風。
畫舫銀鐙憶昔年，擘箋曾賦冶游篇。秋風儻動蓴鱸興，好趁圖中鴨嘴船。

七夕篇

天漢波聲流有力，初更月抱雙梧碧。空幃無限向涼心，一鈎淡出新秋色。玉露金風夜未央，盈盈修渚悵無梁。好憑鶴駕邀雲輦，薄翦鴻衣貼羽裳。怨長會促輕捐玦，泣染珠綃也凄絕。人間天上總情區〔一〕，今夕仙凡竟無別。月殿涼波寫寶犀，長門連愛踏歌時。龍梭巧織七襄怨，鳳舄香霏百子池。富貴神仙願雙保，亦有豪門擬瓊島。還思緱嶺列真堂〔二〕，更想子儀同壽考。誰家笑語隔銀屏，鐙隱遙光迓彩軿。嬌女露臺齊下拜，手攜巧果祭雙星〔三〕。寂寞鴛機濕秋雨，錦章一尺愁千縷。願驅靈鵲架長橋，渡盡人間別離苦。西檄征夫尚荷戈，浮雲玉壘望如何。紅樓少婦停針夜，淚比銀河浪更多。

【校記】

〔一〕「總」，青箱書屋本作「兩」。
〔二〕「堂」，青箱書屋本作「靈」。
〔三〕「巧」，青箱書屋本作「瓜」。

題王紫緗綬廉使遺照〔一〕

滄海兩葉萍，漂泊隨風忙。會合既有日，歡蹤又不常。天公簸弄人，驅之哀樂場。黃壚翳白日，彈指判滄桑。王君閫循吏，海嶽分清光。陳臬來關内，荃蘭紉佩香。修髯飄一尺，瘦骨頎而長。新建裘司空，許為似漁洋。叔度先生贈詩有『長身仿佛漁洋翁』句。矍鑠哉是翁，骨彩增飛揚。折節慕高義，結客學孟嘗〔二〕。同舟甫匝月，政事資匡襄。奄忽染時疾〔三〕，伏枕臥秋堂。仙草試不靈，二豎鉗膏肓。臨牖執君手，秉燭坐君牀。眼眶滿酸淚，欲言不可詳。含胡舌根焦，反側支體僵。彌留牀笫間，形槁精魄亡。游魂騰一縷，蜕骨單衾藏。守尸賸愛妾，含殮悲遺孀。啾啾鬼夜愁，破署月影涼。寢門一痛哭，萬古空相望。孤子抱遺真，欲題不成章。展圖復諦視，眉宇添古蒼。會面未云數，想像漸渺茫。惟此一寸心，可為良友將。山深絕人境，石洞環蒼篔。採藥訪仙侶，蓬萊在故鄉。雲濤照顔色，騎鯨下大荒。

【校記】

〔一〕『綬』，杏雨草堂本無。

〔二〕『客』，杏雨草堂本作『習』。

〔三〕『忽』，杏雨草堂本作『然』。

杏雨草堂本王批

敘事真而晰，是大家力量。（『臨牖執君手，秉燭坐君牀。眼眶滿酸淚，欲言不可詳』）

公每有此真性情語，非真性情人不能道。（『會面未云數，想像漸渺茫。惟此一寸心，可為良友將』）

題吴匏庵先生問鬚新卷即和原韻二首〔一〕

問白鬚

髫齡颜似玉，人説過江時。陽阿慕晞髮，吉夢兆剃髭。無端鬑鬑生，攬鏡匪存思。今秋白一莖，其故誓難知。白勢正未已，人力何能為。此中榮枯理，舍汝更問誰？黑白悟玄解，飲食樂頤頤。用《法言》語。

代鬚答

人生非金石，萬事感華髪。仰看明蟾光，有圓即有缺。隙駒催人老，焉能恕賢哲。輕塵逐飛電，彈指去如瞥。新霜上吟髭，歲月正飄忽。能到全白時，諒子心亦悦。盛衰理固常，强辯不若吶。

【校記】

〔一〕『新』，青箱書屋本無。『原』，青箱書屋作『元』。

青箱書屋本王批

玄言玄理，玄解玄晤，所謂玄之又玄，衆妙之門也。（『白勢正未已，人力何能為。此中榮枯理，舍汝更問誰？』）

妙理只在眼前，但非天下之至靜，不能道出。（《代鬚答》一首）

長樂坡

長安東門東，舊京嚴鎖鑰。十里走平原，原盡立壁削。屹然儼金湯，土厓峙垠堮。秦關隘其胸，潼水絡其脚。中開一綫路，不知何年鑿。勢爭龍首雄，形並虎牢各。弈棋勝敗分，彈指滄桑作。周秦漢隋唐，五朝等一噱。英主與劇盜，此地必爭攫。雖無險阻憑，脣齒近垌郭。中原幾萬里，廣輪從此拓。萬馬朝奔騰，千車暮陵轢。人哭而人歌，代强而代弱。我羨此坡名，終古稱長樂。

題梅花道人畫竹殘卷為張晴溪前輩作

梅花庵主梅花仙，不寫梅花寫修竹。蕭森鸞尾掃數竿〔一〕，慘淡鵝溪餘半幅。道人畫竹得竹情，直節長梢態各足。卷展微生六月寒，簌簌輕颸入我屋。湘江煙雨渭川雲，一枕能通幽夢綠。前書竹譜五十行，蛟螭騰挪不可捉。若令前賢見後生，眉州洋州合心服。零紈斷楮落人間，清標宛映人如玉。比似佳人半面妝，不露全身更修淑。

【校記】

〔一〕「掃」，杏雨草堂本作「寫」。

靈巖山館詩集卷二十八

終南仙館集

昭陽大荒落（癸巳）

絢雲閣小憩

竹密花深處，疎簾透夕曛。小池剛受月，奇石學生雲。習静有佳趣，求工無好文。更闌支枕坐，燒爐鴨鑪熏。

青箱書屋本王批

『學』字絶妙。（『奇石學生雲』）

真甘苦中語。（『求工無好文』）

游終南山十五首

天中奠鼇極，四塞一山塞。鴻濛陶鑄初，造化費全力。龍興虎視地，設險控疆域。東與太華連，西與太白直。漢水環其南，渭水繞其北。四面各千里，終古森岁崱。太乙司橐籥，先天置埏埴。媧煉補難成，楚炬燒不熄。千峰萬峰攢，秦雍受偪仄。南山若剷平，河嶽無顔色。

日坐終南館，臥游終南山。山靈勿騰笑，夙約緣非慳。城南天尺五，桃柳爭春妍。茅屋村幾角，板橋水一灣。溪迴徑尺曲〔二〕，導我雙白鷳。峰形漸作峭，物態饒餘閒。靈區匿山脇，穿鑿排雲煙。飛磴鐵鎖絡，蝸沿復蟻旋。面面闢生面，窺測那得全。紫翠靡定影，朝昏變萬千。

我從白雲入，還從白雲出。襟袖染蔚藍，神思兩飄忽。側身險乍生，旋瞬妙已失。巨石塞前路，背有一縫裂。蒼茫萬松顛〔三〕，猿徑裊一髮。步步逼紫霄，人偕飛鳥沒。

好峰如嬋娟，一轉一迴顧。衣影卷輕雲，鬢光濕香霧。目送不敢逆，恐逢玉女怒。陰陽乍離合，指點虛無路。谷藏無名花，壁挂不老樹。泠然天風來，微覺暗香度。人影照寒泉，朱顔已非故。曷不拾瑤草，長生或可慕。幽人石上眠，三閣雲深處。

松性本挺直，偃蹇變顛頏。根穿邃古石，淩霄起拔地。風雷練皮骨，日月漬精粹。鐵榦蒼龍拏，金泥黑虎覷。森寒太陰垂，魍魎遠逃避。既無翦伐憂，或有神靈庇。千松萬松交，一竇景光閟。梨雲斸伏苓，人面滴冷翠。

幽雲凝不流，頑巖阻其路。裊繞漾游絲，透入深林去。無心偶出岫，飛騰守太素。習習扇景風，油油沛時雨。寂斂還故山，杳無端倪露。孤僧攜不借，錫影飛梁度。趺坐石盤陀，聊與辯禪悟。出險復入險，囑予防窘步。飄然水雲外，是處可少住。僧耶即雲耶，浮蹤費思慕。

南山冠壺嶠，修鍊栖列真。真仙不可見，得見有異人。西峰絕壁下，洞府倚嶙峋。石牀藉花草，寄此槁木身。枯寂斷塵影，不知幾百春。餐霞并吸露，神存形已泯。洞中猿狨役，洞口豺虎巡。松陰覆石壇，夜靜礼玉宸。偶然出定去，白鶴盤紫旻〔三〕。

福地亦人世，有仙山則靈。芝房瓊室中，雲霞萬古扃。嶺南仙姑碥，云曾駐雲輧。至今青壁上，鐫有神仙名。呼龍耕碧草，駕鹿採瑤英。步虛明月下，天風吹玉笙。石扉訇然開，中有長眉青。

怪石忽得勢，玲瓏插飛厂。垂崖一千尺，直下如斧斬。珠瀑濺九霄，精廬鑿空嵌。瑤臺冠雲嶕，環以碧玉檻。結構矜神訬，奇處在一險。諸峰擎冥界，豔敷千菡萏。夕靄朝霞外，錯以金翠鋄。窮高象在升〔四〕，攬勝進以漸。肅肅星辰臨，咫尺禁聲喊。掃苔題石壁，山鬼嚇破膽。

嶒巖雲作骨，一石挾一狀〔五〕。權輿一拳多，充塞積萬嶂。乾坤靈淑氣，至此始大放。太華與太白，退讓孰與抗。巉峽窺奧如，恍惚無定向。險到嶄絕處，鼪猱弗敢上。天半翻銀海，靈濤恣盪漾。日月側輪過，飛光防礙障。

太乙擣仙杵，精英洩奧窔。參差不相襲，向背無一肖。羣峰競張勢，猛劣等劫剽。杳杳超孤虛，玄玄貫衆妙。石齒漱幽泉，煙鬟貼翠蔦。泣血子規唬，含沙射工弔。道士前手招，癡童後口哨。投趾儻一蹶，毻身比側鷂。天風飄靈音，愛學鳳鸞嘯。惜無輕舉術，狙公恐匿笑。

不見樵斧影，但聞樵斧聲。樵人入重峰，峯頂雲冥冥。荒寒得古意，恣肆恢奇情。腳穿雙蠟屐，顧與猿鳥爭〔六〕。風掃煙靄滅，倏向石上生。山為靜者體，靈幻無停形。遠岫淡一痕，茫茫未了青。

元精淬劒鍔，利迫天根劃。上有金銀臺，仙扃不能限。鑿石架作梯，飛雲鈎為棧。百靈此胚胎，淩虛工結撰。入險少夷情，炫奇飫饞眼。高極心始危，平視境匪淺。縱登太乙頂，掬泉救餘喘。琳宮何代建，斷碣剔殘蘚。艱阻來時路，只道躋絕巘。松軒豁雲壑，頑洞怯俯俛。頃歷最高峰，峰形盡偃蹇。萬朵插芙蓉，層霄翠屏展。

碧雲忽破碎，零落清溪湄。沿溪溯洄去，深淺不可知。桃花趁東風，紅雨片片吹。花迷洞谷邃，窈窕境難窺。磵凹有人家，土室圍竹籬。屋後豕有柵，門前皃有茨。提筐採桑婦，橫笛牧牛兒。迎來坐盤石，父老前致辭。僻居深山內，幸長太平時。催科吏不到，家給免寒飢。年豐雞犬樂，雨足山川滋。挈榼酌春酒，聊以獻寸私。嘉茲淳樸俗，欣然罄一巵。

靈樞斡元化，紫霄洞表裏。古來列仙人，修真萃於此。藥鑪丹鼎旁，蛇虎守遺址。大還功已成，茲山今古峙。寂寂非人間，時聞落松子。刀圭覓一撮，食之可不死。洞府一局棋，何終而何始？

【校記】

〔一〕『尺』，青箱書屋本作『又』。

〔二〕『顛』，青箱書屋本作『嶺』。

〔三〕『紫』，青箱書屋本作『蒼』。

〔四〕『升』，青箱書屋本作『外』。

〔五〕『挾』，青箱書屋本作『抉』。

〔六〕『顧』，青箱書屋本作『欲』。

青箱書屋本王批

古今第一傑作，覺昌黎《南山》，徒冗長耳。

集中詩無奇不出，無妙不臻，然當以此十五首詩為冠。

觀再遊十七首，愈覺此詩之佳。再遊詩絕不複此，真宇宙大奇觀。（『日坐終南館』一首）

奇妙至此，真乃不可思議。（『我從白雲入』一首）

觀此詩，若不知更有再遊之奇。及觀再遊詩，始歎又闢一境。（『好峯如嬋娟』一首）

此首專賦山雲，曲盡雲之變態，非久住終南者不知。（『幽雲凝不流』一首）

具此仙筆，方能詠仙家之事。（『石扉訇然開，中有長眉青』）

十五首詩離奇變化，亦復『向背無一肖』。『無一肖』三字是造化之秘，不謂自公洩之。（『向背無一肖』）

忽然另出一境，如入桃源。（『磵凹有人家，土室圍竹籬』）

尋玄都觀舊址三首

香土城南紫陌深，鶴飛何處問雲林。惟餘紅雨花千片，罨映終南自古今。

兔葵燕麥境全荒，賓客詩名枉擅場。我笑桃花太無賴，一生輕薄悞劉郎。

踏青勝事舊京詩，無數芳菲簇錦霞。老去香山重結社，新詩題遍洛陽花。

内子四週忌日感賦

愣嚴讀罷悟前塵，影事多年記尚真。卿死至今猶恍惚，我生在昔本艱辛。眠餐保護資童僕，婚嫁經營累老親。棖觸心頭千萬緒，不堪舊恨又重新。

靜寄園西牆角掘地得奇石一徙置環香堂前系之以詩

一片秋雲瘞莽榛，寒泉濯出碧嶙峋。絕無婞媚脂韋態，如挹嶔崎磊落人。虎變雄文虦鬼魅〔一〕，龍騰遺蛻尚靈神。我心似爾真難轉，日對吟窻忘主賓。

【校記】

〔一〕『虦』，杏雨草堂本誤作『虓』。

敬題文文山先生遺象家書卷後〔一〕

勤王瓜步出亡時，何處攀龍問六師。海上陸沉無淨土，江頭嚮導半降旗。殺身始定千秋案，殘局終難一木支。誰似從容蒙難日，一編手集少陵詩。

瓜步軍門夜不開，間關五嶺陣雲頹。中原已換紅羊劫，半壁空謠白鴈來。柴市雲旗藏碧血，蘭亭石匣瘞沉灰。義民辛苦收遺骼，難覓冬青一處栽。

聖湖王氣黯然銷，廢闕銅駝臥寂寥。蟋蟀平章葛嶺月，杜鵑望帝浙江潮。死收南渡貞臣局，魂藉西臺老友招。愧殺白頭王座主，逃名遺老入新朝。

空坑兵潰瀨江濱，一突真同九鼎淪。自有文章留正氣，何嘗聲妓累忠臣。黄冠遯世悲無地，白刃飛頭畢此身。烈血一腔描不出，凛然餘怒尚含瞋。

【校記】

〔一〕『象』，青箱書屋本作『像』。

楊補之問禪圖

草龕趺坐亂峰深，人叩松關月影沉。頑石玅參皴透瘦，輕塵悟徹去來今。水雲静度飛輪劫，蛇虎宵窺立雪心。定後觀空忘罣礙，佛鐙一盞耿秋林。

蠹魚

笑渠微細物，愛向石渠居。到口有訛字，資生仰亂書。幾經文網漏，所幸校人疏。我欲焚芸葉，晴窻為辟除。

題徐友竹仿董北苑夏山煙靄圖

溼林漠漠山欲無，炎煇騰景積氣蘇，煙霏霧結雲卷舒。千章木蔭幽人居，遠峯一重一掩不雨而模糊〔一〕，平沙一環一抱不波而縈紆。上有三陣兩陣啞啞萬點投林烏，下有十里五里青青一片搖風蘆。牛羊蔽野不受拘，其角其耳態各殊。牧童執鞭隨後驅，貪此叢陰灌木未肯歸村墟。溪西長橋板不鋪，綠波浩淼有客攜琴奴。小舟泛泛，輕若水鳧〔二〕。草亭野客坐對興不孤，披襟一笑舉手相招呼。勞人負戴嗟力痡，草草惟恐日欲晡。前者唱于隨和喁，手攜釣竿肩荷鋤。嵐光墨彩互盪𥁕，巖谷幽邃龍蛇逋，陽施陰設神鬼徂〔三〕。渾渾元氣超軼鴻濛初，沉沉筆力壓倒倪王徒，展圖令我凝雙矑。朱文款識幀尾書，董元畫格王維流叶。迺我老友鄧尉山樵之所橅，轡頭皴法天真留叶。殘縑破絹珍璠璵〔四〕，瀟湘一卷星鳳如，予藏北苑《瀟湘圖》，董文敏跋有『世如星鳳』之語〔五〕。錦贉玉軸藏我廚。今觀此圖神妙俱，如寫煙村水國姑蘇萬頃之平湖。南田草衣藻鑒洵不虛，臨摹肖處直與化工橐籥相吹噓。山樵童顏白髭鬚，閒如野鶴清而癯。虎山橋頭小結廬，丘壑位置意自腴。世間萬事舍畫無所需，忘餐廢寢亦太迂，眼前腕底揮灑無崎嶇。噫嚱乎！夏山臨本一見拍案而軒渠，夏山真本不見掩卷而躊躇。得隴望蜀胡為乎？題詩卷中送歸吳。他年結鄰願不孤〔六〕，我家靈巖君元墓叶。梅花萬樹一半將屬吾，吾還賞我瀟湘圖。

【校記】

〔一〕『模』，青箱書屋本作『糢』。
〔二〕『水』，青箱書屋本無。
〔三〕『陽』，青箱書屋本誤作『隨』。
〔四〕『絹』，青箱書屋本作『綃』。
〔五〕『世』，青箱書屋本無。
〔六〕『孤』，青箱書屋本作『辜』。

寶雞行館宵坐展眺北棧諸山邀冬友同作

款人花鳥倍殷勤，棧口縱橫錦繡紋。一枕波流渭川月，半房簾捲蜀山雲。玉雞飛動春嘑雨，（面對雞山，是日由鳳翔早發，途間得有微雨。）鐵馬喧騰夜點軍，（點驗赴川征兵。）一帶遙村連鳥道，風鐙紅自益門分。

益門鎮

鬼斧穿雲胸，砉然逗靈竅。外漏一線天，中通午時曜。一重復一掩，如堂又如奧。清渭襟帶環，秦蜀此扼要。魚鳧開國初，經營亦神妙。異境藏山心，幽泉若為導。拔地碧千仞，峰勢漸作峭。石意不肯平，層層肆劣拗〔一〕。設險矗崇墉，伏機駭飛礮〔二〕。淺窺魂乍搖，深入意非料。細境界虛冥，力難勝排奡。五丁倦施設，今古無人到。

【校記】

〔一〕『劣』，青箱書屋本作『其』。

〔二〕『伏機』，青箱書屋本作『藏伏』。

青箱書屋本王批

天壤間既有此種奇境，不可少此奇詩。

煎茶坪

滿山黃葉林，彈指失現在。長鯨捲銀濤，天風漾雲海。中有萬靈奔，雷霆薄真宰。駕虹驅作梁，飛霞結作綵。光怪森百幻，震蕩洶堪駭。涼風透袷衣，弭節難久待。披雲闖雲入，妖魈若予紿。四顧絕寸土，進退兩危殆。擲身茫昧中，側足意敢怠。息影避虎蹤，尋聲測泉浼。一峰雲忽收，千峰雲頓改。迴看劍戟攢，陟險生往悔。眼前平即陂，那得世無嵬。掃雲烹石鼎，一琖澆魂磊。

大散關

嶺形宛游龍，雄關跨其脊。鑿空自邃古，五丁創開闢。窄磴緣豪芒，耳刮手摸壁。晦冥雷雲屯，險阻隔咫尺。熊藏密箐嘑，狨抱亂石擲。千盤不到頂，弗敢睨健翮。梁益萬里道，咽喉此地扼。羣雄昔虎鬥，割據判順逆。封以一丸泥，萬夫爭辟易。廢堞至今存，緬想戰守策。失勢破竹如，國殤瘞血碧。杜鵑喚淒魂，髑髏等山積。年深變燐火，嚇人風雨夕。閒行谿谷間，沉沙露折戟。

草涼驛

絕澗無靜聲，遇石逢彼怒。喧豗爭不已，安肯讓寸步。重淵矚洞洞，蛟龍抱沉痼。噓氣萬松嶺，濛濛罩毒霧。雙峽斬容光，卓午景已暮。鳥路蛛絲垂，微茫雜迷誤。心搖怖前瞻，足瑟怕迴顧〔一〕。飛石取側勢，顛沛迎我仆。林淺復林深，雲吞倏雲吐。舉鞭指破驛，一隻出荒戍。夕陽淡碧溪，人唱公無渡。

【校記】

〔一〕『瑟』，青箱書屋本誤作『琴』。

和尚原

雲棧極天險，緊秦蜀門戶。後面顧三川，前面制三輔。虎豹屯師旅，嶺嶂列樓櫓。一矢當關發，萬雄孰敢侮。金源多精兵，彍騎如風雨。魏公洵忠貞，經畧竟何補。富平覆師後，力已盡強弩。不有吳處制，關隴擲一賭。深入陷鐵陣，横擊揮霓斧。紅袍金鍪人，退走黄龍府。遂令全蜀地，百年保安堵。同時立戰功，惜哉劉子羽。秋空霜氣肅，淵淵殷戰鼓。破壘莽平蕪，天陰鬼語苦。

青箱書屋本王批

此首論古，又令詩境一變。

鳳嶺

杜鵑喚客夢，殘月縣霓旌。嚴城大於斗，雉堞排雲屏。鉤梯連鳥道，仰睇萬仞青。蝸壁投趾怯，馬蹏與石爭。籃輿挽縴上，倒蕩魂凌兢。猛進憚蛇退，矯舉矜猱升。峰横截去路，路細穿雲生。攀躋窮絶頂，瞥眼落下層。千盤纔出險，寸步又失平。愁深泥滑滑，春暗花冥冥。複嶂嵌丹穴，云昔鳳鳥停。仙人紫玉簫，吹落天風聲。

青箱書屋本王批

真乃『狀難寫之景如在目前』。（『攀躋窮絶頂，瞥眼落下層。千盤纔出險，寸步又失平』）結處另變一境，悠然無盡。（『仙人紫玉簫，吹落天風聲』）

心紅峽

威鳳失翠翎，墜地成錦石。危磴入飛泉，杳窅洞扉坼。曲棧窺雲深，流雲塞塗窄。畫屏倚三霄，倒景蕩空碧〔一〕。鬼工技應窮，又作小開闢。黄葉換碧山，幾秋幽夢隔。野老不知名，定識重來客。悄聞冷猿嘑，愁挂松百尺。意忖奇不慳，目成妙必獲。鶴背吹笛人〔二〕，下笑塵境阸。欲去步轉窘，紆我高齒屐。山心與客心，眷戀弗忍釋。雲霞恣吞吐，絢染異光澤。女媧補天還，石痕留大赤。

【校記】

〔一〕『景』，青箱書屋本作『影』。

〔二〕『鶴背吹笛人』，青箱書屋本作『陂陀小敷坐』。

畫眉關

遠山娟娟影，碧空呈窈窕。綠雲鎖雙鬟，離合神光杳。洞鑿閣道蟠，履底掠飛鳥。列嶂環馬頭，重重青不了。峰迴古關出，霞外一隙小。千層目未窮，九逝魂欲掉。孤悰去飄忽，軀趁游絲裊。香吹薜荔衣，山鬼夜深嬲。明月鏡歛空，掃翠人悄悄。

青箱書屋本王批

愈搜愈奇，愈入愈細。

紫柏山

紫虛洩靈粹，滋茁鍾異木〔一〕。香芬奪沉檀，側理交篆籙。鎪奇到石破，魈魅亦為哭。丹梯阻霞深，上有瑞靄覆。一峰雲一片，一步水一曲。寒翠滴層霄，三島在其腹。樵夫指予笑，中有仙人躅。終古杳足音，葳蕤鎖邃隩。飢則花為餐，臥則松為屋。丹鑪勤守護，驅遣有白鹿。昔聞張留侯，功成此辟穀。予亦談玄者，投簪返初服。採藥訪列真，茲地洵稱福。洞府得長春，滿山瑤草綠。

【校記】

〔一〕『鍾』，青箱書屋本作『種』。

柴關嶺

仙關鎖瑤扃，慘悄萬靈翕。羣峰忽飛縱，天勢不可攝。古冰松嶺縣，危石雲頂壓。回瞻壑無垠，仰眺崖欲合。芙蕖淬劒鋩，豔向天根插。灌莽障四極，濳陰洞㖷匝。晨昏錯光景，升降寡寧貼。若木驅燭龍，到此睒亦歙。上有老鶴巢，下有瘦蛟蟄。霅然風雨生，疑是鬼神入。雲泉互欱歕，石骨萬古濕。

青羊峽

荒墟人畏虎，日落早閉門。頹垣缺補竹，翦槿編籬樊。峽深覺景淺，鄰少不成村。星光小於豆，甕底沈昏昏。曷弗乞天鋸，截斷青雲根。聲聲子歸鳥，更更冷嘯猿。荒寒異人世，倀鬼招其魂。一鈎峰背月，靜存太古痕。

觀音碥

世尊施梵咒，彈指靈鷲壅。片片吉祥雲，化作石飛動。千松萬松間，冷翠夾一衖。側身睨龍淵，巨石裂有縫。風輪扇輕塵，倏著無底甕。雲根浸寒泉，芥子須彌重。終古青蓮華，歷劫現清供。慈月暗金容，茅庵磬聲送。灘喧廣長舌，靜界僧鬧鬨〔一〕。過客多留題，縣崖費磨礱。解脫文字禪，趺跏倦哦諷。行人畏阻深，一步增百恐。夷險幻念念，沈迷佛所痛。寸地總危途，大千胥夢夢。

【校記】

〔一〕「僧」，青箱書屋本作「憎」。

青橋

前騎不得退，後騎不得逞。前人松隙立，足踏後人頂。岫逼側摩肩，厜㕒礙引領〔一〕。一折各一天，一層換一景。冥匠鑱刻意，磅薄靈情迸。雙崖失附麗，飛梁貫峰頸。罡風撼動搖，杙閣絡筰綆。筠密鮮直節，樹古病醜瘦。澗底碧桃花，流紅入枯井。霞光染不成，人立虛無影。

【校記】

〔一〕『礙引』，青箱書屋本誤作『愛頃』。

雞頭關

鉤梯上青天，飛陷三泉底。一線窺褒谷，秦棧將窮矣。欲窮未窮時，精祕洩不已。百靈運神斤，一落又一起。憑虛肖物象，鐫鏤逞奇技。雲霞輝五色，雄冠竦而峙。卯金初奠鼎，締構實始此。翰音占登天，亭長作天子。漢上一聲鳴，白蛇抱劒死。

褒城驛

險極生夷情，履坦得貞吉。剨然見天容，恍從鬼門出。經歷奇境艱，巉巖瞥眼失。斗城森百雉，搖鞭指古驛。竹屋碧泉流，雲窗幽草密。秋林間黄綠，纍纍懸柚橘。僮僕拍手呼，更生歡喜溢。雲山夙眷戀，息影心暫逸。登臨孝子懼，幽怪奇懷暱。拂壁欲題詩，上有孫樵筆。臥遊客夢長，淒鐙掩屈戍。

黄金峽

導漾東為漢，波流清且駛。萬壑爭趨之，作勢建瓴似。疾湍縱一往，其洄立待耳。曲之千渦盤，束之兩崖峙。洪濤恣撞舂，鑿鑿露石齒。悉力峻拒之，哮吼怒不止。聲訇走雷霆，鍔銛截犀兕。天吳掀坤軸，波立十丈起。遠思荒寒初〔一〕，靜憶水生始〔二〕。下界盡如斯，天漢西流矣。

【校記】

〔一〕『荒寒』，青箱書屋本作『鴻濛』。

〔二〕『水生』，青箱書屋本作『開闢』。

青箱書屋本王批

公之成此大集，亦在曲與束也。（『疾湍縱一往，其洄立待耳。曲之千渦盤，束之兩崖峙』）

迎而距之，是昌黎最得力處。（『洪濤恣撞舂，鑿鑿露石齒。悉力峻拒之，哮吼怒不止』）結處直接混茫。

鬼門關

悄景淪陰泉，靈風撼大宅〔一〕。雲嵐割昏曉，三光地底坼。濃翠滴層霄〔二〕，萬峰爭一隙。鳥道循秋豪，危橋貫雙石。壁削剷鐵工，途爭塞垣扼。松深翳冷青，日瘦淡虛白。幽淒盛鬼氣，瘏馬意辟易。覼之心魂驚〔三〕，陰陽駭境隔。惝恍森羅臺〔四〕，變相現咫尺。醜石狀猙獰，見我逞逼迫。金蟲晝羣飛，道是鬼王役。魚鐙閟泉扃，白日空一擲。冥晦沉雲雷，天地亦跼蹐。

【校記】

〔一〕『大』，青箱書屋本作『火』。

〔二〕『層』，青箱書屋本誤作『元』。

〔三〕『覼之』，青箱書屋本作『覼覼』。

〔四〕『惝』，青箱書屋本誤作『倘』。

青箱書屋本王批

詩隨境換，思與境爭，愈出愈奇，不可方物。

定軍山拜諸葛武侯祠墓

赤符丁未造，佐命起南陽。蛾賊妖氛熾，貂璫閹禍猖。藻精司馬鏡，廬近臥龍崗。梁甫清吟暇，隆中定策詳。書傳圯上履，車載渭濱璜。慶叶魚逢水，才殊豹隱囊。許身由感激，受命太倉皇。鼎有三分局，錐無一寸疆。中原紛鹿逐，羣盜逞蜂忙。創業資荆楚，開基定益梁。偏安雖割據，正統未淪亡。漢賊名先正，關張命不長。事雖成算定，兵藉老謀臧〔一〕。魚腹沉弓劍，蠶叢闕斧斨〔二〕。哀傳憑几詔，涕雪誓師章。繼體真孱弱，憂時更慨慷〔三〕。奇才淩管樂，孤蓋鑒高光。戮力憑諸將，銘勳册武鄉。七擒蠻肅肅，六出陣堂堂。威斗將移運，前星忽隕芒。隴原戍壘廢，秦棧幕屯荒。巷哭多家祭，魂招痛國良。理繁嗟食少，盡瘁易神傷。空撫庭前柏，虛栽郭外桑。淡寧心自遠，謹慎道彌彰。死節悲瞻尚，遺言薦蔣姜。大儒名不忝，王佐畧非常。高冢麒麟臥，崇祠虎豹藏。淒涼羽扇影，寂寞石琴張〔四〕。夜雨神鐙出，陰颸鬼馬驤。村墟聞鼓角，俎豆肅烝嘗。玉壘浮雲合，金川殺氣狂。願公宏指畫，即日掃欃槍。畫壁靈旗影，中宵尚奮揚。

【校記】

〔一〕『藉』，底本作『籍』，據杏雨草堂本改。

〔二〕『闕』，杏雨草堂本作『屈』。

〔三〕『更』，杏雨草堂本作『亦』。

〔四〕『琴』，杏雨草堂本誤作『翏』。

杏雨草堂本王批

國志中本傳無此詳贍。

贈王道士青渠

拋家高卧白雲鄉，閒守丹鑪鎖翠房。緱嶺吹笙曾跨鶴，金華叱石定成羊。赤松口授餐霞訣，紫柏書傳辟穀方。擲杖飛行青壁頂，神仙未必盡荒唐。

秋夜坐石供軒

不覺身如葉，隨風墮玉琴。月移殘菊影，秋入敗荷心。永夜吟情倦，新涼夢境沉。暫時羣擾息，翻認卧雲林。

見新月

屋角娟娟月，初更影欲殘。蛾眉纔半掩，兔魄未全安〔一〕。澹鎖珠簾怨，光沉鐵甲寒。紅樓頻悵望，愁倚玉闌干。

【校記】

〔一〕『未』，杏雨草堂本作『已』。

秋雨連宵不止觸緒抒懷二首

入土流膏潤，因風作勢斜。輕霑宜宿麥，猛打惜幽花。涼意砭人骨，清波盪月華。終南濃翠滴，密幙底須遮。

笛簟沉沉夢，風簾閃閃鐙。一宵長枕手，百感奈填膺。泉下同誰聽，樓頭伴我登。對牀虛舊約，淒絕痛難勝。前在京華，與三弟延清寓居聽雨樓。每憑窗望遠，翦燭論詩，拈蘇家『風雨對牀』之句，謂他日休官旋里，得踐此約，幸矣。今吾弟下世，回憶前言，不覺哀慟難任也〔一〕。

【校記】

〔一〕『任』，杏雨草堂本作『勝』。

穆生大展攝山翫松圖

霜紈肖幽蹤，冷翠滿空谷。蒼然一笠雲，松子拾盈握。樹古不記年，人古不諧俗。長鑱斸雲根，茯苓煮初熟。聞昔明僧紹，飛錫駐山麓。不見六朝人，瑤草春壇緑。

題松林試墨圖為泠明府文煒作

渲染鬚眉翠色匀，石牀趺坐一閒身。浣花箋紙松煤墨，此福能消有幾人？心正何妨筆勢斜，騰拏腕底走龍蛇。墨池餘瀋看飛灑，幻出紅雲一鏡花。深柳琴堂對五泉，清聲自有口碑傳。莫嫌兩袖無長物，付與兒孫是硯田。家臨滄海接空冥，歸去應規墨妙亭。若遇環香訪仙蹟，焚香浣手讀黄庭。予環香吟閣藏楊羲和書黄素《黄庭》真蹟，為歷代法書第一。

環香吟閣遺懷

不逃禪悦不修真，簾捲犀鈎解辟塵。自改新詩編甲子，偶賡舊疢遺庚申〔一〕。瀟湘北苑虚中景〔二〕，笠屐東坡幻裏身〔三〕。熱客款關頻退訝，只應丘壑有斯人。

【校記】

〔一〕『疢』，杏雨草堂本作『疾』。

〔二〕『瀟湘』，杏雨草堂本作『春山』。

〔三〕『笠屐東坡幻裏身』，杏雨草堂本作『秋水南華悟後因』。

杏雨草堂本王批

微嫌『甲子』『庚申』、『南華』『北苑』皆前人已經對過之句。

寄趙二損之舍人昔嶺軍營三首〔一〕

冬夜點檢軍書，從定邊將軍湿閣部封緘中得損之舍人書並寄懷篇什。萬里戰場，三秋別緒，展誦感惻，不能已已。讀其詩，傷其憔悴，又喜其軍務旁午時猶能不廢嘯歌，險夷一致，於道庶幾哉！比聞天威遠讋，小金川逆酋窮蹙，就縛在旦夕。君仰荷恩命，再入中書，相見有日。佇盼奏凱還朝，當置酒曲江頭，重話舊游耳。得詩三章，仍附軍郵馳寄，並問王大蘭泉考功消息。

蕭然吳下一書生，絕徼三年聽鼓鉦。虎帳拂雲朝草奏，龍泉壓雪夜談兵。平淮功定資裴相，檄蜀文還仗馬卿。此日賜環人未老，好憑筆陣掃欃槍。

月落威弧曉出芒，傳聞幕府運籌長。烽青劫外雙名士，謂君與蘭泉。頭白兵間一錦囊。人血蘸題詩句健，鬼燐飛照夢魂荒〔二〕。丈夫若遂封侯願，老死沙場也不妨〔三〕。

插羽飛馳尺一書，開緘鄭重抵雙魚。古懽同結千秋上，病骨孤支百戰餘。兵革殘生詩卷在，江山狂興友朋疏。斑蘭嶺外今宵月，肯照吳淞舊草廬。

【校記】

〔一〕《詩徵》卷一百五十五題作『寄趙損之舍人昔嶺軍營』，且第二、三首順序互換。

〔二〕『飛照夢魂荒』，《詩徵》卷一百五十五、《詩傳》卷二十二作『入帳夢魂涼』。

〔三〕『也』，《詩徵》卷一百五十五、《詩傳》卷二十二作『儘』。

青箱書屋本王批

公篤于朋友之誼，故出言沉摯若此。

附

原作　　趙文哲

蘭鳩萬里記從軍，插羽書中尺素分。豈料餘生重轉徙，更從此地一知聞。蓴羹尚動歸吳興，棠茇初傳主陝勳。今夕戟門人未寢，也應吟斷隴頭雲。

無復高樓聽雨聲，空將身世感雞鳴。賜環人老嗟如夢，結佩情深念昔盟。後死我猶思著述，得時公不愧科名。曾同簪筆承明側，雪壓氈廬劍獨橫。

靈巖山館詩集卷二十九

終南仙館集

閼逢敦牂（甲午）

惜春

身事如花事，偏反怯曉風。月來琴韻外，春去雨聲中。結習攻殘蠹，孤情寄暝鴻。芳華真可怡，過眼只悤悤。

寄終南隱者

羨爾致身福地，丹梯萬仞難攀。石劍排霄齒齒，泉紳挂壁潺潺。剷藥虎蹤交横，題花鶴態同閒。雲深草堂不遠，紫閣白閣峰間。

甲午監臨試院即景抒懷四首

青袍碧草又三年，挾策人添數八千。陝甘士子每科不過五千，今科來者八千有餘，可謂極盛。士不通經文掃地，帝方側席日中天。寸心冥莫搜今古，片紙分明對聖賢。為語諸生須努力，得魚全怕易忘筌。

萬竅蠅吟亂不真，月光漢影兩流塵。沉沉清漏秋無夢，肅肅虚堂夜有神。談虎舊聞猶變色，驚鴻時樣又翻新。十年䌹鏁西風裏，曾作春明逐隊人。

高文落墨出圭稜，妙想非非得未曾。五夜風雲驅筆陣，萬人精爽炳心鐙。牽絲此地誰能免，摸索當年我敢矜。曩在翰林，曾與校文之役。賺得英豪頭雪白，空擕寸管涕難勝。

握珠抱璞議紛紜，先正遺型杳不聞。河嶽英靈生此輩〔一〕，國家元氣在斯文。人從後部荒庭至，天山迤北，漢車師後部所屬。今科自玉門以西至鎮西府迪化州等處應試來者甚衆，真曠古未有盛事也。學自西京制策分。約得終南瓊靄色，畫簷來結慶霄雲。

【校記】

〔一〕『生』，青箱書屋本作『來』。

青箱書屋本王批

公每於無意中出奇語。（『五夜風雲驅筆陣，萬人精爽炳心鐙』）

華陰老生行

龍門曉開高嵯峩，諸生魚貫進委蛇，中有一生扶杖陼前過。龍鍾老態雙鬢皤，搪撐手脚腰背駝。皮乾肉皺骨髓枯，深眶酸眸淚漬渦。齒牙脫落聲音吪，布袍百結如敗蓑。秃衿破帽無底鞾，趾錯弗前踵後拖。此宜含哺樂婆娑，晴軒炙背呼搔爬。何為乎偕此三五少年，提筐襆被，吮豪舐墨，掉頭據案伊優亞。問生今年年幾何？向我涕泗交滂沱。糢糊甲子斷馬檛〔一〕，生年八十三於斯叶。關中名山首太華，雲臺峰前生所家。生來不慣嘯也歌，亦復不辨菽與禾。弱齡趨庭側髫丫，一經口授自我耶。仁皇中葉玄風和，依稀已應童子科。是時年少意氣多，方寸五嶽高硪硪。眼中茫茫無姬娥，筆下滾滾如江河。講經鴻都窮切磋，不屑興世工婾娿。酒闌月下歌烏烏叶，笑談直取星辰羅。中宵起舞冠纓墮叶，自謂功名可立圖叶。扶搖九萬飛刹那，轡光倏忽馳天都叶，低頭拾取白玉珂。上思勳名布天下叶，下憶光寵生巖阿。豈知此意還蹉跎，春風吹醒春夢婆。轉頭迅景如投梭，雙轂弗停翻日車。黃河灝灝東南徂叶，名微身賤生理賒。其間跬步遭坎坷，幾卷破書缺編蒲叶，幾間破屋頹煙蘿。石田幾稜供菜瓜，牧童幾輩充生徒叶。家家詬誶客笑呵〔二〕，揶揄鬼物來奔波。乾隆壬辰歲試學使許我文字佳，居然名氏挂齒牙，傳聞道路為喧譁。恭逢聖人籲俊育菁莪，野無遺賢詠兔罝。重生梁灝望敢奢，此地不來，定不孤負平生耶〔三〕。又言恭承下問徒爾為叶，一言欲言還齟齬叶。使君黑頭持節如春華，生也白頭搖管如秋葩。盛名則盛遐齡遐，皇天賦予亦太差。我聞生言重歎嗟，又感此意何周遮。生見則非志可嘉，乾坤納納平無陂。其間形勢分卑高叶，人事錯迕寧有涯。生不見蓮華萬仞突兀青杈枒〔四〕，是中仙靈來往紛如麻。清空一氣住紫霞，下視人海徒些些。商飈吹燭莩吹葭，使君與生何所加？况乎屈伸備冥數，消長猶風沙。或棲蹤煙窟，或僑跡天池叶。千軨競轡〔五〕，九逵交塗叶。百昌萬彙，枯菀紛挐〔六〕。尻輪風馴野馬馱，世人多為虛名訛，精神日月相盪摩。危如圭竇縣蜂巢，瞥如露珠走圓荷。浩如揚舲與挽舸，茫如策蹇而驂蟜叶。高飛青鷹下白鵝，落花茵溷隨枝柯，人生由命非由它。嗚呼！人生由命非由它〔七〕。

【校記】

〔一〕『檛』，底本誤作『撾』，據杏雨草堂本改。

〔二〕『訴誶』，杏雨草堂本作『誶訴』。

〔三〕『定』，杏雨草堂本作『豈』。

〔四〕『杈』，杏雨草堂本作『槎』。

〔五〕『千』，杏雨草堂本誤作『干』。

〔六〕『菀』，杏雨草堂本誤作『莞』。

〔七〕『它』，杏雨草堂本作『他』。

杏雨草堂本王批

汪洋縱恣，是一篇蒙莊文字。

試院東齋叢竹茂甚

萬个琅玕碧，深齋鎖寂寥。驚雷催拔地，時雨送淩霄。體直姿彌勁，心虛操益昭。此君真我友，剪燭對清標。

秋月引

秋月明，秋闈扃。寂寥銀漢，流波無聲。鐙藏萬幕，鬼影縱橫。皎皎桂魄，落我素策。一生菀枯，幾點殘墨。吁嗟乎！安得暫假冰輪作冰鑑，照徹天下才士靈心光湛湛。

杏雨草堂本王批

愛才之心，溢於楮墨。（『皎皎桂魄，落我素策。一生菀枯，幾點殘墨』）

生朝自壽

美人芳草問靈修，彈指韶光迅不留。結習自憐同脈望〔一〕，閒情只愛種忘憂。十年珠樹金波遠，萬仞蓮華玉露浮。乘醉飛觴語明月，我生今日似中秋。偶繙王野鴻徵君詩，有『人生五十似重陽』句，讀而感焉。予生年四十五矣，因用其意成是詩。

【校記】

〔一〕『結習』，杏雨草堂本誤作『習結』。

雙魚秦鏡同素溪妹作

飛光翻海濤，倒寫靈波殿。精藏聲滔滔，虛受色練練。淵深一泓質，萬象鑒生面。神魚挾雲瀾，咫尺會龍變。義取金水生，象物理斯見。土花暗古澤，摩挲對忘倦。蔓草故宮荒，耕夫拾遺劍。

旃蒙協洽（乙未）

夜憩東湖與嚴冬友侍讀宛在亭玩月五首

十圍老柳千尋柏，拔地參天七百秋。為問坡仙仙去後，幾人曾向此中游？

溪山曩溯浣花蹟，予宦秦階，多杜老游跡。水木茲尋嘉祐年。論我平生太徼幸，宦遊多得近前賢。

蘇門一派瓣香殘，衣缽由來付託難。留得東湖湖上月，分明許我兩人看。

便認今宵即是仙，童奴怪我不思眠。魚兒跳子蛙鳴鼓，失聽此聲今廿年。西風棧險連雲遠，南浦花深進艇遲。宛在亭中人宛在，蕭森竹柏綠鬢眉。

青箱書屋本王批

起二語有拔地參天之勢。（『十圍老柳千尋柏，拔地參天七百秋』）公之自命，非夸千古，可共信也。（『蘇門一派瓣香殘』一首）

謁華嶽廟

灝靈元氣蟠天西，維帝少皥司坤維。雄江倒飲連雌霓，三峰隱隱互蔽虧。其間頫仰勢不齊，是有巨犍非人為。帝曰女帝功莫躋，女其西成與予治。蓮華絕頂神所棲，萬靈倏忽回雲旗。誰其妥之俾弗迷，荒古望秩高崔巍。吾從麥秋車載脂，飲帝之福蒙帝禔。華陰靈祠瞻帟帷，衣冠駿肅先拜稽。其前綽楔切角氐，雲書鳳字般陸離。庚辛之神左右居，銀鍪銀鎧銀鞭麾。天馬八尺不受羈，肯數騆駱駒駓驪。朱門三重門九逵，洞洞屬屬難仰闚。其後玉樓何㕓㕓，亭亭浮空入望奇。明星玉女照月題，更有仙掌來辛楣。諸峰遒緊尤淋漓，如排玉笥如翹犀。神境驀超希與夷，垂緌纚纚心已危。其中廣殿開翠微，雙龍夾柱形㸑㸑。仙曹兩班各拱圭，維帝肅穆垂綃衣。冕旒秀發旌旆飛，大莊嚴相世所稀。識是告成萬寶師，行行復從四壁䙡。啁啾忽聞山鬼啼，風髮霧鬛奔且嘶。後有貳負前蜰蠬，是誰渲染黝而黟。令人目炫還心疑〔二〕，於戲自明溯嬴姬。或玉為檢金為泥，劫灰飛殘漢蹟劘。何論五丈開元碑，我朝祀典丕前規。豐功偉烈經重熙，遣官告祭盛禮儀。天章高煥爭璧奎，載以贔屭蟠蛟螭。東海小臣妄測蠡，祈澤深荷垂鴻施〔二〕。謹記靈貺呈丹墀〔三〕，維皇春煦流天慈〔四〕。鴻鈞鼓鑄隨攸宜，調燮二氣無偏陂。即看琳琅編貝璣，刮膜恨乏雙金鎞〔五〕。唐鐫宋刻縱可追，猶以齧缺探王鼰〔六〕。參天松栢匝四圍，坐臥不厭十日疲。何當矯首呼屏翳，高尋白帝窮天倪。

【校記】

〔一〕「疑」，青箱書屋本作「咨」。

〔二〕「祈澤深荷垂鴻施」，青箱書屋本作「□□□□摹餘煇」。

〔三〕「謹記靈貺呈丹墀」，青箱書屋本作「維帝秋肅揚天威」。

〔四〕「春」，底本原作「眷」，據青箱書屋本改。

〔五〕「刮」，青箱書屋本誤作「剖」。

〔六〕「王」，青箱書屋本誤作「玉」。

青箱書屋本王批

如此大題，非如此大手筆，不能為也。

如此一篇大文，非此數語，收拾不住。（「維帝秋肅揚天威，維皇春煦流天慈。鴻鈞鼓鑄隨攸宜，調燮二氣無偏陂」）

望雨三首

其雨其雨雨弗來，六月不雨憂成災。火雲肆虐餤作堆，焚輪動地聲如雷。吏民倉皇向天訴，叩頭望天朝又暮。白雲不諒病夫愁，須臾收拾歸山去。

精液煎熬汗流汁，投牀鼓枕百憂集。炎歊蒸啖宵騰騰，似挾火毬帳底入。紙窗月落交四更，反側稍覺形神清。非雨疑雨夢不成，乾風亂捲槁葉聲。

河底波涸龜兆交，石田出火秋禾焦。農夫千點萬點淚，揮灑不救半死苗。金川消息傳懺悦，勿愁轉粟青天上。帝心如天仁蕩蕩，六千萬銀發内帑。

青箱書屋本王批

佛祖心腸，禹皋事業。

暑雨缺少大田需澤甚切作詩以寫憂懷

炎官鞭乾雲，去如飛鳥疾。焚輪撼坤軸，擺碾萬火出。瘖雷不施聲，白晝舞妖魃。河流日以微，井脈日以竭。早穀雖出土，稀疎短于髮。新綠一寸柔，力難爭酷日。枯焦已漸形，安望再長發。晚禾未下籽，土作龜兆裂。翻犁恐失時，昨交初伏節。農夫輟耒嘆，氾勝亦無術。王師尚西征，促浸稽翦滅。秦蜀脣齒連，烽燧猶未撤。羽檄星火馳，兵符飛電掣。帑金六千萬，輸向蠶叢窟。秦民最急公，大義衆所怵。報以屢豐年，窮閻庶存活。如何靈澤枯，不雨過六月。終南多蟄龍，癡臥勢嫳屑。上天一滴雨，下民一點血。盼雨先盼雲，雲騰雨又歇。金烏扇炎威，煎熬到心骨。或者人事乖，大吏有缺失。

青箱書屋本王批

筆力直追工部《奉先縣》、《北征》等篇，妙在全變其貌。（『王師尚西征，促浸稽翦滅。秦蜀脣齒連，烽燧猶未撤』）

沉痛入骨，非大仁人不能道。（『上天一滴雨，下民一點血』）

一結語淡而情深，不是尋常罪己套語。（『或者人事乖，大吏有缺失』）

恭和御賜喜雨詩原韻

黃雲彌望綠雲稠，指顧秦川又倍收。其雨濛濛時正好，厥田上上澤皆優。民情共慶豐年樂，天意能寬聖主愁。總為宸衷符覆載，沐膏萬寓盡蒙庥。

臣謹按：《洪範》：『八庶徵，雨、暘各以其敘，庶草蕃蕪。』又『曰肅，時雨若。曰乂，時暘若。』蓋庥徵所應，著為農祥，非甚盛德，蔑由致也。洪惟皇上勤恤民隱，罔有遐邇，一視同仁，如天無私覆，地無私載，日月無私照。愷澤覃敷，淪肌浹髓，已四十年於茲矣。臣以菲材蒙恩，擢撫陝右，夙夜兢兢，惟弗克仰體德意是懼。迺自冬徂春，五月不雨。周原向稱陸海，水深土厚，枯燥漸形。又關中以麥為命，百姓顒顒，望澤孔亟。臣伏稔皇上至誠格天，有所祈請，呼吸立應。爰率文武僚屬，步禱西郊。又古傳太白龍湫感應神速，急遣官馳往取水。水未至城三十里，應時澍雨，優渥霑足，連三日夜，徧數千里。壞槁復青，麥枯盡起。萬民衢歌巷舞，皆云我皇上之福。臣以實入告，聖心悅豫，賜以詩章。臣跪讀之下，仰見我皇上宵衣旰食，憂勤惕厲之意，直流露于墨花楮藻之間。而且至德沖抑，讓善弗居。天地有大美而不言，四時有明法而不議。是即堯咨湯警，何以加兹？臣不揆擣昧，敬和一篇，非敢妄希賡颺之誼，用以彰臣之譾材陋識，幸膺封疆重寄，猶獲奉職循理，不至違戾者，皆聖上陶鈞獨化于上，皇天合符，百神受享。臣承其流而不自知，百姓實受其福而莫識誰之為。《易·乾》之《文言》曰：『雲行雨施，天下平也。』其在斯時與！臣遭際昌期，欽承墨寶，瞻睿藻之喬皇，感主恩之優渥。敬附數言于御製之末，用誌光寵云。

石甕寺

松顛輦道界虛垠，繡嶺東西絕壑分。冷落紅樓孤磬月，沉埋黃葉半龕雲。碑鐫天寶淪灰劫，草沒長生識錦裙。消盡繁華香一炷，空留石佛臥斜曛。

宿驪山行館

何年鸚鵡舌，天寶說前因。輦路荒秋草，宮花隱暮燐。泉心瑩似我，山色靜于人。慘淡華清月，零香碾路塵。

溫泉聽雨作

今古繁華第一山，金風瑟瑟雨潺潺。鐙昏月殿雲階外，聲冷紅樓綠閣間。尚有繚垣圍菜圃，空餘壞道鎖松關。靈泉難洗新臺恥，嗚咽寒宵怨玉環。

新豐

平原蒼莽暮雲屯，鴻坂西風落木晨。虎鬭龍爭空畫地，鳶肩火色更何人。荒寒雞犬仍無恙，會合英雄信有神。却笑市中飲酒客，流光拋擲馬蹏塵。

長春宮遺址

迅奮天戈帝業雄，地當左輔有行宮。黄河水漲龍蛇氣，華嶽雲霾禾黍叢。甲起晉陽仙杖杳，螢飛隋苑野煙空。誰知楊李興亡事，半在頹垣廢堡中。此地今稱長春堡。

宿雲臺觀紀夢

昨宵飛夢躡蓮峰，霞彩雲容盪我胸。抗手玉晨披薜荔，鍊顏金紐照芙蓉。天池碧浣三霄露，仙掌青撑萬壑松。便約羣真朝太上，玄州游戲跨茅龍。

聞官兵攻克美諾連破碉卡殺賊大勝誌喜〔一〕

犄角長驅議擣堅，矢飛雨石礮轟天〔二〕。大碉直與人頭碎，狡窟還從蠶尾穿。孽重自應膏利斧，恩寬尚許遞降箋。佳兵鄭重頒明詔，樂府春風聽凱旋。時屢下詔書，將不得已用兵之故宣諭中外。

【校記】

〔一〕杏雨草堂本題作『小除夕聞官兵夾攻達圍連破碉卡殺賊大勝誌喜』。

〔二〕『雨』，杏雨草堂本作『白』。『礮』，杏雨草堂本誤作『駁』。

柔兆涒灘（丙申）

平定兩金川大功告成恭紀鐃歌十八章謹序

乾隆四十一年丙申春三月，定西將軍臣阿桂等露布驛聞，大小金川全境蕩平，逆酋索諾木兄弟眷屬暨助惡醜類悉旅俘獲，請獻闕下。皇帝曰：『俞維天地祖宗，綏佑余一人。誕集大勳，載熙丕緒。其詔將軍、副將軍、參贊大臣等振旅還朝，恭候祗謁兩陵，告成闕里。』如期集京畿，舉行郊勞典礼。翼日獻俘廟社。五月朔日辛未，崇上聖母皇太后徽號，揚麻歸善，爵勛賚功，懋典備舉，與天下大釐。于是羣公百執事以上威德龐鴻，超邁隆古，拜手咸晉曰：『維皇帝御極，執淬精之道，鏡照寰寓，四表兩間，罔不周既。』蠢茲金川小醜，為《巴蜀檄》外番夷，聲名繄古，不通中國。《夏書·禹貢》有和夷之文；周之羌髳，其遏屬也；《漢志》稱冉駹夷依山居止，累石為邛籠；唐雅州治，領羈縻四十六州；元于碉門立宣撫司；明天全六番招討，攷驗地狀，漢唐髣髴。我朝聲教爲奕，九土司衆，咸隸職方。乾隆戊辰，促浸酋郎卡莎羅奔等自作不靖，皇上張申撻伐，網開一面，不訖于誅。迨三十載，天厭厥類。儹拉逆酋僧格桑抗爪牙之毒，同穴相鬭。沃日、明正，蠶食鯨吞。撫諭不聽，皇赫斯怒。禡牙誓師，雷動風驅。雙岐並轃，深入其阻。螗臂力殫，美諾先下。假氣游魂，冀延時刻。促浸酋郎卡已死，子索諾木與儹拉姻黨反抗助之。皇上申命定西將軍臣阿桂統領將帥，益以八旗勁旅，分路迅攻。僧格桑走死，賊酋桎獻其屍，冀緩我軍。將軍偵知其計，折衝益力。巨礮轟碉，利矢接隼。百戰百勝，賊衆膽落。勒烏圍破，索諾木喙走，大軍乘勝抵噶喇依。蟻封鼠穴，昏烏迷鹿，駭瞿奔觸，失歸忘趨。大憝黨惡其孥屬繫頸以組，駢首乞命。迺艾其幕，籍其土，民其人。二月四日金川告平。臣竊仰惟皇帝陛下決機制勝，日麗霆發，先天弗違，百神效職。惟所左右，成此巍巍盛烈，永靖邊徼。聲靈讋于域外，聞見軼乎曩編。兹還師所歷，自蜀棧出秦關千八百里，麥隴豐腴，甘霖汜濩。百姓謜謜熙熙，壺漿簞食，饋獻如恐不及。臣備員西土，躬逢嘉會，不揣軨陋，攷實臚聲，敬擬鐃歌十八章，導揚洪輝炎景，用佐太常，歌以舞萬，謹拜手稽首以獻。

皇帝聖神文武，既定西域，遠人悉徠。金川逆酋即頑，天怒斯赫。作《聖武揚》第一。

於爍皇威，拓我西土。回斧其吭，準係以組。稽顙來歸，曰土爾扈。俾煦太陽，俾沐膏雨。蠢兹金川，敢行違拒。帝心至仁，勇也一怒。赫赫明明，皇哉聖主。

小金川為沿邊九土司之一，逆酋僧格桑侵併沃日，及於明正，乃申抗命之誅。作《堂堂伐》第二。

螳足横當車，詎識奔輪剛。蛙聲雄據井，安知天宇長。狡窟匿么麿，厥酋僧格桑。卵翼不我德，反覆成封狼。沃日既吞噬，明正示殘傷。屢檄仍抗命，負固殊披猖。釋此苟勿誅，何以綏邊疆？有禽利用執，薄伐真堂堂。

調發陝西、甘肅、湖廣、雲南、貴州綠營兵，及西安、荊州、成都駐防滿洲兵，與川師協勦。作《從軍樂》第三。

建高牙，擂大鼓。壯士從軍色飛舞，如驅熊羆往捕鼠。秦楚黔滇，發符合兵。遴其精鋭，有駐防營。銀牌滿身糧滿地，戰袍不待家人寄。從軍樂，不可支。致身功名當及時，髑髏陣前帶血數。

詔書賜號巴圖魯，命發内帑餉軍，分西、南兩路轉粟。作《饋餉裕》第四。

大軍深入，前歌後舞。白撰朱提，出自内府。軍費億萬，閭閻不知。熙熙童叟，觀我過師。自西自南，蜀道轉粟。蟻附猱緣，以手代足。金帛頳肩，給直以倍。既急爾公，亦驚其利。

大軍攻克小金川，賊巢執逆酋之父策妄以獻。作《克美諾》第五。

將軍旗鼓從天下，礮聲摧碉同發瓦，賊碉屢破賊巢單。美諾傳露布，不得賊首得賊父。終當併汝懸藁街，喘息皮船夜深渡。

僧格桑竄入金川，逆酋索諾木既不擒獻，反助其抗拒王師，因命並勦。作《討助逆》第六。

十三年伐畔，郎卡莎羅奔。亦既悔厥罪，隕負稽首言。相臣議攻勦，帝宏解綱恩。偷息逾二紀，顧敢私其婚。助逆木果木，罪難擢髮論。旌旄遂回指，師直仁義存。

特旨添派京營滿洲兵二千、索倫吉林兵四千。作《勁旅出》第七。

蜀雲開，勁旅來。旗肅肅，馬騤騤。牛酒賀，勁旅過。鐵衣輕，羽箭大。發必疊，始挽強。中心洞，始引鎗。六千人，一當百。舊旌門，新改色。

定西將軍臣阿桂、副將軍臣豐昇額率大軍從西路進攻，所向克捷。作《定西軍》第八。

楚材繼起，惟故相有子。御製《紫光閣功臣阿桂像贊》有『楚材繼出』之句。誕將天威，昔宣力西陲，桓桓副帥，其繼勇果毅。攢拉再寧，益厲我士兵。火烈烈則莫我敢遏，木柵稜稜則莫我敢承。前軍破竹收勒爾吉博，後路從風平遜克爾宗。

副將軍臣明亮自日旁進攻，為北路，官兵累克碉隘，取河西一帶麥田，以絕賊人種植。作《犄角攻》第九。

日旁一軍，會于宜喜。偏師既進，或角或犄。克爾丹扎木，克爾扎烏古。芃芃其麥，是割是取，已作我疆土。礮聲靂靂，由地道上衝。賊疲于備，我多其攻，是佐成厥功。

僧格桑走死，賊獻其屍。將軍數其不早生致之罪，磔僧格桑屍以徇，進攻益力。作《徇促浸》第十。

順天者生，逆天者死，賊屍未僵魄已褫。當風拉雜揚其灰，怙惡不悛將何為？告爾促浸，爾果悔罪，何不早生致？天兵已臨，安敢望貰。不見梭磨土婦賢且智，斷割私姻明大義，子戴翎枝母受賜。

大軍攻克勒烏圍賊巢。作《紅旗捷》第十一。

勒烏圍，賊舊巢。南峙轉經樓，斜連甲爾橋。前大河，後高礀，死守三旬巢不陷。將軍勝算已在手，一夜攻圍亥達丑。兩木城，一時傾，呼聲動地千山鳴。奪命爭從橋上渡，先遣泅人斷橋柱。是時大雨漲山溝，殺賊入河河不流。紅旗西來飛鳥疾，夜到甘泉正七日。

索諾木竄匿噶喇依，大軍圍之，其母及姑姊妹相繼投出。作《釜中魚》第十二。

可憐釜中魚，枯爛在須臾。雖有同川侶，不得相沫濡。爾姑姊妹繼爾母，匍匐軍門惟恐後。皆爾平生親，豈不念恩厚？自絕于天誰與守，嗟哉困獸安能久。

賜將軍阿桂爵誠謀英勇公，副將軍、參贊以下侯、伯、子、男有差。作《册元功》第十三。

帝咨爾桂，予嘉乃功。庸建爾爵，比于上公。爾副爾佐，盛毖其力。五等以差，是褒是錫。桂率諸將，拜手上言：臣力何有，惟廟略是宣。王師克奮，凜天子之訓；王績有成，仰天子之明。

索諸木就擒。作《罪人得》第十四。

刮耳崖前傳令急，霹靂一聲千騎入。弓刀匼匝網周遭，罪人黜伏將焉逃？檻車徵之縶以組，駭汗淋漓寫如雨。從征土目凡數千，咸使觀覘爭駢闐。穴中誰敢萌反覆，請視今朝索諸木。

詔總督臣文綬安插餘衆，開設耕屯，將軍等振旅班師。作《王師凱》第十五。

大功既蕆，帝有恩言。俘止其渠，勿獮其人。俾爾窟爾宅，俾爾佃爾田。約束部勒，以耕以屯，以作我王氓。既撫既定，王師載旋。自隴徂關，喜溢于顏。我征聿至，于今六年。婦子其存，遄止欣欣，匪獨我秦民。

皇帝祇謁兩陵，巡幸山左，釋奠闕里。作《告成功》第十六。

皇天列祖，陟降上帝。佑予一人，師克有濟。橋山仰止，致孝告功。炘炘肹蠁，車芝馬龍。鸞旂載止，式于闕里。觀聽圜橋，色愉以喜。干戈既戢，俎豆斯陳。思樂泮水，紀績成均。事非得已，功則有慶。鑒帝之心，惟祖惟聖。

將軍獻俘京師，皇帝親行郊勞礼，議敘在事內外諸臣。作《大飲至》第十七。

翠華郊次，西師凱歸。萬旅旲藻，讙聲如雷。將軍跪謝，遜辭自下。帝曰汝庸，其毋讓爾封。迺命獻俘，迺命飲至。桓桓糾糾，濟濟受賜。圖形紫光，既策爾勳。内外臣工，各酬厥勤。

大功既成，行慶施惠，與民休息。作《慶無疆》第十八。

服則舍兮叛則取，帝心如天兮聽人之自處。鐫貞珉兮垂萬古，惟至仁兮有大武。甲兵洗兮慶賚行，士勸學兮農勸耕。合萬國兮奉慈寧，壽榆耀兮泰階平。億萬斯年兮允迪吉康，天毖成功兮永保無疆。

贈定西將軍阿雲巖閣部并序〔一〕

乾隆柔兆涒灘之歲二月初吉，兩金川全境蕩平，露布驛聞，獻俘闕下。三月，定西將軍誠謀英勇阿公得詔〔二〕，振旅還朝，旌旆過秦。公睠懷舊雨，把臂歡然，銜杯永夕，情愫惇至。竊喜我公豐庸偉畧，亘古無倫。賦得長律十章，紀績抒誠，用申欣慶。

西極崢嶸百戰平，六年閫外倚專征。王師旂鼓從天下，上將精靈自嶽生。井絡春雲隨大纛，潼關曉日候行營。渡河更喜鐃簫競，直挽黄流洗甲兵。

二十年前政事堂，承家素業在青箱。授經定比韋丞相，對客曾誇李贊皇。中禁宣豪推巨手，銓曹署牘重清郎。楚材少已膺宸眷，定待勳名絕域揚〔三〕。

郤縠詩書天下聞〔四〕，戎衣報國敢辭勤。金城北望陰成柳，玉馬西來勢蹴雲。瀚海初開都護府，公先立功西域，時伊犁再經兵燹，地方殘破。公建招集流亡之議，安兵屯墾，區畫經營，規制始定，厥功甚偉。瘴江全返伏波軍。謂撤緬甸老官屯兵。　丹青久上淩煙閣，手鬬蠶叢再策勳。

曾赦防風後至誅，乾隆十三年，詔許索諾木之父郎卡就撫。　封狼何意更生貙。稍知吞噬私營窟，互作牽援顯負嵎。兩金川結為姻黨，吞併鄰境，內附土司。　天上旌旗新變色，陣中魚鳥再開圖。　籌邊樓畔三更月，已報前鋒指勒烏。

負固如真不可攻，皇威何以令諸戎？　頻年粟轉青天上，盡日兵行黑箐中。　霹靂一聲爭隘入，星光數點震硐空。前山頓失鴻荒雪，直為三軍喜氣融〔五〕。

徂征犄角兩偏師，獨建堂堂大將旗。　箸決帷中鋒始合，矢飛坐上陣無移〔六〕。　懸軍已斷三危脊，隔歲先傳貳負尸。指僧格桑。　見說指揮如葛亮，仁風還被受降時。去歲曾蒙御賜詩扇。

釜魚何處乞浮漚，醜類全將尺組收。索諾木母、妻、兄、弟及黨惡頭人無不就縛。　遂遣唐葳沾大化，竟俘頡利藉成謀。天兵昔嶺休戈甲，賨叟和門獻酒牛。　帳下更煩磨盾鼻〔七〕，新銘好勒雪山陬。

稠疊天書星使傳，命珪相印手兼權。　班資特長東西伯，啟事還持內外銓〔八〕。　蕃落隨朝齊負弩〔九〕，官僚迎犒許開筵。　鬢絲可為論兵改，龍虎精神尚昔年。

渭城楊柳拂歸鞍，信宿飛鴻意未殫。　每奉軍書兼慰藉，惟因候火祝平安。　神鈴共聽追隨久，使節頻移會合難。　朱鷺歌中行緩緩，邦人偏得衮衣看。曩歲同直機庭，追隨最久。

野宿貔貅萬竈餘，翠華郊次趣鋒車。　須知紫塞銷兵後，又是蒼生望澤初。　湛露升歌恩正渥，中台占象化方舒。待公燮理多餘暇，更擬清風誦穆如。

【校記】

〔一〕『并序』，杏雨草堂本無。

〔二〕『阿』，杏雨草堂本作『豐』。

〔三〕『定』，杏雨草堂本作『豈』。

〔四〕『毅』，杏雨草堂本誤作『榖』。

〔五〕『直』，杏雨草堂本作『真』。

〔六〕『坐』，杏雨草堂本作『座』。

〔七〕『盾』，杏雨草堂本誤作『質』。

〔八〕『銓』，杏雨草堂本作『詮』。

〔九〕『落』，杏雨草堂本誤作『絡』。『弩』，杏雨草堂本誤作『努』。

杏雨草堂本王批

一氣折旋，雄健無匹。（『負固如真不可攻』一首）

定邊左副將軍果毅謀勇豐公贈佩刀歌

脫光刀神名，見《太公兵法》。猙獰夜挺立，寒氣陰森鬼母泣。滄耳司刀神名，見楊泉《物理論》。自後暗伺之，斜月無輝天似漆。空堂跳躑相睢盱，忽驚電影穿簾入。將軍得自噶喇依，百戰百勝賊膽攝。白鷴尾長鴈翎薄，兩脇髑髏血猶濕。雀環犀靶尚依然，香木鮫皮新作鞓。雨淋日炙幾何年，鐵鍬斑斕古苔澀〔一〕。淬磨何必蜀江水，膏以鸊鵜光熤熠。截鐵如葱玉似泥，世上五兵誰得及？遙想神工鼓鑄時，丙午庚辛合月日。陰陽既濟剛柔和，離宮孕出青蛇一。當筵殷勤掣示我，冷談逼人肝膽慄。偶然失手落階除，紅雪四迸火星急。感公持贈善藏之，制虎除蛟莫輕出。奏凱金川已掃犁，百蠻平定干戈戢。符瑞漫詡三公徵，且伴奇書藏秘笈。

【校記】

〔一〕『鍬』，青箱書屋本作『繡』。

題眉士二妹抱雲棲隱圖

雲容容兮覆我屋，若有人兮身重闉而心空谷。露坐石牀兮有書可讀，寒香冉冉兮伴爾幽獨。雲無香兮香在梅，梅花未放春先迴。雲光梅影淡一色，月下瘦鶴雙裴回。江鄉小築足瀟灑，髣髴漁莊連蟹舍。草碧兮庭中，水周兮堂下。當年眢井墜瓊釵，今日頹垣拾破瓦。歌臺傾而舞榭圮兮，眼看綺閣紅窗竄松鼠而飛野馬。勝地寧隨浩劫遷，千金有人買平泉。坐享清福非偶然，無邊逸興豪端傳，墨痕都化為雲烟。噫嚱乎！秦關浩蕩兮吳樹悠悠，燕子不來兮閒殺此百尺縹緲之飛樓。樓前老梅開而復落兮，付香影于春流。予思歸而招隱無期兮，梅花不肯作予之蹇修。予欲化出岫之孤雲，邀畫梁之雙燕〔一〕，暫棲影于君家荒江寂寞之樓頭。來燕樓，前明吳氏別業，擅林泉之勝，婁東名園也。歲久荒圮，屢易主矣。眉士擬購買此樓〔二〕，為他年棲隱地。

【校記】

〔一〕『邀』，杏雨草堂本無。

〔二〕『買』，杏雨草堂本無。

靜寧行館接智珠見懷五律喜作七絕四首示之〔一〕

喜得雙魚手自開〔二〕，明珠一串錦文回〔三〕。髮猶覆額才如許〔四〕，恐是雙成降謫來。

謝庭才調擅清新，汝母當年老斲輪〔五〕。他日芙蓉編一卷，紅閨喜有授詩人〔六〕。

名山促我訂歸期，幸有相依瓊樹枝。伴我著書娛我老，可知生女勝生兒。

月麗風柔百景宜，翠茗館外乍春熙。遙知學繡停針後，又寫唐人格體詩。

【校記】

〔一〕杏雨草堂本題作『靜寧行館接青門生女之信喜而有作寄示月尊』。

〔二〕『手自』，杏雨草堂本作『鄭重』。

〔三〕『一串錦文回』，杏雨草堂本作『又見月生胎』。

〔四〕『髮猶』，杏雨草堂本作『前宵』。

〔五〕『當年』，杏雨草堂本作『居然』。

〔六〕『喜有』，杏雨草堂本作『已有』。

枕上聞雨聲

簟空烝毒熱，鐙暗逼疎鐘。一夜秦川雨，終南起蟄龍。

積雨新霽坐絢雲閣翫月示浣青素溪〔一〕

碧落纖雲薄似羅，昨宵好雨霈滂沱。閣臨嘉樹聽秋早，地近名山得月多。一院金波篩亂竹，三更珠露滴殘荷。嫦娥漫笑饒清興，明鏡私窺髮未皤。

【校記】

〔一〕『素溪』，杏雨草堂本下有『月尊』。

畫

寸指靈機盪太虛，枉矜能事送居諸。茫茫身世無停影，繪盡雲容總不如。

英夢堂相國七十生辰詩

弧南星映鳳池頭，元老沙隄瑞靄浮。往歲稱觥曾立鵠，丙戌歲曾有壽公六十初度詩。中朝賜杖又安鳩。帝知風度如張相，人羨神仙是鄴侯。覽揆近逢長至候，陽春迴處恰添籌。

元氣親調霄漢間，金丹底用駐容顔。終成硯北千秋業，吟遍江南六代山。時望樞衡原早協，夙緣筆翰未曾閒。退朝指笑鳴珂里，弟子新添玉筍班。兼掌院學士。

閒園手闢上林旁，獨往名堪獨樂方。窺砦未能量鶴壽，種松大抵比人長。堂開綠野裴中立，石踞平泉李贊皇。秘本手抄盈鄴架，持衡不廢校書忙。

重簾煖閣座中春，尚憶高齊撰屨辰〔一〕。泥飲每為花主客，劇談彌見玉精神。重窺東閣留題在，靜對南山發詠新。準擬更尋蓮十丈，壽公長現宰官身。

【校記】

〔一〕『齊』，疑當作『齋』。

靈巖山館詩集卷三十

終南仙館集

強圉作噩(丁酉)

折楊柳

折楊柳，勸君酒。灞橋橋畔萬千枝，直送行人行隴首。隴首孤雲盡日飛，隴頭游子幾時歸？玉關西望花如雪，忍向長條一涕揮。

檻外碧桃高出屋角方春盛開感賦

風懷豔冶愛濃春，簇簇紅英朵朵新。花若有情應眷我，看花人是種花人。

舅氏息圃先生命題灌畦圖

有田不歸如江水，東坡先生戲言耳。歸田豈在田有無，無田欲歸竟歸矣。達人齊物泯榮辱，難進易退在知止。世路風波盡飽諳，欲脱朝衫如脱屣。人生遇合亦何常，樂歲難逢類如此。先生弱冠遭家屯，足躪緇塵走燕市。出親于險克濟艱，籍甚人稱張孝子。窮途哭比阮籍狂，亡命貧甘張儉耻。前舉鴻詞後經學，文章價貴長安紙。掞天麗藻雲霞如，擲地新篇金石似。奈無狗監薦雄文，肯抱鬱輪向朱邸。劉蕡制策直難容，玉溪章奏工誰比。一世才名半世官，前塵影事成彈指。硯田冷落舊生涯，樹以六經藝以史。薄宦翻同鷁退飛，流光不異駒馳駛。算來萬事總雲烟，只有為農滋味美。吳淞幾稜破荒田，活活流泉清且瀰。疎柳蟬聲秋意生，夕陽牛背村歌邇。抱甕而嬉植杖耘，童孫稚子牽衣喜。一犁好雨一笠雲，閒情收拾詩瓢裏。力田也抱逢年願，志士暮年聊爾爾。丙辰徵士幾人存，斗山名並靈光巋。明農異日臥東山，此時且為蒼生起。

敬題息圃舅氏乘槎圖〔一〕

海天蒼，海月黄，海水起立雲茫茫。展看碧海青天之長卷，恍見百川萬穴驚濤駭浪委輪迴薄乎中堂。中有靈查不可方，漢時聞博望〔二〕，乘貫斗牛旁。先生豈其苗裔耶？翔虚勢欲排穹閶。年逾七十精力強，寒暑一鐙坐甚莊。耄而好學搜青箱，詞源淺深難測量。少年為孝子，中年為名士。挾策上書走帝鄉，軟紅塵海名字香。一舉鴻詞科，再舉經學科。徵書鄭重錫篚筐，淵淪學海無涘梁。已而閩嶠剖符竹，已而滇南綜邊局。風吹萍梗去不常，卅年宦海更星霜。畫師繪圖或此意，積流善下嘆望洋。蕩雲沃日肆詭激，靈襟浩渺吞鴻荒。穩坐一葉太乙舟，鬚眉上映天滄浪。一胡盧酒一卷書，欲向碧津挂榑桑。吾聞海上三神山，仙家日月靜且長。黄金宫，紫石室，雲濤出沒遥相望。天風引之萬里瞬息到，飈車羽輪仰看破浪淩霄翔。垂簾試問君平卜，瑤池翠水夜有客星一葦杭。璚宫攜得支機石，組織文章粲七襄。

【校記】

〔一〕『槎』，青箱書屋本作『查』。

〔二〕『聞博望』，青箱書屋本作『博望侯』。

青箱書屋本王批

三言驚拔，公之獨步。（『海天蒼，海月黄，海水起立雲茫茫』）

長句一氣卷舒，得未曾有。（『恍見百川萬穴驚濤駭浪委輪迴薄乎中堂』）

序事處大力盤旋，筆力亦似天風海濤，無所不納，無所不浮。

呈息圃舅氏八首

蚤歲逢家難，青衫走洛塵。醵金全孝子，濡血出嚴親。獨行龍門筆，傷貧竭命人。蓼莪常廢讀，孺慕已終身。

聖主龍飛日，鴻詞舉制科。舞雞臨鏡罷，夢鹿覆蕉訛。幕府煩磨盾，文場例倒戈。連城甘抱璞，未肯怨蹉跎。

宣室虛前席，親承問著書。才名蘇玉局，詞賦馬相如。迹絕王門瑟，飢餐佛影蔬。窮經年兀兀〔一〕，真不負三餘。

我母同懷誼，關情似一身。眠餐時共祝，形影必相親。垂老情彌摯，臨歧痛更真。世風多陌路，羨殺白頭人。

蒼茫雙鬢雪，辛苦一囊詩。筆陣驅靈怪，詞壇建鼓旗。味隨蔗境淡，胸盪華雲奇。髦齒還勤學，斯文仗總持。

慘綠趨京國，提攜藉渭陽。文章慚阿士，風韻乏王郎。似舅聲華重，知名品藻彰。日邊無對譽，流播在詞場。予弱冠謁見黃崑圃、史文靖、汪文端、勵衣園諸前輩，俱許為酷似舅氏。

花塢藏芝閣，端居擁百城。奏章常代草，法帖慣同評。閒話開茅塞，虛衷凜器盈。道書欣復讀，非是學長生。

清名推鐵漢，拙宦陋金夫。橐罄餘琴鶴，廚空斷桂珠。無官貧亦適，有福老堪娛。急作抽簪計，鄉園傍石湖。先生營丙舍，在吳山麓，面臨石湖。

【校記】

〔一〕『窮經年兀兀』，青箱書屋本作『一編長在手』。

青箱書屋本王批

此八首真摯疎樸，且合通體為章法，一氣舒卷，直舉胸情，是謂得少陵之神，非貌似者。

題松坪煮茗圖二首

錦榭風柔，香煖石牀。露浥琴横，花影宛如。人影茶聲，不辨松聲。

魚眼生時，滌琖龍團。試後披襟，清景牽予。清夢靈泉，浣爾靈心。

胡蜨

入夢蘧蘧意太狂，六朝金粉貼衣裳。無端又被飛花惱，枉逐東風過苑牆。

試院中秋玩月

洒波灩瀲月波横，萬里光流碧落聲。圓到今宵纔滿足，明于後夜更晶瑩。兔豪珠格心靈迥〔一〕，鴛瓦瓊樓夢影清。正是桂花將放候，紅窻少婦不勝情。

【校記】

〔一〕『格』，杏雨草堂本誤作『挌』。

杏雨草堂本王批

律體詩至此數卷，更清更老，更近自然，不獨古體更臻奇妙也。

終南仙館叢菊盛開邀冬友竹嶼友竹石亭獻之宴集

一院繁霜結晚陰，黃金無主散園林。人間賴爾存高節，老去憑誰托素心。對酒自憐羈宦久，感時漸覺入秋深。夜闌紅燭頻移照，瘦影孤横綠綺琴。

悼祝雨山

斜月窺虛房，冷光宵墜地。搴帷人影絕，慘悄多鬼氣。驚飈挾清霜，灑作綆縻涕。惜彼苕華姿，奄忽黃土棄。十五掃長眉，學歌又識字。雙瞳秋水如，靈珠蘊夙慧。余耽古成癖〔一〕，名蹟希清閟。汝司典琴職，縹籤認題識。襟袖染古香，硯拭終南翠。寒更伴吟課，弗效觸屏睡。有時拈玉笛，桐陰發清吹。孤生露草晞，病骨支蕉萃。熒熒紅唾盂，模糊心血漬。神清似叔寶，目眶滿酸淚。欲言忽吞聲，復恐傷我慮。玄靈迸黃庭，軀殼失附麗〔二〕。精魄一暝沉，幽光萬古瘞。曉雞噤不鳴，一夜成一世。嬌女牀始扶，幼妻刀屨剸。素車出西郊，漆棺寄古寺。密霰飛長空，玄冬逼殘歲。瓊枝當風折，淒絕惱人意。轉眼見濃春，春至愁亦至。寂寂環香堂，塵煤懶擁篲。時鳥晝喚人，妖狐晚作祟。棐几挑青鐙，如豆吐一穗。碧窻梨花雲，側有倩魂侍。

【校記】

〔一〕『古成』，青箱書屋本作『好古』。

〔二〕『驅』，疑當作『軀』。

青箱書屋本王批

寫嘔血症能出奇麗，豈非仙才？（『熒熒紅唾盂，模糊心血漬』）於鬼境中獨出幽豔，玉茗傳奇所以超絕千古。

憶梅和息圃舅氏韻

雲水迢迢隔暮陰，卅年讓爾入山深。淡還太素支仙骨，寂破枯禪見佛心。鶴夢半場春數點，鳳徽三弄雪千林。良朋一樣增疎闊，空谷難傳金玉音。

青箱書屋本王批

公每賦梅花，必有佳句，殆與梅花有夙契者耶？（『鶴夢半場春數點，鳳徽三弄雪千林。良朋一樣增疎闊，空谷難傳金玉音』）

著雍閹茂（戊戌）

城南看花曲

柳眉會顰桃花笑，一顰一笑送春老。少年那肯惜韶華，只怨好花開不早。花開既早還易落，到得落時心作惡。廿番芳訊去悤悤，駒隙流光已非昨。昨年花發小園中，步幛珠圍歷亂紅。容我讀書兼讀畫，共他愁雨更愁風。蜨化夢依紈扇冷，燕歸人逐畫堂空。空堂歌舞如花散，花若有情淚應潸。鍊得金丹駐好顔，終思抗手喬松伴。冶游無恙感殘春，人影花踪兩不真〔一〕。萬種芳菲千種恨，花前老盡看花人。

【校記】

〔一〕『踪』，底本原作『悰』，據青箱書屋本改。

青箱書屋本王批

一往情深。（『昨年花發小園中，步幛珠圍歷亂紅。容我讀書兼讀畫，共他愁雨更愁風』）

含思宛轉，令人不忍卒讀。（『冶游無恙感殘春，人影花踪兩不真。萬種芳菲千種恨，花前老盡看花人』）

暮春韋曲觀桃花冬友侍讀作絶句八章溫麗纏緜情深語綺意似有屬若藉小紅寫照者至其人予不得而知也後數日適華陰晚憩雲臺行館挑鐙依韻和之詩成多淒怨之音若中有不能自勝者同一花也同一看花人也而看花人之情未必同也詩緣情而生亦各寫其情之所託而已歸以示侍讀並習庵中允瘦銅中翰獻之秋巖諸同學(一)

關心芳事損餐眠，說著傷春我最先。愁似亂紅飛不定，惜花人遇賞花天。

曾經曼倩去偷纔，待得千年花又開。擬乞瑤池如掌核，攜來還傍碧窻栽。

得氣穠華結恨紆，飄零無計可持扶。崔徽早逝文君寡，也似斯花薄命無？

網絡金鈴步障新，忍教芳意委輕塵。社公憐爾封姨妬，簸弄悤悤過一春。

客歲環香畫閣東，有人垂手背花叢。淚痕灑作胭脂雨，染出春林片片紅。

月照禪心映石淙，麗情為爾未全降。掃花仙子如花貌，吹落天風是一雙。

繁雲膩雨夢初横，一笑嫣然百媚生。黶影低垂紅玉琖，花靈酒魄怕分明。

路隔仙源煙靄微，漁郎一去鎖雲扉。落英已逐春流杳，猶盼香魂冉冉歸。

繁華流蕩，比興溫柔。斜陽倩女之魂，夜雨西施之夢。傳諸錦瑟，應教素女霑襟；唱到秋墳，定有芳靈掩袂。冬友記。

情絲織綺，意樹生葩。以翦紅刻翠之才，寫夢雨傷春之調。東皇恩重，猶憐薄命之花；南國人遙，難種相思之果。應記去年崖護，傷人面於門中；還同丈室維摩，感春浮于座上。習庵記。

【校記】

〔一〕『詩成』，青箱書屋本下有『讀之』。『同一看花人也』，青箱書屋本無『人』。『而看花人之情未必同也』，青箱書屋本作『看花之人同而看花人之情未必同也』。

青箱書屋本王批

清文綺思，千古獨絕。

讀此數語，令人想煞冬郎。（『繁華流蕩，比興溫柔。斜陽倩女之魂，夜雨西施之夢』）

慶雨峰鳩江放棹圖 圖為太倉王蓬心宸作

西州門前笛聲起，絢春話語如昨耳。十載思君不見君，離愁一片春江水。水光渺瀰碧粼粼，君在瀟湘我在秦。鋒車忽指咸陽道，道旁無數傷心草。已拌青鬢換霜顛，照來紅燭風情老。翦蔬瀹茗故人同，四疊陽關曲未終。展開三尺鵞溪絹，酒杯忽映君清容。褰回審視咄咄怪，翰墨溪山互瀟灑。蠆尾蠅頭署姓名，迺我老友王宸之所畫。畫中之人如可呼，江南一綠連平蕪。春雲滿山，春水滿湖。雜花匝野，香雨模糊。孤篷縱棹，泛泛若鳧。有美一人，以嬉以娛。左圖與書，右觴與壺。水天一色，景物萬殊。林深城隱，堠隻村孤。老牛閒閒，勞人于于〔一〕。後者負鋤，前者擔芻。欣時雨之既降，知長者之歡愉。君家元有不繫舟，乘之足恣汗漫游。那知一帆快風忽轉柁，吹君蓬影直落菖蒲海岸之西頭。伊吾遠在玉門外，六月雪花如掌大。松樹塘邊我舊游，驛垣尚有留題在。平沙茫茫風浩浩，長途慎勿傷懷抱。銅柱銘勳豈異人，封侯也要乘時早。不到邊關非丈夫，短衣劣馬認今吾。手挽雕弓腰羽箭，重寫天山夜獵圖。

【校記】

〔一〕『人』，杏雨草堂本誤作『勞』。

為浣青題西溪清影小照

月地雲階漸放春，眼中人是畫中人。笑他生就瑤臺種，甘與梅花作替身。

篔簹環翠曲闌邊，夢落春林夜怕眠。花影衣香兩清絕，半疑明月半寒煙。

嬌女才名敵左芬，轉頭東閣掩塵氛。西泠即是西州路，淚灑花枝化冷雲。我師文敏公視學浙西，浣青隨任。追繪此圖，以誌遺感。

新營丙舍硯山岑，萬樹梅花花氣深。香國他年如訪我，一船寒雪五湖心。余營丙舍在靈巖山麓，西連鄧尉一帶，皆梅花林也。

青箱書屋本王批

吐屬妙絶。

惜龜有序〔一〕

華州蓮華寺南移山潭產金錢龜，客春家僮攜一枚歸，以定瓷盂貯清泉，蓄之案頭。不飲不食，一年餘矣。今早忽怛焉化去，詩以惜之。

不信神龜有竟時，半盂止水碧苔滋。擬于靜者應多壽，若比吉人猶寡辭。少華泉枯靈未沫，先天數定骨能知。膽缾花落埋殘殼，一縷幽光照硯池。

【校記】

〔一〕『有序』，杏雨草堂本無。

靜寄園雜詠十二首〔一〕

終南仙館

終南盡南止〔二〕，約畧萬里耳。飈車飛不到，羣真實萃此。風吹三閣雲，栖我書堂裏。諺云：『萬里終南。』

環香堂

芳菲占四時，羅作衆香國。予無賞花功，種花豈所亟。藉此驗榮枯，占年到黍稷。

海棠塢

七年放名花，五年盼春雨。盼雨雨不來，花開誰為主？繁華一夢中，空尊對西府。東坡先生詩：『海棠真一夢。』

鏡舫

浮家仍泊岸，集木即臨淵。聊作畫禪室，非矜貫月船。但求腳踏地，那怕浪掀天。

紙窻竹屋

我鄉樂郊園，園廢犁為田。翠篠此處深，板屋規三間。晼晚歲云暮，風雪記平泉。婁東樂郊園為王奉常別墅，亦名東園。園內有紙窻竹屋，予童子時游釣處也。

絢雲閣

霞光渲嵐彩，粲爛錦不如。似煉五色石，補天之所餘。出岫本無心，卷舒還太虛。

石供軒

星精墮秋庭，煙嵐鎖咫尺。麗割紫雲腴，瘦腊老蛟脊。居人與石丈，相互作主客。

貯月廊

今古此明月，收我修廊中。廊迴環水竹，清光宛轉通。宵闌抱月眠，秋星皎長空。

退思齋

一靈炳心鐙，萬變足冥赴。朋從擾不寧，鬼瞰動輒誤。思之復思之，滅燭滋戒懼。

小方壺

我非壺中人，日坐壺中央。無事即學仙，日月靜且長。瀛洲不可即，雲海空茫茫。

澄觀臺

高臺壓秦川，俯視飛鳥没。五原鬱蒼蒼，殘照見陵闕。雨挾太華雲，露滌終南月。

雪濤峯

雲根貼素波，天然工刻畫。中藏鴻濤聲，浪花隱空碧。他年辦歸裝，仗汝作廉石。

【校記】

〔一〕 青箱書屋本題作『題西安使署靜寄園』。

〔二〕『止』，青箱書屋本誤作『北』。

青箱書屋本王批

化工之筆，化人之心。（『風吹三閣雲，栖我書堂裏』）

杜陵每飯不忘君，猶遜此本分。（『予無賞花功，種花豈所亟。藉此驗榮枯，占年到黍稷』）

公得力處在此。（『但求腳踏地，那怕浪掀天』）

言之令人可畏，非真用慎獨工夫者不能道得如此親切。（《退思齋》一首）

夏日園中雜詠〔一〕

芟竹

窻虚嘯清標〔二〕，亭亭渭川玉。風簾不上鈎〔三〕，夢漾一庭綠。雷走龍孫長，雨滋鳳尾簇。新篁嫩且柔，翠色倩可掬。拔地驟淩霄，清標生使獨。中有兩三竿，枝疎葉漸禿。虚抱出塵姿，蕭瑟傍短屋。礙路復遮風，似覺非我族。呼童斧斯之，去去恐不速。月階金瑣碎，疎爽快人目。信知亮節人，老去肯諧俗。

栽花

種花莫傷葉，葉傷花不肥。種花莫傷根，根傷生意微。名葩結幽契，相需如渴飢。不惜節清俸，遠購花萬枝〔四〕。天地好顏色，鍾此茗華姿。愛花識花性，保護要得宜。清泉勤灌溉，不如雨露滋。培沃還其元，勿使真精漓。精神漸充實，榮茂自可期。請看欣欣意，長養豈一時。寄語牧民者，此理知不知？

薙草

筠簾透有痕，碧畹足幽清。文窻鐙影微，色與竹簡映。叢生良莠殊，泛愛實難並。荃蕙比美人，泉石抱貞性。蕭艾似惡人，茸茸塞三徑。非種不急耡，久為嘉卉病。待其滋蔓日，圖之力弗勝。根深族漸繁，雨酣勢益盛。別之要眼明，去之在力定。勿訝芟夷多，嫉惡守其正。幽草天意憐，疾風吹益勁。

移樹

名園絢顏色，全在嘉樹嘉。四圍綠雲深，偃仰枝婆娑。樵人來予告，有松在巖阿。結成偃蓋形，歲月亦已多。遷栽傍仙館，蒼勁無纖柯。閒來申僮約，轆轤汲井華。磐石坐題詩，解衣足嘯歌。龍孫倏蜕骨，鐵榦空盤拏。根傷促其壽，厥咎歸誰何？始知淩霄姿，不纏塵劫魔。終南扶寸質，萬年挺嵯峨。

【校記】

〔一〕『雜詠』，杏雨草堂本作『即景』，僅録《芟竹》一首。青箱書屋本僅録《栽花》一首。

〔二〕『清標』，杏雨草堂本作『涼飈』。

〔三〕『風』，杏雨草堂本作『湘』。

〔四〕『萬』，青箱書屋本作『千』。

青箱書屋本王批

公性愛花，亦性愛民，故不覺言之親切。（《栽花》一首）

中秋後七日舅氏息圃先生入都隨侍太夫人餞送灞橋河上歸途悵然有作〔一〕

千絲復萬絲，青門柳枝殘。千愁復萬愁，西風别思繁。橋上雙白頭，影寫灞水寒。舅氏遠行邁，雞鳴理征鞍。月照古長安，人去今長安。我母篤友愛，慘戚意不歡。七十老兄妹，真覺分手難。不言别離苦，臨别感萬端。各各強慰藉，精力幸未殫。丁寧期後會，烏兔駐雙丸。細認别時顔，顔色已非丹。只憂步履鈍，生怕衣裳單。年齒失壯盛，智慮不可刓。詩文宜少作，永保神明完。贈言頗雜拉，情真意彌酸。明朝即天涯，今夕且盤桓。渭陽恩誼重，欲去無羽翰。郵亭把尊酒，驪歌唱河干。涼飈吹襟袂，白露淒以溥。草衰木落外，萬仞蓮華攢。上馬復回頭，囑我作好官。酬恩勤補拙，涖政猛濟寬。秋老銅人原，惻惻摧心肝。恐傷老人懷，有淚不敢彈。

【校記】

〔一〕『灞』，青箱書屋本誤作『霸』。

青箱書屋本王批

樸至語，非至性人不能道出。（『只憂步履鈍，生怕衣裳單。年齒失壯盛，智慮不可刓。詩文宜少作，永保神明完。贈言頗雜拉，情真意彌酸。明朝即天涯，今夕且盤桓』）二語可謂要言不煩。（『酬恩勤補拙，涖政猛濟寬』）

題西郊折柳圖為毛宿亭上台中翰作

吟壇舊友梁園客，一笑秦關把臂時。趿履三千推脫穎，簪豪四十未嫌遲。時將補官中翰。恩深我負青山約，交重君要白首期。灞岸柳條離思滿，那堪重和送行詩。

戊戌除夕

甲煎香沈夜漏微，春前三見雪花飛。殘年爭及新年樂，明日應知今日非。短几重裀陳畫榻，華鐙綠酒掩紅扉。莫忘對泣牛衣夜，避債無臺事事違。

屠維大淵獻（己亥）

仲春行華陰道中雜詠

好風先為花傳信，喜雨頻看樹濯枝。如此穠華須著眼，春風纔放二分時。

村村煙樹影模糊，高下亭臺入畫圖。看盡絳霞三百里，始知塵界即仙都。自終南至太華行三百里，滿山皆桃、杏花也。

吏不敲門雞犬寧，依山築堡抱迴汀。綠楊絲漾紅裙子，打罷鞦韆去踏青。

半是人家半水雲，野人夾道致殷勤。自言芹暴無私獻，折得名花奉使君。

杏雨草堂本王批

想見公之德政。

宿嶽祠太和宮與冬友步月登萬壽閣展眺

孤撑一掌劈空遮，灝灝金天積氣賒。老柏雲封藏鬼魅，靈祠壁暗走龍蛇。三峰月展無邊色，萬古蓮擎不落花。欲測碧虚灩瀲影，先天未闢即萌芽。

興元試院與沈二麟徵話舊感賦

爭長雞壇總角年，相逢重與話前緣。飛揚白袷摩長劍，落拓青袍泥舊氈。兄弟同庚年五十，妻孥呼癸路三千。竹窻夜聽瀟瀟雨，猶認山齋對榻眠。

遇仙橋

終南萬古真靈窟，白石三生記夙緣〔一〕。底事更求飛舉術，我來今日即神仙。

【校記】

〔一〕『石』，杏雨草堂本誤作『日』。

宿仙游坡公祠聞窗外黑龍潭水聲澎湃跳激漏四下不成寐枕上得句二首

後夜溪流入夢喧，心魂澂見水中天。鐘聲北寺連南寺，仙蹟秦年接漢年。桃李尚嫌添色相，文章還怕落言詮。青山終古如相証，玉局清游在眼前〔一〕。

黯黯鐙光思悄然，虛窗四面護雲煙。玄池高宴謠黃竹，絳帳傳經列翠鈿。洞壑名泉留玉女，滄桑涼月泣金仙。南連絕棧如天遠，黑箐宵深叫杜鵑。

【校記】

〔一〕『游』，杏雨草堂本作『風』。

杏雨草堂本王批

此詩得坡公之髓。（『後夜溪流入夢喧』一首）

下灘謠

飛廉倒拔金烏翅，驚濤震怒輕刀駛。一灘乍平一灘至，舟子倉皇神色異。山頑沙劣百折迴，雷奮湍飛一葉寄。石峰截脅衝波心，劍戟戈矛爭比利。蛟宮龍窟據底潛〔一〕，側睨盤渦洞無地。船頭篙師後柁工，南針在心直厥躬。一呼百應號令肅，目光要與波光融。舟穿石罅石齧舟，曲折赴之髮不容。

浪頭觸舟舟無骨，意境滉蕩超鴻濛。神靈杳冥在咫尺，日月汞洞沉雲風。枉矢一激聲影絕，須臾穿出重淵中。我思江心無灘江水直，水瀉杯中安可塞。天然灞閘資蓄洩〔二〕，此是天為豈人力。漢興旬日下荆襄，巨艑峩峩挽糧食。不然楚山秦嶺路幾千，亦如鳥道登青天。玄功妙用在此灘，勸君莫怨下灘難〔三〕。

【校記】

〔一〕『底』，青箱書屋本作『幽』。

〔二〕『灞』，青箱書屋本作『壩』。

〔三〕『灘』，青箱書屋本作『水』。

青箱書屋本王批

觀此數語，知公胸中經劃，可奪天工。（『枉矢一激聲影絕，須臾穿出重淵中。我思江心無灘江水直，水瀉杯中安可塞。天然壩閘資蓄洩，此是天為豈人力』）

漫川洞

山空寂人語，悄然聞午雞。緣溪棹小舟，夾岸花枝低。花窮見石門，迆邐穿雲蹊。人家隱修竹，又度西峰西。簷屋以石覆，垣壁以土泥。門前漲綠波，喋唼亂鳧鷖。舍旁幾稜田，剡剡秧針齊。橋頭白鬚翁，行歌而杖藜。問之顧予笑，驅犢還扶犂。落花春寂寂，塵世人栖栖。何須訪漁郎，斯真武陵溪。

青箱書屋本王批　境如武陵桃源，詩亦似陶公。集中佳作。

上津鎮

倒挽鰍船上，篙師竟日喧。山開編戶密，縣廢抱關尊。玄岳留行殿，滄江繞市門。彈丸雖小邑，間道達襄樊〔一〕。

【校記】

〔一〕『間』，底本原作『問』，據青箱書屋本改。

由嘉河口溯流而上宿小舟中口占

泛泛扁舟似水鳧，薄醪聊向小村沽。筆牀茶具新吟健，蟹舍漁莊舊隱孤。百尺空灘喧急雨，半宵清夢滿平湖。誰知篷底金蟬客〔一〕，本是吳淞一釣徒。

【校記】

〔一〕『篷』，杏雨草堂本誤作『蓬』。

永樂鎮

孤墱蟠涇曲，洪濤截渭流。民淳風近古，雨足歲占秋。官有循良譽，家饒旨蓄謀。莫嫌勤逐末，農力盡西疇。

太玄洞孫真君思邈煉丹處

丹房翠壁小壺天，唐代真人祕笈鐫。學本通儒參造化，業精方技即神仙。紫霞凝潤騰芝采，碧澗留香瀉橘泉。蒿目瘡痍猶未復，青囊乞與濟生篇。

劉竹軒少宰省覲回京途遇渭南悤悤話别口占奉贈

兵氣凋顔色，相看喜欲顛。難酬明主遇，各問老親年。劉太夫人入春年八十三，家慈亦七十一矣。舊雨人三五，新愁感萬千。旗亭一尊酒，傾倒杏花前。

青箱書屋本王批

不事雕琢，字字從真性流出。

長武道中

山村廢堡少人煙，淳悶風如太古前。兒與牛羊同皂食，婦隨雞犬上房眠。兵休行旅皆安枕，農惰衣租總信天。零落杏花春暮裏，土垣缺處故嫣然。

奎雲麓尚書奉使河湟道經蘭嶺翦鐙話舊把琖追懽慰風雨之憂思快萍蓬之會合即席賦贈二首

黯黕秋光冷塞垣，懽場重省尚銷魂。浮雲玉壘鐃歌遠，皎月銀鐙舞扇翻。雪阪飛鴻留斷影，雨窻捫蝨快清言。更闌笑認征衫色，猶帶青門舊酒痕。丙申四月，兩金川奏凱，公枉過青門署園〔一〕，對酒徵歌，為長夜之樂，今忽忽已三稔矣。

祁連高冢鬱松楸，玉樹長埋恨未休。謂阿兄毅勇公筠庭制府。花蕚集編淒夢草，雲臺圖像識兜鍪。人稱名士如諸葛，我羡神仙似鄴侯。見面那容輕放別，灞陵風笛隔三秋。制府立功西域，公著續金川，先後寫像紫光閣。

【校記】

〔一〕『過』，杏雨草堂本作『顧』。

杏雨草堂本王批

二詩風調清新，有『落花依草』之勝。

次日保惕堂侍郎抵蘭偕雲麓訪予寓館暢敘連宵亦得長律二首贈之

風約萍蹤聚五泉，孤鴻幾點入秋邊。誰知草白沙黃地，偏值鐙紅酒緑天。良友悵如雲易散，清歡難並月常圓。碧簫倚遍銷魂曲，聽到金城倍惘然。

平生肝膽共輪囷，交到忘形意更親。開口漫辭拚一醉，同心那易恰三人。棋高當局空爭勝，戲好逢場莫認真。自笑塵魔難解脱，好從寶筏問迷津。時會議班禪入覲事宜。

得琴心手書卻寄〔一〕

慰我思親念，全憑汝報章。情真詞易複，字細意難詳。涼夢先秋到，歸心帶雨長。今宵增客感，牆角有寒蛩。

【校記】

〔一〕『琴心』，青箱書屋本作『月尊』。

青箱書屋本王批

文生情，情生文。沉厚婉摯，莫能名其妙。

七夕寄琴心〔一〕

七襄雲錦粲瓊樓，瓜果堆盤笑語柔。人立銀屏風雨冷，秋鐙如穗月如鈎。

戟門人靜角聲繁，秋到雙梧葉影翻。漫説靈槎虚貫月，天風送我出河源。近由西寧日月山出青海境，稽查後藏班禪額爾德尼經行程站，距星宿海不遠。

金梭化作彩雲飛〔二〕，石供軒前正暴衣〔三〕。今夕天孫停翠輦，好祈長壽錫慈闈〔四〕。

單衾夢遠夜涼多，撿出輕緜换薄羅〔五〕。一水盈盈情脈脈，人間到處有銀河。

【校記】

〔一〕『琴心』，青箱書屋本作『月尊』。

〔二〕『梭』，青箱書屋本作『河』。

〔三〕『石供』，青箱書屋本作『蘭韻』。

〔四〕青箱書屋本此句下有小注：『時太夫人抱恙初愈。』

〔五〕『撿』，青箱書屋作『檢』。

五十生朝自壽四首

三星入戶酒初巡，骯髒聊酬鼎鼎身。鍊後金翻成鈍鐵，爨餘桐本是勞薪〔一〕。華年錦瑟催絃柱，潔行芳蘭記佩紉。時屆知非非不去，始知天壤少完人。

鼇禁簪豪侍玉皇，持幢十稔鬢添霜。抛殘歲月紆藤屐，奇絕河山入錦囊。心逸只緣聞道早，情恬不覺為官忙。髫齡生長梅花窟，老尚心脾沁冷香。

儒生結習悔雕蟲，雪案空鑽故紙叢〔二〕。慘綠早懷投筆願，汗青難畢著書功。編成元宋年須假，重修《宋元通鑑》。政紀華離日正中。校地理諸書。一席名山待料理〔三〕，漫愁駒影過悤悤。

平生俯仰足夷猶，那羨元龍百尺樓。璧自無瑕蠅易玷，皮終有質豹思留。掄年只數君恩重，問寢惟祈母疾瘳。時太夫人抱恙未愈。滿院琪花都不管，愛耡明月種忘憂。

【校記】

〔一〕『桐』，杏雨草堂本作『材』。

〔二〕『鑽』，杏雨草堂本誤作『攢』。

〔三〕『待』，杏雨草堂本作『期』。

上章困敦（庚子）

題沈云浦永慕圖

哀鳥嘑不休，後夜繞我屋。空孤反哺恩，鎩羽傷煢獨。生兒墮地時，寶此一塊肉。十年勤提抱，廿年勤訓勗。兒知愛日長，親嗟短景速。時時侍笑言，承歡且不足。況為遠游人，利名競奔逐。倚閭黯銷魂，陟山忘遠矚。那知堂背萱，摧作霜前菊。奄忽溘朝露，百身痛奚贖。哀哉東陽子，遭遘亦慘毒。示我一卷圖，欲語涕凝掬。弱齡早失恃，有母勞顧復。晝荻守清門，抱經困冷塾。一貧已至此，曷以謀旨蓄。鞭絲指京華，飢驅被還襆。濫竽走王門，功名等蕉鹿。鐘鼎虛一饗，日月轉雙轂。哀哀孤生兒，終天慟風木，母死含殮日，緇塵尚彳亍。病心心模糊，飲血血瀝漉。蘸血寫慈顏，斑斑染素幅。圖成轉側看，遺容宛在目。草堂耿秋鐙，扶鳩鮐背鞠。一片思子情，愁入雙眉蹙。恐抱無涯感，豪端肖難酷。昨宵夢中顏，醒向圖中熟。侍親親眷虛，別親親壽促。早知賒祿養，悔不供水菽。展圖見君心，掩圖令我哭。此即蓼莪篇，沈痛起棖觸。感我北堂上，音徽亦已邈。涼月照衰草，西風攬慈竹。麻衣正廬居，題詩忍卒讀。

靈巖山館詩集卷三十一

終南仙館集

重光赤奮若（辛丑）

重憩華州行館追憶甲午夏五恭迓太夫人于城外緬想慈徽渺不可再感述三章

郵館安車駐，團圞笑語譁。高臺曾倚杖，愛看翠蓮華。嶽色今依舊，慈顔日以遐。春陰垂黯黮，腸斷夕陽斜。

負弩金貂客，捎雲熊虎旗。謳歌傳衆母，節鉞膳孤兒。園鎖清婁曲，花飛少華祠。江鄉寒食近，夢逐紙錢吹。

反哺知無日，嘑烏不可聞。哀悰鑒明月，影事送輕雲。存歿纔彈指，兒孫正上墳。韶光迷淚眼，紅雨落繽紛。

華嶽廟落成詩以記事

萬仞蓮華接昊蒼，金天灝氣障西方。紫雲蓋冠三霄上，白帝源通一氣傍。漢代集靈崇展祀，虞廷望秩記巡方。金函玉節遺徽遠，月殿雲窗奕葉荒。聖代即今崇肸蠁，備員于此護封疆。一封章奏陳丹陛，億貫金錢賚玉皇。巨礎直思移碣石，宏材真欲截扶桑。役夫雜遝晨昏聚，鼛鼓琤琮遠邇揚。轇轕飛檐淩鳥道，潭潭突廈亘虹梁。雕鏤靈怪栖方栱，畫彩簪纓肅兩廊。夭矯銅龍銜日出，𥜽褷鐵鳳入雲翔。霞凝仙掌丹房麗，洞掩珠簾紫閣香。萬丈玉流飛玉闕，千層雲步入雲閶。神仙三島長生樂，左右雙丸終古忙。殿迥早沈千嶂月，地高先得九秋霜。山川盤鬱迷秦隴，松檜陰森識漢唐。突兀穹碑磨嶽麓，輝煌金榜麗仙鄉。考工數載崇輪奐，會享羣真列豆觴。殷薦豈祈身茀祿，吉蠲惟祝歲豐穰。為襄盛典窺天藻，珠璧光捎星斗芒。

與汪七古亭別十年矣春暮入關訪予款留署齋把酒話舊賦詩贈之

一見重攜手，相看各問年。歡情仍自洽，離恨已全捐。舊雨縈心曲，新霜上鬢邊。別來無限意，惆悵落花前。

曉起坐春雨樓對終南寫雲山小景

愛山學畫山，偃仰雲山中。山容繪易肖，雲容繪難工。山靜而雲動，動者變靡窮〔一〕。蒸濡雲為水，鼓盪雲兼風。風迴水斷處，以雲為流通。畫雲對雲峰，峰峰雲不同。粉本即真境，墨彩絢化工。騰身入冥際，嘘吸通蒼穹。一片太古石，犖确蟠心胸。荆關此還丹，幻出千芙蓉。

【校記】

〔一〕『靡』，杏雨草堂本誤作『彌』。

杏雨草堂本王批

公真深於畫理。（『山容繪易肖，雲容繪難工。山靜而雲動，動者變靡窮』）

晚春宿終南仙館懷冬友不至

春眠閟閣短檠紅，料峭寒添紙帳空。綠榭花深狐拜月，碧山夢斷鳥呼風。琴荒落寞溫三弄，園小商量拓十弓。只悵索居吟伴杳，江頭日盼鴈書通。冬友有春初入關之約，竚望未至。

寄陳組橋繩祖觀察蘭州〔一〕

夢醒南柯不耐溫，隴頭故侶幾人存？邊愁秋怯冰蟾滿，河吼宵驅罔象奔。佳日五泉頻畫壁，空梁雙燕暗銷魂。憑君折盡金城柳，總我當年舊淚痕。

【校記】

〔一〕『繩祖』，杏雨草堂本無。

讀史

可嘆漫天密網攖，積薪累卵勢真傾。夜蟲赴火緣求熱，朝槿迎曦也向榮。戲可嚇人原假面，棋雖勝我究空枰。人生悟得南華旨，任爾憑虛撒手行。

猛虎行

長林翳日，悲風怒號。有虎白額，意氣咆哮。大人之變，暴客之豪。一解鬚森蝟戟，捋之即死。掉尾游行，磨牙礪齒。虎胡不在山林，而在城市？二解虎不傷人，厥倀導之。生為虎食，死為虎尸。食其餘幾何，羌殺人以居奇。三解負嵎突兀，飢膏渴血。火機前張，陷穽後掘。殪虎虎死，人爭虎骨。四解虎子已夷，虎穴已犂。山空野曠，行者猜疑。彼何人斯，而蒙厥虎皮？五解

杏雨草堂本王批

殺人之人能猛醒否？（『虎不傷人，厥倀導之。生為虎食，死為虎尸。食其餘幾何，羌殺人以居奇』）

有寄二首

隴頭流水斷人腸，西出蕭關古驛長。清淚數行人萬里，怕聽玉笛按伊梁。

刀環何處寄相思，錦字重繙艷體詩。珍重畫奩斑竹管，當年親為掃長眉。

青箱書屋本王批

自然流出，謂之天籟。

寄祝大司馬彭芝庭啟豐先生八十壽四首

人間真有地行仙，晚節懸車賦樂全。名應臚雲纔綺齒，職分卿月未華顛。畫圖疏傳還鄉日，詩句香山結社年。今夕靈臺應紀瑞，文昌南極正同躔。辛卯與致仕大臣九老之列。

經籯素業最紛綸，拾芥巍科見替人。帝稔才名如聽履，士推風雅藉扶輪。斗牛盡辨青雲氣，竹箭

都依絳帳春。還向鄉閭開講席，俊廚才譽總嶙峋。今設教紫陽書院，培植後起，人才甚盛。

笠澤靈流衍慶長，九霄威鳳並迴翔。賜書分與兒孫讀，貽笏留為朝野光。石奮傳家敦孝謹，蘇瓌有子擅文章。藺園愛日扶鳩過，松桂新添翠幾行。

契闊春風歲幾更，籌添鶴筭跂蓬瀛。門多仙客攜麟脯，曲奏雲璈叶鳳笙。難老久應尊碩果，望塵還忝繼榮名。吳中丁未科，公掇大魁，後越三十四年庚辰歲，沅忝步後塵。瑤池乞得蟠桃核，遠佐黃封介雅觥。

枕上得句

短檠收燄背牆隈，銅鴨香挑欲燼灰。夢落蕉窗銀漏轉，聲譁涼雨送秋來〔一〕。

【校記】

〔一〕『譁』，杏雨草堂本作『聲』。

穀樹一章

穀樹雖散材，成陰亦可嘉。依約始生時，扶寸纔萌芽。孤根寄牆角，微幹隱籬笆。紛披葉粗醜，不實又不花。風霜蝕其骨，蟲蟻穴其椏。灌溉靳靈澤〔一〕，支離困泥沙。不材生世間〔二〕，顛頷實可嗟。人情生厭薄，棄置等菅麻。我思保護之，徒沸羣口譁。幸托署園內，得免斤斧加。掄指未十年，喬柯映窗紗〔三〕。亭亭似偃蓋，空際枝盤拏。烈日不下窺，濃陰障金鴉。煩歊鬱塵海，清風入我衙。閒停白羽扇，靜啜紫陽茶。盤桓撫此樹，不覺笑口啞。昔為衆人賤，今為衆人誇。君不見各種奇花開旋落〔四〕，華堂繡幙重重遮。

【校記】

〔一〕『靈』，青箱書屋本作『雲』。

〔二〕『材』，青箱書屋本作『才』。

〔三〕『柯』，青箱書屋本作『松』。

〔四〕『君』，青箱書屋本無。

青箱書屋本王批

公之愛才而兼養不才，大概如此。此之謂仁，此之謂大。

環香吟閣憶故山作

隨處營巢寄一枝，偶尋幽趣不多時。花因色淺香逾遠〔一〕，樹到心空格始奇。琴閣鐙昏蟲獨語，書窗簾靜燕私窺。故園猿鶴應騰笑，夢裏青山鏡裏絲。

【校記】

〔一〕『逾』，杏雨草堂本作『彌』。

七夕詞二首〔一〕

淒斷秋聲撼井梧，涼波寫影貯冰壺。雙星應羨村夫婦，一世曾離寸步無？

修渚迢遙別恨多，年年風浪阻銀河。仙緣不許塵緣了，又向他生鬭愛羅。

【校記】

〔一〕　杏雨草堂本題作『七夕詞和月尊』。

秋日閒居

斗覺涼風一夜生，曉來底事擾幽情？空庭黄葉蕭蕭下，費盡工夫掃不清。

八月十五夜翠茗館望月作〔一〕

昨夜虛堂雨未休，憑欄又被月勾留。三更流照千峰滿，一鏡涵空萬象收。客館秋心通碧海，天涯人影落瓊樓。莫嫌薄有纖雲掩，無限清光在上頭。

【校記】

〔一〕『翠茗館望月』，青箱書屋本作『蘭韻軒坐月』。

青箱書屋本王批

『自是君身有仙骨。』

更鼓四下寢不成寐念太夫人在時是夕必焚香拜月與小兒女團圞笑語竟夜不倦追維往事泫然感述

單衾夢短怯支愁，冉冉雲華淡欲流。萬事那如今夜月，一亭空憶去年秋。玉盤不定潑清淚，珠魄難圓痛白頭。香燼霜寒迷履跡，石闌前畔記扶鳩。

題雙芍藥圖為孫淵如秀才作〔一〕

認作空花恰笄癡，春風賺爾鬢成絲。畫師那識憐花意，不寫交枝寫折枝。
浩態狂香不可收，雲霞為幔月為鈎。瑤宮異日修花史，定有嘉名號並頭。
穠華彈指逐飛塵，又茁靈芽絢晚春。我道優曇呈幻影，雙花原是一花身。
綠尊紅燭按玲瓏，窈窕仙姿一樣工。金帶簪來如有分，教君同入畫圖中。

【校記】

〔一〕『孫』，杏雨草堂本無。

杏雨草堂本王批

竟是佳讖。（『金帶簪來如有分，教君同入畫圖中』）

長安城東南隅有村名月兒高金花落似唐時南内舊址因公過此各系以詩〔一〕

月兒高

秋槐落殿頭，冰蟾度瑤闕。風吹羽衣曲，仙樂聽飄忽。姮娥放清光，冷照窮泉骨。不見故宫人，猶見故宫月。

金花落

昭陽蟠龍鏡，擁髻嘑神仙。宫車去不返，珠翠為誰憐？玉顔委蔓草，零落年逾千。野人浚枯井，淘出黄金鈿。

【校記】

〔一〕『因公』，青箱書屋本作『行春』。

紀將軍廟

赤帝輿尸間道亡，君臣易服事倉皇。死開炎運扶真主。榮勝淮陰作假王。一炬靈威銷楚焰，千秋血食肅秦疆。殺身變局成奇烈，抔土長陵跡未荒。

玄默攝提格（壬寅）

上元鐙詞〔一〕

絡角星河不夜天，春鐙人自卜春田〔二〕。兒童編作秧歌唱，關内豐登已十年。

碧樹紅闌萬點明，戟門蓮漏轉三更。交春便抱祈年意，不聽歌聲聽雨聲。十三日竟夕雨。

諠闐車馬溢街坊，十隊雲鬟七寶妝。鐙火萬家春一色，樂游風景似金閶。

鼓鉦殷地走輕雷，寶燄千枝百戲開。瞥見廣場波浪立〔三〕，雙龍爭挾火珠來。

錦棚繒彩隔吴天，枉費華胥一夢牽。七里山塘千里月，銀鐙忽照麗人船。

擊缶烏烏滿座中，清宵花底按玲瓏。曼聲錯認霓裳調，腸斷東吴老阿蒙。謂王石華、孫淵如〔四〕。

塗鴨盤螭挂節樓，九華雲幔翠煙浮。西京巧製傳丁緩，好向長安市上求。

仙館明煇麗慶霄，銅駝四角綴瓊翹。夜長樺燭添紅燄〔五〕，春曉終南雪半消〔六〕。

十年持節住秦關，夢斷蓬瀛供奉班。記得披香頻侍宴，紅雲萬朵駕鼇山。

瓊樓簾卷月初升，雲遏珠樓萬景澂〔七〕。玉貌錦衣諸弟子，當筵齊舞太平鐙。

【校記】

〔一〕《消寒集》收錄此詩，列嚴長明《上元日集春祺介雅堂同賦燈詞八首》之後，題『同作』。闕第五、七兩首，且其餘詩歌排列順序略有不同。

〔二〕『春鐙人自』，《消寒集》作『上春人競』。

〔三〕『立』，《消寒集》作『直』。

〔四〕『謂王石華、孫淵如』，《消寒集》作『謂石華』。

〔五〕『紅』，《消寒集》作『寒』。

〔六〕『半』，《消寒集》作『未』。

〔七〕『樓』，《消寒集》作『歌』。『澂』，《消寒集》作『澄』。

邀吴企晉王蘭泉嚴冬友錢獻之孫淵如洪穉存王秋塍復小飲靜寄園杏花下

晴空百尺游絲裊，滿園香雲閒不掃。園丁走報春已深，杏花開到幾分了。不速之客三人來，我有旨酒須傾倒。燕窺庭宇語呢喃，竹隱簾櫳枝窈窕。春光泥人人不知，癡人日日增煩惱。須知壽命非金石，一觴可免百憂擣。莫放韶華瞥眼過，坐聽䳓鴂催芳草。鏡中青鬢惜蹉跎，風裏紅雲易翻攪。一回花謝一回思，惆悵江南春雨好。今年花似去年紅，明年人比今年老。

上巳雨後郊行

一渠碧水漾明霞，繡陌攜鋤婦子譁。肥意綠滋將秀麥，豔情紅綻半開花。曲江春冶湔裠會，隴坂心傷斷礨家。仰睇華雲膚寸合，西霏靈澤度流沙。時聞甘省平翟等處歲收甚歉。

青門柳枝詞四首〔一〕

緣隄濯濯逗芳春〔二〕，青綺門邊野望新。莫向離亭輕折取，濃陰留覆往來人。

低飄罯彴拂精藍〔三〕，嫩縷纔搓月正三〔四〕。省識春來煙雨足，去天尺五是城南。

長條漫說繫春難，蘸水依依綠未殘。一種東風眉樣好，有人描入鏡臺看。

寶勒鈿車陌上歸，柔絲慣拂舞時衣。韶光領畧憑青眼，看盡繁華作陣飛。

【校記】

〔一〕杏雨草堂本題作『青門柳枝詞和漪香韻四首』。

〔二〕『緣』，杏雨草堂本作『綠』。

〔三〕『礿』，杏雨草堂本作『約』。

〔四〕『正』，杏雨草堂本作『二』。

為洪稺存題機聲鐙影圖〔一〕

孝烏啞啞，集我板屋。屋底一人，幼好奇服。晨披夕吟，蓼莪廢讀。讀書萬卷，抱圖一軸。圖開母在，酸淚盈掬。一章結褵蚤歲，所天隕亡。雙鸞斷影，破鏡掩光。哀哀孤兒，繞膝叫孃。兒幸聰明，續父書香。憂者衣食，逝者星霜。二章外家蔣氏，僦居數椽。白雲溪邊，小樓三間。溪光雲影，冷照慈顏。無冬無夏，以誦以弦。兒能讀書，慰彼下泉。三章囊乏資斧，師乏脩脯。終宵紡績，掩幃獨處。兒勤母喜，兒惰母怒。軋軋機鳴，涕零如雨。青鐙一穗，時聞鬼語。四章書聲弗歇，機聲弗輟。織成一匹，縷縷心血。閒不窺園，功同立雪。褐衣布被，淒風冷月。春草寸心，仰酬苦節。五章隔溪柳岸，晚泊釣舟。樓頭五更，篝鐙熒然。鄰婦詈予，漁父笑焉。臨淵而羨，得魚在筌。水天閒話，傳播人間。六章博學工文，推大手筆。已成兒名，已竭母力。霜摧靈萱，慘凋顏色。蒼蒼者天，難延愛日。機斷鐙灺，萬古以畢。七章常懷顧復，追繪遺蹤。溪聲嗚咽，樹色蒙茸。淒鐙影裏，白髮龍鍾。悲銜心骨，愁減儀容。昔昔音徽，宛在目中。八章予亦失怙，少遭閔厄。慈幃課詩，口授三百。節比荼茹，恩侔荻畫。帝錫奎章，爰鐫翠石。君當榮親，光流簡册〔二〕。九章三洪苗裔，宜有聞人。母氏勞苦，毓此鳳麟。銀管紀媺〔三〕，冰綃寫真。雲梭落手〔四〕，短檠是親。讀書盡孝，孺慕終身。十章

【校記】

〔一〕「洪稺存」，杏雨草堂本下有「孝廉」。

〔二〕「册」，杏雨草堂本作「帛」。

〔三〕「媺」，杏雨草堂本作「徽」。

〔四〕「雲」，杏雨草堂本作「靈」。

訪唐王右丞輞川別業二十首有序

壬寅仲秋，出巡漢南，歸途取道藍田，與冬友遊王右丞輞川別業。叩之清源寺僧，茫無以應。因按名考迹，半已湮沒，不禁憮然久之。爰依《輞川集》中王、裴倡和詩數，成二十章。記靈境之難逢，感清遊之非偶。至於詞旨荒蕪，遠媿前哲，所弗計也。

孟城坳

城廢池亦平，滿地蘼蕪綠。緬想摩頡居，堞樓俯板屋。落日少人行，柴門掩修竹。

華子岡

精廬傍崇岡，良朋日晤對。今宵輞川住，王裴許我輩。月暗一燈青，遙村聞犬吠。

文杏館

曩時文杏館，今日青蓮界。幢影翻磬聲，照佛一鐙挂。此景能追摹，即是詩中畫。

斤竹嶺

峭蒨復淩雲，直節依然在。我欲問龍孫，山居今幾代？一窻綠夢通，吟嘯總天籟。

鹿柴

數折鹿眼籬，緊依楸樹腳。苦匏施其上，黄花開且落。幽居正寂寥，山空一聲鶴。

木蘭柴

徧尋山谷間，木蘭不知處。儻令今猶存，已是參天樹。刳舟當靈槎，好訪星河去。

茱萸沜

我誦輞川詩，私心竊尚友。擬待秋深時，捋實釀新酒。臨流酹一觴，迎神作重九。

宫槐陌

奇樹影婆娑，迢隔鳳城堞。秋館坐温經，蕭然意彌愜。雲外一僧來，空堦掃落葉。

臨湖亭

臨流小石亭，三面瞰煙汀。波影兼天動，山光入座青。倚闌成短句，吟與野鷗聽。

南垞

南垞一掌平，煙莎如翠毯。隔水望漁莊，莊後遠山澹。愛殺石磯前，紅衣披菡萏。

攲湖

浪花渺無涯，葭菼不斷響。對此移我情，頓深濠濮想。野航何處來，篙驚鷺雙上。

柳浪

春柳拂銀塘，影隨波瀲瀲。莫奏鬱輪袍，綠汁衣曾染。鶯梭織曉空，金丸印一點。

欒家瀨

漱石聲濺濺，水風吹不歇。何當結草庵，于此避炎熱。挂起符篖寥，臥聽六月雪。

金屑泉

觱沸出不窮，通海應有眼。星星露紫金，人罕披沙揀。相對可忘飢，何須藥玉琖。

白石灘

亂石白鑿鑿，空灘碧沄沄。安能三畝宅，占斷一湖雲。持竿不在釣，寄情聊爾云。

北垞

暮宿南垞南，朝游北垞北。一段水雲情，丹青畫不得。豈意小樓窗，吞盡全湖白。

竹里館

萬箇玉森森，短籬繞作圃。不是見苔蹊，誰知有庭宇。一縷裊松煙，茶竈響秋雨。

辛夷塢

幽尋值秋仲，可惜後花期。不見芳菲節，羣擎紫玉巵。願借生香筆，湖山寫小詩。

漆園

園漆數十株，有用適自冦。時時來賈人，柴扉不停叩。傍有臥壑松，偃蹇卻多壽。

椒園

琴鼓山中樹，移來路幾千。衆人爭掇實，服食冀延年。我愛名蓎藙，堪增爾雅箋。

敬題先太夫人手抄唐詩選後

冬青淚灑向南枝，晝荻恩深報答遲。虛館一鐙秋雨夕，難忘綰髻授詩時。

自題靈巖讀書圖五首

書帷影事漸模糊，重對明鐙展舊圖。此夕秋霜滿蓬鬢，要從故我認今吾。

輞口宛尋摩詰畫，玄亭錯認子雲居。山窗儘有閒工課，抄得人間未見書。

漫矜壁句已籠紗，猿鶴幽盟願尚賒。留得此心冰雪在，還山好與證梅花。

詩從松韻泉聲得，人學筠心石骨堅。莫笑清修無我分，湖山主管自髫年。

竹寮月上夜鳴琴，經世何關抱膝吟。人約白雲同出岫，到頭舒卷總無心。

茂陵

哀痛輪臺一詔傳，英明實邁景文前。崇儒功大還揚武，傾國人亡便學仙。玉殿鐙昏藏甲帳，金盤月冷泣通天。瑤池青鳥無消息，石馬秋風守廢阡。

一聯可謂漢武知己。（『崇儒功大還揚武，傾國人亡便學仙』）

磻谿

手把殷周局，持竿問水濱。單辭陳敬怠，百世起師臣。垂釣璜難必，飛熊夢有神。後車歸載後，悞殺白頭人。

圓通禪院

殿頭埋廢碣，佛面冷殘金。垣短花難隱，峰高月易沈。鐘聲泉底出，僧夢雨中深。駐策尋初地，伽陵唱梵音。

馬嵬十首〔一〕

斜谷鈴聲暮雨昏，石羊亡走臥空村。合歡堂外虛金屋，不向秋墳覆麗魂。貴妃墓陂上只一荒冢而已，予為捐葺新宮數間，繚以長垣，種植松柏，作記記之。

龍武空傳杖鉞威，延秋門外夜烏飛。若教郭李從西幸，肯舍強藩殺貴妃〔二〕？

玉笛吹殘喚奈何，軍門倚杖涕痕多〔三〕。羽衣法曲漁陽鼓，併入迎娘水調歌。

繡嶺風涼月殿空，憑肩私語兩心同。無情最是填河鵲，不渡雙星到壽宮。

女禍由來慣覆邦，忠言苦口未能降。縱令姚宋猶當國，難免前車鑒曲江。

鬼鐙秋雨弔雲鬟，鸚鵡歸來恨玉環〔四〕。金翠不隨塵劫盡，尚留零粉誤紅顏。墓上生白土，土人呼為『貴妃粉』，能悦顔色，春日游女拾取靧面。

鼎湖龍去墜遺弓，地久天長誓不終。占得泰陵抔土在，到頭恩眷讓高公。

南内踈槐撼未休，月中人向海中求。六州錯鑄成鈿合，賺殺三郎到白頭。

紅玉葳蕤翳紫綃，荒墟月冷可憐宵。晚春驛館桃千葉，只助清愁不助嬌。

棠梨花老佛堂横，淒斷枝頭杜宇聲。七寶蓮華三尺組，長明鐙不照長生。

【校記】

〔一〕『十首』，杏雨草堂本無。

〔二〕『舍』，杏雨草堂本作『使』。

〔三〕『杖』，杏雨草堂本誤作『仗』。

〔四〕『環』，底本原作『鬟』，據杏雨草堂本改。

杏雨草堂本王批

此論最公。（『若教郭李從西幸，肯舍強藩殺貴妃』）

比『壽王沉醉』思路更尖。（『無情最是填河鵲，不渡雙星到壽宮』）

亦是至公之論。（『女禍由來慣覆邦』一首）

十首中褒貶予奪，皆盡當日情事。必具如此手眼，方可尚論古人。

秋夜枕上口占

明滅殘鐙斷續更，秋深羅被覺涼生。不知桐葉吹將盡，侵曉疎窗滅雨聲。

寄惠瑤圃齡參贊塔爾巴哈臺三首〔一〕

漠漠黃雲萬里平，朔風吹射寶刀鳴。馬頭蝟縮行人絕〔二〕，積雪高於雅爾城。

鄂羅斯境犬牙錯，博克達山鷲嶺空。回首輪臺來日路，紫雲峰影落天東。博克達為西極名山，在烏嚕木齊東南，山頂時有紫雲覆蓋。

紅閨少婦憶刀環，已及瓜期可代還。我有錦書緘淚去，孤鴻難度玉門關。

【校記】

〔一〕『齡』，青箱書屋本無。

〔二〕『頭』，青箱書屋本作『牛』。

題琴心倚梅圖四首〔一〕

纖纖黄月乍如鈎，襟袖涼雲瀋欲流。人影暗隨花影亂，那須重費幾生修。

手栽瓊樹已成林，琴裏閒情畫裏尋。日日春風吹不盡，半庭香夢五湖心。

家山繞屋萬株新，等著他年偕隱人。拗取一枝同供佛〔二〕，拈花許爾證前因。琴心奉佛虔謹〔三〕。予于靈巖山館築問梅禪院，四圍植梅數千樹，皆異種也。

凭遍紅闌意惘然，迢迢雲水隔三千。新圖粉本重商確，玉井曾搴十丈蓮〔四〕。

【校記】

〔一〕青箱書屋本題作『題月尊倚梅圖』。

〔二〕『取』，青箱書屋本作『折』。

〔三〕『琴心』，青箱書屋本作『月尊』。

〔四〕青箱書屋本此句下有小注：『月尊昨遊華嶽甫歸，意欲繪陟華圖也。』

十二月十九日為東坡先生生辰集同人設祀於終南仙館賦詩紀事敬題文衡山畫像之後并序

月建嘉平，日在辛巳，宋故端明殿學士、礼部尚書蘇文忠公嶽降之辰也。覽乎遺文，嗟不並世；

求其宦蹟，近在于茲。兼以歲序將闌，豐年告慶，爰集勝侶，潔彼庶羞。几筵既清，畫像斯肅。致恪則式歌且舞，崇儀則迎神降神。于時和氣在堂，清光向夕。朋襟之雅，既紹南皮；歗歌之聲，有逾東洛。庭餘積素，如登聚星之堂；山送遙青，居然橫翠之閣。嗟乎！尚友之志，頌詩讀書；仰止之誠，列星喬岳。七百餘歲，撫几而如存；十有四人，操觚而競賦。逮至斜月沒樹，音猶繞梁；嚴霜襲衣，飲始投轄。中心好之，《驪駒》之詠且止；歲云暮矣，《蟋蟀》之旨毋忘。預斯集者，詩無不成。昔孝若作贊，言圖歲星；陳留聚賓，致徵緯象。今序而傳之，亦以紀嘉會、著良時，並使後之祀公者有所述也。

七百年前〔一〕，今夕是何夕？玉京仙，謫人間〔二〕，作詞客。人間塵劫轉飛輪〔三〕，後生思公如公存。靈衣玉劍〔四〕，棲我終南仙館之明軒。三閣雪深落窗紙，庭院清光涼于水〔五〕。酌酒壽公公色喜，滿堂盡是詩弟子。予生總角時，母氏口授一卷東坡詩，卷端笠屐圖公姿。飲食必以祝，卌年嚮往之。蘇門門戶窺者誰，末學鑽死蚯蚓竅，壇坫反借公為尸。予不識公頻夢公，指點詩法啓聵矇。公詩淵源騷與風，風鐙霜鬢多專功。衡山貌公筆力工〔六〕，飄然鶴氅長鬚翁，畫中夢中神明通。消寒近什盈詩筒，執卷請益如兒童，冰天雪地照公闊達高朗之心胸。秦關亦公舊游處，岐下山川今即古，紅亭宛在東湖中。想像當年燕游所，桃花三月覆新祠，展拜昔同嚴道甫。東湖有先生祠堂故址，余于乙未歲重葺，與冬友游覽〔七〕，賦詩刻石。太白西南作霖雨，公前請封後及予。郿縣太白山神，先生曾請封號〔八〕，載在《志林》〔九〕。沅登山禱雨，屢昭靈異。甲午歲，復為奏請，詔加『昭靈普潤』謚號〔一〇〕。師公從政學公詩，終愧粗才近莽鹵，載拜陳詞覽揆辰。嗚呼！先生真天人，奇文一世供羅織，慧業三生記夙因。風波無限憑空構，賸有丹忱光宇宙。雪鴻飛去爪痕留，磨蝎生來命宮守。國士聲華重樂全，罪人名氏書元祐。賢如韓琦司馬光，擠之不許上玉堂。西臺營營鼠子輩，詩人例得投窮荒。期之以宰相，稱之曰奇才。三朝知遇何有哉？一場春夢隨飛埃。公乎公乎，茫茫雲海空歸來。新詩聊當神弦曲，羅列芋羹及薑粥。吾輩或免門牆辱，願公年年此日來不速。公驂鴻都之白鸞，予為赤壁之孤鶴。迴翔御風游太清〔一一〕，免予上下而求索。秦棧西連蜀道長，靈之醉矣樂未央。英聲各有千秋業，私淑終留一瓣香。丹青肖出神仙骨，咫尺雲旗去飄忽。文在茲，公不沒。錦江水，峨眉月。

【校記】

〔一〕「七百年前」，《消寒集》此句前尚有「奎星降精紗縠宅，墮地雲霞化硯石」二句。

〔二〕「玉京仙」二句，《消寒集》作「玉京仙人，淪謫人間」。

〔三〕「轉飛輪」，《消寒集》作「幾迴掄」。

〔四〕「靈衣玉劍」，《消寒集》此句前尚有「巫陽披髮招吟魂」。

〔五〕「三閣雪深落窗紙」二句，《消寒集》作「終南峩峩終古峙，南山不平公不死」。

〔六〕「衡山」，《消寒集》作「老蓮」。

〔七〕「冬友」，《消寒集》作「道甫」。

〔八〕「號」，《消寒集》作「公爵」。

〔九〕「載在《志林》」，《消寒集》無。

〔一〇〕「沅登山禱雨，屢昭靈異。甲午歲，復為奏請，詔加「昭靈普潤」謚號」，《消寒集》作「後降沅于甲午歲，復為奏請，蒙恩加「照靈普潤」四字」。

〔一一〕『游』,《消寒集》作『遇』。

經行渭北瞻眺漢唐諸陵寢

雲旗黯慘鬱重陰,衮冕威儀儼降臨。玉匣千秋藏廢隧,神鐙五夜出深林。霜沈金雁銀鳧色,雨蝕銅駝石馬心。陵戶輸租餘幾許,忍看田父荷鋤侵。關中歷朝陵寢,四旁多有餘地,樵蘇明禁甚嚴。二十年前,某中丞議請招募陵戶,又因惜費,即令耕種陵旁地,以當工直。小民貪利,墾闢不已,陵冢大半損塌。余屢申禁約,捐俸補修,然恐終非經久計。即此可為當官見小者戒。

青箱書屋本王批

公之持論,居心往往如此,仁矣乎。

賣酒樓陳倉

紅闌百尺柳梢頭,可是當年賣酒樓?不飲也留詩幾句,愛他名字劇風流。

靈巖山館詩集卷三十二

終南仙館續集

昭陽單閼（癸卯）

再游韋曲

碧桃門巷停雙槳，流水浜兜聚一村。日住紅霞川谷裏，卻從世外問花源。

青箱書屋本王批

意高韻遠，真唐賢最上三昧。

新春效長慶體賦生春詩四首〔一〕

何處生春早？春生在畫堂。彩鳥環戟暖，金燕帖釵忙〔二〕。物象饒和氣，心花貯紗香。村城鐙火盛，譜曲奏懽場。

何處生春早？春生在遠山。曉青螺髻潤，晚翠月眉彎〔三〕。雨作雲難暇，泉奔石轉孱。遙峰樵徑出，時見一僧還。

何處生春早？春生在小園。鸎聲輕喚夢〔四〕，草色暗消魂〔五〕。境僻香為國，枝交樹作門〔六〕。夜深還秉燭，芳訊幾番掄〔七〕。

何處生春早？春生在麥畦。碧添新水外，紅襯夕陽西。雪足蟠根穩，雲深壓隴低。長安十萬戶，從此免飢嗁。

【校記】

〔一〕《消寒集》收錄此詩，列嚴長明《新正三日立春集絢雲閣效香山體分賦生春詩四首》之後，題『同作』，且第二、三首先後秩序互換。杏雨草堂本分為四篇，分別題作『畫堂』、『遠山』、『小園』、『麥畦』。

〔二〕『彩烏環戟暖』二句，《消寒集》作『羣烏環戟集，雙燕覓巢忙』。『忙』，杏雨草堂本作『光』。

〔三〕『晚』，《消寒集》作『薄』。

〔四〕『輕』，《消寒集》作『纔』。

〔五〕『暗』，《消寒集》作『欲』。

〔六〕『境僻香為國』二句，《消寒集》作『九九寒將盡，三三景漸暄』。

〔七〕『掄』，杏雨草堂本作『倫』。

集石供軒席上效香山一字至七字體詩同賦花月二首〔一〕

花。含秀，吐葩。珠簾卷，玉闌斜。堂開四照，鐙映九華。鴛機舒豔錦，鳳紙粲朝霞。掠鬢銀屏仕女，停橈香國人家。春三夢雨雙瓊枕，尺五芳塵七寶車。

月。雲華，露潔。彎如鈎，圓似玦〔二〕。兔魄初安，蟾光未沒。曉鏡麗清容，秋衾冷吟骨。青蓮江上空撈，丹桂宮中枉伐。銀河碧落怯淒寒，玉宇瓊樓憶恍惚。

【校記】

〔一〕杏雨草堂本分為兩篇，分別題作「花」、「月」。

〔二〕「似」，杏雨草堂本作「如」。

武功孫西峰前輩書堂賦贈

虎皮坐擁作經師，想像西銘講易時。關右靈光公望重，城西陶穴我情移。名山自有傳人在，遠道長縈落月思。撰杖春風談笑洽，繡毬花照鬢邊絲。先生穿土室為書齋，掃徑編籬，雜蒔花竹。時繡毬一株盛開，景物清幽，高風可想見也。

再渡隴水

雨遲難必歲登豐，輟耒農歌大小東。春去褐衣還百結，災餘磬室已全空。流離水滴征夫淚，窸窣聲嘶鬼馬風。止有杏花橫野渡，臨波猶作可人紅。

重經回中山王母宫偶憶翠茗館前碧桃盛開得詩二絕緘寄絢霄〔一〕

每探花訊日登樓，到得花開我遠游。一鏡紅霞飛綺影，水晶簾卷正梳頭。

仙種人間也許栽，一年一見茁靈荄。袖中攜取蟠桃核，親向瑤池乞得來。

【校記】

〔一〕『翠茗館』，青箱書屋本作『蘭韻軒』。『絢霄』，青箱書屋本作『月尊』。

隆德

積土成山塞望中，十年難得一年豐。市攢鵠面鳩形侶，家與羊牢豕栅通。無疾臥薪生鬼氣，半皴枯柳少春風。朱門說與膏粱子，天壤人多此輩窮。

寄懷琴心絢霄

鐙案絣花香影横，羅衾薄薄夢難成。壯心漸耗英豪氣，離緒偏增兒女情。工病藥抄方一卷，酸吟硯冷月三更。明知小别無多日，也費悤悤唱渭城。

贈王敬之曾翼同年〔一〕

相看緑鬢已全非，偷得閒身好拂衣。行具早商攜不借，書緘只合寄當歸。金城夜月龙空吠，震澤秋風蟹正肥。一棹垂虹煙水闊，免教孤負舊漁磯。

【校記】

〔一〕『曾翼』，杏雨草堂本無。

馬上口號二首

馬首頹雲横，青冥石劍攢。昨宵春雨急，百里響空灘。客倦妖魈逼，童癡飢虎歡。我心無險阻，只作坦途看〔一〕。

猿影緣樵徑[二]，花枝罥釣磯。林深雲易合，峽近雨常飛。紅寺峰凹迴，蒼煙磵曲微。山農欣麥熟，飽食掩荆扉。

【校記】

〔一〕『坦』，杏雨草堂本誤作『垣』。

〔二〕『徑』，杏雨草堂本誤作『經』。

杏雨草堂本王批

公之心無險阻，乃真語者、實語者。（『我心無險阻，只作坦途看』）

花家莊喜雨

空同雲勢鬱嵯峨，一雨千村澤物多。築圃人應消菜色，垂林果已熟蘋婆。風淳角鼠穿墉少，土瘠哀鴻集渚多。嗟我持幢三度隴，者番滿地見秋禾。

灾餘閭井抱痌瘝，蠲賑恩綸次第頒。歲稔室家仍草草，雨酣婦子且閒閒。粥饘暫給田功薄，耕鑿粗安衆力孱。第一蓋藏真至計，長官何術濟民艱。

題蘭慶長夏讀書圖

書堂暢南榮，喬木陰四罩[一]。中有老經師，正襟若垂釣。童子侍坐隅，横經甚年少。雙瞳翦秋水，鶴骨頗戍峭〔二〕。齠稺甫八齡，讀書亦稍稍。吾友徐友竹，吮豪為寫照。挂壁熟視之，棖觸百憂撓。汝父掌中珠，隨宦赴西徼。失恃日悲泣，思母柩前跳。同衾共我眠，溺愛怕失教。汝之曾祖母，辛冬痛掩耀。江上有故廬，一返吳淞櫂。汝方綰雙髻，抱書上家校〔三〕。廬墓未周期，奪情拜明詔。汝父留吳門，為我代守孝。持幢再入秦，逆回肆攻剽。發兵馳虎符，西望滿飛礮。習坎出重險，獲免前車蹈。長鬚自南來，手持尺書報。開書讀未竟，魂忽九天掉。汝父一病亡，瓊枝折難料。故園老梅花，下有孤鶴弔。眼眶血淚枯，書空日狂叫。汝母淑且賢，慰勸雜淒悼〔四〕。驛路多辛苦〔五〕，提攜一孩到。升堂著素縞〔六〕，抱汝一長號。慘戚思子情，仔細看孫貌。桐枝雛鳳聲〔七〕，清與老鳳肖。經訓式貽謀，奎章煥家廟。授以三百篇，風雅契微妙。青緗得付託，有孫異伯道。隔院聞書聲，破涕為一笑。

【校記】

〔一〕『罩』，杏雨草堂本作『野』。

〔二〕『戍』，杏雨草堂本作『戌』。

〔三〕『家』，杏雨草堂本作『冢』。

〔四〕『勸』，杏雨草堂本誤作『勤』。

〔五〕『辛苦』，杏雨草堂本作『苦辛』。

〔六〕『素縞』，杏雨草堂本作『縞素』。

〔七〕『桐枝』，杏雨草堂本作『青桐』。

杏雨草堂本王批

『野』字未詳通韻否？（『書堂暢南榮，喬木陰四野』）

無語不真，故無語不摯。近代詩家臻此者罕矣。（『汝父掌中珠，隨官赴西徼。失恃日悲泣，思母柩前跳。同衾共我眠，溺愛怕失教』）

試院夕坐得句書寄琴心

鎖闈欲覓報章難，同賞秋花共倚闌。偶得小詩能遣疾，莫嗔癡婢勸加餐。心鐙惹夢牽情了，眉月窺窻逗影寒。屋後篔簹環一碧，因風藉爾訊平安。

環碧軒西閣有蟠桃樹名種也今年結實一枚方秋成熟琴心摘以相餉疊前韻代柬

鵲銜蟲蝕護持難，小摘秋庭傍碧闌。西母或煩青鳥使，東方偏奪細君餐。春風玉洞花如笑，絳實嵰山雪比寒。漫詡城南多異種，穠華一樹冠長安。

得智珠生女之信再疊前韻誌喜

扃關得展寸箋難，銀漢迢迢夜向闌。料得此時同笑語，偶因憶爾損眠餐。碧霄桂影流雲潔，丹水珠光墮掌寒。今夕玉壺澂皓景，一規兔魄已全安。

題試院虛直軒後院修竹

三年晤對一旬餘，憔悴憐君感索居。有雨滋培終挺拔，無人物色更蕭疏。頹廊冷月羣狐占，直節清風畏友如。莫笑淩雲孤素抱，投閒甘自比薪樗。

榆林綏德沿邊郡縣秋禾被霜成災親赴勘卹觸景感懷得詩十首

北地災形八邑連，臘梅初放去巡邊。玄霜殺穀金垂氣，苦雨漂禾石作田。耕種本來違地利，鹵磽難必得天年。傳聞第一驚心語，斗麥今過五百錢。

絳節紗鐙導我行，黃雲黯黯馬頭橫。偶因吠犬知孤堡，悄不聞雞過五更。釜覆斷糧難食卯，罄縣比室遍呼庚。怕聽嗚咽榆河水，半是蚩氓淚滴成。

蕩地黃飈滾黑塵，飛蓬疾捲逐車輪。思餐饞鬼工為祟，憑社妖狐假作神。爨釜久虛鄰各散，土窑半塌井全堙。豐貂我尚如披葛，忍覩無衣僵臥人。

蒼莽郊原入望低，飲河雲際亘妖霓。冰堅迷渡窺狐跡，風横驅沙壅馬蹏。疊嶂萬重天直北，孤城一片月沈西。最憐野哭餘殘喘，寒噤宵長慘不嗁。

小車推挽半逃亡，兒婦隨行泣路旁。窖水漸乾虛盼雪，市糧不上待開倉。紅楊枯盡縈愁縷，白日飛空墮泠光。零落村墟多鬼氣，一天涼露月荒荒。

頻年瑣尾失寧居，無計求生即死如。剜肉正難供二鬴，燒眉何暇問三餘。呼羣急似空倉雀，活命情同涸轍魚。不向鄜延謀轉粟，忍看萬井爨煙虛。時撥運鄜、延二屬倉糧十萬石賑卹。

窮老真成無告民，天寒歧路怯逡巡。那堪臥轍攀轅輩，盡是皴皮立骨人。枵腹要籌銀易米，關心最怕臘交春。痛他拌作溝中瘠，乞食聊延旦暮身。

蔀屋空嗟瓶罄羞，誰為旨蓄禦冬謀。烏雅啄骨荒原亂，魍魎欺人近市游。伏枕聽鈴頻夢魘，臨餐投匕獨酸眸。慚予忝竊斯民寄，拯救如何借一籌？

書生康濟術非迂，民病雖深藥可蘇。閉糴令嚴辛棄疾，發倉政仿范堯夫。雲霾蒿磧逋飢鼠，霜老楓林叫訓狐。滿眼瘡痍何計復，分明一幅鄭監圖。

朔風獵獵捲霓旛，驛館蒼涼暮景昏。塞月有芒寒砭骨，壁鐙無焰暗銷魂。奏章屢削披衣起，報牘頻馳灑涕翻。矯制何勞效長孺，德音早已下雲閽。

綏德道中寄絢霄〔一〕

邊郡秋災萬井空，縫衣結佩別悤悤。水仙畫閣香吟雪，飢鬼荒墟嘯怯風。半月長城馳健馬，殘冬沙渚集哀鴻。浄音大有慈悲力，一炷香援苦海中。

【校記】

〔一〕『絢霄』，杏雨草堂本作『月尊』。

掃室

地衣華屋笑人癡，閒課兒童敝帚持。未了塵緣聊復爾，本無潔癖偶為之。佛鐙西土三生葉，夢轂東華卅載思。自覺靈臺纖滓浄，那煩團扇障元規。

試香

白定宮籢貯水沈，博山遺製土花侵。玉蜍融到初冰硯，金雁潮收挂壁琴。一炷消磨名士習，千絲繚繞美人心。鄂君未免增惆悵，孤負寒宵怨繡衾。

糊窗

晼晚心情乍掩關，寒威生怕逼檽頑。雪風交横重簾外，水月通明一紙間。室有蘭言香不散，庭添梅影夢常嫺。蕭然木榻鄉園景，竹屋青熒鐙火間〔一〕。

【校記】

〔一〕『問』，《消寒集》作『閒』。

煮茗

病渴相如酒乍醒，鬢絲無恙閱茶經。椀浮蟬翼垂雲綠，鼎爇龍頭活火青。雪後三更供客話，雨前一琖瀹心靈。曾經手掬天池水，賸有蓮泉貯玉瓶。

天竹

棐几排清供，銅瓶鎖舊巢。名依佛火證，人是歲寒交。有實難棲鳳，非珠似泣鮫。松明鑪焰冷，紅暈落枝梢。

水仙

淩波標玉格，對雪繪冰顔。影落寒鐙外，香流綺石間。孤村思熨斗，名種覓臺灣。展玩王孫筆，風窻正寂閒。予舊藏趙子固畫卷。

臘梅

香國羣芳殿，冰天冷豔新。栽娱晚歲福，老盡賣花人。一樹纔迎雪，三分早借春。黄紽初入道，寂寞對蕭辰。

木瓜

氣得中黄理，紗嶓靜好聞。仁心元有質，大雅自為羣。金椀香凝酒，瓊簾粉作雲。平生交誼重，投贈愧慇懃。

鐵雀

小院飛鳴急，啁啾混靜娱。錚錚名浪得，瑣瑣族寧殊。詎抱堅剛質，應慚微渺軀。輕佻矜骨鯁，鹵莽陋文鱻。破瓦爭羣宿，空倉競粒呼。終貽鸞鵠笑，只與鷽鳩徒。叢薄多張網，兒童慣挾弩。亂喧翻雪篠，碎影失秋蘆。有角穿人屋，非珍給我廚。羽難儀上國，品足饜飢儒。芒刺頤仍朵，脂充肉自腴。那能供大嚼，也許佐清酤。永矢銜環報，同嗤抵玉愚。後身還作蛤，鄉味並思鱸。鑄錯空憐爾，貪饕莫過吾。豸冠堪作柱，按箸惜區區。

銀魚

偶作臨淵羨，求來寸有長。餐花常傍石，聚族慣隨陽。風煖春三月，霜澂水一方。喋波翻柳葉〔一〕，吹雨簇萍香。蕺蕺游無數，洋洋逝不妨。駢頭工逐隊〔二〕，銜尾自成行。荇橫溪心聚，風迴碕曲藏。亦知潛泳樂，翻覺去來忙。餌下鈎難上，網疎目尚張。潭空輝寶氣，川媚亂珠光。漁父思攜罩，廚孃喜滿筐。霜刀飛斫雪，冰裹截凝肪。象箸擎偏滑，金夫見欲狂。味同瑤柱美，色映玉盤良。暴殄仁人戒，懲貪素志償〔三〕。嗟哉其細甚，忍當品鮮嘗。

【校記】

〔一〕「翻」，杏雨草堂本作「吹」。
〔二〕「工」，杏雨草堂本作「上」。
〔三〕「懲」，杏雨草堂本作「不」。

登澂觀臺望終南積雪〔一〕

玉虛凝浩白，一氣天銜山。占年過小雪，籲盼珠澤頒。暮色作蒼雲，綏綏布秦關。太陰驅滕六，三日不放閒。攬衣升高臺，縱心杳冥間。中南列銀屏，紫府沉玄鐶。松深雲不盡〔二〕，微裊青煙鬟。瓊闕虛無中〔三〕，霞骨思飛攀〔四〕。瓊霙灑襟袖〔五〕，恍惚仙京還。仙京與人世，萬象涵一環。對此高寒景，照予歡樂顔。氾勝書可證，盈尺望豈慳。西土素瘠薄，蓋藏計非嫺。雖卜歲功稔，終憂民力艱。僵臥無衣者〔六〕，念茲抱痌瘝〔七〕。

【校記】

〔一〕《消寒集》收入此詩，列嚴長明《壬寅十一月十七日集中丞靜寄園登澄觀臺望中南積雪分韻同坐》之後，題作『同作得山字』。

〔二〕『不盡』，《消寒集》作『盡處』。

〔三〕『瓊闕虛無中』，《消寒集》作『虛無想層闕』。

〔四〕『思』，《消寒集》作『阻』。

〔五〕『瓊』，《消寒集》作『祥』。

〔六〕『僵臥無衣者』，《消寒集》作『念茲時在抱』。

〔七〕『念茲抱痌瘝』，《消寒集》作『敢曰殷痌瘝』。

憶梅詞

香水溪，靈巖麓。翠微深處吟堂築，門巷寂寥嵌空谷。手種梅花一千本，冷豔繁枝絕塵俗。此花與予久目成，任教消受書生福。春雲蕩漾日溫暾，萬頃寒香塞我門。一橋殘月數村雪，茫茫玉蝀飛無痕。西山前，上下崦，一樹老梅花萬點。危石支，古苔染。覆我釣魚磯，映我藏書广。塵緣未了出山去，回首别花花不語。北走燕雲西入秦，問梅精舍知何處？予靈巖山館中有問梅禪院。歲云暮矣風雪驟，春信枝頭應已透。官齋清酒話江南，驛使芳音斷親舊。天涯人遠乍黄昏，料得花還如我瘦。風光旖旎路迢遙，卅年抛擲孤雲岫。松林翠羽夢何如，繚繞南枝更北枝。花靈曩日盟言在，重訂還山在幾時？醒來涼月已三更，疎影依稀素壁横。香落琴絃彈一曲，爾音千里同金玉。花如不諒予精誠，請問鄧尉山樵徐友竹。時友竹寓居署園。

闕逢執徐（甲辰）

重過東湖疊乙未春與冬友坐宛在亭玩月原韻五首〔一〕

銀塘柳絮紛于雪，碧檻荷風澹若秋。只道萍蹤無定著，再來還得續清游。

潁川杭郡西湖好，此地公來尚少年。詩比鳳泉清到骨，天留勝地屬名賢。

篷窻燭跋夜將殘，篙滑波深著手難。明月上來如舊識，把杯訝我一人看。

手折芳馨羞上座，似親談笑愛無眠。焚香莫怪低頭拜，熟讀公詩已卅年。

湖身新展雲流闊〔二〕，花意將闌客到遲，山水清緣應未了，五更飛夢落峨眉。

【校記】

〔一〕『與』，杏雨草堂本下有『嚴』。『原』，杏雨草堂本作『元』。

〔二〕『新』，杏雨草堂本作『親』。

重游終南山

名山結清緣，曾游訝昔夢。奮迅煙霞骨，矯矯躡虛空。羣峰互將迎，揖讓儼伯仲。既見心則降，乍逆目已送。雲封子午谷，雙溪夾一巷。夜來星斗光，墜入古石縫。蛟龍穴其中，太陰沉洚洞。瑶簪萬笏插，天驅窮謦控。女媧手煉餘，遺落失磨礱。紫雲割片片，留待補天用。

小月逗巖罅，冷光逼幽獨。竹影一溪碎，滉瀁神明綠。境寂愛鳥喧，雲斷借花續。人家住桃源，小犬吠深谷。獨木支為橋，硌硌徑幾曲。一索引飛絙，虛縣白板屋。屋上春泉寫，琤瑽戞琴筑。水流而花開，有客來宿宿。

地肺貫陰絡，鬱浺兩界交。終南在都南，麗影淩層霄。游蹤認前度，飄忽黃葉凋。古壁露石骨，疑費鑱剔勞。谷風中夜起，陣陣鳴刁蕭。虥虎抱虎子，蹲坐洞口號。天寒飢覓食，横擔走豎樵。雲深林又密，丹梯架仙巢。陰陽互歕欱，一瞬萬景包。羽人步虛游，天風吹紫簫。

排虛縱翱翔，亂雲驅雙屐。四顧青濛濛，眉睫煙靄積。抗手招赤松，脫屣塵劫戹。清泉白石閒，天若奪之魄。羊角摶鴻毛，性命虛牝擲。見義思急遷，懷新矜創獲。翠微隔壟陟，孤聳亭一隻。仰臥吸靈霞，伸手明星摘。宇宙紛萬形，彌綸近几席。河嶽鐫方寸，模糊心血碧。

晚投巖洞宿，夢境添峭蒨。披衣坐石壇，霜華滴我面。貪奇無厭足，本性失耿狷。注想旋蕩心，恍情恣流盼。碧城十二樓，境界彈指變。半山半是雲，真幻互隱見。偶來神仙宅，雞犬亦眷戀。仰看烏兔馳，飛光誰與餞？提籃斸藥人，采采去怠倦。谿深不知源，流出梅花片。

樹古覺有靈，人古覺有味。山人枝鹿流，巾葛而服卉。不耕亦不讀，獨往道自貴。四序泯寒燠，千巖競芳菲。少見怪易多，幽索奇難既。月落呼林林，花深笑狒狒。飛龍赤色角，嶷嶷吁可畏。慎哉臨淵心，欲進還且未。援琴彈樵歌，風露轉一氣。

峙者千層峰，植者千株松。松峰互離合，水流而雲通。鴻濛鬱靈祕，囊括斯山中。遐襟抱玄慕，遠躡胎仙蹤。黄獨斸長鑱，蒼藤扶短笻。茫茫月無路，盼斷飈車逢。蓬瀛渺神思，霞露澆心胸。玉雞喚紅日，笑指扶桑東。翻疑丹鼎成，大還收全功。靈飛幻靈景，隱見金芙蓉。

一峰若逋逃，衆峰若競逐。縱横無文理，峭卓萬筍束。虎牙熊耳形，雄奡亦帖服。榛莽否塞象，尚存草昧局。妙極恰天然，造境鮮重複。瀟灑遍花柳，安問到麋鹿。理參化工工，襟浣塵俗俗。林泉割片段，畀予作湯沐。霞表構仙巢，煙翠飽心目。奇懷萬里遥，攬之在一掬。

雨過聞龍腥，遥看雲歸洞。摩崖側身進，石勢壓頂重。下無寸土著，處處皆鑿空。心旌縣搖搖，游目不敢縱。寂寥羣籟滅，諜耳水石鬨。夔精跂一足，談龤肆嚇恐。沖襟抱痼癖，早覺膏肓中。仙人戒嗇吝，妙境盡情送。松月落前溪，手掬時一弄。雲衾展石榻，人與鶴同夢。

超空變老人，身短不盈尺。疎林拉雜聲，隔溪聽喀喀。吹鐙笑讀書，揶揄好游客。山深無譙鼓，窺戶人影闃。仰面飛嶕嶤，松杉盡僵立。支枕近紅窗，影逗冰輪側。入夢怕成魘，翻受泉石搤。送我青壁頂，欲下不能得。魂魄墜窮峪，醒來亦可嚇。幽雲覆滿身，一片寒碧色。

石骨剜土肉，圭稜銳不刓。虛空欲粉碎，萬仞劍花攢。玉龍劈雙峽，驚濤瀉危灘。七星硐底沈，日月浸已寒。山深秋信早，百物傷凋殘。雲巖霏丹桂，石根潤紅蘭。天香與國香，藉茲浹古歡。杉櫪大十圍，只作寸草觀。清泉浣塵影，照我紫瓊冠。霓裳羽衣人，霞佩來珊珊。

嶺頭掃白雲，帚縛青鸞尾。掃去還復生，溶溶看有[illegible]。中藏萬花谷，百轉披百卉。先天糞除淨，不敢穴蛇虺。地下幽人貞，肥遯或庶幾。撤衛訪林壑，石公免腹誹。道人喜我至，蔬筍滿筠筐。嶂複月西沈，說經尚亹亹。危臺臨太乙，聖鐙照熠煒。林深光有無，非仙亦非鬼。

頑松穿石心，破寺壓泉背。流出殘鐘聲，一往無罣礙。目寓色先授，神完夢忽碎。榛莽填青空，精妙極晦昧。樹挾秋聲悲，石濡露氣淬。袷衣換輕緜，骨冷魂難耐。瓊臺惝怳間，雙蛾寫碧黛。手攀蟠桃枝，罡風吹不退。私詫塵坌身，倏置瀛環內。古來謫仙流，到此能幾輩？

鴻荒波濤痕，融結成靈鷲。無意戀人間，欲飛不能走。三光恣蕩摩，萬彙齊奔湊。成象成形始，其理實難究。或是極鬼工，否則施梵呪。大塊敦厚意，穿鑿費挽救。峰巒斷復續，千里作起伏。花兼品色香，石分縐透瘦。青壁削萬仞，洞扉誰往扣？仙人蛻金骨，上縣古玉柩。寂寞石樓居，軒豁風月透。瓊窻珧檻外，青靄分左右。

蓬萊割左股，麗農互橫亘。渾沌未鑿破，元氣先天孕。星精隕成形，凹凸位置定。天柱虛根垂，堪輿奠巨矴。五嶽各雄長，靈奧敢競勝。地肺浮大瀛，神仙司厥柄。縹緲流精闕，上界絕孤敻。青鳥為蹇修，么鳳充妾媵。玉扉鎖終古，屢叫無人應。微聞天風吹，疎花落孤磬。轉頭忽渺茫，步步入塵穽。山無一寸平，安得有捷徑。予從閬風歸，瓊枝費持贈。

靈峰愛奇客，迎面爭獻峭。玄祕忘雕琢，頑劣見娟妙。憑虛御風行，人影入幽竅。千楓根倒植，垂厓覆窅窱。陰慘雲沉沉，若木靳餘照。銀濤寫九天，飛洒太阿鞘。聲轟盤渦雷，澒洞豈能料。昏荒陰雨夕，老蛟助悲嘯。蒼鬢對青山，自憐壯非少。月明秋復秋，猿鶴影相弔。

元夕夢雲鶴，天吏手持節。召予主終南，清要崇仙秩。許贷三十春，再赴白玉闕。寤來霞靄光，衾枕尚拂拂。兹游豈偶然，因緣夙世結。林巒絶勝處，了了逢故物。幻境即真境，混茫與之一。煙翠日浸漬，神智亦沉汩。空盼掃花人，睠予不再出。塵網艱解脱，眷戀到軀骨。不如驂鸞背，九州渺一髮。紫府足威儀，司命等節鉞。花深芙蓉城，名冠石丁列。直上日月行，萬古奇情畢。

樓觀

青牛曾駐處，遺迹在山椒。歲月松門古，龍蛇畫壁凋。香幢垂鶴羽，神幔捲鮫綃。碑刻唐兼宋，鐘聲暮復朝。共希珠有蘂，不見玉生苗。書豈言丹訣，班應列絳霄。金童持節引，玉女捧香燒。徽號知何益，真容久已遥。一抔春寂寂，老子墓在盩厔縣。滿目草蕭蕭。惆悵荒寒境，無人禁采樵。

授經臺

橡林蒼鬱出高臺，紫氣無邊入望來。秦嶺疑雲天上墮，渭川如練樹梢迴。五千文字神仙業，時方校傅奕所注《道德經》，將付剞劂。百二關河孫子開。只有青牛靈蹟在，不隨時代問沉灰。

仙游潭

翠壁千尋插太空，飛樓瓦碧繚牆紅。不知寺影沈潭底，只道龍宮現水中。涼波時覺帶龍鯉，晴日無風色湛青。底事坡陀成坐久，往來點水看蜻蜓。

馬融讀書石室

巖竇居然宅一區，問名知屬漢時儒。枉依季直為師表，可媿康成作學徒。山徑隥危人罕到，松林日煖鳥相呼。壁間欲認題名字，無奈春深石髮麤。

玉女洞

石扉通靈竇，泉聲似急湍。支鑪然柏葉，試茗借蒲團。不道丹厓峻，能生白晝寒。風林時颯颯，瑤佩認珊珊。逝定乘青鳳，書應付碧鸞。蛾眉新月寫，螺髻遠山盤。作意留詩句，無因薦茝蘭。坡仙成例在，調水送歸鞍。

草堂寺

豐水漲綠波，畧彴跨石堰。淒迷芳草岸，去去不知遠。迆邐遵平崗，貪緣越層巘。撲面花亂飛，雜樹翳苯䔿。煙鐘出衹林，紅牆半頹損。青苔上佛髻，龍象亦屯蹇。老僧著破衲，拾麥肩荷畚。茶煮功德泉，廚餘香積飯。不解入定功，繩牀鼾睡穩。空廊搜古迹，片石荒榛偃。摩挲玩唐碣，武德字未剸。一篇祈疾疏，愛惜重玉琬。始知兒女情，英雄亦繾綣。金石抱痼癖，後車載難捆。塵土洗剔淨，翠墨塌幾本。夕陽下紫閣，急趁歸鳥返。寺有唐神堯為太宗祈疾疏小碣。

圭峰

青山非不佳，遮月不許上。幽光遲到眼，情思增煩懩。須臾半珪影，飛越栖塘屺。涼波潑天風，攪撼松濤響。草根嘑蛩螿，林角遁魍魎。流輝入草堂，人意得秋爽。人經古月照，月佇今人賞。今古圭峰月，看月人先往。嘉樹依孤亭，摩挲思范丈。

子午關

蜀道遙通一線關，萬重雲樹萬重山。子規言語分明甚，相勸行人及早還。

與蘭泉竹嶼友竹冬友夜話

蘭譜同心友，天涯賸幾人？清懽餘翰墨，雄辨動星辰〔一〕。五字黃初格，千秋青史身。相期敦古處，肝膽見輪囷。

【校記】

〔一〕『動』，杏雨草堂本作『落』。

納涼有感二首

玉笙金㦸愛留髡，奈我聞歌欲斷魂。愁殺長安陰雨夕，啾啾新鬼哭煩冤。

銀河西走月初斜，隔院宵深笑語譁。斗大子亭安竹榻，夢殘懶看合昏花。

鬼車行

碧窻雙梧葉報秋，鐙昏月晦雨不休。虛廊無人天宇幽，雲邊鬼語聲咿嚘。鳥耶鬼耶迹不侔，鳥能與鬼相綢繆。厥狀蠹蚳雄虺儔，肉身團翼出九頭。頭頭有口鮮血流，血光煽焰馳火虯。焚巢頃刻成墟丘，金烏麗天弗敢仇。遁匿荒島潛沙洲，更闌冷風刺人眸。蒸陰毒霧慘不收，狂飇鼓翅如飛輈。游魂野哭悲瞀瞀，鳥為鬼雄鬼所求。載鬼一車與鬼謀，御風浩蕩鴻都游。羣狗觳觫吠道周，兒童掩耳走上樓。晝隱夜覯鸞鳳讎，妖鳥亭育同梟鵂。新涼襲人下羅幬，支枕傾聽中煎憂。崆峒山西直蘭州，羽書宵馳吏置郵。潢池掉弄肆蹦蹂，災區焚劫到鶻鳩。黄河兩岸多枯髏，天兵雲集森戟矛。指揮上將皆公侯，巨礮轟天矢發彄。賊營阻隔只一溝，魚游釜底兔入罦。霹靂一聲殲厥酋，鋃鐺檻車梏衆囚，一洗故鬼沙場愁。

後觀棋絶句四首

縱横布勢陣圖工，思入風雲絶又通。今古龍爭蝸戰局，紛更總在一枰中。

夜雨秋鐙悄掩關，忙中日月費偷閒。終年仰臥看空局，妙悟終須讓象山。

難操勝筭枉勞神，豈是中郎坐隱倫。我本旁觀袖手客，到來偏作局中人。

小閣疎簾花影移，忘憂憂轉覺難支。筭來一著關全局，鄭重開匳落子時。

送友竹南歸鄧尉山二首

已恨相逢晚，難為三宿留。夢回香海雪〔一〕，襟帶嶽蓮秋。禿筆揮青嶂，淒鐙照白頭。煙波無限闊，獨泛五湖舟。

翰墨雄三絶〔二〕，萍蓬各一方。榻縣思孟玉，衫製識成芳。老伴梅花宿，閒知鶴夢長。結鄰青崦約，為我買雲莊。

【校記】

〔一〕『雪』，青箱書屋本誤作『月』。

〔二〕『雄三絶』，青箱書屋本作『能千古』。

寫墨菊一叢寄壽曉初林丈七十初度並題卷端

滿紙秋容淡墨斜，瓦盆旁有竹籬遮。一卮酌爾延齡酒，霜鬢人應愛此花。
垂老空囊乏半錢，歸來彭澤少園田。須知花淡交逾淡，頭白如新已卅年。

靈巖山館詩集卷三十三

玉井峯蓮集

雲臺觀

蓬壺景色近林坰，來款琳宮晝尚扃。鶴倚松根尋短夢，鹿湌芝草學長齡。仙靈氣聚三霄紫，嶽勢奇撐萬古青。此係昔賢棲隱地，掩關容我讀黃庭。

焦仙祠

數間瓦屋帶林塘，為看殘碑立夕陽。秋蜨一雙飛又止，破廊瓜蔓作花黃。

玉泉院

神仙行徑多譎詭，蓬閬光風在尺咫。石洞雲深萬古封，蒼龍長臥寒泉底。一房山，一池水。修竹滿窗，素琴陳几。道人清福優如此，石銚甎鑪燒橡子。霏霏隔磴茶煙起，盡化白雲飛去矣。飛去不離巖谷間，疏林閒洞暫棲止。一瓢一笠一枝笻，來朝覓爾千峰裏。

山蓀亭旁有無憂樹七株

磐石戴孤亭，欄壓無憂樹。峰影掃難開，泉聲留不住。清幽愜我懷，小坐題詩去。

太素宮素靈真人居此，水竹最勝

昔年於此住真君，谷邃巖幽絕俗氛。累月不逢經過客，閒牀時掃落來雲。舫齋十笏石千笏，池水三分竹二分。靜掩柴扉成太古，何妨與世斷知聞。

三里龕

夾徑羊腸盤，步步涉幽趣。峰高積翠重，石亂流泉怒。風傳雞犬聲，知有人家住。厓迴覩茅茨，歷落三五處。秋林紅四交，宛若桃花樹。心疑武陵源，忽于此相遇。躊躇試回頭，雲嶂互遮護。果爾緣亦奇，一任昧來路。消搖與之游，焉知不仙去。肯似捕魚人，求歸自貽誤。

王猛臺

景略有遺臺，數仞貼厓壁。扶策試登覽，三峰入天碧。鶴蝨黏我衣，點點費捃摘。一笑降西麓，仄徑穿林隙。聞聲不見人，牧豎隔雲笛。

朝元洞在谷口，與南峯頂賀志真所開者別

臨澗覯崖厂，巧類鬼工鑿。舉杖叩石門，響震林葉落。衝開洞口雲，飛去千年鶴。

五里關

元氣所胚胎，關臨厓角開。雲根擎水起，樹腳蹴峰迴。忽落上方磬，閒看太古苔。攀援殊不易，拄杖數裴回。

桃林坪

我來雖不見桃花，尚有霜林豔足誇。擬向坪中營小閣，看他四面裹紅霞。

混元庵

青嶂連丹磴，縣梯到上方。林梢開戶牖，雲半出房廊。奇卉無常色，靈泉多異香。竚看厓上穴，疑有秘書藏。

公超谷

四山高入天，一谷平如掌。昔年作霧人，為問今安往。偶來流覽，真移我情。石摹雲態，泉學琴聲。只疑已隔人間世，一花一草含仙意。不辭暫伴煙霞儔，卻恐還家年歲異。

希夷峽題祠壁

磴道紆迴踏翠煙，數間祠宇剏何年。一條金電穿巖日，萬丈銀霓挂壁泉。蜨繞閒庭猶認夢，鶴飛遙岫總疑仙。幾回默詠乖厓句，不覺臨風思邈然。張乖厓《寄華山白雲陳先生》有『回頭慚愧華山雲』之句。

娑羅坪古樹歌

名山愈深景愈好，一樹菩提大合抱。娑羅樹即菩提樹，一名思惟，一名成道，一名畢鉢羅，一名婆羅，一名娑婆。皮皴宛類蒼龍鱗，條屈渾疑俊鶻爪。石骨千尋根蹴開，峰頭數仞枝撐倒。羃攦陰籠百畝清，迎風寫作落潮聲。詩人題品才難稱，畫手丹青貌不成。狀怪形奇真第一，青瑤刻葉銅鎔質。花放流芬勝蕙蘭，實成入藥過芝朮。北海碑文萬口傳，此間未審幾時遷。若非白馬馱經日，定係青牛闡道年。我思剞作靈槎樣，來往明河碧海邊。

望上方峰峰在娑羅坪東，唐金仙公主修道處

層巒落太霄，萬仞碧岧嶢。削壁扳無路，長緪藉作橋。初更猶日朗，六月未冰消。石穴藏芝檢，沙

泉應海潮。常逢青鳥至，不斷彩雲飄。帝子辭珠闕，花宮徙綺寮。玉虹連閣道，鐵鳳揭山椒。邃閫深春掩，涼釭靜夜挑。清齋除盛饌，素飾愛輕綃。寶訣銀泥印，金鑪石葉燒。當時期控鶴，刻意學吹簫。建府將分月，征輪待御飈。只知花有信，忽報玉生苗。書篆驅山鬼，升壇拜斗杓。三彭俱攝伏，六甲盡供傜。名愛青瑤局，神馳絳節朝。沙牀丹九轉，寶籙例千條。璚瑄聲清遠，霓旌影動搖。日兄猶訪覓，仙吏早招邀。鳥乍凌虛冷，龍初受馭驕。洞天春不改，人世樹頻凋。霞躅巖扃在，風徽海嶽遙。倚雲峰悄悄，滿目草蕭蕭。徙倚懷前事，沉吟向泬寥。

繫馬峰在娑羅坪北

北向眺遙峰，峭石形如柱。未知是何人，繫馬於其處。峰因此得名，世悉為峰榮。騏驥駑駘兩莫辨，恐峰亦耻蒙虛聲。或云昔有人如玉，白駒飲齕在空谷。縶之維之，藉以羈遐躅。一束生芻詎能足，萋萋煙草連天綠。

白鹿龕仙人魯女生居於此，常乘白鹿，故有是名〔一〕

空翠杳無際，亭亭劃紫旻。蝯猱難到處，日月欲迴輪〔二〕。洞秘神仙籙，巖私草木春〔三〕。時時逢白鹿，知迓十洲人〔四〕。

【校記】

〔一〕青箱書屋本題作『猢猻愁』。

〔二〕『日月欲迴輪』，青箱書屋本作『草木不知春』。

〔三〕『巖私草木春』，青箱書屋本作『崖迴日月輪』。

〔四〕『時時逢白鹿』二句，青箱書屋本作『傳云石橋外，常有跨鸞人』。

通天宮 西有石窟，宋仁宗歲遣使投玉簡於此

紫閣碧崖垠，焚香禮道君。房廊全借石，几席亂堆雲。古水魚龍氣，秋林錦繡紋。傳云風月夜，仙樂不時聞。

雲屏坊

一桁平山似列屏，天然樹石勝丹青。若教游覽人無憾，再傍松坊結小亭。

十八盤

西折東旋踏蘚矼，手排雲霧出崆峴。回頭自笑身如蟻，九曲明珠穿去聲一雙。

三皇臺

硤角向身攔，石棱當頂刺。一磴一威紆，扳緣殊未易。道旁屋三楹，欣喜堪暫憩。小碣砌牆端，特敘建祠意。因愛此間靜且幽，宛與古初無以異。遼然遐思動深契，特祀伏羲神農暨黃帝。我謂盤之中，尚是盤古世。不然胡以嵐翠為天，雲根作地。呼吸煙霄滿口鼻，使我肝膈肺腸盡是太虛絪縕氣。道人髮如霜，不省有文字。秋藤挂壁，尚作結繩勢。

望毛女洞在三皇臺。毛女，秦宮人，名玉姜

避秦此山居，石洞極幽邃。遙與桃花源，各占一天地。

北斗坪毛女拜斗處

空山礼斗杓，風露冷侵骨。應憶在宮時，開簾拜新月。

古丈夫洞在北斗坪西

避役逃深山，後世事知否？君儻欲諮予，乞去聲我松花酒。

臥虎石在古丈夫洞外

潛身巖際伏，形狀信威如。馮婦如遙見，還應誤下車。

靈芝石在古丈夫洞北

何事青雲根，幻作芝遮道。得無人不知，此即是瑤草。

雲門

峰頭跨石腳，地穴墉天外。萬古無白晝，積蘚若青黛。先降後乃升，足進首須退。側類屬垣聽，僂如望塵拜。拌身聊爭登，屏息不敢噫。草蟲掠耳過，枳棘鈎衣壞。步憑挽與推，躓已一而再。經時未脫險，小立各稱快。那知千仞壁，橫亘途愈礙。延緣向東行，巖罅兩壁對。形勢扼中權，風雲爭一隘。過此始豁然，赤日車輪大。

青柯坪

何處殷疏鐘〔一〕，雲堂隔數峰〔二〕。亂厓爭障路〔三〕，峭壁倒垂松〔四〕。葉落飛紅蝀，泉高挂白龍〔五〕。當年避秦客，何處問遺蹤〔六〕？

【校記】

〔一〕『殷疏』，青箱書屋本作『迸霜』。
〔二〕『雲堂』，青箱書屋本作『招提』。
〔三〕『障』，青箱書屋本誤作『嶂』。
〔四〕『垂』，青箱書屋本作『懸』。
〔五〕『葉落飛紅蝀』二句，青箱書屋本作『犬善知迎客，藤枯欲化龍』。
〔六〕『何處』，青箱書屋本作『誰與』。

小蓬萊在坪上，中祀玉女

海山分一角，於此駐飛仙。跨鳳曾無侶，栽桑可有田。香壇閒晚景，石帳捲秋煙。月夜應游戲，題詩十丈蓮。

寥陽洞在坪南，鐵絙下垂，旁有祠宇，架木所為

陸行不著地，若乘飈欻駕。鐵絙雙手持，雲屩太空跨。所恐厓根虛，蓮花一瓣卸。洞猶未津逮，身先隨羽化。放膽試超越，飄然入巖罅。未濟恒等閒，大過益驚怕。神定起觀覽，幽邃勝精舍。日月渾不知，塵喧永相謝。值暑如秋冬，纔申已昏夜。誰施神鬼工，境向虛無借。上以金繩纏，下憑玉蝀架。三面敞風牕，數層盤露榭。坐看白鶴飛，臥聽紅泉瀉。橡栗可充粻，芝苓堪當炙。分明在畫圖，矧又多閒暇。居此豈尋常，鬼谷之流亞。

回心石

志在最上層，肯以艱難廢。努力但精進，予懷不再計。當途作勢徒險巇，自有短策頗足支。疊嶂重巒縱崼嵃，攀緣分寸終有造極登顛時。南天門，最高處，臨風一誦驚人句。然後手把青蓮，身騎翠鳳，招邀明星玉女，歸向蓬壺去。

千尺幢

危厓積鐵黑，削壁入天青。其中通一徑，陡上穿岭峈。羊角疾而冷，土花溼且鯹。數折級亦絕，鐵繘縣亭亭。牽緣離地起，釣絲立蜻蜓。行仗手代足，足先無處停。儼若汲深井，繩繫身為瓶。不由人接引，竟爾梯青冥。險絕所難料，生平曾未經。寧惟心虩虩，恐已鬢星星。

百尺峽

出幢約里餘，裂壁復相對。縫寬尺有咫，石角更多礙。溼煙綠濛濛，終日沍其內。欲陟無階梯，一一穿穴代。似緣百尺竿，足二分垂外。時學蟹横行，難于蛇倒退。勢危心反雄，事急體忘憊。步虛獨何人，濟險原吾輩。終須錐出囊，窌見天如蓋。扶搖九萬風，撒手踏鵬背。

雲頭石在百尺峽上，石平方丈，可供憩息。一名望仙臺

從龍事往暫偷閒，一片横陳竹木間。我正倦游思假寐，恐他飛去落他山。

二仙橋

名山遺迹信多靈，百尺飛梁跨絕陘。雲際若添烏鵲影，便如銀浦度雙星。

車箱谷

車廂谷，饒幽趣，青苔白石連紅樹。南北東西人欲迷，秋冬春夏雲長沍。時有丁丁樵斧聲，林深嶂複不知處。

北極閣在媼神洞後

參神畢，思小坐，道人引登閣左个。龕鐙影照萬緣空，暮鼓聲傳遙壑和。夕陽閒趁烏歸巢，隔樹雲添山幾座。

夜起題閣壁

策策疏林淅淅風，和予吟到四更終。千巖萬壑寒雲裏，一點秋鐙石閣紅。

師子嶺

帶露飛黄葉，荒蹊滑不禁。遇兹青嶺狀，觸我故鄉心。瀟灑城中寺，高低石一林。昔時常載酒，擊鉢賭聯吟。吳中師林寺係倪高士雲林故宅。

老君犁溝

遥望溝形欲斷魂，一條蝃蝀落天門。人傳紫氣留遺迹，我惜青山有破痕。耕耨既非通水道，階梯何不鑿雲根。翻令上下經行客，鐵橛金繩面壁捫。

鐵牛臺

犂溝垂盡棧平處，一牛龐腯鎔金鑄。或因表德或記功，地誌山經無考據。弭角跧蹏藉草眠，雨淋日炙自年年。入夜冷侵函谷月，逢春紅接桃林煙。東作西成渾不動，凝然靜鎮丘山重。覩爾長懷考牧詩，何由占叶魚旟夢。

猢猻愁

阪長岡坦，投足即游。斧斤罟獲，旦旦相求。猢猻於兹，鮮克自由。境便跳躍，慮豈能周。猢猻之喜，猢猻之愁。壁陗厓縣，插腳雲裏。游覽登臨，望望而止。猢猻於兹，得遂生理。勢阻超騰，事原可已。猢猻之愁，猢猻之喜。

雲臺峰

青雲堆萬重，臺建即成峰。盡日泉聲冷，連天秋色濃。何當邀玉女，於此賞芙蓉。儻欲游西極，羣松盡是龍。

玉女窗在雲臺峰上，有石門，入丈餘，內有石竇，望見南峰

一去瑤臺不復還，白雲滿地洞門閒。偶從巖牖窺山色，翠黛分明寫髻鬟。

望香鑪峰

形如太乙鑪，誰與司香火。縹緲靈芬霏，白雲時一朵。

倚雲亭

紅泥小石亭，俯眺萬松頂。鶴腳拖殘雲，飛歸澗西嶺。

白雲峰

峰峰有白雲，胡此名專擅。我到絕無雲，雲飛峰對面。

仙人碥

仙人碥，在何處，指點微茫是征路。仄徑高低一線蟠，開通云有神工助。上聳千尋峰，石角棱棱鋒穎露。下臨萬仞壑，水聲洶洶盤涹怒。黔黮霧長凝，崢嶸鳥不度。乃欲於此扳援朽索，一分一寸循厓而進步。偶爾差池，向誰赴訴，六州聚鐵錯難鑄。傳語世人，慎勿輕身數來去。靈境雖可慕，危途亦可懼。君不見自有此碥，後人常為仙人誤。

擦耳厓

貼壁偎厓一罅間，同游指説各開顏。石華歲久青如黛，染卻星星兩鬢斑。

金天洞

玲瓏穿石脇，洞壑景光幽。斜逗一絲日，常扃萬古秋。白雲成結構，青女此勾留。鶴馭時來往，鴻荒迹可求。

日月厓

碧樹紅泉境已奇，遥看更令我心疑。光陰定較人間永，遮住雙丸不聽移。

都龍廟

巖深也覺午風涼，喜見叢祠澗道傍。入竹門迎雙白鶴，皷雲石疊小紅廊。三間古殿銜危壁，半捲靈旗颺篆香。可省甫田方待澤，神龍何以答烝嘗？

蒼龍嶺

鴻濛闢三峰，本無徑可達。大壑抱厓根，杳杳緑煙潤。未知自何時，蟄龍起石窟。潛伏已多年，頗苦喉舌渴。逝將飲渭川，掉尾拂天闕。帝怒遣巨靈，梏之以示罰。繫向東峰腰，不許稍蟠屈。一夜喪精靈，遺蜕空硉矹。裊裊二千丈，狀若飛梁揭。適當路斷處，上下聯一髮。日久雜泥沙，不復似靈物。人踏龍脊行，遂可踰箭栝。我來暮秋初，木葉已微脱。極目入青冥，萬節支瘦骨。足躋手復扳，苔溼滑于笏。旁視白迷茫，下窺碧怳欻。長風横空來，襟帶亂飄忽。搖搖欲墮身，一葉寄溟渤。觳觫歷數時，始克近林樾。回看所經途，惟有雲勃勃。

望飛魚嶺在蒼龍嶺東

形如北冥鯤，修脊出高樹。深訝水中物，偏能陸海住。亂山湧濤頭，高下望風附。全體難端詳，鬐鬣隱昏霧。終恐雷雨時，撥剌騰空去。

五聖閣

雲霞傍座生，日月平檐過。一朵石蓮花，青塞小窗破。

單人橋

高招仙掌遠相迎，境漸空明逼太清。一笑玉虹横百尺，更無人敢比肩行。

石龍岡

岡頭見鹿羣，及上杳無聞。石脈一支拆，泉聲兩派分。林梢仍有路，巖半盡埋雲。妙境思延佇，遙峰漸夕曛。

箭栝峰杜詩『箭栝通天有一門』，不知其處，後人各持一說，終無定論。惟單人橋上之通天門，傳聞自舊，似覺近之

覈名自謂得真詮，半月分明似控弦。石月半輪，在仙掌上。不見雲峰時落鴈，為驚楛矢上通天。

通天門今名金鎖關

淩空鳥道細于線，磴轉厓迴時隱現。仰頭遙望忽心驚，雉堞連雲攔封面。行來始訝神工奇，萬丈蒼苔石一片。尚喜嵌巖有洞門，藤垂松蔭晝昏昏。進兹一步即天上，何無虎豹司重閽？滿擬入門風景好，高低臺殿如仙島。泉分銀浦夜常明，花發瑤林春不老。豈料依然峰塞天，丹楓滿地無人掃。

四仙菴庵在三峰口，譚紫霄、馬丹陽、劉海蟾、丘長春修鍊之所

古松夭矯形猶龍，驤首欲騰天外去。一石伏嵎䖲虎如，口銜龍尾邀龍住。龍思擺脱不能脱，惟有號風嘯雨攫挐生拗怒。四仙祠宇寄丹厓，道士居奇構小齋。一窗恰與松石對，落日送影東牆來。我行覿之劇相賞，據案勃勃興吟懷。分明一幅僧繇畫，誰向仙宮壁上挂？拈豪描倣終不成，只得略題數字付與雲山作閒話。

金天宫觀雨作

絕頂凭危欄，俯視飛鳥背〔一〕。足底風雨合，千巖忽陰晦。雷電驅龍行，隱現雲氣内〔二〕。白晝無人來，石壁靜相對。作詩報知交，落筆諸天外。

【校記】

〔一〕『鳥』，青箱書屋本作『禽』。

〔二〕『現』，青箱書屋本作『見』。

題殿西樓壁

帷幔纔褰上翠鉤，金風陣陣送涼秋。西峰日色東峰雨，人坐林梢古石樓。

登落鴈峰放歌

白鶴一雙驚夢醒，手揝鐵杖踏松影。氣愈寒，境愈靜。更無山與齊，知已淩絕頂。一條金線盤黄河，不信箇裏能風波。我欲拾取代衣帶，卻嫌水會霑香羅。眼底溟溟浩煙海，蜀山秦嶺，三點兩點浮青螺。仰望天如笠，舉手應可及。是誰細細鑿圓靈，倒嵌明星千萬粒。浮雲白英英，大于片席石上生。去傍紫峰閣左右，礲磹來往驅龍行。潼關至隴阪，雨勢如盆傾。上方全未覺，惟見斜陽照處，燕齊梁楚吳越俱晴明。興來預設茱萸酒，落鴈峰頭作重九。對此茫茫，幾回搔首。須是高歌遣壯懷，十二奚童齊拍手。宣城與謫仙，在昔富詩篇。歲久已陳熟，斯人聊舍旃。徑當自誦游山句，也算登高能作賦。長歌續短歌，頗悉林泉趣。神仙密邇不欲聞，笑我平平絕少驚人處。因開閶闔揚天風，一聲一字，盡教吹散十洲三島去。

仰天池

泉形類仰盂，冷蘸碧天影。誰云與海通，咫尺憐滭潑。髣髴我靈巖，花間玉色井。靈巖山館石泉一泓，冬夏曾無增減。錢少詹辛楣題曰『小天池』。

太上泉

愛茲一勺水，亘古常盈盈。潺湲出山去，仍似在山清。乃知立德貴，擅此不朽名。

黑龍潭

苔髮綠周遭，未知深幾尺。龍去水澂清，龍歸水黝黑。石林冷森森，日光紅不得。

金天宮西樓夜起觀日出

秋鐙一點石樓靜，閒坐無聊投榻寢。境逼層霄夢寐清，愔愔但砌衣裳冷。只云漏盡夜將闌，自起開窗揭幌看。松檜聲停風乍定，四垂天宇黑于磐。倏訝東方色頓改，白豪萬道生光彩。何人掘地支洪鑪，鼓鞴殘宵猶煮海。絳燄青煙鬱不開，將無鎔卻金銀臺。試看沫沸泡翻處，片片瑠璃疊作堆。燭龍昂首三千丈，聲若豐隆殷山響。直恐風庉漸次飛，紫光早已迎仙掌。忽然亂捲赤城霞，驚散千羣火樹鴉。自幸此生逢罕覯，九枝齊放扶桑花。少皞心嫌秋色老，出奇改寫湖山稿。盡將赭石與金泥，巨筆摩天隨意埽。怒濤極力推朱輪，一半下挂珊瑚根。欲起還沈相撞捽，厓端悉染焉支痕。森森九芒不可逼，日有九芒月十芒，見《真誥》。須臾斂照仍昏黑。惟有遙空雲盡頭，天容數尺呈深碧。瞥眼陽烏翥漸高，朱毬天半阿誰拋？羣仙應又成高會，斗大初紅海上桃。為貪奇景頻延佇，露溼林巒如過雨。下界晨雞纔一號，麗譙坎坎猶聞鼓。滿擬今朝得快晴，縣厓幽洞好經行。豈知日晒濃雲上，鐵瓦依然有霤聲。峰頂瓴甋皆以鐵為之。

避詔厓

欲辭丹鳳，銜書莫若。羚羊挂角，恐被蝯窺。洞門碧蘿，添箇雲幄。

賀老石室

仙人萬古宅，寄在嵌空壁。憾無濟勝具，親往覽遺迹。欲從王子喬，暫借鶴一隻。

南天門

突兀南天門，離雲千億丈。分明有路通，石峽梯空上。我來撒手行，瑤草萋萋長。境靜逼三霄，仙樂依稀響。風泠襲人衣，頓深遺世想。遺世莫如斯，萬山首皆仰。

聚仙臺

磐石聳浮空，儼如雲一朵。偶因愛其名，半嚮跏趺坐。遙知遠望人，神仙共擬我。

寂寞樹在聚仙臺南，貼壁並生檀樹二株，末與臺齊，命名未知始自何人

幽姿古且奇，未審植何代。挺立各千尋，恰與石厓背。斜陽送冷紅，終自凝秋黛。百想極形容，今畧得梗槩。孤竹兩高人，空山默相對。

八仙龕

巖扉厓广繡苔紋，石鼎時將柏子焚。三島十洲花似海，無心來戀一龕雲。

早膳金天宫道士薦山蔬四種因紀以詩

松花芽

飽茹山松蕤，清芬流口吻。豈讓齊梁人，滿腹皆金粉。

鹿耳綠榦，葉歧出，如鹿耳

盤餐雖草率，風味勝肥鮮。欲借鼠須筆，重增雞肋編。

雲楸

下箸盡英華，淺嘗聊一試。可知本草經，呼作追風使。

萱葩

療飢復忘憂，樹背還果腹。絕勝槐葉齏，好進桃花粥。

由黑龍潭至老子峰老字今人訛作孝

岑樓北去石潭西，磴折厓迴咫尺迷。樹頂抹雲巢鸛鶴，峰頭閣雨隔虹霓。此行苔屐猶為累，他日蓮房可許棲？且向老君祠宇內，試占杯珓首重稽。

老君丹鑪

錬丹鑪，鑱碧石。徑丈餘，高六尺。云是老君之遺迹。紅羊閲厄已多回，未肯銷磨化劫灰。露侵復雨潤，重疊生蒼苔。功成九轉飛昇去，此物珠庭無用處。仙人情豈異凡人，不貴蹏筌貴魚兔。質抱堅貞，文含太素。安得軒轅道士今尚存，與之掃葉燒茶，秋夜復聯句。

沖霄巖

壁立丹鑪旁，終朝無定翠。因開藥鼎時，曾受氤氲氣。所以勢亭亭，常有淩雲意。

西石樓峰與東石樓峰相對

石勢嶙峋劃顥蒼，對山爭起較低昂。可知地位終縣絕，旦夕先迎日月光。

蓮華峰

昔夢搴蓮玉井水，披敷豔豔映天紫。朝陽東上影西傾，無數綠雲扶不起。風景今看尚儼然，石上虬松加長矣。題名曾似擘窠書，未知可在花房裏？

黃神谷

一枝藤杖撥雲開，鳥道淩空折又迴。飛瀑明邊松倒挂，謫仙游後我重來。太白有《華山黃神谷讌臨汝裴昆陵十四明府序》。林閒時見長生鹿，石上猶存太古苔。為問黃蘆今在否，何當共賭菊花杯。

神姑林在黃神谷，中有獨坐姑姑廟

何人祀神姑，建廟在空谷。四面無居人，三間小板屋。繚垣松萬株，不斷風謖謖。暮暮與朝朝，石帳捲寒綠。

鎮嶽宮

雲構資神力，金精宅奧區。檐飛霄漢外，徑轉石林隅。貝闕螭虬拱，瓊樓日月扶。境窪依北極，嶽體四方，峰形鼎峙，北面獨空而微窪，宮在其間。形勝瞰西都。座下千峰立，階前衆壑趨。入門涼燠別，縱目雨晴殊。釦砌承丹楯，蓮龕展繡幮。靈威森惝怳，光景欻模糊。鐙隱琉璃罩，香凝菡萏鑪。久聞三疊法，待覓六壬符。仙御乘龍蹻，花宮號蕊珠。應棲浩鬱狩，華山神姓名，見《河圖》。備問巨靈胡。白晝閒鐘鼓，高齋儼畫圖。山攲一角入，松老半身枯。琴薦鋪蕉葉，茶寮爇栗跗。雲歸蘿洞窅，鶴出石壇孤。苔色秋來淡，泉聲雨過麤。琅函探秘籙，珍膳佐華腴。華腴，蜜也，見《雲笈七籤》。寧事西王母，聊尋古丈夫。當前即玉局，自覺勝蓬壺。

摘星臺

峰顛矗奇石，命名諒非偶。我來立其上，於意深有取。伸臂天可捫，折彗當荆帚。先與埽雲霾，罡風在吾肘。一一閱象緯，采捋區先後。鬼宿夫何為，睒閃自忘醜。撒沙萬點中，是宜速擊掊。閶闔詄蕩開，無事須天狗。晣晣復煌煌，不夜焉用守。更捲蚩尤旗，永閉朱雀口。弧矢注狼頭，歲月既已久。力埽欃槍空，免世惑休咎。氛祲喜全消，更舉種榆手。勞勞惘客星，往來爭折柳。厝諸房室間，俾得免奔走。河北迎天孫，位置牛郎右。消釋別離懷，銀漢照嘉耦。瓠瓜值涼秋，正堪侑巵酒。天倉乞一箕，天漿挹一斗。持此兆豐穰，歸以獻我后。從兹億萬年，永慶升恒壽。

捨身厓

蹉跌時時自戰兢，縣厓撒手也堪行。試看放膽奔波者，偏是康莊誤此生。

試玉井泉

厓樹腔空苔磴陗，斜陽一半遮紅廟。汲泉試品六班茶，活火銅鑪青石銚。帶霜落葉燒無數，漠漠溼煙巖際聚。潭底龍看認白雲，騰身欲向溟濛去。

碧天洞

神力何年闢蔚藍，綠雲重疊護幽龕。自疑不是人間世，盡鑿明星作石潭。二十八宿潭俱列洞外。

由細辛坪至東峰

仄磴躡雲下，雨餘風倍涼。松厓連石綠，藥徑出泉香。數里踏秋葉，疏鐘送夕陽。忽驚無去路，仙掌揭天閶。

玉女峰

亭亭獨立態幽閒，秋澗遙疑響佩環。十丈蓮華峰倒影，斜陽移上綠雲鬟。

玉女殿

閃閃珠鐙燦九微，神龕金鳳捲香幃。貞姿盡奪天花秀，皓質全分海月輝。自昔誰傳三疊訣，至今猶著五銖衣。不知昨夜游何處，玉馬嘶風傍曉歸。

玉女洗頭盆

石上靈泉徹底清，雨晴從未見虧盈。可知更勝滄浪水，今日何當便濯纓。

仙掌峰

出手能當一面風，示人妙處在空空。似將捧日丹霄上，直欲迴瀾碧漢中。揖戰匡廬邀五老，指揮雲物喻三公。三公山在嶽東南，三峰秀出，上象三台，俗名賽華山。分明招我蓬瀛去，把臂何時共向東？

三清菴

霞館萬松梢，遥看似鳥巢。徑隨丹磴轉，齋踞綠雲凹。偶展芝圖閱，還尋朮序抄。磬聲苔洞裏，若箇礼三茅。

博臺

峻絕孤峰上，長留鐵瓦亭。無人斜照紫，方罫古苔青。安得邀洪衛，洪厓、衛叔卿，博於此臺者。相將降窅冥。一齊飛六鶴，重與究仙經。《仙經》云：六鶴齊飛，謂六博也。

夜題東峰道院壁

席帽㮰䉈短竹笻，騰騰踏徧翠芙蓉。山齋記勝吟松月，驚起窗前石窟龍。

曉抵龍口觀雲海作

殿角鐘停牕漸曉，石房人起先於鳥。白沙團露尚霙霙，碧落殘星仍晶晶。心喜今朝得快晴，急辭道侶下山行。捫厓降磴千萬折，六合爽朗涼風輕。石面秋雲生縷縷，裊空競作迴鸞舞。悠揚布濩須臾間，一望林巒迷處所。茫洋銀海淼無邊，榾柮齊燒萬竈煙。白帝無遮作大會，平鋪億丈玉花氈。靈鼇西極脊微聳，掀側岐山地乳湧。岐山為地乳，見《河圖》。趁勢奔騰難遏防，瀰漫倏已襄丘隴。溟鯤變化成鵬時，毛羽霑濡未克飛。晾日晞風舒兩翼，待乘羊角歸天池。風后行師排八陣，飛龍翔鳥同行進。颷騰岳壓破空來，蚩尤旗靡遭蹂躪。旃檀依約氣氤氳，遙空將降雲中君。髣髴霓裳與鶴氅，珠旌芝蓋馳繽紛。帝憫閻浮多絕險，特敕巨靈為遮掩。盡將上界兜羅綿，堆沒齊州青九點。自疑中歲目模糊，正擬還家徑忽無。十二萬年龍漢劫，得非又轉鴻濛初？回首三峰獨無恙，底事當前皆翳障？多謝山神繾綣情，設奇留我層霄上。金烏飛出扶桑東，赤燄如焚到處空。或散或沈俄頃耳，秋光愈覺增姿容。豈料異觀能若此，盪胷未足言奇矣。題詩即景費冥搜，幾度揮毫難落紙。

下憩青柯坪觀瀑布作

如船薦塞白雲洞，歲久尖長穿壁縫。石髓乘虛趨一門，怒流歕薄千山動。波跳雪灑風颼飀，清冷傳云夏亦秋。夕洗朝磨曾不歇，厓痕泐處深于溝。五千仞上界天白，終古斯坪無夜色。但訝轟轟輾素車，瓊輪競赴層巖隙。芙蓉秋老凝霜華，寒氣侵淩玉女家。因遣瑤姬互擁帚，時時掃出雲中花。羣仙大會作重九，是日重陽。白鳳長鯨挾轂走。五彩霞搴結幔亭，蒼龍汲汲爭行酒。倏然誤倒瑠璃瓶，傾瀉椒漿等建瓴。縹緲碧虛挂白雨，一條劃破危巒青。靈鼉陰磴潛形立，燥吻悉吞芳液入。䃠談橫空赤舌伸，峰腰老君臍丹石仰承洑流入洞，洵異觀也。勢將欲並蓮峰吸。諸神倚醉不能容，賈勇齊驅百丈虹。雹斧霜戈白羽箭，分曹馳下水晶宮。指揮二十有八宿，二十八宿潭滙流于此。各各輪流接踵鬬。恍若千雷與百霆，鏗訇鼉鼓宵兼晝。垂紳端冕來仙官，袖手獨從壁上觀。壁間有石仙人。窣地珠簾掩洞府，總仙洞天在壁之半，即水簾洞。太霄環佩聲珊珊。五丁鑿破星河底，灌以通天無盡水。織女機絲繫釣鉤，竿頭贔屓擎難起。神仙豎掌豈徒然，接引長將匹練縣。漱玉弄珠吐復咽，松濤亂捲涼秋煙。秋煙高護白銀闕，三素雲光輪皎潔。安得人生筆一枝，似渠浩浩寫風月。

靈巖山館詩集卷三十四

嵩陽吟館集

旃蒙大荒落（乙巳）

乙巳二月初三日上御乾清宮考試翰詹諸臣召臣沅至南書房應制恭和賦得循名責實原韻

羣倫考覈重人間，茂實英聲本互關。借譽無端環自轉，好修常設矩為閑。石應攻錯金容冶，珠定藏淵玉韞山。絢彩究須存素質，空疏那免玷清班。漫論贋鼎千鍰直，終笑鉛刀一試艱。爝火光浮難久耀，鏤冰技巧要全刪。游揚恐負虚車誚，鞭策寧容隙駟閒。只愧未參鴻烈訓，叨陪簪筆侍龍顔。

恭和應制上丁釋奠後臨新建辟雍講學得近體四首原韻〔一〕

君師作則每開先，景運欣逢典學年。秘殿考成洵煥矣，鴻篇垂訓更昭然。智珠湛比文瀾麗，心鏡光如璧水圓。共向出泉徵育德，九天教澤正敷宣。

上下膠庠徽五典，帝京備製邁姚虞。慶霄有路瞻天近，化雨無私被物殊。鐘鼓和平盈殿廡，弦歌宣導徧師儒。前聞漫説循更老，三五紛紜總失誣。

陳牢薦醴上儀詳，數典休論漢與唐。道統久徵心契合，宸章常揭日輝煌。旅楹舍菜隆三獻，丹陛宣綸誦十行。覲取堂塗親陟降，信知時懋在當陽。

講席宏開鉅典逢，橋門環聽盡雍雍。健行共仰天無息，仁育咸欽帝有容。頒賚更承申命渥，振興益勵子衿慵。儒臣幸得叨陪侍，瞻拜崇墀矢肅恭。

【校記】

〔一〕『恭和應制』，底本原誤作『應恭和制』，據文意改。

應制恭和二月初七日雪原韻

同雲䨘䨴際初丁，秘殿欣瞻玉輅停。聖澤涵濡宏澤物，心傳妙契重傳經。飄揚璧水文光燦，飛舞瑤花寶墨馨。預慶春田占大有，賡歌紀瑞邁虞廷。

寄祝簡齋前輩七十初度四首〔一〕

巋然江左一靈光，星斗胸羅句出芒。詩卷靜留真歲月，煙霞絢染好文章。何人御李思懷刺，此事推袁定擅場〔二〕。春到杖頭原不老〔三〕，雙丸物外任他忙。

元相才名中禁傳，雞林紙貴艷新篇。筆雄繡虎詩兼史，影落飛鳧吏即仙。綠字養心花養性，碧山同壽鶴同年。回思上表成婚日，曾撒明光寶炬蓮。

園裏樓臺江外山，盍簪曾記欵雲關。地兼綠野平泉勝，人在青蓮玉局間。官職拋纔全福占，詩名成為半生閒。別來未取征衫浣，猶帶倉山冷翠斑。

半入名場半隱淪，鹿銜芝草伴長生。六朝風骨餘金粉，五嶽真靈作主賓。燕喜樽開蘭渚會，鳳簫聲遠洛川濱。祝鳩寄語須珍重，已未詞臣有幾人？

【校記】

〔一〕《續同人集·慶賀類》錄此詩，題作『寄祝隨園前輩七十』。

〔二〕『場』，《續同人集·慶賀類》作『長』。

〔三〕『原』，《續同人集·慶賀類》作『元』。

禱雨大相國寺充公和尚出朝清涼山圖屬題即用卷中同年王露仲學使原韻

溺海泛慈航，風輪轉餤轂。憫兹衆生危，解脱叩禪宿。汴京古名藍，白馬繼高躅。默參三乘義，不受六塵觸。虚空青蓮華，絢暎離染服。中州旱太甚，淮濟涸兩瀆。糜屑盡艸樹，民生計以促。法宮降手詔，焦思補救速。議賑旋議蠲，典難數更僕。神與在求誠，巫暴肯從俗。命危沸鼎魚，家失夢蕉鹿。步禱入禪關，僧房繚而曲。上人坐蒲團，棲心似槁木。翻繹雲輪經，旁行貝葉複。時内府頒發新刻《大雲輪經》，延僧諷誦，頗著靈應。平生雲水蹤，宗風蓮社續。一鉼一鉢間，畫裏溪山熟。願師宏法力，須彌咒一粟。拯濟萬餒魂，枯髏生皮肉。儒佛同此心，慈愛意聯屬。苦難世尊悲，流亡大吏辱。清涼開浄域，龍象護雞足。雪湧金銀臺，曼陀香一束。躡遐希印度，結想異豪濮。恒沙歷萬劫，彼岸即平陸。地獄變相圖，傷哉了心目。參破文字禪，三藏那須讀。文殊大慈悲，聖鐙幽遠矚。灑以甘露泉，覆以紫雲竹。河洛潤千里，金穰滿豫幅。願假天花香，揉成餅餌馥。

喜雨

飆捲靈旗結暮陰，真香一縷作甘霖。澤同河潤流膏遠，雲出嵩高挾雨沉。萬井頻蘇垂死骨，百昌漸抱向榮心。應知呼吸關民命，肅肅明祇咫尺臨。

乙巳十月雲巖相公行河還寄呈一千字

乙巳二月望，奉命忝移節。周行大河南，一一歷曲折。維時商丘旁，高土立若鐵。人云歲辛丑，北岸屢崩裂。相公承廟筭，究視最詳晰。東遵豐枌榆，西抵鄭周閔。鋒車疾雷電，駿馬走騠駃。一疏數萬言，河患悉梳抉。聖人垂衣裳，周覽無不徹。朝奏夕報可，改築工不撤。經時三台星，斗柄共南揭。隨宜竟移徙，高下植標楔。要惟漢河性，不僅事堵閉。相公真神威，河伯敢奡桀。約束鮫與龍，一日頓移穴。公勳蓋天地，尤美治河烈。成規恒遵守，庶足避傾跌。五年三行河，盛事粗可說。爰從己亥始，河害乃不輟。儀封考城間，勢下日衝齧。泥鬆復沙滯，一歲至一決。公時始銜命，遑避饑與渴。百萬荷鍤夫，河岸立偈偈。堤形塌百丈，勢急聊補綴。公云銅瓦鑲，河溜所漂潎。放之由正道，後乃可堵截。是時天蒼涼，重九適在即。摳衣詣神祠，一揖香下爇。公誠格穹蒼，風勢忽報颲。居然順流下，奔浪不汕刷。居人庶耕耨，神亦享芬苾。無何儀封堤，壤匪由蟻垤。時惟辛丑夏，暑久實酷熱。公時再行河，火急驅駟驖。沿河百州縣，調檄日更迭。稭稾百萬堆，又憫民力蹶。紛喧達晝夜，工作手口拮。時開復時塞，見者實嗚咽。公時徵圖經，晝日繙百頁。皇然思久計，庶必易舊轍。自從熙豐來，倏忽千載閱。河流日南徙，益復距冥碣。非因其性導，恐日至奔軼。惟明宰相沈，保族計以切。沿河興堤工，基址亘不滅。成功固堪用，貴在志意決。當其奏初上，異議有同列。斷之由九重，識者欽聖哲。經時工甫就，河溜忽全掣。爭趨南岸下，故道倏爾竭。奇勳足萬古，定乃在昕昳。淤泥填巨浸，春到草已苗。分畦樹蔬果，栽壠種瓜瓞。土肥春雨後，潭底富蝦鯽。南登三亭岡，一望乃驚絕。百七十里餘，天造地復設。如為疏腠理，快若瀉癥結。梁陳豐沛碭，暢所欲宣洩。滔滔達淮徐，到海直一瞥。重披舊河經，流派已各別。傍河百萬戶，感激到耆耋。寧爲民庶奠，妥貼及魚鱉。今年黃流洶，顧視不可褻。工員分地守，奔走流汗涅。排山勢雖盛，要不出限閾。仰公成法在，不藉沉玉玦。適逢軒車來，趨謁衣不襒。稽工更加賑，黎庶實欣悅。茲方三載歉，近始收黍稌。堤工既安瀾，麥隴惟待雪。公心庶堪慰，親履及畦畷。蘭陽行館内，談讌北風冽。感公勤念舊，忘我為政拙。樞庭昔追隨，僕直日來謁。其時已蒙顧，提左復右挈。十年官秦中，正度敘契濶。公來我心喜，事事秉圭臬。賢勞又深念，不暇駐羈紲。憶從酋方闓，昔嶺歷屼嵲。天狼手射落，戈濺蛟鱷血。遂歸相天子，勳重彝鼎鍥。功高志偏下，抑抑口若吶。公誠知政體，布置不瑣屑。上台兼數部，惟在綱領挈。知人尤有鑒，暇即勤吐餟。屈指正端揆，坐席不暇叕。南行及滇貴，東指歷江浙。甘涼案如山，一一待公讞。餘威懾蚑蠢，有位警饕餮。官方既釐正，更使弊竇窒。每讀公一疏，自愧真忝竊。又慨前哲言，今古不相埒。如公以一手，勳合禹稷契。河防即明驗，良法足刊剟。至今官民間，飲食祝必潔。河流日瀰瀰，岸勢益峊峊。垂楊多成陰，嘉木日以迾。堤旁牧羊豕，樹上囀鶻鳩。公猶不居功，自謂策疏劣。裁詩寄公覽，非漫誇筆舌。頻年采輿誦，事事悉可覈。一篇附河渠，以備書志缺。

謁淮源廟作

邐迆荒山麓，林疏露環堵。跋馬陟坡陀，叢祠謁神禹。空庭柏五株，形狀特奇古。天清日復明，雲霅驚風雨。交加影亂移，滿地蛇龍舞。豐碑蝕蘚紋，斑駁不堪覩。未辭搜剔勞，十字辨三五。筆力媚而柔，知出重摹補。裝點作媌娙，態俗寧足取。四壁畫山川，虛堂闃鐘鼓。詎有靈爽憑，塵筵竄飢鼠。憶昔洪水時，無地蓺禾黍。疏排且八年，胼胝極勤苦。錫圭告功成，貢賦充天府。今者黃河流，遷移非故所。汎濫時為災，憂勤煩聖主。冀惟水濟水，俾淮勢激怒。蹙河順軌趨，因利代防禦。命沅探厥源，勿令有湮阻。吾皇已溺心，知神默心許。

登胎簪山頂

衰艸被荒塗，寒陽無朗照。攀躋十餘里，山半得古廟。門前池一泓，衆以淮源告。細視地窅窊，特為水所潦。循名貴責實，詎敢輕心掉。欲期左右逢，尚須更深造。矯首青冥間，峰勢卓而峭。揸笻賈勇登，幽折非意料。古苔滑于油，厓側樹根倒。霜葉墮雲上，如藻泛秋潦。數息始極顛，時防風落帽。流盼但蒼蒼，天向四空罩。

得淮真源紀之以詩

峰頂白雲根，廣約十餘畝。太古留莓苔，著霜半紅黝。壁面迸流泉，明珠歷亂走。下瀦一潭中，沄沄清且瀏。初非無底壑，但以虚能受。潛從地底行，東向出陽口。道元注水經，踳駁不時有。俗儒讀其書，硜硜惟墨守。儻非自追尋，疑竇何由剖。歸途紀以詩，新月挂衰柳。

題張留侯廟壁在胎簪山頂

傳說留侯隱是山，至今祠宇掩柴關。赤松黄石招邀去，寧少雲巒勝此間？

古廟鎮即《水經注》所稱陽口

日沈煙起漸黄昏，畧彴斜通向小邨。淮醴東西分派去，淮與醴同源，西流為醴，東流為淮。宋元祠宇斷碑存。寒原栖鳥羣爭樹，儉歲居人早閉門。清絕戍樓吹画角，數聲催出月如盆。

柔兆敦牂（丙午）

應制恭和河南巡撫畢沅來覲詩以示懷原韻

彌望來牟徧路隅，如膏雨潤盡昭蘇。三春黎庶歡中土，千里青疇接上都。愧乏謨猷陳黼座，尚煩宵旰軫郡區。催科不擾安耕鑿，仰沐深仁帝曰俞。

清明邯鄲道中

雨酣春半物清妍，冷節悤悤逼禁煙。花影紅樓調瑟地，簫聲紫陌賣餳天。踏青隊隊歌金縷，上冢邨邨挂紙錢。只愴災餘多餒鬼，殘羹何處乞重泉？

潞王墓

儘將丙舍施空門，遺壟安然傍世尊。贏得香臺經閣外，一間猶有影堂存。

恰值清明雨後天，棠梨紅徧寺門前。山僧不省焚修事，但向溪頭墾墓田。

百泉

澮沱春池碧千灦，天光冷向波中見。浪花疊作縠層層，風陣蹙開冰片片。逐隊噞喁戲小魚，不時飄瞥飛雙燕。細草茸茸水底鋪，綠如鬈髮未曾梳。倏訝觀瀾逢沸釜，倒從清沼浸歕壺。晴川的皪何來雨，鮫室繽紛亂灑珠。風潭寧用誇千傾，數畝輕漪自虛靚。沙觜原堪把釣竿，石脣恰可安茶鼎。小坐橋亭垂柳邊，看他翻動紅欄影。

蘇門山

秀絕春巒隔遠汀，紆威數折類長屏。遥看只謂横雲碧，暫對真疑入画青。傳昔深林栖隱逸，宜人終日傍橋亭。有時風激松濤起，猶認鸞音響未停。

嘯臺

沙徑纔通磴道開，昔賢嘯處尚留臺。有時遠岫孤雲到，盡日空林少客來。扶策細尋泉脈穴，倚松閒坐石根苔。老僧解事齋茶具，試就風亭掃葉煨。

安樂窩

宋賢遺宅偶追尋，果覺移情不自禁。繞座清泉涼泂泂，當軒碧樹靜愔愔。因吟月到風來句，想見雲栖石隱心。我亦湖山有薖軸，塵羈一絆到而今。

孟津夜渡黄河

帆正中洪濶，青銜兩岸山。龍門開洛邑，漁火下潼關。星斗微茫外，神靈杳冥間。天風吹漢影，送我貫槎還。

龍門

桃花三月浪，碧色動雲根。日月吞雙峽，風雷走一門。聲疑吹地轉，勢欲挾崖奔。疏鑿何人力，千秋識禹恩。

禹王廟

翠屏千仞下，屹立寺門前。日吐樓頭樹，雲流石腹泉。鶴孤時顧影，僧老不知年。自愧紅塵客，無心共論禪。

嵩嶽紀游詩六十首

謁中嶽廟

宅靈開邃宇，作鎮奠黄樞。秩視三公等，功先四岳敷。明禋崇歷代，祥契叶清都。華闥雲霞護，彫甍日月扶。珠鐙輝錦帳，玉案馥薫鑪。棨戟楨廊列，簪纓粉壁圖。檐鈴銜鳳味，碣蘚蝕龜趺。蹕蹕當軒石，森森夾道榆。寶書扃畫篋，秘籙貯瓊廚。每託羣真蹟，曾聞萬歲呼。晨昏鐘鼓震，風雨鬼神趨。問氣生申甫，于今孰合符？

天中閣

岧嶢傑閣界穹蒼，縱目凭欄盡杳茫。四岳峰巒輸峻極，八方氣勢拱中央。便思遺世求丹藥，真可排雲叩紫閶。天外氤氳風一陣，不知吹落是何香？

盧巖寺

泠泠疏磬音，飛出煙中寺。澗道曲如弓，頗饒瀟灑致。入門巖壑幽，亭館罨寒翠。昔為諫議居，一一見圖記。景物果情華，深人物外意。檐角響風箏，桐花吹滿地。

瀑布

巖丫瀉碧泉，千尺縣雌霓。石亭水氣中，終歲足怡說。不收冬月雷，能灑夏時雪。澤物詎非功，出山亦頗潔。我欲問真源，矯首萬峰凸。九天咳唾人，珠玉落不歇。

倒景臺

縣厓形絕奇，未審幾千丈。縹緲淩倒景，飛鳥不能上。傳聞境最幽，率爾扶策往。徑仄磴傾斜，峰頂平如掌。遙空日馭來，髣髴紅輪響。俯視蒼茫中，衆山首皆仰。奇樹踞雲根，岑寂足清賞。窅然移我情，天際真人想。

盧真君祠

澗曲荒祠對石棱，邈然曠致到今稱。青山已踐煙霞約，丹詔徒勞諫議徵。籬角殘碑蝸作篆，庭陰危磴樹纏藤。影堂客過聞清磬，香火年時付野僧。

龍潭寺

徑迂澗曲接祇園，聒耳松濤不定喧。水氣有鯉龍在窟，花陰如畫日當軒。地偏誰復停游屐，僧老惟能白佛言。自向虛廊搜碧蘚，一碑依約認開元。

啟母石

軼事相傳笑不經，有情立地變無情。靈異縱能隨物化，寬頑何乃失儀形。石高二丈餘，濶半之，長如之，中傍裂。白雲為衣苔作髮，夜靜風霜寒到骨。東望稽山路渺茫，翠煙如海浮殘月。

萬歲峰

崔嵬千仞拔靈區，漢代曾聞萬歲呼。儻使神言堪作準，茂陵丘壟至今無。

逍遙谷

一徑踏黃葉，秋風時颯然。境幽疑出世，峰起不分天。破樹揞危石，紅沙漾古泉。蒙莊第一義，于此得真詮。

尋唐隱士田游巖宅故址

為訪前賢宅，扶笻陟小岡。但餘栽藥地，不見讀書堂。廢井填霜葉，蒼山冷夕陽。初心應諒我，泉石亦膏肓。

疊石溪

清溪秋後碧于潑，磐石棱棱蒼蘚徧。水光迴影漾斜陽，照見空林雲一片。山禽驚去葉爭飛，樵斧有聲人不見。

藤花隝

一望平蕪難計傾，昔年此地饒風景。傳説藤花爛漫時，紫霞亂舞龍蛇影。惆悵于今空石林，避人白鳥投煙嶺。

會善寺

巍峨林際寺，北魏舊離宮。瑠璃紛紺碧，臺殿聳層空。層空影倒垂，萬疊翠芙蓉。房廊無陰晴，啟閉綠煙中。盛夏不知暑，方秋已若冬。六朝古蘭若，不見支離松。聞說拔地起，夭矯騰游龍。直欲挐雲行，謖謖生長風。禪堂成畫舫，晝夜波濤播。何年忽怛化，石隙有遺蹤。低徊企幽景，日色將下舂。落葉逐驚禽，危樓一杵鐘。

戒壇院廢址觀唐道安禪師碑

空傳戒壇名，無復青蓮宇。澀浪賸隤牆，方花餘廢礎。霜葉滿荒臺，窸窣竄松鼠。縱横兩截碑，漫漶字難覩。野卉不知名，簇簇紅心吐。

茶牓今移立城西峻極寺，緣本戒壇院物，故詩仍附於此

茶牓勒貞珉，文與書兼美。爰自拭浮埃，研煤搨數紙。予本渴相如，久慕功德水。小摘紫茸香，禪參上乘矣。旨哉古人言，茗柯有實理。

龍贈泉

聞昔有晏公，說經龍出聽。斯地苦無水，一泓乞相贈。德高神鬼欽，所求靡不應。須臾石湧泉，恰供寺衆飲。沄沄漾白沙，碧天影倒浸。小憩松樹陰，深我濯纓興。

玉鏡峰

碧峰有物吐華彩，晝夜陰晴渾不改。炯炯光芒冷逼人，冰輪一片生滄海。名區勝境多神奇，繡囊誰製盤龍姿。瑤姬桂陰整螺髻，雲閣寶匳猶未移。嵩嶽英靈無託付，寒燄熒熒常自露。終有乘時負局人，足躡青霄掇將去。

石幔峰

化工巧構神仙窟，肖物成形一峰出。障日遮風亟所須，碧帷兩片開山骨。洞天應是浮丘家，綺閣琳窗襯絳霞。咫尺為嫌塵世近，一層護住瑤林花。慨予夙慕耕漁樂，孤負成言難踐約。便爾歸營湖海樓，何當借我芙蓉幕？

法王寺

古寺背嵩麓，旛飄積翠間。鶴能司藥圃，猨解掩花關。入座時聞磬，開窗總有山。拈毫思著句，適興不知還。

金壺峰

老子寫經成，金壺灑餘墨。至今峭壁閒，點點如豎黑。乃知文字緣，山林叨潤色。

子晉峰

自經王子居，靈跡徧丘壑。往往明月夜，玉笙響寥廓。松杪栖白雲，猶認歸來鶴。

遇聖峰尋白鶴觀遺址

遇聖峰西曲徑平，葉鋪荒澗石梁横。吹笙客已歸壺嶠，采藥人偏隱姓名。無復虚堂銜嶽色，但餘苦竹聚秋聲。紀游偶憶青蓮句，興廢分明弈一枰。

松濤峰

風入山顛松，翠濤響雲際。我欲林下游，亦復霑衣未？

鐵梁峽

百尺跨峰腰，石梁如鐵鑄。月下古仙人，曳杖自來去。

定心石

雲根太室顛，覩之一心志。吾道貴推移，方寸肯凝滯。

芙蓉巖

但見芙蓉開，不見芙蓉落。乃知造化奇，綠萼雲根作。

青童峰漢武帝見二青衣童子捧書來迎，欲問，俄失之，故名

捧書既相迎，轉瞬俄又沒。漢武應爽然，神仙多恍惚。

天池

一泓峰頂池，珠迸古石縫。靜夜不因風，波涵星斗動。

玉井泉

古井鑿何人，瑤光逗月竁。居高淡且清，風味異人世。

玉女擣帛石

一片松根碪，安置頗平穩。擣帛欲何為，天衣豈有損。何當借與予，裁剪補華衮。

三醉石

覩此茗艼態，仿佛高陽流。聯袂入醉鄉，頽然幾千秋。拂衣歸去來，海上營糟丘。

天門

蒼嶂忽中分，縹緲如雙闕。霄漢咫尺間，賈勇可超越。手把碧芙蓉，聳身騎日月。

夜題峻極禪院壁

登太室兮憩峻極之禪房，風蕭蕭兮淒緊，日杳杳兮昏黃。展重衾兮聊攲枕以假寐，喜明月兮恰穿牖以流光。夜涼夢穩，魂游而神遇，雲亭霧閣，碧瓦與紅牆。青童兮擁篲，玉女兮移牀。子晉兮起迓，浮丘兮相將。石幔齊捲，華蓋高張。對玉鏡兮詠芳樹，執金壺兮酌椒漿。摘星斗兮贈予作環佩，掇雲霞兮代我為服裳。謂上壽兮譬蜉蝣之於一日，歎浮生兮若稊米之於太倉。玄言五千字，丹訣十二章。苟持此而習誦兮，會將相待於扶桑。覺而喟然曰：石室兮雲遮，天門兮路賒。世焉有長生之草、不落之花？白石兮詎可以充常膳，青泥兮詎可以當丹沙？吾果進修兮不懈，自名成兮無涯。又安能強情拂性，拋擲湖山五畝家。

少林寺

夾徑峽崚嶒，琳宮翠靄凝。龕扃金粟像，旛颺玉蓮鐙。雲勢當軒石，龍形挂屋藤。九年長面壁，定力有誰能？

毘盧閣

岧嶤傑閣啟琳扉，坐據胡牀面翠微。斜日忽移峰影轉，閒雲時抱磬聲飛。愛逢清景將留句，愧對高僧未息機。久有成言約猨鶴，臨高倍覺思依依。

立雪亭

神光慕至道，于此侍初祖。盡夜雪飛花，沒膝不辭苦。贏得山色中，歲月石亭古。

甘露臺

跋陀此繙經，甘露從天來。是以震旦人，紀瑞營斯臺。于今何寂寞，紅葉覆蒼苔。

初祖庵

紆迴仄徑草茸茸，雙澗潺湲抱五峰。竹掩松遮庵不見，綠雲堆裏一聲鐘。

面壁洞

豈少參承弟子行，崇朝默默坐禪牀。只愁誤認西來意，不得真詮反面牆。

鉢盂峰

雲際石輪囷，如鉢置巖岫。得無面壁人，欲將毒能咒。所惜質非銅，詩人不能叩。

二祖庵

峰顛雲木合，二祖搠茅庵。古碣藏苔洞，禪鐙照石龕。出門教鶴守，聞磬有猨參。卓錫初無意，流泉似醴甘。

鍊魔臺

高僧志勤修，力定魔因伏。我來登古臺，石氣結空綠。老鴞作笑聲，飛出枯桑腹。

瘦驢嶺

嶺形如瘦驢，路達天門頂。行行苦不前，真與策蹇等。應憶灞橋頭，風雪吟鞭冷。

自瘦驢嶺至吸風口

蒼壁忽中斷，飛出白玉虯。蜿蜒數千丈，直下投靈湫。兩邊喬木合，振古寒修修。盤紆挂鳥道，陰蘚滑于油。側身攀藤葛，猨猱過亦愁。斜陽透一線，雲載人影浮。厓口誰鼓鞴，盡日風颼飀。儻非立足牢，幾被土囊收。半舉造峰頂，放眼小九州。斕斑萬樹花，何事艷深秋。豈知乃霜葉，點綴巖壑幽。天然著色畫，皴法李營丘。

東巖

煙中有磬聲，引我入山行。境勝貪游目，峰多細辨名。風門疑虎嘯，石壁看雲生。踞地捫蒼蘚，前朝斷碣橫。

石梯巖

仰望梯無際，年深石髮矗。不須淩絕頂，絕頂是窮途。

雲鐘洞

何處一聲鐘，相傳出石洞。欣然欲往探，翠壁雲無縫。

石城峰

聳峭高峰頂，堅城一石成。佳人雖善笑，試問可能傾？

靈隱峰

雲埋巖岫幽，知有仙靈隱。但待鶴書徵，便奏朝天引。

藥堂峰

峰因藥得名，到處抽纖碧。不知此靈苗，可療煙霞癖？

卓劒峰

何人持太阿，倒卓白雲裹。學既不能成，移將天外倚。

嵩陽書院觀漢武帝所封將軍柏本三株，其一康熙六年燬於火

嵩嶽之陽雙古柏，離立參差鬥奇格。皴皮悉作鯨鱗紋，挺幹俱成□首色。高約十尋大七圍，貞蕤纚纚鐵菱披。褷褷鵬化初騫日，糾結蛟逢正鬥時。萌芽定自唐虞世，拔盡扶輿靈秀氣。勁質奇形早動人，將軍封號邀前帝。無情詎藉頭銜尊，氣勢横出風雲屯。戟枝直指飛禽避，槍幹高擎野獸奔。寂然寄迹鄰丘壑，寧有功勳儕衛霍。天全從未受侵淩，年大所欣常矍鑠。鬱鬱葱葱得地偏，浮根出土青銅堅。蚩尤陣纛翻山月，楊僕船檣泊海煙。漠漠陰連十數畝，風裏羣驚蒼兕吼。雖無遺愛等甘棠，儘可威名同細柳。夙昔三株鼎足分，無端劫火一株焚。數奇不偶亡偏早，物久通靈世益珍。知是將軍不好武，親炙先賢傍堂廡。永免良工運斧斤，長依多士吟風雨。杏壇槐市可同誇，為幹為楨質本嘉。招隱漫勞歌桂樹，成仙何必慕桃花。

石幢今移置嵩陽書院中

石幢造何年，竚玩細摩撫。八角鋒棱棱，圓蓋覆方礎。如有神護持，未至厲樵斧。宋人爭紀游，某某字堪數。有如馬伏波，海上題銅柱。日炙雨復淋，蒼翠土花古。縣知秋涼宵，明月嵩門吐。仙鶴儻飛來，誤尋華表語。

題太室石闕銘搨本後

搨得嵩陽石闕銘，字如薄霧隱春星。文詞篆刻胥無用，聊見東都舊典型。

好古癡情自少年，今辰覯此一欣然。尚憐少室同開母，隤落荒岡碧草煙。啟母廟與少室兩石闕俱頹圮矣。

金薤原堪博見聞，殘甎斷碣訪求勤。他年歸老琴臺畔，一角青山守闕文。

過箕山望許由冢

隱士何心理九州，持身孤潔世無儔。長留箕潁名千古，終占陶唐土一抔。尸祝不聞澆巵酒，鶻鶵猶見寄松楸。壠前薄暝逢田父，黃犢驅來飲上流。

石淙

髣髴仙居異景開，雲根高下澗縈迴。煙波似翦吳淞得，島嶼疑分海嶠來。天際亭臺餘翠嶂，石間詩句半蒼苔。紀游也擬題名姓，一任鄰庵暮鼓催。

題緱山廟壁

王子仙成霄漢去，此間寂寞空煙樹。煙樹陰森蔭廟門，雙掩銅鋪朝復暮。石臺天半出欄杆，檐鐸風亭露氣寒。背日蒼苔侵古碣，帶霜紅葉滿空壇。白雲如鶴栖林杪，涼夜無人庭悄悄。蓬島蓉城何處期，玉笙聲斷碧山曉。

靈巖山館詩集卷三十五

嵩陽吟館集

捕蝗

土中風雨交，厥田寸寸美。頻年苦亢旱，井底無滴水。渚鴻嗷嗷鳴，斗粟不上市。室家遭蕩析，河流橫不已。天子坐法宮，問夜披衣起。虔禱格靈祇，甘霖疊沛矣。二麥慶豐登，獲利得倍蓰。伏雨依旬降，平原望渺瀰。秋禾漸秀實，大有可立竢。從此歉轉豐，吏民大歡喜。無端有暴客，探丸起西鄙。兵符火速馳，躍馬渡溱洧。瞥見溝塍閒，𧣴𧣴布蝻子。醜類種實繁，萌蘖不知始。咀嚼肯停聲，充塞難投趾。面赤而身黃，猙獰吐鋸齒。兩股類螽斯，跳躍更迅駛。快嚙葉牘莖，叢抱秄成秕。狠戾狼貪如，縱橫蠶食似。南畝蔚秋雲，頃刻盡億秭。儻不急撲滅，滋蔓正未止。有司莫以告，民瘼實玩視。失職挂彈章，鞶帶應三褫。下令發丁男，邨邨分壁壘。勿假吏胥權，嘉穀怕遭毀。前人有成法，條理若掌指。圩岸出閒田，掘坑倍尺咫。土厚急覆壓，火烈恣焚燬。誅雖不勝誅，害去其甚耳。英英劉將軍，廟食亦宏侈。蟊賊伏驅除，功同田祖儗。鄉愚乏知識，云是神所使。勇猛兼正直，戕民無此理。或者官無狀，父母異樂只。蠶作報在官，感應良有以。格物我無功，衾影抱心耻。嗟嗟災餘民，肌膚遍痏疻。

盜賊及蝗蝻，流毒安所底。失此望歲心，傷痛入骨髓。膏雨正油油，黍稷正嶷嶷。何苦民脂血，舉以飼蟲豸。庶幾神聽之，蝗生忍民死。

七夕漫興四首

九微鐙燼夜如何，半壁蟾光帖井柯〔一〕。偷度七襄新樣巧，金盤蛛網得靈梭。

暑退虛庭惜景光，羅衣薄薄怯新涼。幽花漸逼秋心逗〔二〕，籬角牽牛引蔓長。

河梁今夕駐雲軿，團扇風輕戲撲螢。嬾上鍼樓拜新月，背人無語倚銀屏。

愛說靈期兒女情，蓮花漏轉過初更。涼生一夜西堂雨，疑挾銀河風露聲。

【校記】

〔一〕『柯』，杏雨草堂本作『梧』。

〔二〕『逗』，杏雨草堂本作『永』。

淯水待渡

采蘭上巳不祥除，遺俗河濱一問諸。雨急掀波迷荻岸，沙平上水沒瓜廬。中流壺重千金直，半幅帆輕一葦如。柳繫空航舟子去，濟人那得大夫輿。

過朱曲子產故里

邑傳東里話鄉鄰，曾住名鄉俗尚淳。遺愛千春推衆母，誦聲一路聽輿人。井田意美邨居舊，溱洧流長廟食新。水懦不如師火烈，齊民箴訓要遵循。時正往伊陽辨拒捕傷官重獄〔一〕。

【校記】

〔一〕『辨』，底本原誤作『辨』，據文意改。

汝州行館修竹茂甚留詩以志清賞

小園萬箇碧琅玕，白石文除帶急湍，秋雨新晴人未寂，風前一紙報平安。時得汴城家報。

和智珠秋夜遣懷即次其韻

珠斗垂檐直，銀鐙讓月明。多愁怯雨落，淺夢覺涼生。樓迥秋先得，庭虛樹有聲。疎蟬知客意，淒咽斷三更。時駐節汝上。

木瓜四首

木落秋園萬景空，楙枝垂實最豐隆。寒林霜重飛金氣，碩果根靈託土中。酸為書生留本色，甘蘇枯腊起全功。麗姿閒冶玄天賦，漫詡紅妝貼紙工。

例充土貢有程期，絢爛宣房小摘遲。海内幾人稱永好，秋閨底處寄相思？自從衛國陳風後，卻訝唐賢閣筆時。唐人無木瓜詩。〔一〕差喜蘭亭珍果熟，硬牋拂拭正臨池。

紙窗悄對溯清緣，贈絕苞苴信誓堅。質勝文真能返樸，華兼實幸得天全。絪緼酒琖薰鑪外，輾轉書牀筆格邊。怪殺詩人吟竝蒂，秋衾惹夢一宵圓。

華林別館紀遺聞，銕腳棠梨種細分。粉鏡香光瑩麗澤，金盤淨影化涼雲。蕭齋許結花鄰菊，祕笈應刪草蓄芸。自信報瓊非素願，免教無謂致殷勤。

【校記】

〔一〕『木』，底本原誤作『本』，據文意改。

歸觥詩次翁宮詹覃谿方綱韻

文穆銘觥萬歷年，為嘉文毅能犯顔。其後流傳皆得所，諸賢節烈昭遺編。一觥關係信非淺，常與忠義同舒卷。今得重還合浦珠，宜君色喜愁眉展。玉盌香螺詎足論，支機不啻貽天孫。試向江亭開韞櫝，應令水怪俱騰奔。緬想當年氣猶雹，報國未曾忘一飯。聯名白簡鋪丹墀，惜哉不遂排姦願。放歸田里友巢由，日暮都亭誰勸酬。神羊一角文念四，斯人斯事爭千秋。少時構屋靈巖麓，今古圖書恣游目。就中一首竹垞詩，歷敘原由最詳熟。此觥存否苦難知，豈料波瀾爾許奇。一贈一求一介紹，只憑學士數行詩。昨者敲門向予說，為觥得得衝風雪。千里關河七尺笻，腳跟重繭手皴裂。向公索詩公弗笑，心感翁顏無以報。逝將到處覓瓊琚，下自山林上廊廟。我聞其語意忻然，名門事事總堪傳。為君操觚酌君酒，十分君且櫂觥船。

豫州紀恩述政詩十首有序

沅去春承恩命，移撫豫州。豫州比歲以黃河為患，旱暵成災，民食拮据，政務叢脞。莅任數月，復有盧氏、柘城、伊陽等案，巡役戕官，或劫財聚衆，皆須親自稽研，迅加清理。兼荷勘災區，運籌賑餉。僕僕往來，刻無寧晷。洎今載餘，或之幸天之龍，雨暘時若，年穀順成。沅事事欽承廟算，日就月將，俾蒼黎復業，河汛安瀾，胥由聖天子渥恩仁政所由致也。允宜紀之以詩，用垂萬禩。詩凡十章，具列于左。

截漕糧并引

中州三年缺雨，四季不登，恩賚頻加。倉庾告罄，將需賑貸，當早經營。爰請截留漕糧二十萬石，蒙恩增給三十萬石。我皇上憫災恤民之念有加無已，洵亘古罕及也。

天子坐明堂，宵旰急民急。豫州水旱餘，閭閻惟壁立。承命撫此邦，先務在安輯。百萬待哺人，枵腹但飲泣。四顧皆石田，生死懸呼吸。是宜預持籌，俾之得周給。賑貸已頻仍，倉廩乏糧粒。火速具封章，漕糧截鄰邑。皇仁浩如天，廿萬仍加十。敕降旬日閒，舳艫若雲集。麥秋雖不登，菜色幸免及〔一〕。漫詠黍苗詩，請歌鴻鴈什。

禱時雨并引

河北自黄河一波，赤地千里。近復恒暘，生氣如洗。及抵汴後，風霾漲天，城邑蕭索。徧詢郡縣，知畎陂塘惟石田沙海而已。爰遣驛吏馳赴太白山，挹取龍湫，結壇齋禱，冀邀神貺。上以慰聖主痌瘝一體之懷，下以拯蒼黎饑饉薦臻之苦。第下車帀月，旱暵仍初。自惟術疏德薄，深有慚於百里嵩也。

今歲河南北，陽烏覺愈驕。日挾乾風勢，盡捲黄沙飄。大地燥將裂，松柏春來凋。矧乎畎畝中，茸茸徑寸苗。農夫泣相向，直可以淚澆。我新莅斯土，覩之心搖搖。星夜遣飛騎，靈湫乞一瓢。移市閉陽門，設壇率羣僚。步禱烈日内，衣裳炙欲焦。土龍空夭矯，女魃偏逍遥。詎係弘羊過，深懷諒輔燒。見《搜神記》。雲漢到處歌，祈雨歌《雲漢》詩章，自東晉蔡謨議定，厥後常仍之。甘澤何時謠？

蠲丁繙并引

衛輝一府水旱交侵，被災尤甚。屢沐恩賑，元氣未復。今復二麥全萎，萬家縣釜。現又敕給口糧，俾災區不至否灊。第因其嗇而使之入者，斷難復有餘而可以出也。故黷奏彤庭，請蠲免今年地丁租賦，已蒙俞允。竝詢問比連疆界有須一槩施行者，速以奏聞。聖主誠求保赤，無微不至，真出窮黎於水火，而加諸衽席矣。

湯有七年旱，堯有九年水。黎民每阻飢，聖世亦屯否。以豫州視之，不過偏災耳。第今生齒繁，較昔相倍蓰。俾家給人足，未免難料理。食且仰上方，征輸可知矣。儻復向徵求，何殊促以死。貢稅蠲地丁，封章奏天子。免百萬金錢，憑數張麻紙。皇心仍拳拳，災區訊連里。曰吁急民急，胡為遲待只。沅奏：將届開徵時再行請旨蠲免。奉上諭：『急民之急，何必遲待？』即有旨云云。堯典舜典中，嘉言未聞此。

給口糧并引

河北三府旱暵成災，恩詔頻頒，議蠲議賑，調劑周詳，無微不至。第連年積歉之區，復又二麥顆粒無獲，賑務將完，青黃不接。炎炎夏日，為候方長，蔀屋情形，實多竭蹷。廼皇仁優渥，復命展賑三月，不惜金錢數百萬，衆濟博施。沅恐不肖吏胥從中染指，故於仲夏初旬親往各鄉邨稽訪，務令一粒一銖，俾災黎均霑實惠，以仰副我皇上惠養元元、不使一夫或失其所之至意。

聖主於災黎，拯救若不足。萬千頒帑金，再三卹蔀屋。猶慮屆長贏，或又缺饘粥。更加三月賑，俾得待秋熟。溫綸自責躬，城野共聆矚。父老暨婦豎，感激繼以哭。沅忝任茲土，職司在撫育。未轉歉為豐，自問實慚恧。方當散給時，所恐遭朘剥。虛糜府庫財，翻果豪滑腹。單車遠近巡，敢憚炎歊酷。且喜邨墅間，炊煙白相續。

借籽種并引

積歉諸區，得賑僅敷餬口；甘霖被野，翻犁難仗空拳。相看同病，欲告無門，惟在司牧者輔相之而已。聖天子方切民依，一切政莫先農事。沅用是徧諭屬僚，凡得雨邨坊，即速給其籽種，務令及時畢力田畝，以待西成，庶可轉歉為豐，不致更呼庚癸也。

烝哉吾聖皇，民瘼靡不燭。早知積歉家，籽糧必難足。謂方竭蒿藜，焉得餘穜稑。未雨豫綢繆，敕沅善緝續。至仁格穹蒼，熛風蒸霡霂。溝澮倏皆盈，山林淨如沐。亟諭諸有司，開倉發粟菽。鼓舞徠農民，囊橐雜筐簏。小戶何所言？一合即一斛。大戶何所言？種稻勝種玉。雖有明月珠，肯易凶年穀。竚看鴻鴈來，邨邨響碌碡。

疏汴河并引

距汴梁城十餘里，向有賈魯河。考蹙輿圖，即古汴水。發源大周山，會京、索閒水，至潁州入淮。又賈魯河自中牟西分支為惠濟河，由祥符下至亳州，會渦水入淮。計長各四百餘里。昔時商販由此往來，自黃流汎溢，淤塞多年，舳艫不通，食貨罕至。沅奏請疏濬，蒙旨允行。直茲歲歉民貧，本須出緡發粟，普給窮閻，因擇其年力可用者，俾之以工代賑，是一舉而兩得。而旱潦蓄洩，攸關田疇，即水利亦至鉅也。

食貨切民依，河渠關國計。乘便利導之，功用實非細。中州有兩河，賈魯暨惠濟。商賈每津逮，舟楫不時至。即偶逢偏災，百穀亦儲積。自被黃流沖，堙塞未疏治。隴畝失灌輸，懋遷悉停滯。擬招失業人，計工使從事。具疏達九重，深愜吾皇意。曰此宜亟行，無更竢部議。遇當為則為，因所利而利。畚鍤集飢氓，驩虞如樂歲。

免地租并引

沅蒙簡任中州，信理庶績，民之所利固宜興，民之所病亦宜革。我皇上詳求民瘼，苟有入告，莫不聽從。若今鄭州胡家屯暨州北灘地如干頃，昔為農畝，今成水鄉，地廢糧存，小民艱於輸納。爰具劄呈請，槩與革除。在國課所減綦微，在窮簷受惠匪淺矣。

聖君重民瘼，詳求恒殷勤。俗吏由舊章，流弊亦遵循。鄭州有隙地，阯接黃河濱。居人墾作田，升科納帝囷。自從隄決防，畦畛成通津。不復堪樹藝，賦額依然存。援例官追逋，民苦無由申。況屢值凶歲，輸納尤艱辛。我廉得其實，封章達玉宸。清晨蒙睿鑒，未夕降恩綸。被惠諸戶口，感頌交歡欣。是豈使君德，端由天子仁。

設粥廠并引

粥廠緣窮民之無告者設也。或孑身落魄，戶口無稽；或異地飄蓬，丐求度日；洎乎鰥寡孤獨、婦女病廢之人，饑饉難自存，賑貸有未及，加以時廹嚴冬，雪片如掌，風棱似刀，若不急為調劑，必至殍殣相望。是以請援舊例，并求賑至來年三月，爾時麥且登場，庶窮黎克自存活也。

惸惸無告者，樂歲財力殫。況今秋穫薄，生理益多艱。君王有仁政，法善例可援。泥竈支茅廠，分遺所司官。出米煮糜粥，每日給一湌。侵曉冒風霜，覩狀堪辛酸。歡罷相偶語，未語先長歎。殘臘命苟延，新正事可患。溝頭與壑尾，餓死誰施棺？我忝撫綏任，安肯袖手觀。爾曹幸勿慮，恩許迨春殘。春殘大麥熟，自活應無難。

種番薯并引

救荒之術，如晉劉景先、唐孫思邈、宋黄庭堅，皆有遺方，載在書契。第凶年儉歲，若遵其說，必使人人辟穀，戶戶休糧，未免不情，殊非良法。維我皇上軫念民依，睿思所及，以番薯向產閩省，可充餱糧，兼耐旱暵，儻移種之，是亦救荒一策。敕將藤苗及栽培之法傳寄，命沅分諭各屬，如式樹藝。按番薯即《本草經》所載甘藷。《異物志》陳祈暢著云：『珠厓之人不耕業，惟種此，名藷糧。海中多壽，以不食五穀而食此故也。』其性宜沙土，與豫州最宜。春間曾令廣植，今已成熟，農民獲利實多。且田頭邨尾，隨處即滋生蕃廡，又可廣收地利之有餘，藉補田功之不足。而功期久遠，平易易行，固非沾沾於休糧辟穀者所可同日語也。

體物知地宜，達識由明主。神速功無方，真堪造化補。向敕移甘藷，謂可佐禾黍。竝傳栽培方，簡便事易舉。因諭諸職司，分給各邨墅。及時如法行，收成利果溥。廼徧召老農，廼徧召老圃。茲物功用多，爾曹目共覩。將來廣蒔之，芋栗何足數。不擇地肥磽，不憂時旱雨。恒副盈車望，免慮枵腹苦。從今河南北，永遠為樂土。

歸售田并引

中州比歲歉收，閭閻生理，未免艱劬。在貧民，急在補瘡，寧辭剜肉。而富戶工於乘便偏巧、居奇壟斷者，利市奚止三倍。鬻產者形情實出萬難。兔死未見狐悲，鵲巢公然鳩居去聲。若不代為區畫，濟以變通，將清時有失業之人，樂歲多斷炊之室，勢必顛沛流離，伊于胡底？以故徧諭民間，自乾隆四十九年後售出田產，須任回贖，無許留難，仍以三年為率。竝封事上聞，請嚴定章程，用昭平允。蒙恩嘉奬，謂沅籌辦及此，實屬盡心民事。迨今數月，計贖田三十萬餘畝。從此邀天之靈，順帝之則，百穀蕃廡，樂利之風，不難立覩也。

邨農數畝田，全家命依倚。一朝忍割舍，萬非事得已。豪富樂凶災，挾利巧吞舐。畢生餬口資，僅換石餘米。不惟河北民，河南亦若是。予聞深愀然，權宜為經理。明諭牓通衢，舊業贖可耳。儻故強據者，有司究所以。爰備敘緣由，封章奏天子。天子曰嘉哉，朕即有旨矣。歡聲百萬人，丹鳳書一紙。

【校記】

〔一〕『萊』，底本原誤作『萊』，據文意改。

强圉協洽（丁未）

趙紫芸欲歸吳下詩以留之

花影紅窗日漸遲，裹裝難定再來期。江南縱有蓴鱸興，也待秋風欲起時。

穉存應試春闈臨行出素册索書詩以送之

别思無端寫玉琴，七年會合記題襟。文章聲色凌河嶽，風雨情懷証古今。書味藹于春澤麗，酒痕紅入杏花深。臨歧不盡停雲感，千里相將一寸心。

題宋七約亭太守萬里歸來圖

嵩陽殘雪冷絲鞭，銀燭光中舊雨聯。見面漫嗟雙鬢改，豪情不減廿年前。

抛官便擬狎浮鷗，風定輕帆正好收。丁字沽前春水碧，潮平隨意泊歸舟。

上元燈火記繁臺，話別何時得再來？多謝故人情鄭重，迴頭一步一花開。

游玉陽山盤谷諸勝處作

不知峰幾重，太行接王屋。遙瞻夐無垠，蒼蒼盡雲木。聞有古招提，跋馬淩層麓。晨曦纔上時，春嵐一寺綠。紫藤花兩株，撲面送幽馥。奇石立當門，軒然若翔鵠。倒影入澄潭，輕漣疊翠縠。登堂致瓣香，金身礼丈六。更衣向松寮，從僧索茗粥。因言唐帝子，玉真公主修道于此。琳宮於此築。日服靈飛符，道成棄凡俗。迄今憩鶴臺，巖際留芳躅。昔時翠雲箱，繡裒遺六幅。仙物亦通神，化為羣蝙蝠。每逢昏黑夜，肉翅翻翽翽。游客競題名，翠壁可游矚。異草能忘憂，珍禽時奪目。珠泉丹磴承，蘿洞白雲伏。風光引興長，登眺惜時促。詰朝擬更游，特借經堂宿。舊碣滿廊牆，破寂細評讀。奚奴頗解事，敲火爇銀燭。殿鼓發初擂，漸集緇衣屬。梵唄海潮音，身疑在天竺。須臾厓月升，金波涼穆穆。光彩驚栖鴉，移枝頻撲朔。觸墮牆頭花，一陣紅蔌蔌。體疲聊假寐，倏已露新旭。火速呼肩輿，取道向盤谷。谷口曉煙屯，始入兩厓蹙。不夷亦不險，一直即一曲。澗壑通橋梁，人家傍巖陸。無邊穲稏田，到處篔簹竹。籬根眠野鳧，屋角挂飛瀑。可樵兼可漁，宜麥復宜穀。自從筮仕來，心跡兩拘束。帝鄉寧可期，石隱亦須福。安得謝簪纓，翛然返初服。及今歸故山，尚值楊梅熟。

悅山寺

靈境藏幽谷，縈紆石徑平。登臨春最好，丘壑畫難成。翠澗流花影，青嵐溼磬聲。斯游天假我，破曉雨初晴。

地僻人稀過，莊嚴選佛場。粥傳齋院鼓，旛颺戒臺香。畫軸瞻龍女，珠龕供鴿王。回身即彼岸，不必問慈航。

雲際出欄杆，行宮鎖碧巒。禽聲花嶼午，竹翠石堂寒。得趣言歸懶，留題下筆難。好風時破寂，檐鐸語林端。

小坐試新茗，甎鑪掃葉焚。因尋辟蠹艸，細認斷碑文。松古破連石，泉甘冷帶雲。每逢心賞處，總覺易斜曛。

砥柱山又名三門山

河水東趨第六曲，奔騰滮湃震巖陸。峙嶺一嶂扼中央，激起濤頭大于屋。如屋濤頭散漫流，黔黎恒切為魚憂。天生夏后運斤斧，三門闢處狂瀾收。中為神門，南為鬼門，北為人門。棱棱硤角齊西向，劃破滄波不相讓。派別枝分率性行，訇訇遙認風聲壯。石陗風生湍益豪，憑陵欲與山競高。千尋壁立若無事，定力有素盤根牢。隋唐糧運由斯往，雜遝丁男牽百丈。逆浪攀厓寸進難，艘如魚躍龍門上。舊日銘文石尚存，唐太宗勒銘石上。蜂窩萬點攢篙痕。年年三月桃花漲，聲勢鼓盪風雲昏。陡落盤盂猶激箭，雷霆下索蛟龍戰。沙漂飈蕩駴聽聞，人與鬼神爭一線。我來剛值暮春時，島竦淵渟各逞姿。默諦嶢嶢高揭狀，不禁振觸動遐思。一任陽侯肆洶涌，屹然曾未秋豪動。似茲堅定有誰能，千古臨危仁者勇。

戲詠不倒翁

象笏烏紗兩頰紅，靦顔名廁縉紳中。推排一任兒童戲，烜赫全憑粉墨工。嗤爾立身多反側，笑他結體太虛空。莫將土木形骸看，格調依稀長樂翁。

髫齡曾記共盤桓，何事干卿轉喜歡。豈解雍容相揖讓，終嫌詭誕少心肝。愛師鴝鵒參軍舞，聊當衣冠優孟觀。錯莫逢場頻作戲，些些伎倆沒須彈。

俯仰隨人任訕譏，動而無動少靈機。輕狂幾度因風偃，轉側常如醉酒歸。底處自行還自止，當前相對忽相違。終防大有泥塗辱，一聽癡兒信手揮。

山塘士女冶游天，戢舂筠籃滿市廛。玩世不甘為磬折，入時也慣學舟旋。賓筵累我輸三爵，小者如豆，酒人用以酬客。身價評君值一錢。漫詡六朝名士習，被人賣弄被人憐。

繼曾姪四庫全書館書成叙用州倅詩以示之

風度翩翩迥出塵，有田負郭漫嫌貧。讀書儘足娱親意，色喜憐他捧檄人。
香國書堂在翠微，好山如畫曷旋歸。生平愛誦文房句，一尉如何及布衣。
因人畫諾最堪哀，也有才人簿尉來。潢潦細流能澤物，莫教負負笑丞哉。

七夕詞蘭陽道中作

銀河萬里去漫漫，鼉徙鯨移手障難。靈鵲若銜精衛恨，填平終古息波瀾。
九華鐙影燦雲屏，只祝行人履道寧。汴水吴山同悵望，今宵兩地拜雙星。
密綱漫天待若何，蜘蛛枉自費張羅。世人愛巧吾甘拙，不向天孫乞寶梭。
涼風瑟瑟漏沈沈，體怯輕紗漏已深。梧影亂翻金井月，轆轤轉盡一天秋。

靈巖山館詩集卷三十六

嵩陽吟館集

強圉協洽（丁未）

有客自蘇州來云曾見幼兒嵩珠因而有作

江頭秋碧水沄沄，家隔青山一髮痕。老我倍應憐少子，逢人最愛説鄉園。歸期舊有鷗盟証，別夢新愁警雀翻。千里金閶半珪月，畫雲樓外正黄昏。

道甫書齋豢一猴猻騰拏跳擲日夕叫擾不已又喜竊果物靡饜足期道甫每狎弄之或逢彼怒反受厥侮噫猴亦黠矣哉感而作是詩

金精火色有光輝，略似人形看又非。升本終防投布袋，沐冠曾詡著緋衣。行佯狐惑心無定，性甚狼貪體不肥。嗤爾慣施通臂術，偷桃竊棗技依稀。

移寓睢壩古祠夜坐感懷

空庭蕭蕭落葉聚，倦僕貪眠悄掩戶。涼催一聲兩聲蛩，愁滴三更四更雨。觸簾亂驚蝙蝠飛，照壁瞥訝魚龍舞。夜深神鐙暗不明，微聞殿角叢鈴語。

晚行麻姑寨

梨棗秋深熟滿園，煙林漠漠染霜痕。落霞麗掩初生月，歸鳥驚投舊認邨。河決藏金輕視土，歲康場穀積成屯。田家大有含哺樂，老叟扶笻尚倚門。

重陽登望河亭獨飲〔一〕

感時漫許鬢絲催，不欠清光欠好懷。楓菊眼前迎客豔，蛟黿杯底送雲來。九秋涼雨悲誰遣，萬古洪流去不迴。吟侶半隨黃葉落，茱萸嬾插上高臺。時得道甫習庵凶問〔二〕。

【校記】

〔一〕『登』，杏雨草堂本誤作『發』。

〔二〕『習』，杏雨草堂本作『息』。

與雲巖相公話舊有感

一代龍門柱石臣，斡空雷雨總經綸。輸公蓋地掀天業，老我批風抹月身。青史共期交有道，白頭相對意彌真。近聞西淀觴吟處，泉石鷗花色色新。

杏雨草堂本王批

此詩極有身分。

孟縣行館喜雨

擊鼓吹簫塞社翁，一宵雨快一春中。平斟沆瀣迴元氣，迅策風霆起歲功。溝澮皆盈流活活，衣租無缺樂融融。須知撫字資民牧，莫忘哀鳴滿澤鴻。

次日渡河行抵洛陽大雨連宵不止再疊前韻

眉尖喜色動兒翁，氾灑甘膏布洛中。澤逮蒼生寧靳澤，功歸元化不言功。霖成三日雲猶族，耜舉千邨土正融。漫笑野人疏礼節，豐年俗漸變麗鴻。

伊珠生四月而殤詩以悼之

一紙傳驚耗，開緘信卻疑。死期雖卒告，疾狀未曾知。月晦珠沈魄，風淒玉殞枝。那堪雙鬢白，又作哭兒詩。

夢已徵投雀，祥空説降麟。艸頭晞曉露〔一〕，木末變龍燐〔二〕。未了三生業，同為一世人。去來真不解，枉費証前因。

憫汝無知覺，恩勤痛阿娘。十旬為父子，千古一彭殤。淚灑悲秋日，靈依選佛場。時暫停佛寺。夙緣如未斷，再索白眉良。

【校記】

〔一〕『曉』，底本原作『晚』，據杏雨草堂本改。

〔二〕『龍』，杏雨草堂本作『飛』。

塞黃河決口詩六章并序

乾隆丁未夏五，河決於睢州孫路口。口門寬三百丈，大溜掣東南行，淹及歸德、寧陵、亳州等境，由渦入淮。沅銜命同大學士阿公、總河蘭公議堵塞之，相度經營，鳩工集料，百日而大功告蕆。河自己未後幾十年，無歲弗決。天子發帑數千萬，勿稍靳惜。吏胥乘機舞弄，橫徵掊克，豫民大困。沅痛懲積弊，盡革舊章，慎重公帑，力除民累。鄉城遠邇，晏然安堵，河復古道。歸遘危病，殘臘始蘇。雪夜不寐，披衣翦燭，爰紀以詩章。事悉手裁，辭皆徵實。聊備諷諭之旨，所云言者無罪，聞者足戒也。後來司河防者，庶諒予之苦衷焉。

築圈隄

銀潢倒向人間落，奪出三門淪地絡。蕩蕩浮空趨大壑，浪軒波立直與元氣相迴薄。伏汛節交勢益寬，約束不受處處皆漫灘。埽工鞏固尚足資抵禦，土隄一線那得當狂瀾。蛇窠鼠穴茂草蔽，縫裂孔透穿奔湍。金隄潰塌在俄頃，大溜全掣老河故道滴水乾。旬日決口已寬三百丈，議堵議築施以人力亦大難。首計對岸築土壩，審曲面勢毋少差。宛如平野雙龍交，又如水涘長虹跨。蜿蜒迴環進不已，直抵河干工未罷。旱工甫畢水工來，接手分曹打壩臺。毒蚊游蟲脅精魄，羽箭火速只管抵死催。貴人那省勞人苦，認是黃河水一杯。壩頭浪轉聲如雷，日得百錢僅支麥飯供妻孩。上看白日下黃泉，身命翻受蛟龍哀。輭鑲需用用穀草，束縛維繫纏百道。以柔制柔用自妙，古人深意應參討。

集料

中州沃壤全平陽，早秋播種多高粱。其實貧戶飽饘粥，其稭打埽築壩藉以供河防。年年冬月辦歲科，派向沿河卅六州縣要，官價不敷，吏役又侵冒。籤提血比求取盈，那顧災餘黎民忍飢耐寒破家析產仰天叫。然猶常例尚可支，大工一起，經費奚啻百倍蓰。需料數千萬萬計，經年累月堵閉靡定期。淇園竹楗已伐盡，江淮蘆荻舟運取費更不貲。紵麻檾木亦要需，兼收竝採未敢遲。買料不已派運料，按里出車，老牛瘠驢悉索靡孑遺。每風湌而雨臥，填衢溢野，咿咿啞啞，去如鴉雀銜尾飛。官司蒙蔽飽慾，折收短價，金珠磊落，不怕白日青天欺。胥役因緣以作奸，需索稍拂意，動以貽誤大工嚴例恐嚇相懲治。嗟嗟蚩氓誅求到骨髓，惟有撤屋伐材賣男鬻女聊救眼前一死耳。十年河患患最劇，帑金萬億付流水。一弊未除一弊起，人之無良竟至此。我來采風乘輶軒，聞之街談巷議悲人心骨增煩怨。今夏河決孫路口，搜剔痼病一一更張而改弦。以銀易料實先務，損上益下寧空言。今與長吏約誓飲黃河一杯水，令行法立要從潔己清其源。節用愛人功易就，或者神明鑒此區區誠，安瀾交慶百日間。官貪民累一切禁革盡，孰利孰弊，孰得孰失，上塵天子，下飭諸司，手押鐵案森如山。後人識予一片苦心在，勿視塵牘為具文。慎哉勿視塵牘為具文！

築挑水壩

瓜蔓汛漲決隄爭路逝，所過激城堙塹，沈邨漂屋，掀簸坤維不可制。古人作壩抵拒之，藉以遏其流而殺其勢。此即與水爭地法，腐儒拘泥以地讓水之説多失計。決口地上規地形，或遠或近，宜短宜長。斧畫圖繪，力敵駭浪之奔騰。霜天月夜聲登登，長竿高燒萬點鐙。日築日進占到水深處，宛然扶搖羊角中。泓橫挑，溜東趨，遥對引河頭緊直，豈特金門得障屏，眼見壩成河放，全河大溜迅落如建瓴。歷來治河總未籌及此，此番遵奉取中旨。圖中形勢若掌指，蛟螭遁藏魚鼈死。霜降秋枯歸壑水，不日成之河復矣。

疏引河

鴻濤夜半聲如吼，萬派委輸貫一口。澒洞氾濫任意走，千村萬落不見人煙只見柳。牛羊上岡龍伏湫，泥沙淤積一丈厚。水不爭遠近而爭高與低，老河斷流流向西。炎飆烈日捲渴土，半月漸見河形迷。測量咨度要詳細，除濬引河無別計。力夫五十萬衆半游民，烏合狼貪非易制。按名按土日程工，方土日給三錢錢不貰。如雲畚插雷號令，予限四旬勿小惕。監司守令分段秉責成，其中桀奡不率人，輕者荷校重杖斃。岸旁積土高丘山，起伏百里遥綿延。水底有沙沙底水，層層挖掘力倍殫。三餐粗糲腹未果，沾體塗足夜以繼日劇可憐。河成幸得歸故道，狂瀾手挽非偶然。書生侈談治河策，此豈人力皆由天。安知大役一興民命輕於紙，毒霧瘴雲多暍死。魂歸囊空無一錢，殘骸萬古埋河底。

下埽

積氣欲穿濛汜竅，非埽何以抗其暴。平明壖頭集壯丁，定議下埽先捆埽。繩繩帖地擬治絲，草草堆空等聚哨。半用積薪半牽索，效死勿去曷敢拗。轣轆宛如車軸轉，妥帖形與角枕肖。長十二丈高三丈，突兀丘陵眼前倒。虎頭猛士立埽頂，手挈銅鉦施令號。飛揚頤指復氣使，恍惚神騰更鬼趭。萬夫曳埽埽不動，衆聲齊應一聲叫。得寸進寸尺進尺，失足慘怕重淵掉。推挽竟日抵壖脣，前人諠囂往後跳。危同一髮引千鈞，纍纍亂索淩空弔。當其欲下未下時，智能直竝馮夷較。自上下下姑徐徐，埽壓浪突兩排奡。漸著水面波沈沈，運土搬柴絡繹到。人人登岸慶更生，譁然鼓掌聞一笑。嗚呼！一埽直費萬金餘，鯨吞黿齧人命爭須臾。荒祠夜深樹顛妖鳥哭，驚傳埽走言非誣。盤渦漂沒片羽如，前功盡棄全力瘏。歲儉料物恐不敷，防河使者望洋兀坐長嗟吁。束手無術罔象拘，我民力役形瘠癯。不舍晝夜，逝者如斯夫。

合龍

全河河水直貫金門注，河伯退避地祇懼。東西壩頭雙下埽，進占一步，河身狹一步，益東益緊水狂怒。深刷力穿九泉底，浲洞欲摧鼇足仆。長繩下墜十幾丈，測量深深不知數。埽工隨墊隨搶鑲〔一〕，連宵達旦，積日累月，不容片晷停手貽疏誤。以稭為骨土為肉，非用重土鎚壓，壩身安得臻穩固？波勢大來漸小往，對面人語，竟可一葦渡。議開引河河暢通，大溜一半分向東。霜清氣爽無北風，波恬浪靜，秋澄萬頃圓靈空。築室力排道謀異，其機如此，一失千里豪釐同。昧爽設祀拜手稽首告，心香一炷煙煙熅熅精誠上達乎蒼穹。星斗下垂萬靈集，神人歡喜，快睹景象光昭融。文武將吏踊躍催挂纜，足立虛無踏危塹。長索纚纚遙繫斗大之椓杙，萬手齊舉萬口闞。層柴層土往下墊，窮深縋險只向蛟室龍宮占。紅鐙高颭，黑夜如白日，水府百怪匿影而騰閃。喧聞金口已斷流，千椎萬杵夯壓到盡頭。上首急將門埽下，下首最怕翻花浮。補苴罅漏亦要著，河防雖無一勞永逸計，全在一切未雨先綢繆。吁嗟乎！中州土鬆河患烈，治河成法織巨成書列。成法不變形勢因時變，管窺蠡測往往致決裂。駐節河干裘換葛，歸來抱疾臥三月。會計漫嗟心力竭，一病能令百病絕。嗟嗟勿視寸柴尺土至賤物，黃金一斗日日百圍絜。破產畢命，半是下民膏與血。

【校記】

〔一〕『墊』，青箱書屋本誤作『蟄』。

青箱書屋本王批

筆力閎肆至此，真奇觀也。（《下埽》一首）

昌黎《南海神碑》等篇有此奇境，詩中竟未之見。（『昧爽設祀拜手稽首告，心香一炷煙煙熅熅精誠上達乎蒼穹。星斗下垂萬靈集，神人歡喜，快睹景象光昭融』）

讀之竟欲淚下，公真無礙大悲心也。（『會計漫嗟心力竭，一病能令百病絕。嗟嗟勿視寸柴尺土至賤物，黃金一斗日日百圍絜。破產畢命，半是下民膏與血』）

雪夜不寐

涼氣透窗紙，夜半撲鐙滅。萬象得雙清，心印一庭雪。

著雍涒灘（戊申）

新正病起遣懷

病餘筋骨喜春融，柏酒家人笑語同。食減刀圭能益氣，神寒鑪火獨鳴功。生憎多夢驅宜檄，靜取閒情寄鞠通。掄指試鐙時節近，蓬壺景在畫屏中。

題袁簡齋前輩隨園雅集圖

六朝麗藻千江色，雲濤蕩漾金陵月。一螺幻出小倉山，天教營作詩人窟。我別隨園已七年，夢游頻駐蔚藍天園中齋名〔一〕。兔裘獨擅亭林勝，鶴貌遙從畫卷傳。寫真一一添風采，初元徵士惟公在。曾驂瑤鳳謁清都，記掣金鼇泛滄海。風波一葉早收綸，花影琴聲了夙塵〔二〕。規取一丘還一壑，商量位置此閒身。鬚眉翠染松筠古，神仙中人為什伍。贏得詩情撇宦情，難忘舊雨聽今雨〔三〕。石頭斜照莫愁深，南國鸎花費短吟。春潮蕩槳迎桃葉，秋雨騎驢訪定林。卌年歲月飛鴻度〔四〕，五人落落晨星布。零落生存百感增，冰綃無恙人如故。尋芳垂老減風情，杖底芙蓉萬朵青。名山踏遍吟髭冷，比似圖中白幾莖。偶來驛使傳雙鯉，尺緘未展心先喜。遐悰江上午橋莊，滿紙簾前丁字水。館娃勝蹟硯山隅，舊築書堂俯具區。白雲放我出山去，孤負梅花十萬株。近聞雨夕停芳屐，秉燭掃苔醉題石。主人不見見梅花，賸有寒香款游客。壇坫東南屬我徒，幾人姓氏滿江湖〔五〕？他時洛社邀吟侶〔六〕，別寫靈巖高會圖〔七〕。題詩寄公三歎息〔八〕，容輝月照長相憶。詞場老輩數靈光，留得畫圖人愛惜。望山仙去已多年，如此人才孰解憐？摩挲官閣參天柳，重到西園倍黯然。晚歲光陰肯虛擲，寄託詩篇竝泉石。盛名早占福千秋，古調孤彈琴一隻。〔九〕

【校記】

〔一〕『園中齋名』,《續同人集·題詠》無。

〔二〕『夙』,《續同人集·題詠》作『俗』。

〔三〕『聽』,《續同人集·題詠》作『聯』。

〔四〕『鴻』,《續同人集·題詠》作『鶬』。

〔五〕『氏』,《續同人集·題詠》作『字』。

〔六〕『邀』,《續同人集·題詠》作『聯』。

〔七〕『别』,《續同人集·題詠》作『另』。

〔八〕『歎』,《續同人集·題詠》作『太』。

〔九〕《續同人集·題詠》收錄此作,後有畢氏跋語云:『去秋,孫子淵如從白門來,攜簡齋前輩手札,以《隨園雅集圖》屬題。卷中多名作,無美不備,拈毫數次,不能成報章也。今夏睢陽下汎,伏雨過多,黄河漫溢,沅銜命堵塞決口,古祠破屋,河聲如吼,秋涼夜長,坐月不寐,因成是詩。卷内缺長慶一體,偶效為之。來書廹促,不敢延滯。詩仍不工,未識先生何以教我。乾隆丁未中秋,詞館後學畢沅題於睢寧工次寓閣。』

元人鍾進士畫象歌

鬖髿蝟張倒插鬢,聚斂鬼物恣蹂躪。烏紗角帶寫英姿,兒童卻走不敢進。雙眸睒睒迸桼光,手提一劒森寒芒。一鬼犯令方就戮,鬼頭墮地血漉漉。羣鬼怕死啾啾哭,狀貌猙獰情觳觫。白日横行多魑魅，弱者揶揄強者媚。掃除只在反掌閒，此亦人閒一快事。琴書小擔穩隨身，羡君原是讀書人。不藉科名來嚇鬼，始知正直定為神。角黍堆盤酒一琖，玉餅清供蒲葵滿。憐才我痛異才淪，嫉惡君能羣惡癉。故鬼新鬼無小大，一怒直令鬼膽破。制伏邪魔無不可，知君威柄專於我。

送女智珠南歸

汴堤柳枝新，東風攪飛絮。女子賦于歸，歸期一何遽。生離悲莫悲，遠別去復去。湛湛碧江波，迢迢芳艸路。拳拳抱寸心，擾擾攖百慮。汝生甫三月，失母誰哺飫？襁褓我提攜，長成我復顧。汝兄痛早逝，弟妹尚童孺。弱息怕零丁，青箱艱託付。賴汝侍我側，穎慧實天賦。學詩解別裁，識字習訓詁。風窗雪案閒，伴我蟲魚注。宦游常相依，歷遍秦隴豫。屈指結褵歲，星周已六度。未拜堂上姑，久作人閒婦叶。欲留義不可，欲去情忍訴。矧我疾甫瘳，鬢髮雙添素。戒途期屢更，話別茹弗吐。柔順女子貞，盡孝實本務。辛勤鞠兒女，樸素守荆布〔一〕。行行勿徘徊，執手且少住。經營到衣籢，屬付向乳嫗。丁寧雜嗚咽，一淚滴一步。平安為汝歡，疾病惟汝懼〔二〕。汝須亮我懷，長途慎風露。最防憂慮侵，恐以思我故。重要相見日，毋忘臨別語。幾紙江上鴻，十圓月中兔。時訂於明春來汴。桃花水初生，吳淞春未暮。一枝柔觽聲，搖向夢中誤。

【校記】

〔一〕『樸』，底本原誤作『撲』，據青箱書屋本改。

〔二〕『惟』，青箱書屋本作『為』。

病起耳聾

花事闌珊付藥鐺，掩關悄覺萬緣清。空餘曉夜祈年意，減卻虛堂聽雨聲。

一堂端居自懺磨，屬垣持戒待如何。從今漸損聞根累，始信聰明誤我多。

汴京送春曲

少年送春五湖濱，飛花滿天愁殺人。中年送春長安道，只怕苕英消剔早。汴京故宋繁華地，我來駐節歲經四〔一〕。田閒社公賽不靈，枝頭少女工為祟。渴土漫風秋麥枯〔二〕，祈年屢拭憂時淚。蓮鐙萬瓦暗樊樓，撒盡明珠說勝游。上河已歷恒沙劫，底處名花看擔頭。金明橋沒汴河涸，望春無復探春樂。春來不見一花開，春去不見一花落。病起憎寒怕捲簾〔三〕，三月何曾窺近郭。春意人情兩惘然，豔冶風懷付寂寞。酬酢飛光杯酒中，鶯嘑燕語惜悤悤。春若有情應戀我，明年香國訂重逢〔四〕。

【校記】

〔一〕『歲經』，杏雨草堂本作『經歲』。

〔二〕『漫』，杏雨草堂本作『乾』。

〔三〕『憎』，杏雨草堂本作『增』。

〔四〕『明年香國』，杏雨草堂本作『衆香國裏』。

題張憶娘簪花圖遺照

背人獨立黯銷魂，雲髻花滋九畹痕〔一〕。一洗世間凡艷盡，生來香草本同根。

香銷骨冷悵如何，拂拭零縑讀艷歌。莫怪君家勤護惜，三吳耆舊此中多。

烏雲入手愛三盤，碧玉搔頭寫影寒。縱使麗人生竝世，空花也作畫中看。簡齋先生題句，有杜牧遲生之感，詩以解之〔二〕。

繡谷花殘怨落紅，遺聞曾記立春風。今宵一掬西州淚，并入閒情綺語中。予昔侍歸愚師于教忠堂，每于酒闌吟罷，嘗說憶娘遺事。今讀先生卷中題句，益增惘然。

【校記】

〔一〕『雲髻花滋』，青箱書屋本作『小摘花磁』。

〔二〕『詩』，青箱書屋本誤作『時』。

青箱書屋本王批

感慨係之。（『香銷骨冷悵如何』一首）

淡寧室前小桃初開

一株穠艷漫瓊杯，眼底光風日日催。纔入春深欣病淺，看花那得不開懷。

題王蘭泉同年三泖漁莊圖

碧水迢迢魚樂，閒情淡淡鷗盟。春去落花風裏，柳陰釣艇空橫。

詩人可仕可隱，潮信自去自來。欸乃一聲煙水，芙蓉幾見花開。

題張孝廉誠梅花詩話

雲水相違已卅年，雨窗翻寫舊叢篇。時索余梅花舊作。吟魂驀入香谿路，重証三生未了緣。

慧業清葩妙夙因，虚空繪出玉精神。生花筆變龍門格，今古無多獨行人。

悵望寒枝萬萬株，卷中如見故人呼。昨宵夢逐春風遠，吹去香心落五湖。

逝將香國寄遐蹤，問我靈巖第幾峰？余靈巖山館有問梅禪院，繞屋種梅花一千本。晴雪未消花未放，水邊林下一相逢。

題童二樹鈺古錢譜

太昊以來已有此，形制未同意似耳。其行曰布藏曰泉，義取流行而已矣。軒轅所造初無文，載年號自宋武始。五銖半兩曁比輪，小大重輕難悉紀。古聖鑄造冀便民，後世因之多紛紜。積千累萬意未足，勢可使鬼權通神。二樹山人心好古，叩門示我古錢譜。上自周秦下迄明，歷歷傳神寫阿堵。不必完美纔入圖，水浮風飄後漢錢名皆有取。貪多務得擬官山，愛惜不異三培賈。嗚呼！君既不屑吹簫乞向人，復不如河間姹女常工數。紙上雖富難療飢，縱皆萬選亦何補。蠍蝎之術豈可以復得，神許貸汝原虛語。那知君意別有在，一紙憑將傳百代。非獨輪郭文章賴以存，厥利厥害可盡得梗槩。封演董逌二譜世所傳，論說猶覺有未然。試使相提相較量，應讓後者來居先。笑我雖無和嶠癖，囊空未免少顏色。口欲不言慚未能，一錢不值程不識。

書王荆公集後三首

文章節行重羣倫，誰信縱横學未真。有數人才偏召亂，無多世界愛翻新。唐虞上理成描虎，佛老空談抵獲麟。那料書生移宋鼎，辨奸一論服蘇洵。

青宮延譽折韓維，進退分明絶險巇。排繫舊交多善類，更張新政伏嬌兒。盛名已得何須相，公論難埋只是詩。風雪定林騾背穩，登庸應悔洊台司。

萬言高論抗青雲，博得君王端拱聽。立法殘民由變法，通經誤國尚傳經。生竄新莽臨朝斧，死玷文宣配食庭。可惜汴京全盛地，不堪流毒到崇寧。

夷門

莫嗤頭白作監門，刎頸能酬再過恩。我到停車閒望久，女牆綠樹雨昏昏。

吹臺今名禹王臺

三賢祠宇鎖煙煤，石徑荒寒長綠苔。寂寞平臺人不掃，隔年紅葉爛成堆。

迎春苑

平蕪漠漠鳥呼風，細雨剛停二月中。妝點昔時春宴地，杏花亭角一枝紅。

金明池

亭館參差輦路斜，當年水木最清華。我來立盡斜陽影，沙鳥無聲浪有花。

樊樓

梅花初放酒新篘，簾幙風閒上翠鈎。明月會仙二樓名俱寂寞，獨將鐙火擅千秋。

艮嶽

一自鑾輿出近郊，樓臺深鎖百花梢。君王宴賞尋常事，可省兼山第六爻。

淇上行館詠庭中花木[一]

夾竹桃

穠華無力護持難，束縛空傷直節殘。只爲榮枯全異勢，依卿聊博美人歡。

紫繡毬

百朵花攢一朵佳，神針不藉度吴娃。丰茸小摘簪瓊鬢，一色雲垂小玉釵。

椶櫚

小院風清碧影翻，雨餘偃蓋辟塵煩。層層剝到皮毛盡，堅直終憐本性存。

鳳仙

一叢艷影絢牆隈，曾是嵰山九轉來。昨夜紅樓風露冷，簫聲隱約度春臺〔二〕。

月月紅

幽居歲序靜中掄，開落仙蓂數幾巡。多刺叢生柔曼質，笑他偏占四時春。

【校記】

〔一〕『中』，杏雨草堂本無。

〔二〕『春』，杏雨草堂本作『秦』。

禱雨紀事

伏龍怒升妖魃死，雲之油油覆千里。半年不雨雨三日，世間快事無過此。河北三郡彰衛懷，災餘民窮到骨髓。自春徂夏復愆澤，麥秋失望嗟已已〔一〕。宵蒸炎霧蜚蠦游，晝飛毒蟲刑天喜。鵲暴乾胏挂樹梢，蛙渴噤音僵井底。下隰秋苗只扶寸，高阜石田艱下耔。老農痛哭婦子嘻，破屋茅簷盡縣耜〔二〕。九重披衣艸詔書，馳詢何方活赤子。緩征正賦免追呼，平糶輸糧溢城市。皇仁解澤歲已周，天意屯膏事難揣〔三〕。更愁令序逼三伏，夢成病魔臆填痞。傳聞覃懷有古祠，壽亭遺象肅禋祀。土人尊以水府名，神聽民聽視民視。恭迓鑾輿降膳城，陳薦牲牢潔筵几。焚表拜稽乞慈佑，憂在蒼生淚在紙。三農呼籲神聽卑，萬井愁飢吏心恥。靈風肅肅翻蜺旌，列缺豐隆佐指使。須臾雲霧萬山合，觸石實從膚寸始。輕霏密洒潮滂沱〔四〕，如盆倒傾缾瀉水。雷雨連宵慶滿盈，蒼黎此日平瘡痏。帝心愛民更敬神，額手實堪慰慶矣。沅據實馳奏，接奉批答，有『以手加額，欣慰覽之』竝『實慰慶矣』之諭。翠墨題頒廟貌新，精意潛孚迺至理。御書『沛霖孚佑』四字扁額〔五〕，恭送懷郡武廟。隴頭叱馭起田功，儻更失時更奚竢？瘠土窮黎乏工本，開倉貸穀仰遵旨。郊原展眺遍青漪，犁雨耡雲畫圖裏。民命直與枯苗蘇〔六〕，豐歉轉關呼吸耳。雨珠雨玉亦何為，天澤無如此雨美。

【校記】

〔一〕『失望』，青箱書屋本作『已失』。
〔二〕『盡』，青箱書屋本誤作『畫』。
〔三〕『難』，青箱書屋本誤作『更』。
〔四〕『潮』，青箱書屋本作『漸』。
〔五〕『扁』，青箱書屋本作『匾』。
〔六〕『枯』，青箱書屋本作『秋』。

青箱書屋本王批

公之古詩，每於起處見超拔。（『伏龍怒升妖魃死，雲之油油覆千里。半年不雨雨三日，世間快事無過此。』）

寫得淋漓痛快，非大手筆不能。（『宵蒸炎霧蜚蟦游，晝飛毒蟲刑天喜。鵲暴乾胇挂樹梢，蛙渴噤音僵井底』）

壽亭誤稱，詳見《玉泉山》詩。（『壽亭遺象肅禋祀』）

喜雨和景憶山安方伯韻〔一〕

觸石雲生結暮陰，隆隆空際曳霆音〔二〕。半宵潤物全消沴，三日依期便作霖。靈雨未零春入夏，靡神弗舉古猶今。諸公共抱憂民隱，一炷香縈一寸心。

【校記】

〔一〕『安』，青箱書屋本無。

〔二〕『曳』，青箱書屋本作『洩』。

青箱書屋本王批

經語作舉，妙在天然。（『靈雨未零春入夏，靡神弗舉古猶今』）

結處雄厚沉著。（『諸公共抱憂民隱，一炷香縈一寸心』）

啄木鳥詞

啄木啄木，藏身樸樕〔一〕。有文其羽，有肉其角。農人告予，此有先覺。戛然一鳴，旦晚雨足。纖禽之微，能為民福。晴雨不知，嗟嗟司牧。

【校記】

〔一〕『橄』，青箱書屋本作『簸』。

青箱書屋本王批

元次山尚遜此剴切。（『纖禽之微，能為民福。晴雨不知，嗟嗟司牧』）

王喬墓

雙舄仙去幾千年，也作舟藏夜壑傳。殘雪滿林雲滿逕，亂山何處弔神仙？

邯鄲拜呂仙祠

蟠桃花落絳霞開，採藥船輕風引迴。參破眼前榮悴理，輭紅塵界即蓬萊。壁上有『蓬萊仙境』四字，里人傳為仙蹟。

囈語喃喃聒耳喧，金丹何處問真源？乞師背上龍泉劍，借與癡人斬鈍根。

福地高攀鐵鎖尋，鴻都曾記鶴書臨。卅年未醒游仙夢，雲鎖終南紫閣深。戊戌元夜，夢仙官召予為終南山主，辭以塵緣未了，俟三十年再來。

繁華彈指境推移，未抵黃粱半餉炊。一枕漫勞師點化，自知出夢已多時〔一〕。

琴心內景証前因，金鼎焚香注語真〔二〕。鶴背有人莞爾笑，神仙也是夢中身。

擾擾營營夢不同，夢迴底事不成空。古人萬變無成局，難出先生一枕中。

鼎新雲構結清緣，宿願虛酬隔一年。本是夢中還是夢，偶然游戲即神仙。予于丙午春展覲過此，見祠宇傾頹，許為修葺。嗣移節中州，因災賑重大，未及舉行。今春有袁州張太守，過邯邑之前一夕，夢見一道人，云：『君往汴州晤畢中丞乎？渠有宿願未了，望促之。』張君醒而不曉所謂。次晨停車訪古，始知為呂仙祠。及入謁，見廊下一道人，恍與夢中符合〔三〕。抵汴告予，即指日鼎新〔四〕。其事亦奇矣。

【校記】

〔一〕『知』，青箱書屋本作『忖』。

〔二〕『語』，青箱書屋本誤作『悟』。

〔三〕『恍』，青箱書屋本作『宛』。

〔四〕『即指日鼎新』，青箱書屋本上有『予』。

青箱書屋本王批

惟公方許作此語也，他人便是妄言。（『繁華彈指境推移』一首）

比干墓

眼見朝歌滅，羞為白馬賓。銅盤碧血冷，石闕泰書泯。刀鋸尊前輩，心肝奉一人。至今黃土嶺，夜雨有飛燐。近有人得墓中銅盤，銘辭甚古。石闕相傳孔子書。

寶蓮庵

雲扉雙掩隔塵聞，喬木陰濃漏夕曛。愛憩僧窗因好雨〔一〕，偶尋游屐寄孤雲。草花孤艷迎人笑，柏子凝香帶葉焚。老衲漫矜閒勝我，半持課律半耕耘。

【校記】

〔一〕「窗」，杏雨草堂本作「房」。

銅雀妓〔一〕

纍纍多疑冢，思君望不真。梟雄共螺黛，萬古寒泉淪。舞衣飛作雪，繐帳化為塵。清漳月如鏡，冷浸分香人。

【校記】

〔一〕「妓」，杏雨草堂本作「伎」。

昆陽謁漢光武廟看雲臺諸將畫壁

秋日驅車向宛葉，長川縈繞山稠疊。遙望青林晻藹中，飛甍高與層霄接。朱牓門標漢帝祠，陰陰翠柏蔭庭墀。神龕靜晝褰珠幔，羽衛分行捲繡旗。相傳文叔居田里，耕稼辛勤躬料理。九縣飆回靈貺甄，真人白水騎牛起。此閒係昔昆陽城，尋邑分提百萬兵。緬憶相持未戰日，旆旌無際列屯營。復有長人巨無霸，孟賁烏獲其流亞。樓車高架衝輣來，積弩攢城連晝夜。黭黲積雲似壞山，紅旗小隊薄陽關。出奇制勝儲成算，視仆敵壘同枯菅。勢迫形危人倍勇，中堅一撼齊搖動。乘巇鼓譟聲震天，虎豹奔騰士卒恐。風雷交作助神威，屋瓦淩空四散飛。走者自相蹂躪殪，隻輪匹馬何曾歸。中興基業由斯定，赤伏符徵吉兆應。雄斷英謀迥軼羣，陰霾廓浄扶炎正。遂卜東都作帝居，東西南北一書車。銘勳圖寫功臣像，千尺雲臺接太虛。歸來舊宅招親友，打稻場寬爭進酒。田廬景物宛如前，道故歡然開笑口。長復租傜比沛豐，春陵世世荷仁風。大度獨殊高祖處，不教烏盡歎藏弓。異代鄉人尋墜緒，鳩工擇地興祠宇。當門平野綠茫茫，一片戰場風月古。洛陽宮闕逼奎躔，歲久傾隤付碧煙。豈意數椽香火院，豐碑猶說建元年。丹青兩壁簪纓燦，儼若朝班猶未散。邨翁伏臘薦牲醪，何似滹沱分麥飯。低徊流覽久停車，落日平原返暮鴉。下堂振觸悲秋意，石磴蟲聲隱葛花。

臥龍岡武侯草廬

莘野躬耕渭釣璜，兵閒三顧更倉皇。時乘奇會扶顛鼎，地競名人作故鄉。艸艸一亭留蜀漢，堂堂兩表鑒高光。難忘威斗龍興業，室在南陽墓沔陽。

靈巖山館詩集卷三十七

香艸吟

九日登龍山落帽臺

秋入高臺疊嶂遮，身依落葉寄天涯。瑣言北夢憐光憲，把酒西風憶孟嘉。鴻鴈忍飢沉水國，魚龍徙窟占人家。那堪勝地逢佳節，倦豁酸眸對菊花。

次壁閒韻再書所見

為欲登山望怒濤，沿緣一徑樹槭槮。攝衣人上日初墮，落帽臺邊風正高。慘目千邨皆乞米，何心佳節更題糕。橫空不少嗸嗸鴈，振觸秋懷首重搔。

鶴澤羊叔子于此取鶴，教之舞，以娛賓客，故名

大澤蒼茫複嶂橫，胎禽栖息遂生成。未妨好較羊公異，但聽松陰子和聲。

息壤

行水駐郢都，訪古南城外。三間神禹祠，棟宇久隤敗。牆東若坳堂，傳聞息壤在。昔鯀堙洪水，竊此鎮靈怪。萬古一塊土，混沌鑿不壞。父老記當年，旱暵苦凋瘵。掘地未及尋，有屋似公廨。一物形正方，下廣上微殺。非木亦非石，符篆金泥畫。恐復膺帝誅，火急仍藏蓋。夏后代已遙，宋儒理難解。神聖所經營，每出情理外。書生識拘墟，眼孔小于芥。淮南等齊諧，詆駁逞一快。安知鴻荒初，情事實荒昧。象緯繫天維，江河絡地界。奚始復奚終，事事總奇怪。胡為古帝迹，偏指為附會。鳩工急鼎新，明德萬古賴。山海考圖經，百靈四壁繪。欽哉奠定功，禋祀肅稽拜。荆郡罹奇灾，百里金隄潰。妖蛟肆頑黿，立剸豈容貸。形神賜豐年，元氣復阜泰。民生嗟瑣尾，極此饑溺輩。

東湖

樹陰閒泊釣魚船，日驚雙飛破渚煙。愜我吟懷遥望久，夕陽紅襯浪花圓。

渚宫

曾向閒牕閲紀聞，此閒舊事《渚宫舊事》，唐余知古撰漫勞云。引人遥望情無盡，只有巫山一段雲。

雲巖相公文孫秋捷志喜四首

上公節鉞駐江濆，遥聽蘭孫捷報聞。開榜人皆誇寶胄，決科我早識鴻文。瓊漿久挹三霄露，王宇平梯五色雲。從此鑾坡看發軔，相門舊業本清芬。

由來獨秀擅閶陽，累葉清華有瓣香。豈但傳家居鼎鼐，羣推報國在文章。瑶林又見孫枝發，綸閣原知祖澤長。聽取霓裳仙樂奏，喧傳盛事艷金張。

雪窗芸席本淹該，修月爭持玉斧來。張相獨奇蘇頲卷，王愉最愛慧龍才。縣知姓氏傳中禁，遥見文光燭上台。翔步不勞頻拾級，苑牆西處是蓬萊。

一紙書從驛使飛，裁詩遠賀倍依依。青箱事業勳門少，黃閣科名藝苑稀。奕世劉殷能守素，一經韋相又傳衣。元公正值還朝日，喜見泥金貼滿扉。

戊申六月二十日荊州大水衝決城隄居民淹沒無算致成大災沅銜命節制兩湖與相國阿公少司空德公會議工賑事宜駐節江干沙市倏逾三月感時述事成詩十首〔一〕

景光洚洞走蛟螭，巫峽雲濤忽倒垂。浪蹴半天沈鶴澤，城堙三板作魚池。室家蕩析鮮民痛，精魄淪亡溺鬼癡。聞得白頭父老說，百年未見此災奇。荊州古諺云：『水來打破萬城堤，荊州便作養魚池。』

手敕親封遣上公，勤民堂陛一心通。金錢內府催加賑，版築冬官記考工。直欲犀然窮象罔，肯教鶉結哭鴻濛。宵衣五夜披章奏，饑溺真如與己同〔二〕。

一色長天接混茫，登高無地問蒼蒼。突如禍比焚巢慘，蠢爾危於破釜忙。海市應開新聚落，渚宮重見小滄桑。最憐豸繡烏臺客，披髮何由訴大荒。

凉飆日暮暗淒其，棺翣縱橫滿路歧。飢鼠伏倉湌腐粟，亂魚吹浪逐浮屍。神鐙示現天開網，息壤難堙地絕維。那料存亡關片刻，萬家骨肉痛流離。聞水患前數日，江上時有神鐙來往。

雲夢蒼茫八九吞，半皆餓口半游魂。鮫綃有泣珠應滴〔三〕，鼇足無功極恐翻。救急城填成死劫，劈空刀落得生門。若非帝力宏慈福，十萬蒼靈一不存〔四〕。聞荊州水高二丈餘，居民登屋上樹者，正危急之際，空中大震一聲，東北門大開，水勢得平，咸稱關聖默佑。

浪頭高壓望江樓，眷屬都羈水府囚。人鬼黃泉爭路出，蛟龍白日上城游。悲哉極目秋為氣，逝者傷心淚迸流。不是乘槎即升屋〔五〕，此生始信是浮漚〔六〕。

修渚中央宛溯洄，田園廬舍此中開。漁郎誤認桃源去，虎渡疑移砥柱來。沙抱洲環占地潤，蘆深葦密截江回。窖金未必真金穴，貽與孫曾作禍媒。江心有窖金洲，為蕭姓私墾，種植蘆葦，致礙江面上〔七〕。上怒其專利釀害，籍其家治罪，民大快之。

生生死死萬情牽，騷客酸吟哀郢篇。慈筏津迷登彼岸，濫觴勢蹶竟滔天。不知骨化泥塗內，只道身經降割前。此去江流分九派，魂歸何處識窮泉？

大工重議築方城，免致蚩氓呼癸庚〔八〕。涼月千家嫠婦哭〔九〕，清霜萬杵役夫聲。蟻生漸整新槐穴，虎旅重開舊柳營。我有孝侯三尺劍，誓將踏浪斬長鯨。

江水漫漫煙靄深〔一〇〕，紙錢吹滿挂楓林。冤埋魚腹彈湘怨，哀譜鴻鳴寫楚吟。南國鄭圖膏雨逮，西風潘鬢鏡霜侵。莫嗟病骨支離甚，康濟儒生本素心。

【校記】

〔一〕《詩徵》卷一百五十五、《詩傳》卷二十二、《正雅集》卷十八題作「荊州述事」。

〔二〕「與」，《羣雅集》卷八、《詩徵》卷一百五十五、《詩傳》卷二十二、《正雅集》卷十八作「一」。

〔三〕「泣」，《詩徵》卷一百五十五、《詩傳》卷二十二作「淚」。

〔四〕「一不存」，《詩傳》卷二十二作「幾個存」。

〔五〕「不是乘槎即升屋」，《詩徵》卷一百五十五、《詩傳》卷二十二、《正雅集》卷十八作「不是乘桴便升屋」。

〔六〕『是』，《正雅集》卷十八作『即』。
〔七〕『上』，疑衍。
〔八〕『免致蚩氓呼癸庚』，《羣雅集》卷八、《詩徵》卷一百五十五、《詩傳》卷二十二、《正雅集》卷十八作『免使蚩氓祝癸庚』。
〔九〕『哭』，《詩徵》卷一百五十五作『淚』。
〔一〇〕『漫漫』，《詩傳》卷二十二作『茫茫』。

青箱書屋本王批　二語海内流傳久矣，今讀之，益信文章有真價也。（『人鬼黄泉爭路出，蛟龍白日上城游』）

黄鶴樓

百尺飛甍逼紫蒼，靈濤檻外盪三光。眼看江漢流今古，天許神仙壓霸王。玉笛梅花吹月白，金堤柳色隕霜黄。不如驂鶴鴻都去，手折扶桑溯大荒。

青箱書屋本王批　奇氣獨出千古，應與崔顥為勍敵。

鸚鵡洲

單絞當筵賤役為，江聲怒激鼓聲悲。辱身命落奸雄手，薦士風高亂世時。借刃殺人真可笑，恃才傲物卻非宜。到頭不及微禽智，翠羽靈言免禍羅。

杏雨草堂本王批

此論最公。（『恃才傲物卻非宜』）

古玉簪一枝予幼時支髻物也忽焉失去遍索不得寓館無聊忽翻詩帙中得之喜出望外因成此詩

冠簪拋我已經年，判得瓊枝化作煙〔一〕。嬾向蕉窗勤櫛沐，愛從芸帙失神仙。夢迴雙枕聞清韻，朋盍三生記夙緣。余髮而今嗟種種，不應遐棄只應憐。

【校記】

〔一〕『判』，青箱書屋本作『拚』。

青箱書屋本王批

題妙甚。

屠維作噩（己酉）

郎官湖

隔岸遥山展翠屏，蒲芽蘆筍滿沙汀。果然郎帙關乾象，五夜波涵萬點星。

伯牙臺

飛鴻揮手送，仙鵠隔江翔。絕調人千古，孤臺琴一張。山音弦外達，水碧意中長。樵子行歌去，平蕪淡夕陽。

梅子山

竹密禪關隱，停驂踏綠苔。清江流漢沔，紅樹倚樓臺。徑曲沿岡轉，飛雲挾磬來。熯風香撲面，何處有花開？

桃花夫人廟

綠樹紅牆敞畫甍，晚霞流出淡無情。一江春水桃花漲，流過祠前帶恨聲。

陽臺山上有神女廟

數摺春山似畫圖，神祠亭榭綠雲扶。幾年信宿陽臺下，偏是閒宵一夢無。

峴山亭

宇宙無窮已，風光詎等閒。古人皆讓我，今日此登山。雲夢橫天外，嵩衡到座間。石亭斜照盡，吟眺不知還。

習家池在白馬山下

山公沉醉處，勝景至今存。碧玉落峰影，青錢散水痕。橋橫奇石角，座據古松根。惜未攜同伴，於茲倒一罇。

魚梁洲〔一〕

風高霧斂出洲渚，攲石藤纏楓樹古。云是幽人昔所居，水南水北營茅宇。龐士元居漢之陰，在南白沙，世謂是地爲白沙曲。司馬德操宅洲之陽，望衡對宇，懽情自接，泛舟褰裳，率爾休暢。至今春水自清澄，半種菰蒲半種菱。釣艇歸來斜照在，橘花籬角曬魚罾。

【校記】

〔一〕『梁』，底本原誤作『粱』，據卷首目録改。

鹿門山

鳥外盤盤列翠鬟，僕夫遥指鹿門山。沿坡度澗徑荒寂，著雨苔花作意斑。欲覓龐公棲息宅，厓重嶺複無遺迹。惟有松梢一道泉，流雲尚似當年碧。

羊太傅祠

古廟蒼山麓，紆途特往參。入門經萊圃，破屋閉神龕。德政敵皆感，風徽我素諳。異時能繼美，只有杜征南。

孟亭王右丞建

幽亭因友建，憑覽夐無垠。勝迹留千載，交情見昔人。谿山風月古，花鳥歲時新。喜得頻於此，娛賓且送春。

夫人城

翠幕花茵多婉弱，豈知卓識生閨閤。防患端由先見明，臨危更預匡時略。晉朝朱序鎮襄陽，板輿迎母居高堂。適值苻堅肆劫掠，閉城固守心倉皇。夫人登陴徧踸踔，謂城西北易摧撲。女丁立選數千名，刻日崇墉添一角。外雖已覆内難攻，敵衆灰心盡挂弓。禦寇堪侔錦繖勇，解圍真有繡旗風。賴茲不致長城壞，果然巾幗勝冠蓋。睥睨銘勳碑碣同，千秋贏得嘉名在。我乘雉堞數踟躕，江碧山青似畫圖。夜向銅鞮坊下宿，女牆月上叫慈烏。

襄陽大隄曲四首

漢水泛雙萍，知郎同鄉里。儻欲識儂居，紅樓百花裏。
雨停春乍曉，甘露葉猶小。凭闌指問郎，蕉心何日了？
花閒夜度娘，彈箏侑杯杓。不唱行路難，但歌賈客樂。
鴛鴦驚艫聲，背飛失追逐。花深沙嶼多，今夜應分宿。

當陽

為尋靈蹟駐青驄，蕞爾荒城室半空。水别沮漳趨鶴澤，山環巴蜀闢蠶叢。愁昏草色淒迷綠，恨入花枝慘淡紅。十日春陰五日雨，一尊何處哭英雄？

杏雨草堂本王批

風韻超然。（『愁昏草色淒迷綠，恨入花枝慘淡紅。十日春陰五日雨，一尊何處哭英雄』）

仲宣樓當陽縣城樓

獨立高城憶仲宣，登樓一賦至今傳。凭欄極目山如畫，綠到荊門以外天。

麥城弔古

萬禩馨香換一身，河溶煙草不生春。卯金兩漢收殘局，戊土中原出正神。青史至今餘痛哭，碧山誰與話前因。崇祠畫壁瞻遺像，血勇橫刀抉怒瞋。

長坂坡行

春林曉嚦杜鵑鳥，愁雲涔涔黑霧杳。牧童指是古戰場，福將傳說常山趙。子龍真乃人中龍，能以神勇恢精忠。十盪十決鮮勁敵，百戰百勝收奇功。主臣蒼黃乏寸土，錦甃出入千軍中。隻手支當百萬衆，風雲絕處神靈通。迴戈一闞賊膽破，始制狼突開蠶叢。漢賊曹操非孫權，義嚴斧鉞麟經同。青山無恙青史在，玉泉遠打琳宮鐘。漳濱沙寒沉折戟，可惜荊襄付一擲。慟哭英雄劫未消，夜雨空原鬼火碧。

隋大業十一年鐵鑊歌

蜀山盡頭玉泉寺，隋代智公飛錫地。供奉世尊造寶器，土花鍬澀大業字。以火鎔金水範土，洪鑪炭然就埏埴。陰陽交濟五行全，生尅互用萬靈閟。祇園香積著功德，優鉢咒施藏魑魅。雨淋蘚蝕度諸劫，淵然幽光涵古翠。靜渟千歲甘露泉，龍子聽經不敢祟。珠宮金碧照霄漢，挪自神工更奇異。楩楠斲柱蓮華礎，力費萬牛供輦致。兵戈土木兆亂亡，梵宇迷樓竝軒輊。錦帆殿腳駕龍舟，李花將榮楊花顇。昏淫事事神人忿，果報那知存顧忌。頭顱如許鏡中憐，六州錯鑄成虛棄。浄名甘受菩薩戒，弟子和南極思議。參書驛使遞名山，非禪不智勞遠示。翻從孽海求善根，頓悟毘曇貝精義。始知佛力極大千，原有法門歸不二。摩挲頑鐵拜靈龕，龍象同欽智者智。

玉泉山二首

棟宇齊梁後，孱顏拄策登。珠宮棲浩氣，寺多靈蹟〔一〕。金界闢高僧。地迥卿雲麗，天高慧日澄。影堂參祖席，我欲證三乘。

靈鷲鐘聲出，清宵警大千。浮圖鎔鐵造，如意覓犀鐫。花塢春三月，松窗雨半天。萬峰從此入，馬足躡雲煙。

【校記】

〔一〕「多」，杏雨草堂本下有「壽亭」二字。

杏雨草堂本王批

「壽亭」改「關公」何如？「漢壽」地名，「亭侯」爵名，「壽亭」二字連稱，乃《衍義》之訛。（「寺多壽亭靈蹟」）

雨後回眺紫蓋峰

峰尖漠漠帶斜曛，近郭遥山影不分。穿過煙林窺去路，一層奇石一層雲。

莫愁邨

解佩亭東漢水西，柳藏深巷亂鶯啼。金閨怨女知多少，花落春深翠黛低。

漳河曉渡

晴煙冪䍥日初升，古渡無人有破䑸。昨夜桃花春漲滿，隔江處處挂魚罾。

杏雨草堂本王批

比『半江紅樹賣鱸魚』何如？（『昨夜桃花春漲滿，隔江處處挂魚罾』）

蝦蟇培

廣寒逋老蜍，仙人不能脅。化為西陵石，蟠據明月峽〔一〕。睥睨千江源，意欲一口呷。嘘吸太陰精，劒劈雙龍匣。雲根斲破碎，玉竇寒泉渫。習坎艮其背，神瀵噴呿嗆。下垂珍珠簾，玲瓏搖寶翣。洞屋窈而深，側窺魂膽怯。前有千渦盤，後有雙壁夾。飆銛噤骨寒，石惡礙頭壓〔二〕。奔流爭罅出，澎湃那許牐。茶經品第四，冷熨齒牙欱。入險心仍夷〔三〕，洞虚指還插。驚濤肆吞吐，巨艑小鳧鴨。兀峙十二培，輕帆翦一霎。怒欲鬥虎牙，快未熟羊胛。黄牛連白狗，氣勢受侮狎。冰魄破冷光，修戶斧力乏。騎汝叩圓靈，桂花飛浩劫。擣藥代汝勞，姮娥或肯押。

【校記】

〔一〕『據』，青箱書屋本作『摽』。

〔二〕『礙』，青箱書屋本作『得』。

〔三〕『險』，青箱書屋本作『陰』。

黄牛峽

全江貫峽門，并力爭一線。束以千萬峰，逼之千萬轉。出峽峰勢開，怒激等飛箭。幽潛沈三光，詭怪森百變。大禹斧到處，至此力亦倦。有神具土德，能與庚辰戰。窮淵一千尺，盤渦入螺旋。傾刻萬斛船，饞充蛟鼉嚥。或疑星墮地，河鼓被謫譴。劖嶕矗雙角，羣靈駭倒刺。杳渺鴻荒功，鄭重元圭薦。萬古鞭不動，豈僅朝暮見。

三游洞白香山與弟行簡、元微之游此，作記刻石，名洞曰三游

春艸回青緣澗曲，盤縈仄徑不容足。山深境僻少行人，兩耳松濤聲謖謖。枯藤挂壁蟠蛟螭，呀然古洞石棱簇。手揞鐵杖纔到門，驚起一雙紅蝙蝠。嵌空闃寂土花鮏，疑入多年鎖閉屋。雲根大小縱復横，蹲者如猴臥如鹿。但聽潺湲不見泉，地中知有靈源洑。畢竟幽深氣候殊，冷侵袍襖肌生粟。外望虛嵐遮幾層，日光射處團濃綠。因尋前代留題文，攜得長箋細謄錄。元白當年成勝游，蘇黄繼起踵高躅。東坡與弟潁濱、黄山谷游此，賦詩達旦。後先至此皆三人，今日冥搜讓予獨。爰吟長句寄幽懷，擘窠劃破蒼巖腹。未審他時更阿誰，壁端細剔寒苔讀。

至喜亭

石劒搯鷩湍，一激枉矢疾。輕舟從天落，倏穿波底出。曲折與石赴，其間不容髮。尖嶕排齒齒，飛掠魚龍窟。撞擊即糜碎，魂死身猶活。喧傳出峽口，瞥見天宇濶。六六翠屏開，神情頓軒豁。疑驚魚腹葬，似向虎口奪。紅亭竦雲表，翼然俯林樾。泊岸快登臨，恍覺踏地實。始悟孱軀存，未趁波濤沒。酌酒勸長年，焚香齊念佛。城近蝯吟深，人稠鬼哭歇。客子莞爾笑，清宵櫂謳發。

扇子峰

羣巒貼霄漢，蒼翠罨四圍。秋風便面景，粉面或庶幾。巨靈坐贔屓，孤掌不敢揮。石骨插龍藏，倒激珠瀑飛。恍惚巫峽雨，神女行雲歸。估舶帆十丈，疾於發弩機。兩岸嘑杜鵑，血淚滿客衣。淚枯石欲爛，水怒不可磯。故鄉五湖舟，春波沒柴扉。穩坐如天上，花落鱖魚肥。冒險進三峽，雁斷音書稀。逝沾蠅頭利，忍飫蛟腸飢。畫圖真境在，雲山莽是非。天然斧劈皴，范荆未易希。

尋絳雪堂舊址即用歐陽文忠千葉紅棃花詩原韻

廬陵仙去嗣者誰？花佇名人始遈奇。我來攀條企嘉樹，恨不生與公同時。硤州瓊葩根寄冰衙裏，江聲如舊花枝異。小院春霏片片紅，西陵暮對峰峰紫。仙官當日投荒處，玉堂小别頻迴顧。才人眨黜等空花，一任風吹自來去。花開花落及千春，竹馬兒童候使君。里諺竹枝傳逸調，淫祠揺鬼話遺聞。黄牛朝暮望無涯，米賤魚多合住家。金石重搜集古録，思公不見但看花。

喜智珠來楚

意外歡逢汝，相攜話百憂。驚心緣一病，别夢當三秋。既見魂纔定，回思淚轉流〔一〕。十圓江上月，白盡老人頭。

【校記】

〔一〕『回思』，杏雨草堂本作『重逢』。

與智珠夜話

疾狀初傳鄂渚潯，涕痕夜夜溼羅衾。遲來長鬣秋將老，誤去淇厓信易沈。難必此生重見面，始知去歲各酸心。從今腸斷陽關曲，莫再花前撫玉琴。予閒時愛彈《陽關三疊》。

喜華山道士員圓輝至

嶽下三秋別，金天轉日車。雲泉彈綠綺，石壁貯青霞。人逐猿蹤杳，心隨鶴夢長。記同攀鐵鎖，攜我上蓮華。

荆門行館詠庭中桂樹

名種淮南翠影橫，窅窊四出記秋英。石牀香夢金風冷，落盡中宵桂子聲。

雲壑天香霧氣浮，廣寒高挂一輪秋。空鐫翠壁親體字，園主何曾為少留。靈巖山館于秋日種植丹桂數十本，曾手書『叢桂留人』四字，泐于石壁。

六十生朝自壽十首

俯仰乾坤鼎鼎身，無端甲子記初掄。家藏遺笏承清德，少占名山樂素貧。抗手曾招驂鶴侶，掉頭不羡釣鼇人。予生恰值潮生日，花滿天香月滿輪。先祖錫名潮生。

幼聆慈訓習風騷，折節寧甘壯志銷。壁挂龍文曾學劍，門臨鶴市憶吹簫。拼將精力糜青簡〔一〕，要洩英華薄絳霄。揆覽今逢母難日，松醪不向下泉澆。

曾去蓬壺撒手行〔二〕，人間天上信縱横。雲霞世外思孤往，旌節花前了半生。為戀主恩非戀職，只求民隱不求名。懷中未褪江郎筆，留俟閒居詠太平。

靜几秋鐙照影空，不應著作論窮通。書成牘案郵程外，人老河聲嶽色中。肯學玄亭分黑白，要從丹鼎候青紅〔三〕。漫愁彈指飛光去，月向西流水向東。

烏飛兔走事紛綸，負荷艱難愧拊循。私願康寧同物我，最虞衾影負君親。金寒玉粹孤行意，花落雲行自在身。閒讀道書耽習靜，但祛魔障不修真。

景光百歲閱朝昏，可惜虛窗駒影痕。行水河淮及江漢，編年遼宋迄金元。餘暉戀戀成蛇足，入夢蘧蘧返蝶魂。自覺寸心無愧怍，衾寒鐘動手頻捫。

松菊鄉園蹟漸荒，煙霞空鎖舊山莊。千番幻境千真境，半世名場半宦場。未許鷗情如我淡，那容鶴瘦比人長。他時青崦邀明月，老伴梅花骨亦香。

波浪掀天付笑談，雲煙消息靜中參。座間奇士經談六，域内雄封嶽領三。儘藉圖書娱左右，恐虚壇坫屬東南。惟餘痼癖難除破，好古耽吟笑太酣。

最好時光在眼前，偶然領略即神仙。雪鴻印後泥痕杳，蕉鹿忘餘夢境遷。還我本來真面目，參他過去舊因緣。未妨長久人間世，秋共高寒月共圓。

玉冠新琢换朝簪，傳語山靈佇足音。嵐翠湖光供畫本，漁歌樵唱叶琴心。兒孫自有奇書讀，歲月還隨異境深。掃予浣花溪上屋，儘容高卧白雲岑。

【校記】

〔一〕『拼』，底本原作『判』，據杏雨草堂本改。『縻』，杏雨草堂本作『縻』。

〔二〕『壺』，杏雨草堂本誤作『防』。

〔三〕『倈』，杏雨草堂本誤作『倈』。

敬題家叔祖兵科給事中咸齋公遺照六首

臺諫英聲動殿廷，抗章曾荷法宫聽。豸冠棱骨呼能出，猶見貞元舊典型。

髫年席帽走京華，適館叨塵翦拂賒。彈指風輪飛卌載，不知小劫歷恒沙。

相期逐電駒千里，空愧鳴霜鶴九皋。翔步鳳池思老輩，一枝親授彩雲豪。公因病乞假，沅遂以中書入直機地。

雪閣寒添夜已深，千杯酒力尚能勝。鄰家釀熟梅花白，自笑家風似竹林。

朝中碩果飲中仙，社結耆英醵酒錢。慘綠我曾陪末座，白頭臨鏡一淒然。時臺閣中尚多康熙、雍正年間諸老前輩，每結消寒雅集，拈韻徵歌，必為投轄之飲。先生令予執壺旁坐。客稱既醉，主曰未央，觥籌交錯，長夜不倦。文采風流，宛然在目。憶公棄世已閱四十餘年〔一〕，今予亦將老矣。展閱遺照，曷勝惘惘。

火扇街南鐙火非，重來門巷尚依稀。紫藤花落無人掃，只有空庭燕子飛。曩初入都，公館我於藤陰書屋。今春重過其地，問之鄰人，舊屋已屢易主矣。

【校記】

〔一〕『四』，杏雨草堂本作『二』。

題捧日圖四首

鑾坡趨侍對晨曦，作繪真忱我獨知。此是初升如日意，一篇天保答君詩。

玉漏初停啟曙光，螭頭鷺振接鵷行。知君亦復如葵藿，只解傾心向太陽。

閶闔重重闢太霄，萬年枝煥曉翬嬌。披圖恍遇從前事，顛倒裳衣趁早朝。

向夕蓬瀛瑞靄凝，玉繩低處映觚棱。何當添幅春宵景，卿月看從金掌升。

唐昭宗賜錢武肅王鐵券歌

販鹽崛起真英雄，威勝一軍領鎮東。唐家殘局仗吳越，山林衣錦旌殊庸。敕取青鍇宣良冶，支鑪張韛霞光紅。厥式方長形若瓦，誓文典重泥金寫。表忠勵節恕九死，不同假器羈縻者。三節還鄉意氣豪，淩煙圖像紀功高。玉帶名馬寧所好，枕戈運甓遑知勞。斗牛之閒應王氣，半壁東南期利濟。怒濤遠避弩三千，毒霧全消州十四。岐王去後復梁王，龍戰中原禍未央。荒涼宮殿生春蘚，寂寞園陵鎖夕陽。義旗一隊風雲迅，翦逆鋤兇專效順。裂土長留青史名，分茅世守黃金印。李花憔悴勢全非，金碧三樓壓翠微。柳營盡釋層層甲，花陌初歌緩緩歸。父老歡呼迎馬首，吳山越水陳尊酒。豈少拌身殄豕蛇，那虞旋踵傷弓狗。忠孝名門令望全，五王一券祚長延。宛爾金鐘勳績勒，寧殊銅柱姓名鐫。風輪月馭無停歇，守器端由後昆哲。河山帶礪閱滄桑，摩挲還看錚錚鐵。

題永思圖三十韻

苦竹淩繁霜，幽蘭翳深谷。華能散遠馨，筍會捎雲綠。上天生物心，往往因材篤。嘗聞積善家，後必膺遐福。今披永思圖，益覺報施速。楊君本清門，昆季聲華馥。文彩九苞禽，品望豐年玉。各佩子男印，均博循良目。致此詎無因，家庭咸戩穀。厥考督率嚴，校課勤昏夙。荷風池上軒，松雪山下屋。

棐几攤芸編，曾不聞涼燠。厥妣名家姝，德容兼婉淑。且能明大義，待子慈而肅。洎子服官政，慎獄再三屬。子亦肎構堂，持躬遵誡勗。果得邀貤封，九重錫章服。傍觀羨恩榮，孝思自不足。王褒廢蓼莪，皋魚泣風木。未酬三春暉，寧貴萬鍾粟。歷追親生平，謹繪圖八幅。長藉挹徽音，宛如蒙顧復。鈴閣對斯册，邈然仰芳躅。可當補亡詩，足以厲風俗。我願天下人，各摹置家塾。為父則儆之，燕翼義方告。為母則儆之，熊丸助勤讀。為子則儆之，箕裘克紹續。休徵萃門閭，令譽達邦族。慎無付等閒，一展三熏沐。

靈巖山館詩集卷三十八

香艸吟

澧州行館

洞庭水已落，秋色滿遙岑。戶戶栽佳樹，郇郇掩竹林。女巫沿楚俗，山鬼習騷吟。為愛郵亭月，推窗弄玉琴。

綠波催桂檝，驚起兩鴛鴦。蘭佩思公子，竹枝歌女郎〔一〕。豆蔬昨夜雨，橘柚滿林霜。未敢傷遲暮，誰憐竟體香？

【校記】

〔一〕『歌』，杏雨草堂本作『唱』。

武陵行館夜坐書懷二首

武陵木落洞庭秋，試院今為三宿留。葉葉芭蕉陣陣雨，教人怎不惹離愁。

苦竹叢深滿楚山，何年消盡淚痕斑？昨宵月冷秋衾夢，夢落瓊臺金闕閒。

辰州弔故太守諸桐嶼同年

關峙辰龍扼要奇，故人曾此駐雙麾。五雲祕殿簪花日，一慟名藍設位時。憶訂蘭言交是石，重尋棠蔭口為碑。夜長郵館秋鐙暗，梁月猶疑挹素儀。

沅江舟行玩月

江波澄夜色，巉壁夾岸峙。冰輪冉冉升，輾破東峰起〔一〕。云胡天邊月，倏忽落波底。一月散千江，靜會川流旨。篷牕俯仰間，虛明溯太始。雙槳搖欲碎，沿舟行弗止。神游入瓊戶，蕩漾秋光裏。水月印予心，是一是二耳。

【校記】

〔一〕『輾』，青箱書屋本作『碾』。

涉沅十九首

靈源導牂牁，且蘭廢縣古。涓涓濫觴始，瀠演出銅鼓。地絶一江通，中闢黔楚戶。夾谿蠻左居，支派漸分五。攢霄萬嶂刓，列翠儼環堵。雪浪奪罅走，旋折洞雲腑。鑿碎夜郎天，五丁太莽鹵。不知施手時，如何運神斧。輕舟過辰陽，槳激疾飛弩。龍門折雙角，萬古泄吼怒。峭截奔流迴，眩轉失聞覩。驚濤蕩客心，秋光滿極浦。

滄江不可極，極望秋連天。波浮皺魚鱗，纈綺淡碧漣。林楓幾千尺，倒插垂崖間。爛漫敷麗影，雲霞共澄鮮。夙昔愛遠游，一棹萬里船。靈修怨遲暮，明月空嬋娟。

奇情挖天巧，境從鴻荒闢。穹巇逼飛鳥，纖磴斷閒屐。酉峰排鴈行，紫雲片片積。山足陷陰壑，森如聳矛戟。幽潛三光沉，蛟螭失安宅。波明流瑟瑟，斜陽淡將夕。篷底立移時，襟袖染寒碧。

騷音絶嗣響，淫哇聒衆耳。我歌楚些曲，曲終悵曷已。桂檝寫夷猶，臨波竚彼美。美人去不還，所思隔千里。竹暗雲冥冥，秋殘水瀰瀰。參差吹縹緲，涼夜天風起。一江碧無情，褰裳采芳芷。

幽雲載滿船，沉沉不知重。泠然御風游，穿峽棹一縱。青山戀奇客，揖讓遞遙送。驚灘喧白日，時聞水石鬨。盤渦閟昏景，雷霆起虛空。動搖惝怳魂，伏枕欠寧夢。扁舟輕芥子，怕墜古石縫。

朝發夷望山，暮宿明月池。清潭徹鏡彩，風籟寥天吹。泉響滴潺潺，雲光裊絲絲。三石立鼎足，峙秀紛參差。寒松翳巖際，茂竹披川媚。勝地適漁詠，遐企神仙居。

頽巖覆驚湍，輕刀削勢側。抵石急下篙，苔滑不得力。撞破一線天，神游水精域。始悟靈奇境，邃古山腹匿。飆車馭空行，低扼雙崖仄。淵淵無底淵，洞矚不可測。雲霞現殊狀，造物許我食。衰柳挂黄月，斷岸秋聲急。漁父夜扳罾，面帶荒寒色。

蛾眉畏讒讒，沈憂令人老。哀吟滯江潭，見幾亦云早。登山復涉水，奇懷恣幽討。精誠孰予諒，忠信難自保。吁嗟讒人張，那問靈修好。極目楚天長，羈魂亦慅慅〔一〕。離騷二十五，字字皆香草。

劒崿森天闕，孤鳶不能立。石根純浸江，削鐵斷雲級。峰腰鎖古洞，層扉繡蘚澀。冥窺巴陵道，羣靈從此入。一機與一船，高虛挂屴岌。莫測化工意，狡獪紛戢舂。祕洩窫窔天，奇許後人拾。崖束勢緊拶，江迴聲益急。空灘捲波飛，篷倉雨花溼〔二〕。恍坐眢井底，天光小于笠。

後灘去如鳥，前灘來如馬。飄忽若驚風，長年摧捩柁。浪脊負舟立，坐臥少安妥。穿峽峽益曲，魂逝九泉下。入險倏出險，滄波明澹沱。曉夕浪霞光，煙翠左右鎖。芙蓉落船頭，劈空擎萬朵。屈宋流零豔，采拾許竚我。

江流無靜聲，水石互搏戰。一帆風力飽，棹影縱飛電。銀河倒西瀉，澄空鋪素練。沙縈嶂復疊，去路窮一線。漠漠煙林深，頃刻現萬變。奇情繪難工，異境去猶戀。舟行秋色中，吹滿黄葉片。巉巖起突如，猙獰駭鬼面。

余懷亦渺渺，同此秋江水。江水去無迴，相思曷已已。返景逼霄路，日沒千山紫。雲蹤漸茫昧，雲根依稀是。蕩橈極溆浦，斷斷排石齒。去險而就夷，窘步慎素履。灼灼芙蓉華，託根在中沚。溯洄爰采之，將以贈君子。秋深冷豔繁，金霜吹不死。

江山帶騷意，岸唱竹枝歌。波聲石色間，慘悄無沖和。飛光匿邃峽，彈指一刹那。夙昔愛遠游，高冠森峨峨。靈蹤躡奥區，冥契觸景多。奇妙攬元化，悲壯非蹉跎。離騷繼六經，萬古不可磨。芳洲羞白蘋，古祠褰女蘿。風雨若有人，披髪騎鯨鼉。靈均一掬淚，秋滿洞庭波。

谿環結聚落，遠抱紅葉村。誅茅以覆屋，練土以築垣。椶櫚種成柵，修竹放成園。中有幽人居，食貧而道尊。明月照讀書，風吹素帷翻。瀑布挂簷角，堦下寫潺湲〔三〕。青壁無梯上，枯松挂冷猿。哀嘯兩三聲，能消楚客魂。山深人事絶，天寒掩衡門。門前繞江流，萬里雲濤奔。帆駛靡息影，濛濛煙霧昏。迴頭深林際，微露秋鐙痕。

雁聲催曉夢，靜聽迺摇艣。霧深樹羃䍥，人家隔秋浦。渟淵倒巒光，汩淢自太古。黤黤雲欲雨，煙水交吸吐。西南傍漏天，恐難煉石補。邨巫朝賽神，鳴鉦夜逐虎。山勢九霄落，飛作大劈斧。

仙源近人境，可望不可臻。前洞窺古驛，後洞臨江濱。微颸送畫鷁，碧玉漾漣淪。沿洄峭壁下，雲根絶虚垠。篙工指告余，此是桃花津。花開復花落，中有秦時春。宛然洞府闢，靈瑣蒼苔皴。我欲扣石扉，仙犬空狺狺。襟塵未浣淨，恐被仙人瞋。茫茫雲水洞〔四〕，時遇捕魚人。

灘行利鰍船，船底薄于紙。全江堆一衖，銛嶕夾鋸齒。熊虎起伏勢，猛惡備形似。扁舟天外落，一擲黄淵底。小灘瞥眼失，大灘難計里。波心鬬羊腸，間入毫芒耳。洞洞窺死門，出入距尺咫。梢公神志定，性命付石柢。呼吸運一針，旋轉惟心使。驚濤等恬瀾，徑渡魚腹裏。船身忽無骨，飛影激髇矢〔五〕。以柔而制剛，刳木悟至理。

舟速在槳推，舟穩在招擎。玄關洩機括，洶洶坤軸掣。狹塹束鯨波，拗石肆狠劣。一江鎖百灘，一灘轉百折。冥晦疑靈藏，陰險想鬼設。雹飛龍爪拏，雨蝕狼牙齧。漏泉怕尾濡，出穴免頂滅。全憑手眼力，缺陷補造物。

上有壺頭關，下有清浪灘。灘長石更惡，風雨蛟龍搏。匹馬上無路，一葉穿奔湍。擊觸立糜爛，鐵鎖不可攔。沉魂抱終古，白骨泉扃寒。傳聞新息侯，英飆捲洪瀾。峰顛斜陽外，猶有陣壘存。梟鳴雜鬼哭，戰鼓殷鼘鼘。舟子大歡喜，獻酒封羊豚。女巫翩躚舞，祠樹挂紙錢。天吳受約束，雲馬靈旗翻。去去已出險，穩坐秋水船。清江兩岸竹，一路報平安。

【校記】

〔一〕『羈魂亦懆懆』，青箱書屋本作『魂歸胡不早』。

〔二〕『倉』，青箱書屋本作『艙』。

〔三〕『寫』，青箱書屋本作『瀉』。

〔四〕『洞』，青箱書屋本作『澗』。

〔五〕『髇』，青箱書屋本作『驍』。

青箱書屋本王批

山中之奇，至終南、太華而極。此又闢出水中奇境，信天之予公以閱歷，不獨欲驗公之政事，亦且啟公之文章也。

（『雪浪奪罅走，旋折洞雲腑。鑿碎夜郎天，五丁太莽鹵。不知施手時，如何運神斧』）

眼前語，卻是未經人道。（『頹巖覆驚湍』一首）

此境予曾親見，未能如公道得出耳。（『漠漠煙林深，頃刻現萬變。奇情繪難工，異境去猶戀。舟行秋色中，吹滿黃葉片。巉巖起突如，猙獰駭鬼面』）

詩境隨真景而變，忽平忽奇，忽奥忽秀，風雨合離，莫名其妙。（『谿環結聚落』一首）

喜晤永州太守王二蓬心得句奉贈

白頭相見轉相憐，各認形顔短燭前。落月夢思千萬境，停雲情話廿三年。清湘曲曲橅真本，靈嶽峰峰攬勝緣。燕寢幽光流硯席，開牕静掃一溪煙。

青箱書屋本王批

此下九詩，情致纏綿，詞旨高淡，公之憐才重友，愛山愛畫，遺榮忘勢，俱於篇中流露，洵希有之作。

聞蓬心守永七年頗有惠政再用前韻

豪強裁抑困窮憐，輿誦轟轟聒馬前。地瘠最宜暄愛日，官清容易召豐年。讀書世受和平福，學佛人多歡喜緣。笑予慚無康濟術，幽花戶戶有爐煙。

行館與蓬心夜話三用前韻

老守空囊亦可憐，豪情傾倒酒尊前。主賢聊為留三宿，兄事應知長十年。管内江山餘勝概，箇中翰墨結清緣。郵亭促膝衷初寫，不覺遥村起暮煙。

青箱書屋本王批

第四應添注云：　蓬心今年七十。

蓬心邀游浯溪遍覽唐宋諸賢磨崖古刻四用前韻

前人遺迹後人憐，船著三吾絕壁前。鴈落衡峰如約我，鶴歸華表定何年。山後有陳文肅公墓道碑。舟同李郭神仙侶，碑續元顔金石緣。攜杖度香橋上立，一行野鶩破寒煙。

舟中與蓬心論畫五用前韻

對酒高歌不受憐，揮毫直溯宋元前。烏衣自有家傳學，鶴壽須知天假年。得遇故人真快意，重看奇蹟亦良緣。生涯付與三文筆，絢染鬚眉上翠煙。時出董北苑《瀟湘圖》、吴仲圭《漁父圖》、倪、王合作卷諸名蹟，互相欣賞。

舟行看山蓬心許臨北苑瀟湘圖六用前韻

勞人翻被鷺鷗憐，帆底青山列硯前。筆健共推無敵手，神完差喜似當年。瀟湘圖展尋真境，虹月船輕契妙緣。漫向篷窗談拙宦，袖中聚斂盡雲煙。

與蓬心閒話回憶日下舊游七用前韻

敝車羸馬若堪憐，萬事飛沈判眼前。賸我兩人聊爾爾，拌他一醉度年年〔一〕。簿供點鬼餘沉痛，夢到游仙亦好緣。臨鏡鬢絲參幻相，雲光一縷颺茶煙。

【校記】

〔一〕『拌』，青箱書屋本作『拚』。

辰谿道中詠路旁奇石

柳臥雲根水一灣，石居靈壁太湖間。淩江片片芙蓉瓣，錯認真山作假山。

舟行抵衡陽與蓬心望嶽並話日前登歷諸勝八用前韻

老不如人肯自憐，衡寒直扣紫閽前。火輪影麗將殘月，（觀日臺在祝融峰東北隅，五更見日出。）靈瑟音沉上古年。騷意深冬添客感，嶽游宿世訂仙緣。飛身曾踏青空外，俯辨齊州九點煙。

蓬心有遂初之意九用前韻

牛磨團團一世憐，望塵老尚拜車前。心驚馬齒懷鄉土，累重猪肝感暮年。莊旨騷情呈幻象，韓詩柳記證因緣。柴桑松菊荒三徑，只恐歸來斷爨煙。（蓬心近繪吟詩送老圖小像，為書『莊騷幻想』四字於卷端〔一〕。）

【校記】

〔一〕『想』，青箱書屋本作『相』。

題張蓉湖太史竹南小隱二首

千里清湘冷綠雲，竹邊茅屋畫邊分。空灘夜雪人垂釣，對面相逢不識君。

斜月江頭作釣鉤，客情鄉夢兩悠悠。五湖他日持竿去，萬樹梅花一葉舟。

衡嶽紀游詩六十首

清涼寺

蘭若停驂已夕曛，松聲泉韻乍難分。怪來石閣涼如許，七十二峰都是雲。

過靜居寺述懷作

路沿巾紫峯，寺門一松守。殿宇綠雲中，高下抱陵阜。空庭讀古碑，不覺淹留久。崇朝斷見聞，岑寂世無有。我昔構幽栖，亭榭饒花柳。自從筮仕來，鹿鹿風塵走。夫豈戀浮榮，感荷君恩厚。但期數載間，得告歸田畝。高樓臥白雲，三徑邀紅友。送老琴臺邊，天能如願否？

石囷峰

峰以囷為名，非徒形象稱。白石皆仙糧，劉根餐所賸。儻遇栖真人，便可指相贈。不信問山靈，空谷當遥應。

朱陵洞即水簾洞

千尺飛流泠挾風，洞門長掩玉玲瓏。癡情欲覓梅花夢，咫尺羅浮有路通。相傳此洞與羅浮通，為道家第三洞天。

沖退醉石

誰鋪數丈青瑤席，終古平分水府秋。應有仙人當夏夜，月中高枕夢滄州。

胡文定公祠

跋馬蒼山麓，停鞭謁古祠。陰苔侵廡壁，破樹蔭庭墀。鼠印塵筵跡，蛛垂布幔絲。終年香火斷，前哲有誰思？

九仙觀張三豐鍊丹處

丹成九轉飛昇去，從此人多學道勤。五夜石壇朝北斗，三時金磬礼元君。入池峰影真如畫，出竹茶煙漸化雲。我愛景幽聊小憩，數聲鶴唳帶風聞。

絡絲潭

軋軋罕停息，萬年絲一條。絡付鮫人室，片段織輕綃。似因操作勞，愁苦無由消。以此苔磯畔，淚灑明珠跳。

玉版橋

幽境漸非凡，山橋玉為版。晶瑩滑于脂，拄杖經過緩。殘林霜葉紅，如花護瑤館。知是化人居，松關帶雲款。

半山亭

嵐煙淺碧石泉紅，半𡸣空亭坐晚風。矯首只言山在望，不知已在萬山中。

鐵佛庵

萬劫不壞身，色相空諸有。精鎗終銷磨，何殊泡影久。

福嚴寺

古寺在山凹，經樓瞰樹梢。乾隆五年欽賜藏經一部。磬聲流不遠，四面綠雲包。

讓祖塔

地偏鮮客游，塔院門常鎖。無路讀碑文，秋艸長于我。

三生石

一片孱顔石，能參今去來。相逢如解語，試問劫餘灰。

丹霞寺

荒殘古寺不堪論，垂老枯禪守世尊。風洞煙蘿泉濇濇，石堂雲木晝昏昏。破廚無復藏經貯，敗壁惟餘舊碣存。景物蕭條難久竚，且攜筇杖叩天門。上即南天門。

北斗嶺

嶺形如北斗，曲折界蒼旻。自出天門上，真非塵世人。不須騎日月，先已踏星辰。

擲鉢峰

聞昔有高僧，舉鉢擲諸地。以示空門中，一切可拋棄。試問餔歠徒，能證無生未？

飛來船石遺址相傳石作舟形，篷帆宛具。後因雷雨巖崩，勝迹永絕矣

古迹銷磨不復存，尚追景像細評論。悄然竚立隤巖側，寧異癡人記劒痕。

天尺庵

祝融峰頂梵王宮，不斷涼吹閶闔風。下隔塵寰程幾萬，樓臺一色蔚藍中。

登祝融峰歌

縹緲祝融峰，九千七百丈。雲封最上層，飛鳥不能上。我來值殘秋，拄杖徧探幽。越澗復攀嶺，真成物外游。咫尺諸天近，手堪捫翼軫。亭午重裘尚覺寒，罡風浩浩遙相引。遙相引，浮雲開，諸峰羅列如陪儓。四海八荒無翳障，一空眼界舒襟懷。諸山漾影湘江水，新整髻鬟明鏡裏。葉葉征帆九面迴，翠煙無數衝將起。上界風光百態新，此游自是有前因。我欲揮朱鳥、邀谷神王谷神，山中得道者，驂鸞同謁魏元君。叩瓊笈之妙蘊，論琅書之真文。示我朱陵棗，絕勝玄圃艸。人能噉一枚，壽可後天老。洞裏神仙數十家，飛泉百道當簾遮。瑤田赤土十萬頃，不種桑麻但種花。擬召靈霄修月戶，經營雲構截天

柱。雨夕風晨讀道書，畢生長伴花居處。人世榮華泡影同，胡為齪齪攖吾胸。百年三萬六千日，猶擊石火須臾紅。君不見虞舜南巡遵嶽麓，死葬蒼梧鬱雲木。貴為天子骨難歸，二妃淚染篔簹竹。又不見賈生經術劇足嘉，可憐無故謫長沙。年少懷才不得意，愁聞鵩鳥深咨嗟。我際昇平列廊廟，位尊祿厚無報效。白髮盈顛仍未歸，故山猨鶴應騰笑。憑風為我語山靈，已向羣仙分翠屏。霞衣雲屧青瑤鏟，處處松厓斸茯苓。

望日臺

五更挈伴共登臺，東望滄溟霧忽開。萬丈森森光燄裏，燭龍銜出火珠來。

夕陽溪

綠水潺潺疊嶂中，橋東殘照板留紅。上流數片浮霜葉，猶認桃源有路通。

會仙橋即青玉壇

深壑危厓險異常，玉虹横亘當飛梁。昨宵應是羣仙集，露溼松壇綠有香。

不語巖

致竟空巖何顧忌，欲人捫舌過林扃。袖中我有驚天句，誦與山靈可願聽？

上封寺

足躡翠芙蓉，花宮叩上封。門闢秋蘚徑，𦖋到夕陽鐘。紅葉兩三樹，蒼煙四五峰。眼前皆妙畫，欲去意先慵。

觀音巖題碧蘿山房壁

莊嚴選佛場，巖亦號慈航。院古松穿石，房幽山對牀。吟時嫌句拙，到處覺雲香。不管秋和夏，虚堂一味涼。

茅坪

茅坪逢老翁，攜筐拾橡子。秋涼披苧衣，天晴躡木屐。體健貌清奇，與語夕陽裏。借問何處居，隔澗過山觜。板屋石林西，炊煙暮方起。

九龍寺

古寺隱丹厓，飛橋跨石澗。日上已三竿，禪林猶未旦。庭寒霜不融，雲密磬難散。僧邀登石樓，四面捲風幔。憑欄話夕陽，落葉飛滿案。

兜率宫

山深境愈幽，苔磴盤千級。庵因峰得名，當路豐碑立。泉上紅泥亭，結構圓如笠。小憩坐松根，石氣侵衣溼。禪扉叩始開，風捲雲先入。

己公巖

己公栖息地，林泉頗瀟灑。茶瓜延杜陵，賓主兩風雅。今來曠蒼巖，斯人何處也。我亦有新詩，惜無茅屋下。削壁劃莓苔，聊當雲箋寫。

兜率閣上望天柱峰

高閣勢嶙峋，去天僅尺五。削壁挂簷端，紅泉飛一股。几榻有餘清，盛夏常忘暑。小立凭曲欄，奇峰插雙柱。拔擢入煙霄，漂搖任風雨。縣知雲根下，應斷鼇作礎。高標鎮火方，直上擎天宇。可免杞人憂，永謝女媧補。不倚復不偏，樹立萬萬古。

退道坡

前去非迷途，胡為欲卻步？人情憚高深，往往翻自誤。

雲居寺

厓迴澗曲愜幽尋，颯颯涼風爽客襟。甎塔年深殘碣泐，秋山日落半亭陰。壇遮碧樹圓如蓋，石漱紅泉細若琴。似此幽栖能有幾，一龕終古白雲深。

紫虛閣

層疊危梯躡翠霞，天光已盡目無涯。乍登似駕摶霄鶴，久坐疑乘入漢槎。萬壑聲飄蓮座磬，九秋香遞月輪花。憑欄遙向東南望，一點蒼煙是我家。

凝碧亭

山椒石亭邊，槎枒立疏樹。落葉帶青霜，飛傍欄杆聚。地僻無人來，日高雲尚在。

嬾殘洞

石洞不須扃，煙霞百重裹。聞昔有高僧，習静此端坐。揭來步林間，殊覺風景可。惜無煨芋人，細證三生果。一猨隔松蘿，壁上遥窺我。

爛柯巖

聞昔有樵子，看棋爛斧柯。我來扶短策，流盼好巖阿。澗涸鋪丹葉，松高挂碧蘿。游人爭著句，飛鳥不停歌。日落催歸去，回看翠靄多。

大明寺

岡巒厏厊澗縈蟠，忽喜橋西石徑寬。紅日高時旛影正，碧雲深處磬聲寒。千竿箘簬通經院，一樹桫欏蓋戒壇。多少紀游前代碣，巡廊細細拂塵看。

夜宿習嬾山房

遥岫斂殘暉，雙林已陰晦。從僧借山房，棐几一鐙對。窗外商飆生，摵摵響老檜。初疑寺門前，亂石漱寒瀨。諦觀乃始明，竅穴傳天籟。樹罅兩三星，光芒如椀大。此間地勢高，宜爾無足怪。體倦投竹牀，暫寐頗清快。無端魂夢中，陡覺凉難耐。未忍驚僮僕，自攬衾裯蓋。平明褰幔看，夜寒知有在。千峰裹一樓，溼翠濃如黛。碧雲復萬層，圍在千峰外。

石廩峰

玆峰獨以廩為名，應藉雲根秀秫秔。說與祝融須借我，玄都新買硯田耕。

峋嶁峰

不須更問禹王碑，真迹湮沈杳莫追。添得名山聲價重，卻緣吏部一篇詩。

南臺寺

曲徑彎環踏綠苔，侵晨至寺即登臺。數聲鴻鴈銜雲去，一片瀟湘入座來。橘弄新紅當硯席，峰分冷翠落茶杯。盛衰佛地猶無定，欲向枯禪話劫灰。相傳此寺極盛，自前明火後，規模遂無昔觀矣。

黄庭觀

偶過瓊仙院，閒繙真誥文。竹根充茗供，柏子當香焚。澗涸生蒼蘚，林疏補白雲。興來聊弄筆，不為换鵝羣。

魏夫人飛仙石

厓危澗復深，巨石淩空際。元君修道成，欲謝人間世。一旦乘青鸞，飄然從此逝。我來訪遺蹤，想像頗遙睇。秋山鎮無人，松濤弄幽翠。嘗云惟神仙，自古寡情思。一去二千年，舊居曾返未？海月尚無知，夜夜來相遲。

方廣寺

景物深而秀，祇林別有天。青藤藏古屋，紅樹覆寒泉。鶴老靈通語，僧高嬾話禪。峰巒無近遠，都列石堂前。

朱張二賢祠

地已因人重，時方值景清。日高山鳥散，木落石堂明。以我尋秋意，知公踏雪情。唱酬佳句在，未敢更題名。

題嘉會堂壁

朱張兩夫子，嘉會昔於兹。杯酒吟哦夜，江山風雪時。獨游今讓我，繼至後為誰？欄外峰千仞，遥瞻有所思。

慧海尊者洗衲池〔一〕

鏡光呈一片，照眼碧盈盈。激石微瀾起，經霜徹底清。因君洗衲意，深我濯纓情。塵垢原宜去，非干潔己名。

【校記】

〔一〕「衲」，底本原誤作「納」，據卷首目錄改。

天台寺

法王宮殿倚煙霞，翠巘中分石徑斜。劉阮儻來應錯認，一林紅葉似桃花。

聖鐙巖

無數丹霞簇彩毬，幽巖餤逼不成秋。仙靈作達猶吾輩，也向雲林秉燭游。

石鼓書院謁七賢祠

峰顛巨石形如鼓，傍有先賢舊祠宇。青青薜荔覆垣牆，策策梧桐蔭廊廡。屏上淋漓潑墨工，壁端高下題名古。有時衡嶽滿山雲，散作蒸湘兩江雨。羣賢有靈會一堂，對兹景象應遐舉。駕鶴聊追妙想游謂仙人王妙想，秉蘭應覓靈均語。香火由來匪一朝，風徽久已崇三楚。我到流連思不禁，浪花無際生煙渚。

合江亭

石皷山前聲溘溘，蒸湘至此雙流合。無邊風景一亭收，游客爭來攜酒榼。古寺噌吰鐘韻幽，平林罨畫鳥音雜。煙嶼秋晴好采蘭，沙灘水淺堪撈蛤。入夜人歸江月來，欄杆照見涼雲搭。

題香水庵佛閣壁

寺閣捲湘簾，千山送寒翠。漁舟笛一聲，驚起沙禽睡。

仰高閣

石閣淩晴空，窮攀一俯仰。天近但餘青，雲多自作響。

煙雨臺

煙雨正溟濛，紅欄惜盡溼。遙帆不見人，淼淼湘流急。

竹院在回鴈峰下

萬个森森竹，蒼煙罨石亭。夕陽無過客，檐角語風鈴。

龐居士修道處即今能仁寺

居士慧業人，少小厭塵世。飄然櫂扁舟，來構湘江寺。一几一禪牀，細究楞伽字。遂得了真如，默悟無生諦。今觀松下廬，瀟灑饒幽致。胡為接踵人，至今罕其次？我欲謝簪纓，青山肯分未？

明道山房即唐李鄴侯書院

衡嶽有山房，鄴侯讀書處。軒窗敞且清，石磴戴枯樹。世皆誇卷軸，君豈守章句。中興相肅宗，白衣自如故。一朝謝浮榮，入山不回顧。仙骨真珊珊，駕鶴淩煙霧。可復憶高僧，牛糞火中芋。

回鴈峰歌

回鴈峰，何崔嵬，夕靄朝嵐翠作堆。相傳陽鳥每至此，力怯峻極皆飛回。我來峰頂寺，峰外鴈嘹唳。乃知目所覩，卻與所聞異。世人飾説殊無味，細揣始得之。命名原有意，峰勢如鴈形。側身回兩翅，乘興因游松下亭，高峰倒影入煙汀。渺渺湘流天盡處，一痕雲學遙山青。我欲呼湘靈，瑤瑟淩波鼓。非是愛清音，聊憑弔往古。三閭離騷二十五，改弦為更張，翻作招魂譜。一彈再鼓聲悠悠，山鬼叫嘯風颼飀。極目荒煙落日裡，迷離一片蒼梧秋。漁舟薄暝絕流渡，我欲邀之話情愫。漁父掉頭笑不言，長歌鼓枻沿厓去。厓轉林迴水急流，綠煙隔斷知何處？惟見枯蘆淺水邊，橫斜飛落鴈無數。

禹碑

衡嶽山頭石一片，赤珉緑字含神變。秦碑漢碣幾湮沈，夏篆居然今尚見。皆云寶物神護持，雲埋霧掩藏厓㕒。時至偶然始一現，欲令後世驚靈奇。七十七字悉蝌蚪，支祁負貳荷枷杻。或如塵窗蠹簡文，又若村婦薑芽手。未知究竟誰倣摹，韻多舛誤文荒蕪。儻買丹沙搨數紙，卻鬼真可充桃符。升庵好奇失細審，釋文析義騁聰穎。妄言我姑妄聽之，只作神姦圖九鼎。

邀張忍齋學使王夢樓同年訪羅慎齋前輩於嶽麓書院遍游諸名勝攀躋絶頂摩挲古刻敘舊論文薄暮渡江而返得長律二章呈政

嘤谷催梅在雪先，講堂高踞嶽雲邊。名山久占闢清福，舊雨重逢要夙緣。著述力爭千古事，精神强勝廿年前。畫圖一曲湘西景，隔岸人呼訪戴船。時王蓬心太守為臨北苑《瀟湘圖》。

絶磴霞關費仰窺，鐘聲導客上嶔巇。絳紗緒衍南軒脈，翠琰書摩北海碑。夢樓書法根源北海。泉石松窗詩並麗，先生方箋註《毛詩》。文章芸篋嶽爭奇。學瀾比似雲瀾濶，不到登峰那得知。

浮湘

明暉淡秋碧，沐浴泠翠裏。湘曲曲曲深，進進不能已。水石逼舟去，激之疾若矢〔一〕。靈境安有窮，領略眼前耳。妙接景旋移，趣賒情益喜。雲水蕩空明，千態無一似。縱竭仁智樂，誰探此幻理。偶來戀清游，騷情入骨髓。清淵浸予心，白石漱予齒。芳馨采何為？持以贈彼美。相思不相見，香夢寄遙沚。

蒼梧迷翠罕，清湘咽不流。中有死別淚，一滴萬古愁。山深雨冥冥，木落風颼颼。昏黃風雨合，疑是湘妃游。滄波沉古音，竊聽潛蛟虬。靈瑟廿五弦，弦弦感情幽。鷓鴣繞斑竹，千林嚦不休。乘槎客子去，星漢路阻修。芙蓉滿前渚，底處棹扁舟？水雲空渺渺，人臥半江秋。

天光水光交，澹漾蔚藍色。皺染魚鱗紋，黯奪鯨錦織。凝湫穿石罅，洞洞杳難測。龍子吹腥風，窺人九幽匿。颯沓雷雨翻，神靈現傾刻。空巖矗蓮花，瓣瓣涼雲蝕。凌波學翱翔，飛仙那可得。棲蹤鴻濛顛，濯魄水精域。眼中出異境，橫陳水枕側。山月約松風，隨意恣我食。

空灘喧後夜，魂擾無寧聲。水柔而石剛，寂寞兩忘情。飄瞥互迴薄，九淵紛砯砰。亂嶕怒欲拒，豪湍激不平。轟豗斡地軸，魚龍那敢攖。無端渙然釋，一鏡澄銀泓。去峰尚顧盼，來波復洄瀠。世競心勿競，利往貴孤征。觀水洞玄理，淡泊中寡營。秋山羣籟息，新月替寒檠。咿啞一枝艣，人影搖波清。衡陽有斷鴈，誰問水雲程？

皎月行天心，終古免沈汩。忽墮滄江底，倒出冰蟾窟。雙槳蕩碎之，俯仰雜恍惚。月光攝予魂，江波揉予骨。飄飄御風行，碧海銀濤沒。一葦縱萬里，欲纜不可歇。空虛神靈為，智慮將安竭？清江流淨影，顧免淪荒忽。謫仙去不還，待誰掬此月？

菱花開月鏡，淡碧雲瀾展。松綾縐皺光，秋色金刀翦。隔岸似人家，煙村暝不辨。竹扉逗鐙火，夜深吠一犬。冷狎鷗情閒，幽洞犀光遠。物我本無競，機心長此遣。漁翁坐柳根，臨淵首頻俛。投餌息之深，攜罾就其淺。到處網罟密，衆魚何計免？買魚欲放生，江湖生意鮮。曠懷付瑤箋，好把飛光餞。晚涼搴白蓮，露滴花魂泫。浩歌蘭槳發，披襟泠然善。嶽影落帆前，湘隨人意轉。

域中佳山水，往往多九曲。清湘會瀟蒸，浪花鬱靈淑。嶽峰百千轉，一起倏一伏。九曲約畧耳，奇境靡成局。曲曲鮮盡藏，難以數更僕。船頭棹一撥，翠屏張六六。煙靄塞前谿，欲把雲根斸。巒環嶂倏開，一縫穿洄洑。飛篷迷向背，既往疑又復。青林鷺鷥游，白沙鳧鴈浴。遠波送落葉，秋意涼可掬。千里去迢迢，到底見一綠。

羣峰亂雲合，水氣蒸暝昏。輕雷入遙岫，急雨打倉門。三更四更雨，一聲兩聲蝯。杳杳青楓林，澤國秋風翻。商音夕謀耳，客思淒以繁。挑鐙讀離騷，騷雅萬古存。篇篇寫哀怨，誰訟靈均冤？九天九淵外，雲水淡無痕。披髮佩長劍，悵望靈鯨奔。奇氣未磨滅[二]，化為蘭與蓀。湘山青不了，湘水波湲湲。擬續楚些曲，重弔香草魂。

楚天半風雨，淼淼雲水鄉。滿山翳叢竹，比戶占池塘。一陣清風來，千柄荷花香。江干停賈舶，來往在三湘。浪子愛多金，跡逐浮萍狂。舵樓有少婦，終歲掩衾牀。推窗對花泣，背花對鏡裝。漢皋遺明珠，欲拾無由翔。芳修矢匿影，肯炫金翠光。誓水明貞潔，誰敢一概量？翦霞紉為佩，裂芰製為裳。浮家水面宿，飄泊安可常。藕絲牽相思，蓮子守空房。銀浦多風浪，愁殺雙鴛鴦。

月光寫滄浪，萬里銀蟾溼。古香出幽磵，桂子紛可拾。天風捲羅裳，送予蟾背立。惝恍夢中游，躚身瓊樓入。帝子降北渚，羣仙冥翕集。各抱古樂器，摻手參差執。許予為知音，贈以翠雲襲。飆車馭天駟，飛轡不可掣〔三〕。木落洞庭波，西風信已急。山鬼為蹇修，芳靈亦驚泣。

【校記】

〔一〕『若』，杏雨草堂本誤作『枉』。

〔二〕『磨』，杏雨草堂本作『應』。

〔三〕『掣』，杏雨草堂本誤作『摯』。

君山

地絕青峰出，雲光鎖翠蛾。一螺沉邃古，雙瑟咽靈波。恨石精魂冷，貞筠涕淚多。蒼梧渺千里，悵望奈如何。

岳陽樓玩月偶彈水仙操題壁即寄夢樓

洞庭淺綠乍浮春，偶向靈扃息此身。鶴背雲中憐倦翮，琴絲指下辨勞薪。兩心靜印千江月，一醉能消萬劫塵。手奉瓣香稱弟子，題詩人是學仙人。

思家

風雪更籌記夜巡，武昌錦字竚文鱗。夢深兒女燈前話，月淡溪山畫裏身。翠被涼添香易滅，碧牕人倦酒空陳。玉梅消息交三九，僂指歸期未破春。

萬年庵題壁和鄉前輩吳荆山先生韻

殘雪墮松頂，天葩空際翻。心勞那易歇，境寂不聞喧。竹影搖禽夢，梅花荷佛恩。香光參妙諦，説法示宗門。歇心處扁，董文敏督學湖南時書。

靈巖山館詩集卷三十九

香艸吟

上章閹茂（庚戌）

白桃花

眼底穠華逐曉風，娉枝幻出玉玲瓏。光交珠箔明鐙外，香冷銀屏淺夢中。豔極人情趨雅素，春深物意厭繁紅。須知真色原天賦，漫泥形形訝化工。

夢樓女孫玉燕以畫蘭便面見貽即題一絕

沅湘曾記舊年游，兩岸寒泉咽不流。染翰欲題香草句，幽情遥寄一江秋。

晴川閣

逝者如斯付幻泡，拈花佛子向人嘲。天浮江漢雙流合，地接龜蛇一氣交。塵跡市心聊蕩滌，水光雲影儘容包。要恢奇境窮游目，新構危亭出樹梢。

武昌再晤蓬心太守追憶客冬湘江之游賦得一律

吟破瀟湘月，同為汗漫游。煙霞共圖畫，小載半船秋。獨往窺青壁，重逢感白頭。至今襟袖上，猶帶綠雲流。

天香堂前老桂十年不花今秋盛開賓館諸君賦詩紀異亦成一絕

一徑濃香浥露新，瓊樓惝怳記前因。姮娥今夕應相訝，不似當年入月人。

題吴白广石湖課耕圖五首

横塘斜溯越來溪，屋後村前夾稻畦。他日相思如訪我，孤帆更指洞庭西。
耦耕宿約定何時，歸岫雲蹤未可知。待得著書多暇日，笑君驅犢我扶犂。
五湖煙水去茫茫，夢繞靈巖舊草堂。山下墓田餘十傾，近聞輟耒已抛荒。
冷節登高逐勝游，行春橋畔夜停舟。年來故舊凋零盡，鐙影山光感白頭。
罨畫溪深結隱孤，嘯蝯怨鶴若相呼。靈扉悄鎖青霞外，萬樹梅花月一湖。

重光大淵獻（辛亥）

雪堂

肄武來黄州，暫假雪堂榻。維時天乍陰，四面春雲合。庭柯高出檐，雨打聲颯颯。一片緑煙江，盡向户中納。閒望思蕭然，風牕忽自闔。

快哉亭

紅欄小石亭，風景果清快。湛湛春江流，高座占一派。只是動吟懷，詩償未了債。乃悟善詩人，皆由天所械。何當屏筆硯，永與酒同戒。

竹樓今在黄岡縣署内

昔讀元之記，風物素欣羡。今作齊安行，竹樓快一見。捲幔對江山，臨窗設筆硯。寺鐘入座來，煙帆隔城現。最稱歲寒時，歌嘯餘清宴。

寒碧堂

聞昔何氏家，艸堂始新築。東坡偶經過，晤對歡情足。自起拈霜毫，畫石復畫竹。因以寒碧名，瀟灑頗不俗。未知今在無，試問黄州牧。

月波樓府西北城上

西北有高樓，縹緲俯林樾。最宜三五夜，海上生明月。穆穆流金波，清涼沁心骨。江天色不分，疑坐神仙窟。賞玩欲言旋，城頭鼓已歇。

赤壁《水經》名赤鼻山

鼓柂溯春流，尋幽陟赤壁。亭榭有餘清，水天同一碧。枕榻斲雲根，髯蘇留舊迹。上有巨石，斲成牀枕，云是東坡所造。小坐亦自佳，雲林景寂歷。想見夜游時，空江風月笛。

橫江館赤壁南

半帆憩津亭，澄江綠如染。萍灘置鴨欄，蘆渚下魚罶。雲罅漏斜陽，浪花紅閃閃。四空煙漸生，隔樹峰將掩。極浦上桅鐙，星明三五點。

西塞山

熛風相引出閒行，西塞山頭眺晚晴。艸沒戰場紅有暈，孫策擊黄祖，劉裕攻桓玄，唐曹王皋復淮西皆於此。江流春水碧無情。桃花明處煙村静，楊柳陰邊釣艇輕。盡日置身圖畫裏，人生何必逐浮榮。

飛雲洞 在回山，唐元道州構亭讀書於此

回山幽秀世應稀，聞説先賢此掩扉。林際古亭惟鶴見，洞前鎮日有雲飛。土花蝕徑紅千點，怪石含煙碧四圍。未審遺書今在否，令人閒竚思依依。

石門山尋元道州所刻石碣

兩山各門高，直上淩雲表。砉然通一門，仄徑羊腸繞。乘興徃探幽，林皋眺春曉。峰陰倒著人，緑煙寒不小。無名澗畔花，碎語枝頭鳥。聞有前代碑，到處闚窔窱。坡迴嶺復重，倉卒殊難了。悵望石林邊，空亭風悄悄。

寒谿

石勢高高下下，谿聲暮暮朝朝。桃花昨夜新雨，紅過西山寺橋。

西山寺晉陶侃讀書處

石穿濿濿寒澗，松帶層層碧山。怪底不知有寺，磬聲裹在雲間。

松風閣在西山寺，宋黃山谷題

初疑江館春潮，又認山房曉雨。豈意松風閣前，翠濤翻卻今古。

望夫石武昌縣北山

屹立煙嵐蒼翠間，終年引領不知還。天邊破鏡常飛起，照見遥空山上山。

恭和御製題宋人布畫山水詩

九百年來機上素，琳琅御筆快吟哦。標題卷軸欣邀賞，組織丹青定不磨。瀑水分流千尺迴，水紋斜界一方過。從知韋布沾恩重，應附西清備格多。

應制恭賦李廷珪古墨詩

紋如犀，質如玉，南唐墨官奚氏獨。澄心珍製含貞姿，松煤一笏敬獻天子供臨池。綠雲浮，紫光冱，濡灑春郊霖雨布。祕殿潭潭漱六希，三載賡喜起。以雅以南，幾餘游藝睿作聖，葆真于内萬物正。龍香雲氣長迴旋，我皇養性壽萬年。

六月八日絢霄舉一男名之曰鄂珠喜而有作〔一〕

銀鐙吐蘂曜文昌，吉語喧傳説弄璋。周甲老猶思著述，添丁人自祝康強。崇蘭結子徵佳夢，時盆蘭盛開，忽結子一枚。古桂萌芽發異香。天香堂前老桂，十年不開，去秋復花，同人作詩紀異。他日家傳詩派在，燕詒新帙在青箱。絢霄曾奉太夫人遺命，選《燕詒堂唐詩》，將次告成矣〔二〕。

【校記】

〔一〕『絢霄』，杏雨草堂本作『卿雲』。『曰』，杏雨草堂本無。

〔二〕杏雨草堂本無此小注。

寓江陵劉氏園七月初三日紀所見詩一首并序〔一〕

七月三日，予寓江陵劉氏園。晚，小憩池上之紫藤紅樹書堂〔二〕，弦月初上，微映波光。見一三足金背蟾蜍，形大如盂，從庭際歷階升堂〔三〕，跳躍前軒，入予坐榻下。急呼童，持燭遍視，杳不可得。四面紗幮畫障，絶無奥竅，人人驚訝。聞蟾蜍為月之精，懷土隱形，能工遁術。按《宣室志》稱為『天使』，亦仙家之靈物也。今予目擊，是異其形狀，與古圖中劉海仙所跨無異。勿謂荒誕之説，事之所必無也。爰作詩記之。

江閣迎涼水拍天，冰蟾入戶亦奇緣。桂宮慣竊玄霜藥，橘井曾藏太乙泉。碧落迎秋窺客夢，金光吐練閃吟箋。玉芝少讀神仙記，可有嫦娥吉語傳？

【校記】

〔一〕杏雨草堂本中誤將題、序合鈔一處，又脱漏自詩題『日紀所見』至序『劉氏園』共二十字。

〔二〕『之』，杏雨草堂本無。

〔三〕『堂』，杏雨草堂本無。

七夕漢川舟中作

人間迢遞隔銀屏，巧果堆盤迓鳳軿。碧落有情憐會合，紅閨無夢祝仙靈〔一〕。珠旛微逗金風信，羽扇遙開璧月形。一水盈盈天漢遠，乘槎兩度看雙星。去年七夕亦在漢江舟次。

【校記】

〔一〕『祝』，杏雨草堂本作『說』。

題雷雷峰檢討山居垂釣圖四首〔一〕

碧柳陰深覆小舟，荷塘幾曲小亭幽〔二〕。心沈潭影非魚羡，只釣蛾眉月一鈎。

蓬萊回首記前塵，早息機心閲廿春。勸子長竿好收拾，漫留絲影駭潛鱗。

少擬天隨侶釣徒，五湖煙水隔模糊。閒來枉作臨淵想，雨閣曾摹漁父圖。予舊藏梅花道人《漁父圖》，為山房祕玩。偶一展卷臨摹，覺滿紙烟波浩淼，頓增故鄉之思。

江帆風翦渺愁予，予亦靈巖有敝廬。尺一儻傳魚腹字，梅花深處故人居。

【校記】

〔一〕『四』，杏雨草堂本誤作『五』。

〔二〕『小』，杏雨草堂本作『草』。

雲濤表弟謁予武昌節院出其世傳清溪草堂重臺桂畫卷索題撫今追昔不勝風木人琴之感因成絕句五章聊寫先世之情好竚盼後起之重榮亦風人長言不足之義至詩字之工拙不及再計矣〔一〕

惜別金閶又十年，來尋黃鶴結清緣。雨窗今夕談先世，頭白鐙前一惘然。

累世親情古所稀，每來葑水叩雙扉。迴頭撰杖從游處，庭樹如今大幾圍？予童時常隨先君子、息圃舅氏過清溪草堂。

翠墨摩挲字字珠，貞元老輩卷中呼。青溪即是西州路，淒絕黃公舊酒罏。曾外祖張淞南先生、少儀、少由兩舅氏暨先師沈歸愚少宗伯卷中，俱有題句贈公。表母舅及殿撰永齋大表弟近年復先後歸道山，展圖益增愴惘。

蘂珠文字叶塤篪，世澤長流卉木知。試向明蟾問消息，靈根重見茁孫枝。

【校記】

〔一〕『院』，杏雨草堂本作『署』。『五章』，底本錄詩實僅四首，另一首見本書《畢沅集外詩詞》部分。

題陳望之中丞寫照即送之任黔陽

嵩高山前紫芝客，瀟灑胸饒經世策。青史勛名數世家，碧簫才調追詞伯。冰綃神彩溢鬚眉，仿佛香山獨立時。書畫愛儲無上品，松筠長拖出塵姿。憶昔春明賡既見，瓊樹亭亭滿月面。王夢樓宋小岩名場訂石交，龔黃治績推邦彥。飄零宧海悵西東，卅載塵蹤印雪鴻。何意雙萍重會合，相看絲鬢各成翁。同舟鄂渚剛三載，鈴閣凝香對雨待。講政惟求風俗淳，論心俱有冰襟在〔一〕。已夏巴江雪水融，郢荊汩沒怒濤中〔二〕。手迴洚洞狂瀾倒，闔郡全資保障功。金堤能靖蛟龍氣，鴻雁嗸嗸猶滿地。積歎惟籌捍禦方，屢豐旋告和甘被。驄馬今秋覲玉京，岧嶢金掌露華清。五雲深處叨前席，裴楷瓊屏注姓名。巖疆重寄須儒術，崢嶸畫戟除重秩〔三〕。不僅文昌可鎮邊，早知定遠能籌筆。鐵鹿牙檣艤碧灣，賓僚未免動離顏。倏教霖雨移三楚，應共春風到百蠻。黃鶴樓頭釃綠酒，殷勤話別頻攜手。試借仙人玉笛梅，聊當臨歧一枝柳。前去津亭夜欲分，飛雲洞口望停雲。黔靈銅鼓青山遠，明月蘆汀足雁羣。

【校記】

〔一〕「俱」，杏雨草堂本作「具」。

〔二〕「郢荊」，杏雨草堂本作「荊郢」。

〔三〕「重」，杏雨草堂本作「崇」。

玄黓困敦(壬子)

夢中製琴曲

神恬則寧,心静則靈。縣旌搖搖,萬慮紛攖。定而後静,静則生明。火伏丹鼎,經課黄庭。淬爾慧劍,皎予智鐙。明月湛湛,天風泠泠。無聲聲聲,無形形形。道還元始,心游紫清。

鍾臺山桃花洞云是李北海讀書處石室尚存因題壁間二首

幽深厓下洞,難究命名因。不見桃花樹,偏留萬古春。偶逢載酒客,時到拾樵人。此是空山路,誰來更問津?

讀書人不見,石室蘚斑斑。惟有松梢月,來明洞口山。風徽今古在,筆墨褚虞間。若箇緣研究,能於此閉關。

蘋花溪

溪頭巖广數弓寬，傳說洪厓此鍊丹。落日深林人不見，青青獨活長空壇。

芙蓉山

沿坡仄徑草茸茸，潑眼層霄翠黛濃。嶂複巒遮堆衆皺，簇成一朵青芙蓉。停輿忽發登臨思，隔林應有煙中寺。試向花宮結浄緣，他時添入名山記。

荆泉洞

昔人曾入荆泉洞，路曲景幽春蘚凍。須臾已出葛藤坪，坪在崇陽，距蒲圻百餘里。回首蒼厓無寸縫。平居嘗讀洞冥記，仙區只在人間世。我思來此種瓊芝，借問石田容賃未？洞中有石田，溝塍悉具。居民歲視其燥溼，以驗豐歉。

重登岳陽樓和香泉韻

吐納靈濤横去聲八荒，鴻濛消息問蒼蒼。雙丸左右驚旋轉，萬古乘除入混茫。無計忘憂知樂少，有生不醉愛吟長。重來恐被仙翁哂，控鶴無緣返故鄉。

夕波亭

螺亭三面瞰煙波，乘興尋詩撥櫂過。一折青山數株柳，鷓鴣聲裏客愁多。

柳毅祠

一紙書傳橘樹傍，倏教龍戰起涇陽。當時早許良緣締，應免人間再悼亡。

賈太傅祠

翠竹森森一徑偏，仰瞻祠宇思淒然。鬼神問枉虚前席，經濟才翻誤少年。小苑斷碑横蔓草，香龕舊幔染煤煙。知君此處求同調，應覓靈均湘水邊。

黄陵廟

碧瓦雕甍綠樹間，二妃祠宇晝閒關。林霞色認留裠帔，檐鐸聲疑響佩環。瑤瑟涼宵江渺渺，春篁終古淚斑斑。杜鵑聲裏斜陽暮，愁滿蒼梧九疊山。

桃源行

桃花仙人家住桃花源，湌英服實成神仙。煙霏霧結深鎖桃花洞，洞扉一閉不知世上浩切空推遷。沅江春漲粼粼碧，紅雨千林塞青壁。但見桃花不見人，天外有天露一隙。捕魚人掉扁舟去，谷邃峰盤是何處？塵寰歧路總茫茫，到來豈獨漁郎誤。誤入仙源境不窮，煙邨景色羲皇同。鳥嘑人語斜陽外，雨笠雲犁罨畫中。嵐光翠拭明如黛，世界滄桑在其内。冠服猶存太古風，盤湌仍設田家菜。兔烏物外各奔飛，雞犬雲中自鳴吠。只道阿房餘燼至今存，那知彈指六百餘年頻易代。或是築城逋遁之遺民，否則阬餘窮儒之流輩。不然商山綺皓之隱碩，不然紫柏赤松之逸態。仙乎仙乎余不得而知，亦如蓬瀛五城十二樓，天風引去，雲濤縹緲知何在？囊持畫戟鎮三秦，終南太華時游巡。看遍紅霞一千里，避地何處無秦人？古洞雲封，松為身而鶴同壽，藥鑪丹井旁，趺坐童顏穉齒不老之仙真。問年恰忘幾甲子，一任花開花謝空千春。可笑癡愚白帝子，採藥船迴身已死。列仙如麻在眼前，武陵洞天毋乃是。

客來題壁兩度看雲山，遇仙橋邊仙人一去不再還。花逐春風吹片片，長隨流水到人間。

紅苗竹枝詞二十首

西陽東向接瀘溪，洞壑陰森複嶂迷。盡日風聲屯苦竹，哀蝯嘑罷子規嘑。

立寨分曹各自雄，隨身到處挾刀弓。一般積習成風俗，長帶纏腰照眼紅。其俗衣帶尚紅，故曰紅苗。

白版紅泥築火牀，晝炊既好夜眠良。自來未省營欄柵，人畜同居一草房。

項圈臂釧爛生光，椎髻銀簪徑尺長。不是連環銜兩耳，雌雄何處辨鴛鴦？苗人皆椎髻，去髭鬚，手釧，項圈，裝飾與婦女同。惟婦女兩耳貫銀環三四枚為異耳。

相約來朝往趁墟，大家夜半起裝梳。成羣笑語出郵去，猶是前山月落初。

歸來喜色動眉尖，匹布街頭換白鹽。徧給同羣爭舐掌，絕勝厓蜜十分甜。得鹽皆撮置掌中舐之，不知用以調味。

榕陰滿地綠于苔，曉出燒畬晚未回。正是炎方好時節，杜鵑聲裏杜鵑開。

桑葉青青月正三，煖房也解飼春蠶。只餘留種銀光紙，輸與吳孃獨自諳。苗婦知蠶繅，不知育種，歲歲以土物向市人易之。

妝歛親自荷盈肩，新婦徒行率衆先。三日翁姑猶未熟，打門聞說索孃錢。婚期，新婦步行，自擔雨傘、竹籠等物先行，親屬送至夫家。三日後，母索婿家財物，名曰『孃錢』。

山上青松挂碧蘿，山前郎和女兒歌。韶光九十常無雨，天遣春晴分外多。苗俗：男女以歌角勝，有私，父母不禁，名曰『放野』。

采薪處處野花紅，窮絝猶拋況守宮。那有人言中冓事，爺孃視等馬牛風。苗女不著中衣。

妙選童男暨小姑，對敲長鼓博歡娛。踏歌且作迴風舞，勝傍花前聽鷓鴣。刳長木，虛其中，蒙牛皮為鼓。擇男女之美而善歌者，左右擊以節歌舞，疾徐中節，名曰『跳鼓』。

彩棚花柱綴青帘，矛刃如霜次第拈。遞刺黃牛覘仆處，吉凶可代六壬占。十月農功畢，結棚立花柱，縛牛其間，長幼遞以槍刺，視牛仆，首所向何方，以卜來歲豐歉。

清和天氣上墳時，翦紙為錢挂樹枝。待得三年情義了，任他窀穸穴狐貍。親死，掘地三四尺，上下四旁，鑲以木版，置屍其中，以土封之。三日，割牲覆土。次年二月，奠以牲楮。三年，不復過問矣。

常云病是鬼揶揄，鐃鼓喧闐跳女巫。收得祭餘人不食，亂拋門外飼神烏。苗畏鬼，病，不服藥，惟延女巫祈禳，名曰『作鬼』。

睚眦微嫌詎足讐，隨身即自佩吳鈎。更番報復恒輕死，九世仍疑未必休。諺云：苗人讐，九世休。

岌嶪層岡萬仞高，披荆踐棘捷如猱。忽然身作車輪轉，落地何曾損一毫。苗男女健捷如飛，危厓峭壁之上，縮身如蝟，呼吸至地，毫無損傷，名為『滾坡』。

聞昔苗氓恃負嵎，公然刧掠類萑苻。先皇無事三旬伐，已取巖疆入版圖。康熙三十八年攻陷官兵，尚書席爾達平定之。

男耕女織耐艱辛，歲歲花前宴賞頻。天遣生來羣土著，不知世有別離人。男耕女織，頗任勤苦。家世土著，不敢遠行。

聖明文教極休明，漸染頑苗俗盡更。黑箐綠榕紅石峒，人家多少讀書聲。歸化以來，頗知法度。其苗童之良秀者亦讀書，以名列黌序為榮。

孱陵驛題壁

破砌蟲吟攪夢思，楚天如晦雨愁時。秋風嫋嫋秋波濶，手采芙蓉欲贈誰？

題智珠畫菊為素溪大妹作

碧落涼生玉露浮，鄉思迢隔十三秋。今宵鄂渚重相聚，一穗寒香兩白頭。

蓮汀畫學倣南田，風物柴桑看儼然。不為東籬添逸興，傲霜高節晚愈堅。

秋聲

入耳無端暗欲驚，金商氣候已潛更。偶然著物非膠物，未必關情總惹情。寂境每從喧處得，聞根轉向靜中生。課虛參透人天籟，莫遣悲懷擾夢清。

雲棧圖并序

蕉園先生少工丹青，為吾鄉王麓臺司農高弟。今觀所製《雲棧圖》，奇峰絕澗，鳥道千盤，筆力直追黄鶴。憶余昔撫秦時，方用兵金川，數數往還連雲棧中。年來鳳嶺雞關，恒形夢想。展閱斯圖，舊游如昨，千山萬疊翠屏，近在眉睫間耳。

長官涉筆紀游蹤，縣棧盤空樹霧濃。愛殺危樓堪送目，壓欄萬仞翠芙蓉。
疊嶂重雲互吐吞，崇朝無雨亦昏昏。箇中大有詩情在，一路蝯聲出劍門。

南棧奇峰圖

鳥道蟠空劍門，蝯聲不斷雪嶺。幾家深羨居人，緑塞門庭嶂影。
丹隥盤雲鳥道，青帘賣酒人家。可惜圖成十月，當壚不寫桃花。

昭陽赤奮若（癸丑）

題陳葯洲中丞廬山觀瀑圖

九疊屏風倚天半，飛流萬丈挂銀漢。穿雲洩霧落人家，飄緲天風吹不斷。若有人兮延佇山之阿，松間笠屐彷彿模東坡。展圖看君君看瀑，迺是我友葯洲中丞獨立長吟哦。羨公移節去與匡君作賓主，雲中五老亦偕部民來鼓舞。棲賢開先新授湯沐邑，身騎玉龍沾灑西江作霖雨。香山草堂記，太白廬山吟，賺予神游匪自今。今觀蓬心王子寫此圖，巖間經營十笏石盤陀。他年竢我歸山浪游五嶽日，青鞵布韈徜徉白鹿洞外，屬君放筆重添吾。或云封圻重臣司民莫，不應貌公著丘壑。世人拘墟，慣被官束縛。山高水長，景行前哲今如昨。泉是在山泉，公是出山泉。在山出山同一源，潔清本性全其天。洗我之心悦我顏，觀公所圖應作如是觀。

集蘭亭禊帖字題劉純齋觀察寓園修禊圖

清遊春已云暮，盛會在山之陰。其地可觴可詠，斯人不古不今。風和水流蘭氣，情契賢似竹林。

暫坐暢懷娛樂，隨將禊敘同臨。

惜春詞有序〔一〕

絢霄有侍女，小字迎春。性嬛慧明潔，甘習勞苦。每日清晨，手持巾帚，焚香掃地，房中鏡臺、衣桁、書几、琴牀，淨無纖塵。舉動能得主人歡心。今春忽病肺疾，疾已劇，索香水沐浴，浴畢而逝。絢霄哭之慟，至損寢食。念芳草之易凋，感空花之不實，因作《惜春詞》以慰之〔二〕。

一牀短夢不多時，繡被香溫憶所思。曉起傍闌無賴甚〔三〕，五更風雨損花枝。

衣香人影去悤悤，寂寞雕梁燕語空。深院夕陽青艸色〔四〕，更無履跡印殘紅。

花信風吹過幾巡，芳情艸艸負良辰。亂鶯喚破繁華夢，不信迎春又送春。

寶篋收殘舊縷衣〔五〕，釵紋扇影是耶非？春歸消息知無處〔六〕，賸有西園彩蝶飛〔七〕。

名齊芍藥倚風前，人似花光瘦可憐〔八〕。月冷花魂迷去路，繡窗花影伴嬋娟〔九〕。

【校記】

〔一〕『有序』，杏雨草堂本無。

〔二〕杏雨草堂本無此序文。

〔三〕『傍』，杏雨草堂本作『倚』。

〔四〕『青』，杏雨草堂本作『春』。

〔五〕「縷」，杏雨草堂本作「舞」。

〔六〕「無」，杏雨草堂本作「何」。

〔七〕「西」，杏雨草堂本作「東」。

〔八〕「花」，杏雨草堂本作「春」。

〔九〕「花影伴」，杏雨草堂本作「紅淚泣」。

附

絢霄和作

聯日幾無痛定時，撩人事事總堪思。膽瓶石竹花纔放，猶是生前手插枝。

開時艸艸落悤悤，每歎春花色易空。何事深閨年少婢，也如暫逗小桃紅。

畫廊小步又逡巡，驀地傷心憶昨辰。鸜鵒不知人已逝，隔簾猶自喚迎春。

朝開妝鏡夜薰衣，除爾安排事總非。正自躊躇難料理，新詞怕聽惜分飛。

蘭釭凝碧畫屏前，剛畧忘懷忽又憐。一種凄清涼夜景，紅蕉橫月影娟娟。

題王給事文園顯會同年煉丹圖二首

棹頭歸臥泖湖邊，脱屣簪纓二十年。底事蓬萊去採藥，眼中人即是神仙。

控鶴排風訪赤松，落花滿地洞門封。他年法伴如尋我，三閣雲深一萬重。

題雲笈山房雙修圖為夢樓作

岫列雙眉翠色齊，小庵新結萬峰西。淨修留得精魂在〔一〕，仍向三生石上栖。

並命迦陵並命身〔二〕，長明鐙底證前因。雲濤滌蕩靈根出，兩點金焦兩玉人〔三〕。

【校記】

〔一〕「淨修留得」，《雲笈山房詞》作「了心煉得」。

〔二〕「並命迦陵並命身」，《雲笈山房詞》作「雨點金焦駐畫輪」。

〔三〕「兩點金焦兩玉人」，《雲笈山房詞》作「並蒂花開並蒂人」。

題佩香女史秋鐙課女圖

碧梧脱葉，風攪蕉林。清吟泠泠，雛鳳嬌音。石橋西畔，霜露已深。一庭秋意，一世秋心。

清門淑女，蘭心蕙質。鴛鴦于飛，驚喪其匹。瓊枝凋殘，撤我錦瑟。寂寞空階，候蟲弔月。殁者已矣，生者奚恃？中郎有女，瓣香賴此。更長夢短，攤書棐几。瓦檠一炷，光小于米。弱息扶牀，蟾蜍泣硯。謝庭風調，不矜拈線。夜深鬼影，幢幢隱見。倦起推窗，涼雲一片。鏡黯芙蓉，匳消翡翠。落紙明珠，字字如意。竹西明月，不照冷地。篋有奇書，當我鼓吹。隨園詩老，曾侍春風。金針暗度，付託女宗。寥天籟寂，韻叶孤鴻。寒泉幽草，聊伴吟蹤。石堂陰陰，繞欄花竹。廉吏貽謀，數椽老屋。繡辦朝餐，詩程宵讀。鵑淚嘑紅，鬼燐翳綠。我友夢樓，以禪為詩。示廣長舌，玉臺師之。不可思議，傳鐙在兹。迦陵一聲，青蓮一枝。僕少孤露，志學窮年。慈闈授詩，罔極終天。展圖振觸〔一〕，卷圖泫然。白髮青鐙，宛在眼前。予年十五，學詩于先母張太夫人，曾繪《慈闈授詩圖》。今閱此卷，益增悲感，回首已五十年。今手編集成，痛我母之不及見也。

【校記】

〔一〕『振』，底本原誤作『振』，據文意改。

和乩仙詩原韻

蟠桃熟後又千秋，小謫紅塵也好修。曾記排風驂鶴背，空慚捧日占龍頭。青山有主南瞻嶽，碧海無情東逝流。欲問迷津知未遠，前生名隸鳳麟洲。

小隱靈巖憶故鄉，詩篇節鉞境茫茫。幻空蒼狗雲千態，鬥穴玄駒夢一場。情網破殘濡劍刃，仙機悟徹慕羹牆。談真同侍瑶壇席，數點梅花一寸香。

附

仙壇原唱

陽春德澤史陽秋，間世鍾靈夙世修。一代文成五鳳手，三生緣證百花頭。荆衡巨鎮雄南服，江漢朝宗納細流。更羡公門桃李盛，後先樽俎繼弇洲。

認得靈臺是故鄉，人天風月兩茫茫。未忘兒女英雄態，别有神仙富貴場。試看函關來紫氣，漫愁銀漢隔紅牆。信心憑仗堅如鐵，記取瑶壇一瓣香。

行年六十有四詩集編成因題長句並柬知音〔一〕

陶鑄江山洩祕奇，新編四十九年詩〔二〕。行藏局本天為定，得失心還我自知。任笑簿惟供點鬼，從嘲符但足詅癡。興酣嘯傲風生處，不藉江淹筆一枝。

觸處關心放浪吟，髫年積習老深沈。一官廿載兼河嶽，萬卷三餘列古今。境漸佳猶餐蔗尾，思無盡等剝蕉心。辛勤致竟成何事，虚牝應憐自擲金。

鳳脛鐙前老眼揩，吟成七字費安排。馬遲枚速誰爭長，燕肥環瘦本並佳。爛漫鶯花呈幻象，卷舒雲靄絢幽懷。終南翠色清湘影，收拾靈奇貯冷齋。

綺語仍嫌未掃除，一編相對意何如？顰非西子將誰效，狂比東方且自譽。仙佛功同參靜妙，人天籟總出空虛。吮毫日坐秋聲裏，明月窺窗笑起予。

【校記】

〔一〕「詩集編成」，青箱書屋本作「編詩四十卷」。

〔二〕「九」，青箱書屋本作「五」。

青箱書屋本王批

人之知公，莫若公之自知。故人之評公，莫若公之自評也。（「觸處關心放浪吟」一首）

五、六真過來人語，所謂如魚飲水，冷暖自知。（「仙佛功同參靜妙，人天籟總出空虛」）

再題一首并序

予丱角就傅，在家塾殘書中得唐六如居士畫譜一册，課經稍暇，搦筆橅倣，學為山水。父師見之，亦弗禁也。行年十五，先太夫人教之學詩，云：「詩之為道，體接風騷，義通經史，非冥心孤詣、憔悴專壹數十年，不能工也。」敬遵慈訓，因舍畫而專攻詩，今忽忽花甲已周矣。頭白目眵，老境漸逼。搜篋中賸稿，編成《靈巖山人集》三十九卷，又《聯句》一卷，共四十卷。雖不能盡合風雅之旨，而刻楮鏤冰，此中亦頗費苦心，畧開面目。恨我母見背已閱一紀，不及見是集之編成。追企徽形，曷勝痛感！竊忖過此以往，精力日衰，思致孱弱，恐不能再有進境。且仔肩艱鉅，時凛鼎占覆餗之戒，不敢復耽吟詠。而政閒公退，未也消遣煩襟，因仍整粉匳墨篋，重理丹青，時寫倪黃小幅，聊以自娱。心同見獵，賢比弈棋，以了此方來之歲月已耳。至此後或偶有小詩，亦不過如香山歸洛以後。觸景抒情，託之水流花放，不能再刻意求工。爰續編一集，為《繪聲漫稿》，而系以詩。

過去年華記不真，須知後果即前因。且拋風月雕鐫手，聊作煙雲供養身。未必名山容置我，終思文苑列傳人。忙編詩集閒臨畫，隨意看花占幾春。

靈巖山館詩集卷四十

繪聲漫稿

閼逢攝提格（甲寅）

元日偶書二首

盈城爆竹響如雷，五鼓瓊宫賀歲回。喜見春光潛透漏，玉梅官閣一枝開。
紅箋到處貼宜春，錦幔華筵事事新。莫怪後持婪尾琖，今朝六十五年人。

人日書懷二首

新正七日喜春晴，令節持觴倍有情。自顧此身無所負，究將何術慰蒼生？
連朝且喜簿書閒，鈴閣風清掩獸鐶。江硯宣豪湘竹几，去年詩稾手親删。

試鐙夜偶作

今宵喜屆試鐙期，繡榻花屏掩料絲。絳蠟高低紅燄熌，膽瓶烘綻玉梅枝。

上元觀鐙漫興二首

到處鐙光奪月華，滿城簫鼓逞諠譁。褰簾獨凭高樓望，髣髴春星落萬家。

玉燭調由錫昊穹，使君慚愧有何功。頻年四境豐登象，卻盡秧歌一曲中。

春雪未霽諸同人連日宴賞因有是作

賓從雍容宴賞頻，連宵江郭雪如銀。若教授簡成新賦，應令鄒枚託後塵。

閒坐

二月初旬晝稍長，池冰漸擗艸猶黃。衙齋習靜垂簾坐，數點瓶花落筆牀。

勸農歸後有作

春鳩呼雨復呼晴，為勸農桑出郭行。忽憶婁江江水上，沙田二頃倩人耕。

清涼寺

爛漫山桃絢好春，僧窗小憩亦前因。淨瓶甘露無多水，難療風塵内熱人。

寓應山行館寄家人

玉笛聲中敞綺筵，臨歧兒女總衣牽。豔陽景美饒良會，歡喜心生得善緣。多病多愁縈客夢，宜晴宜雨釀花天。先期笑話鐙光共，只看明蟾兩度圓。

甲寅暮春道經保陽宿蓮花池有感得長律四首呈梁構亭制府竝示余介夫兼寄張吾山

金碧林亭敞絳帷，太行晴翠浸芳池。源分半畝名泉派，地勝京畿首善規。東閣龍眠懷舊德謂方問庭制府，西銘虎席拜經師院長張鳳岡先生。難忘春暮朱藤放，扶杖花陰講易時。

書閣臨流碕岸邊，巢痕重認舊平泉。竹君款我迎風揖，石丈延賓掃月眠。四十年溫醒後夢，萬千境閲幻中緣。此間振觸滄桑感，欲問鸎花意惘然。

閲世蒼茫記不真，眼前事事總前塵。清緣夙契松泉石，游迹曾周楚豫秦。吟伴半歸點鬼簿，笛聲偏咽看花辰。園中老鶴休相訝，賸有當年慘緑人。

雲封洞壑鏡虹横，布置多由人巧成。此地别來曾四至，予于丙申歲撫陝時入覲，周制府雪堂先生館予園中。後乙巳、辛亥及今春四次入都，皆停驂于此。他年石上證三生。館餐真有如歸樂，魚鳥俱含感舊情〔一〕。信宿那能無戀戀，夜游秉燭到深更。

【校記】

〔一〕「舊情」，底本原作「舊情情」，誤衍一「情」字。

恭和御製賜詩原韻

述職欣逢展義日，其咨農事盼康哉。自惟負疚孤殊澤，仰荷矜全愧薄材。左輔茅檐資補助，春郊翠輦幸追陪。披衣五夜勤民意，靈雨宵零理可推。

題蓬心所畫終葵便面

蒲酒香醃酌瓦杯，石榴花底拜奇才。三尸膽落么魔遁，一劍風獰生面開。天錫聰明根正直，自專威福免疑猜。憑君飽食貪饕鬼，洗出清寧景色來。

賦得荆門倒屈宋得章字

楚望驂黄鶴，荆門樹色蒼。江山歸麗藻，師弟擅騷場。只合心香拜，翻疑學步忙。靈詞開百代，芳艸夢三湘。意折窮攀援，情遙託杳茫。慕思悲逐客，奇豔壓詩狂。紉佩憐山鬼，招魂纈錦章。謫仙才絕世，也企好修常。

題浣青女弟秋山訪菊圖

翠石紅闌風露幽，尹邢夙世證雙修。生來多慧兼多福，鴻案看花到白頭。

楚楚花姿為寫真，獨標冷豔傲霜辰。也應竹密松深處，著箇青衣送酒人。

謝庭少小挹清芬，廿載萍心幾合分。漫泥東籬好秋色，瑶田芝艸已如雲。

翔鶴堂空鎖暮煙，記曾醉倒菊枝前。左嬌卷裏尋三徑，感舊吟秋一泫然。文敏公官少司寇時，居宣南坊之翔鶴堂。余寓在聽雨樓，望衡對宇，晨夕過從。每屆深秋冷節，必約同人，置酒賞菊，賦詩讀畫。酒酣後，曾寫折枝墨菊以贈。今展此圖，悵惘烏能已已。

襄陽行館寄懷絢霄

丹桂花前記送行，拍天風浪夢魂驚。我思卿識卿思我，千里秋江共月明。

潯陽君去我襄陽，兩地相思一夜長。付與南鴻傳錦字，蓬山珠樹待雙翔。

海岱驂鸞集

由襄陽之濟南道中雜書寄別王太守蓬心兼示幕中諸友

詔赴東方有定期，淩晨欲發尚遲遲。鹿門山色魚梁月，自顧能無去後思？

羊公德政我何堪，行後難邀里巷談。惟有耽書深入癖，生平不減杜征南。

賓鴻南去背征軺，邨徑霜凝曉未銷。風景宛然歸舊里，荒林寒岫虎山橋。

平疇盡處路三叉，古戍樓高襯落霞。一幅河陽邨暮景，鵲巢枯樹帶人家。

爾留我去兩神傷，墨妙叨貽緊弆藏。無際水雲擔不易，使君行李有瀟湘。蓬心貽余《瀟湘八景》畫册，時貯行篋，未曾暫離。

不獨泉推趵突奇，古亭脩竹艷當時。多君海岱清光裏，增得登臨幾許詩。王藕夫、王石亭、史赤霞、張映山諸君，先時已抵濟南節院。

重過邯鄲吕祖祠題壁二首

轣轆征車走疾雷，蒼茫人海事難猜。可憐邨落閒雞犬，也被仙家驅遣來。

碧落蒼梧隔萬山，千年鶴去幾時還。紅塵壓破春人夢，何苦雲游到此閒。

抵署後喜園中臺敞亭幽水深樹古雖冬物荒寒已足引人入勝斐然有作用貽在幕諸君

斯園兼秀野，不異向郊坰。水色涵天碧，雲根拔地青。到來循曲榭，幽處有虚亭。海鶴知何在，沙汀褪數翎。

篔簹千萬个，中有小琴齋。竟日無人到，閒階落葉薶。風櫺渾不掩，石几那勞揩。即此荒寒景，經行亦自佳。

勝境絕塵氛，幽尋愜見聞。松聲晴詐雨，水氣煖蒸雲。苔嶼鷗成隊，莎坪鹿有羣。翛然林壑際，吏隱又何分。

不乏鄒枚侶，來過即嬾歸。樓臺全勝畫，魚鳥共忘機。香閤琴三疊，茶寮石四圍。記游應有作，彩筆莫停揮。

趵突泉

嘗聞水所趨，走下乃其性。赴壑復朝宗，一氣猶奔命。或因石角激，回撼盤渦勁。或因風力搏，直立浪頭硘。未見平野閒，奮涌莫能禁。仰射白羽箭，千鈞弩堅硬。明珠百萬斛，玓瓅淩空迸。玉虹破地起，䚐䚐頭亂闖。沫濺瀾翻處，浩汗成巨浸。雲影與天光，蕩瀁看難定。只疑黄泉底，炎炎陰火盛。致令清泠淵，騰沸聲喧競。有似萬松風，翠濤滿清聽。潆洄數里餘，始克平若鏡。瀲灩拍沙碕，淪漪縈蘚磴。汎汎鳧鷖游，蒼蒼葭菼蔭。傍郙小橋横，向郭紅亭映。名泉七十二，（濟南名泉七十二，以此泉為勝。）真以斯為勝。深我濯纓情，動人鼓楫興。天然佳畫圖，率爾還題詠。

華不注

虎牙傑立勢砐硪，邐矚遐瞻無不可。亭亭秀拔如芙蓉，天半青蒼呈一朵。時當冬仲霜霰凝，木葉盡脱石氣清。冷泉潏潏風颯颯，艸枯徑僻稀人行。雲聯海岱望無盡，萬點歸鴉横布陣。因憶齊師敗績時，曳兵棄甲逃強晉。憑高弔古久低徊，謫仙去後我重來。茫茫往事無從問，落日寒煙滿綠苔。

舜祠

松檜陰森簇古祠，偶停輿從讀遺碑。巍巍帝德恒行耳，寧事矜夸怪異為。象鳥耕芸無足取，垂衣南面空今古。蛛網靈幃蘚蝕牆，荒荒斜照暉塵鼓。

歷山今名千佛山，或云乃『仙祓』譌音

聞有仙祓山，幽深隱蘭若。爰令減騶從，肩輿出南郭。時已季冬初，尚欠雨雪作。曲徑盤峰腰，臥枿代孤彴。誰將應真形，石壁亂彫鑿。小大難悉數，慈祥雜猛惡。佛法貴虛無，寧用色相著。枯禪迎問訊，導余陟層閣。縱目褰重帷，一窗占巖壑。無復潺潺聲，古澗寒來涸。上立千年藤，長根石面絡。蜿蜒類蒼虯，伸爪肆拏攫。小童支甎鑪，芳茗坐待瀹。時於籬角閒，添火埽隕蘀。青煙裊一縷，驚起松磴鶴。自慨羈簪組，久負林泉約。儻遂歸故廬，詎乏耕漁樂。興盡拂衣去，檐牙啅暝雀。出門還引領，赤日向西落。一點朱沙丸，走下黑雲腳。

大明湖

千頃晴湖光瀲濶，到來一望平於簟。霜重風寒宿靄消，盈盈淡緑疑新染。皎皛天容影倒涵，玻瓈作底無纖玷。日輪卓午來當空，冷浸火珠紅一點。惜交冬暮景蕭疏，未見白蓮兼翠芡。浪花無際忽聞聲，騰起長魚金閃閃。石亭游目久憑闌，歸弄煙波興未滅。何日吴淞江上居，漁莊門帶凉雲掩。

題大明寺壁

清鐘數杵隔林聞，實所莊嚴絶點氛。欲閱昔時開士傳，得披前代舊碑文。飛回松院蓬瀛鶴，吹落經堂岱嶽雲。偶爾記游思著句，水亭坐久日將曛。

歷下亭宴會詩分得醒字

濟南逢令序，海右有名亭。特挈壺觴去，還邀賓從停。湖寒波愈白，山霽靄猶青。濁酒判千石，新詞演小伶。遥懷北海宴，姓字尚芳馨。復誦少陵句，風徽見典型。昔人俱已往，我輩豈宜醒。隸事拈丹橘，藏鈎隱畫屏。觥籌重疊數，蠟淚再三零。歸路沈纖月，寒芒幾箇星。

水香亭

水解生香自足誇，凭欄疑是泛仙槎。白蘋紅蔼秋風裏，吹徹清芬入浪花。

錦雲川

日華霞彩映晴川，瀲灎波光奪目妍。試唤烏篷乘興去，一篙撑上水中天。

冬暮之東昌勘卹被溺災區途中觸景雜書十首兼示僚屬

披星稅駕出重城，街柝猶聞雞始鳴。風緊霜寒遑敢避，萬家縣釜不聊生。

海日初升霧漸收，朔風高揭角聲流。一行驚雁斜飛處，樹杪旗紅露戍樓。

一陣濃香破峭寒，肩輿自揭煖簾看。臘梅滿樹攲籬角，物候驚心歲欲闌。

沙白茅黄路正賒，冬殘容易日西斜。山邨盡處平田外，萬點疏林噪雪雅。

行館停驂月落時，茶甘飯輭孰支持。使君豈暇求安飽，方念哀鴻集澤詩。

飛檐隔樹語風鈴，傳語前驅騎暫停。恐有昔人遺迹在，自尋甎塔覓碑銘。

郇郇亭午斷炊煙，滿目荒寒劇可憐。雞犬無聲人絕迹，瀰漫白水拍平田。

水患真無策可紓，徧諮疾苦久停車。從今擬向虛齋裏，細究河渠太史書。

廩頒菽粟帑頒金，出入須防蠹役侵。可識九重金殿上，溺飢由己正縈心。

口糧徧給鮮偏頗，佇見耆民鼓腹歌。只在聖皇傳一敕，橫流全化作恩波。

紫微山今名西山

凌寒亦登山，羣言境幽陗。長風吹枯桑，如鬼相叫嘯。不知有茅篷，清磬若傳召。岩壑兩爭奇，孤亭扼其要。磐石横松根，酷與獅形肖。怪來古澗涸，雲凍塞泉竅。朽枿剛倒垂，尚認舟揞艤。寓目皆畫圖，會心悉詩料。所以愛游人，山水句多妙。近地且如斯，矧更升海嶠。行將陟丹崖，累日暢吟眺。只緣簪組羈，塵鞅未能掉。不爾一葉舟，去傍扶桑釣。笑語任公子，千春有同調。

綠雲樓在東昌府城西北隅

西北有高樓，岧嶢擢天半。闢牖納青徐，舉手捫星漢。每值客宴游，蒼然與目謀。千章喬木萬竿竹，森森擁翠欄杆頭。風吹岱岳晴嵐入，晻靄共化春雲流。惜我來當歲寒節，把酒臨窗光景别。天公有意換新圖，座前堆滿林巒雪。

望嶽樓

莫言此地紅樓小，一牖遥吞全嶽了。朝挹霞光夕挹嵐，曲欄不厭千回繞。壯游歷徧華嵩衡，涉澗捫厓得得行。踏破登山幾緉屐，泉幽石怪胥題名。獨兹未詣殊堪惜，峰棱礙日穿雲碧。搘笻儻去定非難，隔座分明無咫尺。膺命東來詎偶然，為山作主亦前緣。一卮酹與山相約，訪爾梅花未落前。生平未是貪游者，聊藉登臨寄陶寫。預憶長吟日觀顛，舒眸一覽小天下。

秀林亭

但聞勝地便追攀，何況亭林咫尺間。竹石幽于蕭氏宅，雪雲濃效米家山。無官竟擬長年住，適興聊偷片刻閑。到處淹留貪著句，吏民應笑使君頑。

永壽寺

遥瞻窣堵波，縹緲淩空插。似此大河濱，誰修清淨業？今秋水汎溢，不遭龍漢劫。詎非象教力，果具無礙法。山門黏渚萍，戒臺生石蜐。吉祥卍字佛，幾受危牆壓。紛紜衆緇徒，版築執畚鍤。可憐屈窮冬，正苦樵薪乏。無處覓齋糧，蘆灘掘蓼甲。經堂老尊宿，手掄念珠掐。導我觀舍利，龕鎖琉璃匣。客堂留信宿，指授治隄牐。王事有程期，未遑閱梵夾。入夜羣動息，惟聞浪呀呷。壁鐙燄青熒，孤枕膽恇怯。朔風吹雪珠，打窗聲霎霎。

魯連臺

信矣布衣大，力能詘帝秦。千金等粒芥，一箭靖煙塵。長笑拂衣去，滄海渺無垠。我來登古臺，俯仰懷斯人。高節與岱嶽，萬古相嶙峋。

弦歌臺

勘災臨古邑，臺識昔賢名。為政資文學，千春說武城。割雞憑器利，偃屮見風行。迄今化未泯，比屋讀書聲。惜值衝波後，惟聞鴻鴈鳴。

歸途值雪雜書六首

一夜瓊霙尺五深，蝗消土潤抵甘霖。莫言徹骨寒難耐，中有千邨慶幸心。

極目遥遥白接天，無端振觸一淒然。璠林瑤圃銀灣畔，舊夢依稀卅載前。
犬牙山勢路紆回，種棗人家枕澗隈。不是挾香風一陣，誰知籬落早梅開？
茅店當檐酒幔飄，數家邨落帶山橋。倏篁空有淩雲致，个个低頭學折腰。
小小叢祠土壁紅，谿山疑對畫圖中。橋頭沙角枯楊底，一縷炊煙罨釣篷。
遥憐兒女小寧馨，擬絮搏獅戲廣庭。豈省老人于役處，風酸泥滑短長亭。

行次接絢霄雪中見懷之作因次韻荅之兼寄琴心時琴心歸寧吳下

滿庭積雪陗寒添，應有清詞擬潻鹽。遥識助君詩興處，膽瓶梅蕊褪紅尖。
寄來字字抵珠排，憐我衝寒未放懷。燒燭計程須鄭重，莫教敲斷紫璠釵。
鵲語鐙花未足憑，勞君望遠日頻仍。暮天高處寒尤緊，莫凭紅樓最上層。
去冬煮雪助閒談，促坐琳房影共三。今日别離當歲晚，客亭孤枕夢江南。

闕里

移鎮於兹樂莫支，聖門惟恐到來遲。特衝海右殘年雪，走謁山東萬世師。問路適經洙泗水，巡廊先讀漢唐碑。檽星門下低回立，不禁怦然有所思。

棲棲惟冀振隤綱，此意終難語楚狂。坐奠兩楹悲夙夢，承家三命凜循牆。聲名累代欽鑾駕，廉陛趨風拜帝王。曾習猗蘭琴一曲，指端猶帶古時香。

未審蒼蒼特降神，令當茲世究何因？儘嫻虞夏商周礼，終作東西南北人。匪兕胡為來莽蒼，獲麟難免暗酸辛。後時取法多王者，木鐸長縣道益伸。

讀書我亦及門班，今獲升堂亦解顏。天下莫能容大道，世人長自仰高山。檜枝尚帶寒雲綠，硯石猶含舊墨斑。謹矚几筵懷啟處，似聆弦誦有無閒。

孟子祠

石徑滑寒苔，周垣土半隤。菌釘香案朽，龜蹄拜甎開。幼秉慈親訓，虛生名世才。一僧司啟閉，庭隙種蕓薹。

處士多橫議，時君務詭謀。先生施隻手，砥柱障中流。嘗讀七篇作，真堪十哲侔。平生專向往，未審庶幾不。

伏生祠

森森翠柏蔭荒祠，白板扉聯麂眼籬。歲暮絕無人汎埽，帶霜紅葉滿庭墀。

窮經不被秦阬禍，遺老天留待漢文。悉數儒林全傳内，有誰福壽得如君？

簡册全因兵燹空，傳經惟仗口相通。典謨訓誥能無泯，誰念深閨一女功？

南池上有唐杜拾遺石像

偶作南池游，浪花一片白。遠港彎環通，寒流四五尺。亂搖日影碎，倒浸天光碧。古樹葉全凋，幽蹊苔漸積。沙觜遺鷗毛，水面露魚脊。時當農務閒，始識田家適。爰憩小紅亭，復訪前賢迹。翠珉堅且瑩，遺像修而瘠。洗馬鳴蟬句，宛見陶謝格。泉石自清幽，風景異曩昔。顧余筮仕來，慨心為形役。崇朝整冠帶，于世鮮埤益。深羨小橋傍，數椽煙波宅。曲曲亞字欄，疊疊雲根石。悠然情為移，不覺日之夕。微茫暮靄中，白鷗飛一隻。

積雪既霽殘月初升攜家人泛舟於園池醉後作歌以記幽賞

歲既暮，務稍寧。風漸止，雪亦停。起揭重幙，流盼南榮。爰躡蠟屐，園中獨行。曲徑盡失，凍扉難扃。脩篁腰折，儼若相迎。裵褭四顧，萬籟無聲。天地一色，白雲英英。少焉皓月，飛出東瀛。上下光彩，交射空明。偏視羣物，無影有形。心在水精域，身來不夜城。奇觀異景，真移我情。寒潭百頃，瀲灩澂清。爰命舟子，汎埽花舲。悉召眷屬，來玩瓊霙。徐移桂楫，盡啟朱櫺。披王恭之鶴氅，攜景山之酒鎗。迺命侍者，擘阮吹笙。拍張而舞，擊節歌成。歌曰：今夕何夕兮泛艇仙津，銀雲為岸兮玉沙無垠。瑤圃在望兮珠樹長新，竟爾移家兮永託芳鄰。載歌曰：天花競放兮萬樹呈春，玉宇瓊樓兮絕罣纖塵。顧影自問兮汝果何人？如來後身兮明月前身。

紀夢詩并序

十二月二十五日夜半方寐，夢游一山，棟宇華麗，有石閣，顔曰『蓬萊閣』。壁閒擘窠大書『暮騎紫鯨去，海氣侵肌涼。龍子喜變化，化作梅花妝』二十字。覺而憶為李太白《上清寶鼎》詩中之句。無想無因，忽現此夢，未審異時有驗否也。爰賦長句，以記其異，即次太白原作二章韻。

晚霽雪未消，一歲臘將盡。憶從筮仕來，老與時爭進。心力漸不支，年去古稀近。自古皆有死，誰知身後墳。故余築生壙，今在梅花邨。冀屆陽春日，香沁詩人魂。魂逐雙翠羽，飄然淩崑崙。絕頂出雲表，碧天應可捫。

妄想百端集，回首終茫茫。生前樹勳業，身後留文章。何如昨宵夢，獨跨青鸞翔。天風聲浩浩，雲程難忖量。忽造蓬萊閣，棟宇何輝煌。紅欄十二曲，中有青琳房。碧海杳無際，珠樹含清涼。瓊姬三五輩，俱非時世妝。壁題謫仙句，墨彩騰龍光。縹緲見金闕，玉璈韻琅璫。覺來枕席上，猶帶雲霞香。

樂遊聯唱集

樂遊聯唱集序

楊芳燦

原夫桂苑之遊，篇章並美；蘭臺之聚，文章皆工。荆潭有酬和之詩，漢上有題襟之集。命儔嘯侣，則鳳德有隣；散采摛華，則鴻文無範。斯並矜奇藻府，擅譽詞壇者焉。至於聯唱以成章，尤屬諧聲之至妙。漢代則柏梁兆軌，晉年則曲水揚波。絺章繪句，梁説何、劉；洪筆壯詞，唐推韓、孟。自兹而降，尠有專長。蓋勝地難逢，良知罕覯。咫聞自拘，何以臯牢五際；么絃獨撫，亦難揮綽三雍。其有材全能鉅，體大思精，含萬彙以吐辭，包衆妙以為質。鶉分虎位，河山則三輔之雄；鷹揚翰飛，才畯則一都之會。於以激揚聲律，杼軸襟靈。宜乎邁古無前，冠時獨出矣。

《樂遊聯唱集》者，我靈巖夫子與同幕諸公之所著也。夫子文章圭臬，神化丹青。東閣琴尊，南樓風月。每詩酒流連之會，適籌謀閒暇之初。捧袂言歡，舊手原推莫敵；傾衿得侣，逸才更是無雙。金函瑤笈，森陳於精思之亭；豸角雞香，翔步於樂賢之館。當夫開花落葉，早雁初鶯，選勝張筵，探奇蠟屐，咸抽寶思，各罄蘭襟。雲藍官紙，驅煙墨以如飛；青鏤神毫，灑珠璣而競落。古體今體，五言七言，標骨氣之端翔，極音情之頓挫。乃若滎河九曲，龍門竹箭之波；神嶽三峰，玉井蓮花之掌。考遺經於太學，尚有殘碑；尋故物於昭陵，惟餘石馬。溫泉荒址，驪宫舊墟；韋曲風花，灞橋煙水。莫不陳之華簡，緯以雄辭。今風古轍，當歌對酒之餘；遠跡崇情，範水模山之外。以至螽鐘篆鼎，斷瓦零縑，品題華實之毛，搜羅水陸之產。如承天之識威斗，如文成之辨啞鐘。可以補子雲之《方言》，可以廢郇公之《食憲》。探幽索隱，殫見洽聞。銀湧而金鳴，鸞歌而鳳舞。蘭荃之氣，同岑而共馨；贔屭之珍，量谷而且溢。般倕齊巧，千尋搆淩雲之臺；夔牙並時，九變叶咸池之奏。洵學海之洪瀾，藝林之秘寶也已。

芳燦飄飄羈宦，零落縑緗。憶絳帳之清嚴，慨素交之睽濶。聞玉敦珠盤之會，不覺神移；覩挾輈拔戟之材，能無色動？喜一編之入手，寫萬本以難停。屬以緒言，命為喤引。過玄圃之瓌奇，侈陳燕石；聽宮懸之嘈囋，濫列齊竽。未知所以裁之，多見不知量也。

門生梁溪楊芳燦謹序。

卷上

古體詩

華嶽聯句一百韻

灝靈執神矩，鎮洋畢沅秋帆形成四方削。三峰三霄通，長洲吳泰來竹嶼一嶽一石作。土囊旋風輪，江寧嚴長明道甫洪鑪鼓炎槖。忽荒招拒營，嘉定錢坫獻之胚胎混沌鑿。鐫鎪山鬼泣，陽湖洪亮吉穉存烹鍊真宰鑠。谷神玄門存，陽湖孫星衍季逑金精大冶躍。鶉分騐星野，秋帆虎位聳雲齴。背控秦隴蜀，竹嶼面瞰河渭洛。陽侯萬派騰，道甫巨靈一掌拓。崝嶸鏟天根，獻之神秀包地絡。少皞專威柄，穉存太極司祕鑰。媧鍊鷩補餘，季逑共觸怒走卻。芙蓉森翠葩，秋帆菡萏挺碧蒻。法吏鐵柱冠，竹嶼真官寶珠珞。孤撐紫虛隘，道甫橫塞碧落廓。靈專兌澤宏，獻之重壓坤軸弱。沆瀣洗霞骨，穉存肅爽刮氛膜〔一〕。澒洞雲雷交，季逑昏曉陰陽錯。鞭軋扃贔屭，秋帆寥吼蛟鰐惡。頻迴子頭，竹嶼擬假飛仙腳。銳進屏籃輿，道甫矯舉易麻屩。沉沉睍智井，獻之惴惴寄朽索。逼仄石脇裂，穉存峭刻巖面劃。磴窮螺紋旋，季逑徑梟蛛絲躇。行具藤葛纏，秋帆腰支組練縛。健僕承厥趾，竹嶼道士挽以髆。摟空訝步窘，道甫投暗憑手摸。蹣跚石摩腹，獻之悚息汗流胳。旁行艱著笻，穉存側上恐礙箬。神瞀怯蛇退，季逑氣作矜狼躨。夤緣粘壁蝎，秋帆迅駴挂枝貜。微茫出峆窞，竹嶼飛騰向嵤岝。躭奇忘廻還，道甫見道褋歌咢。洞古聞鳴琴，上方山西巘有毛女洞。獻之溝深咤遺钁。老君犁溝在百尺峽上五里。翽羽采鳳鶱，鳳凰山在青柯坪左。穉存蹷額鐵猿愕。胡孫愁在犁溝，上有鐵猿四。毅猛師象蹲，季逑醜劣魍魎搏。睒睗逼象緯，秋帆銛鉎淬干鏌。縹緲雲為臺，竹嶼灎瀲瓊作蕚。鑄銅支短杙，道甫橫木駕遙彴。魂淈仍九逝，獻之意愜恣一噱。遂異不退羊，穉存屈學求伸蠖。出奇矜創獲，季逑入峭費私懪。搖搖撼心旌，秋帆杳杳窮目籥。丹梯垂虛無，竹嶼青壁倚寥霩。夔魖潛匿影，道甫鷹隼阻奮貉。淵淵泉淵深，獻之步步雲步迮。正直頻捫衷，穉存左右怕流覤。搦嶺勢怵騎，蒼龍嶺一名搦嶺。季逑鎖關力弛彍。通天門一名金鎖關。山河兩戒會，秋帆觴豆百靈醵。廿八潭星羅，竹嶼五千仞斧斮。晞髮濯蒲池，道甫搔首吟檜崿。極天天蒼蒼，獻之積氣氣噩噩。一變羣嶽形，穉存直令衆山怍。回崖嵌堂密，季逑飛椒截齦齶。但覺太虛邇，秋帆那容餘地綽。顧兔窮桑迴，竹嶼纖烏虞淵薄。設施不肯倦，道甫鍛造毋太虐。肌骨輕片雲，獻之身命危一籜。紫翠無定光，穉存生死少成格。仙人紛于麻，季逑廛網羈似貉。騎龍慕子先，秋帆捫蝨鄙景略。懶師羊公臥，竹嶼恐輸叔卿簙。如船碧藕甘，道甫似掌肉芝飵。安期金液成，獻之神女玉漿酌。盆貯太古泉，穉存鼎轉長生藥。消息期青鸞，季逑遨翔跨黃鶴。嶽色匪斯今，秋帆遊悰宛如昨。兵符馳烽煙，竹嶼村社喧鼓鐸。犁翻麥未種，道甫場築稻早獲。山澤氣弗通，獻之溝涂潦將涸。飛牋籲玄閶，穉存齋心叩穹幕。蒼龍噓成霖，季逑肥蠦遁愁剒。懿哉神垂休，秋帆皇矣帝求瘼。奎章鐫琬琰〔二〕，竹嶼廟貌塗赭堊。窺綠字赤文，道甫照金鋪綺欂。虞巡隆燔柴，獻之漢禪陋封爵。作鎮三秦雄，穉存生華萬物樂。守吏揚洪燀，季逑上儀頌景㷻。記緣祈澤著，乙未歲，金川大凱將旋，先期閱視東路驛站，行次華陰。時屆九月上旬，久無雨澤，二麥尚未播種，因致齋簡從，躡屩登山，至落雁峰，次于金天宮內，虔申祈禱，立降甘霖，連三晝夜，闔省均霑，爰恭摺具奏。皇上御書『嶽蓮靈澍』扁額，并敕發帑金，鼎新廟貌。庚子歲，大工告成，復御製扁、聯、碑文，恭懸正殿，敬勒貞珉。麗燭三霄，燀增羣岳。沅曾撰《華嶽祈澤記》一卷，恭紀其事。秋帆圖寫高秋踄。中丞有《高秋陟華圖》〔三〕。迴驟悼前猛，竹嶼追想剩餘遝。遐思入非非，道甫異境現各各。鋸痕鴻荒留，獻之屐影鳥背掠。來如夢曾經，穉存妙匪願夙度。能療康樂癖，季逑定辟景丹瘧。嚇破妖魅膽，秋帆重落崛強魄。信宿明星館，竹嶼延佇閬風閣。飇車轟霜稜，道甫石劍攢雷鍔。千峰千層雲，獻之萬松萬丈壑。峰峰饒金英，穉存松松靡土著。玉繩低碧漢，季逑珠斗帖銀箔。風隨星石簸，秋帆月並神燈爍。蕩蕩天無名，竹嶼肅肅事有恪。倏窅兮冥兮，道甫旋儼若惕若。化機斡神明，獻之元氣生芴寞。層城神所遊，穉存雙丸掌堪擢。珠旒拱北辰，季逑瑤柱蟠西堮。配極其體竣，秋帆成物厥功博。八鼇戴難勝，竹嶼九鴻勢欲攫。荒荒此安窮，道甫翔翔焉之泊。轟空青蓮花，獻之今古長不落。穉存

【校記】

〔一〕『氛』，《詩傳》卷二十二作『氣』。

〔二〕『琬琰』，《詩傳》卷二十二作『翠珉』。

〔三〕『陟』，《詩傳》卷二十二作『踄』。

龍門聯句

鴻濛工包荒，秋帆大地置漏釜。湯湯勢誰極，竹嶼漭漭氣頗粗。厥初兆帡幪，道甫誰復任析剖。師心厭平坦，獻之用意極莽鹵。奔濤未三折，穉存中路忽一拄。高奔扇風輪，季逑倒射擊天鼓。激令流洶洶，秋帆奪彼原膴膴。忽高復忽下，竹嶼驟吸乃驟吐。來看陵孟門，道甫去欲冒砥柱。祗圖澤為國，獻之欲規天作府。巢傾窟更陷，穉存利大害亦普。粤稽古唐虞，季逑其俗雜歡憮。有崇司鳩僝，秋帆四岳任揚詡。僉曰賢非賢，竹嶼肖厥瞽子瞽。莫隨水性導，道甫宛以民命賭。欽哉重華聖，獻之實作百揆主。八殥事誠難，穉存任子不任父。九年功復續，季逑治水先治土。赫然雷霆行，秋帆詎假神鬼輔。徵茲萬鱗族，竹嶼繫以八尺組。夔跜莫敢前，道甫瑟縮乃欲傴。雖皆據淵藪，獻之猶懼觸網罟。當夫帝初咨，穉存正值啓欲乳。出門始聞呱，季逑在室寧暇撫。冠經屢挂木，秋帆履訝百易麤。山荒未容鑿，竹嶼功驟莫可樹。若高不肯下，道甫若仰不欲俯。窐疑氣初懾，獻之突訝勇欲賈。昂看楚趾高，穉存低欲晉腦盬。逆為蠻問鼎，季逑順譬彝貢砮。若行若中止，秋帆若立若遭踣。逼此象罔區，竹嶼勞我霹靂斧。喧摧穿右脇，道甫折拉破左股。快哉源昆侖，獻之霅爾洩肺腑。又疑天西門，穉存落作秦北戶。意非滔滔平，季逑曷以萬萬古。荒荒東奔騰，秋帆兀兀植標帾。但聞巨靈蹠，竹嶼未見女媧補。巍乎回天力，道甫允矣幹父蠱。九五勳克酬，獻之百萬工孰估？羣策先庚辰，穉存汝諧逮羆虎。功應分五瑞，季逑祀足配兩廡。至今三門山，秋帆似集百石弩。涑汾澮渭涇，竹嶼五水下出滸。艨艟舶舠艇，道甫一棹上入浦。誰言架浮竹，獻之不及追駿駔。緋桃漲三春，穉存赬鯉集萬數。胥期風雲會，季逑恥與蛟鱷伍。橫流任飛翻，秋帆抉浪信跋扈。驚同梭投機，竹嶼捷類矢射堵。壁立五里危，道甫直上千尺武。夷然美交醜，獻之下者玉雜碔。無慮萬與億，穉存得上百不五。先登捷有神，季逑已落勢餘怒。偶然限仙籍，秋帆甚或入食譜。川奇思一究，竹嶼雲蔽不使覩。徒勞測尋丈，道甫難復量斗斛。方區信瑰瓌，獻之人物亦藪黼。有漢太史奇，穉存遭時肉刑苦。表書本紀傳，季逑今古聖賢簿。俶高徒權輿，秋帆彪固敢翻仵。秩祀垂申禋，竹嶼高名冠乙部。寧惟極天嶽，道甫克降仲山甫。探奇搜殘碑，獻之懷古酬清醑。茫茫望舟楫，穉存歷歷植稼圃。區雄左馮翊，季逑縣近古役栩。分流逮蒲部，秋帆餘潤汔杜鄠。大田號膏腴，竹嶼陸海富稻稌。曷敢忘帝力，道甫且幸得神祜。朝今邁陶姚，獻之階昨舞干羽。四聖百卅載，穉存五風又十雨。羣祇受約束，季逑異類就規矩。安恬衆咸慶，秋帆祈報神亦取。施丹塗梅梁，竹嶼撐碧向松宇。磨厓深鐫銘，道甫刊石突作宔。橘柚致苞苴，獻之鐘磬諧搏拊。推源祀黃能，穉存配極用白琥。靜思玄圭烈，季逑普載赤日煦。回聽波濤翻，秋帆忽覺風雨聚。聖不可知神，竹嶼吾無閒然禹。道甫

昭陵石馬聯句

應龍逴西荒，秋帆夜墮渥洼澤[一]。陟影歊重雲，竹嶼飛精響驚霹。文呈開瑞圖，道甫武服佐戎辟。駿骨珍自今，嘉興朱爆秋巖虬鬚憶猶昔。六鈞弓髯張，穉存三尺劍手搦。河洛既東瀘，季逑汧隴復西蹠。盪決狂濤翻，秋帆擊搏震雷虢。虎旅胥神資，竹嶼龍友亦天謫。太乙睨登歌，道甫用六占象易。狀五花九

花，秋巖高七尺八尺。汗著虹靭殷，稺存骨並雪山瘠。絲從一尾飄，季逑玉向四蹄晝。駷出長風前，秋帆迅入飛電隙。九霄空四圉，竹嶼萬里惟一適。得駕遑惜障，道甫陷陣若批郤。想當負權奇，秋巖鼓勇蹈艱劇。萬象寂無譁，稺存百靈下有赫。慘慘雲鱗飛，季逑宕宕月輪坼。歘來波濤傾，秋帆捌去劍戟擲。出死入之生，竹嶼效順取其逆。功成了不矜，道甫錫逮羨有奭。顧眄何雍容〔二〕，秋巖蹄噭盡持擇。玉節排天街，稺存金鐃沸宫驛。賜浴同瑤池，季逑升芻異沙磧。俄焉藏軒弓，秋帆倏爾告秦璧。蒼野方晦冥，竹嶼天閑亦蕭索。有客登九嵕，道甫經春禮重帟。麥秀層巒顛，秋巖柏擁深殿脊。下宫走羣神，稺存正寢肅宗祏。陪葬諸臣皆，季逑立杖降王亦。其外分重屏，秋帆厥象張六翮。摩挲當暝途，竹嶼憑弔記往籍。一馬特勒驃，在東第一，平宋金剛時乘。一馬什伐赤。在東第三，平王世充、竇建德時乘。道甫一馬霜蹄輕，手戈避單刺。白蹄烏在西第三，平薛仁果時乘〔三〕。秋巖一馬風毛拳，腰箭帶九隻。拳毛騧在西第二，平劉黑闥時乘。稺存一馬從虎牢，擒王信揮斥。了無碧絡羈〔四〕，縱步驚脱軛。青騅在東第二，平竇建德時乘。季逑一馬御東都，因壘乘阻阸。賴有絳幘隨，拔矢憐洞腋。颯露紫在西第一，平王世充時乘。繄誰施刲剞，秋帆狀此凌岝峉。用代鋮虎殉，竹嶼聊佐輴龍役。閲歲經幾千，道甫作氣猶倍百。風雨聞喑嗚，秋巖星辰見睒睗。端相驚礹磹，稺存生騎畏跳躑。粤維古周原〔五〕，季逑考牧始秦伯。龍孫青海留，秋帆驥子赤岸獲。八坊使雲屯，竹嶼四郡閑日闢。田事洵孔昭，道甫軍容率有繹。何期蓄馬獻，秋巖坐致胡騎迫。動地鼙鼓來，稺存干霄箭烽射。黄旗卓遙空，季逑紫電飛竟夕。蹌鐵鏗有聲，秋帆摐金浩無迹。效死敵狼貙，竹嶼羞降代巾幗。遺蹟久混茫，道甫荒陵莽稍摵。金臺不復黄，秋巖羽埒為誰碧？牛羊隨寢吪〔六〕，稺存樵牧任鞭策。吞聲西日斜，季逑迴立秋漢窄。將軍傷白頭，秋帆弟子失旁魄。粉墨自蕭條〔七〕，竹嶼精芒尚流奕〔八〕。請看房四星，道甫晢晢亘天

白。秋巖

【校記】

〔一〕「墮」，《詩徵》卷一百五十五、《詩傳》卷二十二作「隨」。

〔二〕「盻」，《詩徵》卷一百五十五、《詩傳》卷二十二作「盼」。

〔三〕「果」，《詩徵》卷一百五十五、《詩傳》卷二十二作「杲」。

〔四〕「羈」，《詩徵》卷一百五十五、《詩傳》卷二十二作「羅」。

〔五〕「維」，《詩徵》卷一百五十五、《詩傳》卷二十二作「惟」。

〔六〕「叱」，《詩徵》卷一百五十五誤作「訛」。

〔七〕「自」，《詩徵》卷一百五十五、《詩傳》卷二十二作「日」。

〔八〕「芒」，《詩傳》卷二十二作「茫」。

周曶鼎聯句〔一〕

銘及釋文

隹惟王元年六月既朢古「朔望」字從臣，「望遠」字從亾，不同。此用正字。乙亥王才在周穆王太口口此行十八字，蝕兩字。曶許慎曰：籀文「叒」字。曰曶《論語》有「仲忽」，《漢書·古今人表》作「仲曶」。許慎《說文解字》無「曶」字，有「㫚」字。

『曶』應亦『𠮚』字古文。令『命』古用『令』字。女𠬪更乃且祖考𤔲治卜事易錫曶赤ꝏ《古爾雅》以為即『環』字。戠敦作『ꝏ』，同。囗囗同上。用事王才在𨖹此字上從省文𦥑，中作𠕁，又從卩、從口、從辵，未能析辨，或即古文『遷』字。应居井鐘鼎家皆以『井』為『郉』。案：周公子所封邢侯，字從开。從井者為鄭地郉亭。二字不同。攷《穆天子傳》有井利，秦有井伯，是古有井氏，應讀本字。叔易錫曶赤全禮：天子用全純玉也。㻌即『璑』字，三采玉名。曶受休囗囗同上。王曶用絲金卢作朕文孝『考』字通用。𡧈《解字》有『宄』，云：『古文作㚇。』此從宄、從攴，攴與又同義，當即『㚇』字之異文。白伯䵼鼎《玉篇》云：『䵼，煮也。亦作鬺。』案：《解字》有『鬺』，然則『𩱦』即『鬺』字古文。牛鼎曶其萬囗此行蝕一字。用𥘈祀。古『示』字作『𠀚』。子子孫孫其永寶。

右共八十一字，蝕者七字，存七十四字，疑者一字。

隹惟王三四月既生霸霸字從月，從䨣，所謂月始生䨣然也。經典多借『魄』字為之，此用正字。辰才在丁酉井叔才在異應是地名而無考。敢囗囗此行蝕二字。事丁《玉篇》云：古文『及』。小子𪗛應是𢿌字。此字三書皆異而義總同。以限訟于井叔我既賣贖女五囗囗同上。父用斤馬𠦬絲限訟曰比則畀我賞古無『償』字，即用『賞』。馬效囗囗此行十七字，蝕兩字。畀復乃絲囗此字蝕。效父𠥼訟𪗛𢿌曰于王參門囗囗此行共蝕三字。木枝用責𢓊徙賣贖絲五夫用百爰即『鍰』字。鍰者，鋝也。古者以二十兩為三鋝，故《攷工記》：『戈重三鋝。』鄭康成注：『許慎《說文解字》云：「鋝，鍰也。」今東萊或以太半兩為鈞，十鈞為鍰，鍰重六兩太半兩。』坫案：《尚書·呂刑》：『其罰百鍰。』偽孔安國傳：『六兩曰鍰。』陸德明《音義》：『馬融云：賈逵說：俗儒以鋝重六兩。《周官》：「劍重九鋝。」俗儒為是。』鄭不用六兩之義，故以許書及東萊云云為証。許氏之學即出于逵，故逵亦以六兩為俗說，馬融則直用之矣。《小雅》曰：『二十四銖曰兩，兩有半曰捷，倍捷曰舉，倍舉曰鋝，鋝謂之鍰。』亦承馬融之誤。《史記·周本紀》『鋝』作『率』，是借字。又《平準書》有『白選』，《漢書·蕭望之傳》有『金選』，亦並即『鋝』字。《尚書大傳》云：『夏后氏不殺不刑，死罪罰二千饌。』『饌』亦與『選』字同。蓋『饌』即『選』，『選』、『率』即『鋝』，而『鋝』與『鍰』

同義也。古者贖罪每云『鋝』，亦云『鍰』。此小子𢿢與井叔作罰罪之詞，故亦用此字耳。㸓即『別』字。出五夫囗囗同上。罰匫囗又君罘豈全井叔曰才在王囗此字蝕。匫賣贖囗囗此行共蝕三字。不𨒪造𠬪從廾、從又，又與手同。即《解字》之『𢍏』字。曶毋畏𢦒從戉，下二。疑『戚』字。于比曶則拜䭬首受𢆶王存乂《切韻》以為即『茲』字。五囗此行疑蝕一『夫』字。曰𩫖即『墉』字。古『庸』字作『𩫖』。曰亙恒曰龍曰囗此字未詳。曰相事爰以告比匫畏囗此行共蝕兩字。以曶尊𢓊仲偁父鼎有『𢓊』，云古文『及』字，與此同。羊𢆶茲三爰鍰用到𢆶茲及曶匫毋借為『誨』字。于比囗囗此行十九字，蝕兩字。囗囗蝕字。舍𢿢𢿢夫五秉曰才在尚畏𠱐處乃邑田比則畏復令命曰𥎦諾。

右共百有八十二字，蝕者二十一字，存百有六十一字，疑者一字。

㫺昔饉歲匡衆及臣厶私夫寇曶禾十秭《韓詩》曰：『陳穀為秭。』《解字》曰：『數億及萬為秭。』以匡季告東宮匫曰尨乃及乃弗退《尚書》：『我興受其敗。』《解字》引作『退』。女匡罰大匡匫䭬首于曶用五田用衆一夫曰𫃖即『益』字。《解字》有『嗌』，云：『籀文作𦏧。』《漢書·百官表》伯益字亦作『𦏧』。用臣曰𨍏叀囗𦥑恒曰𡗢奠。又古文以為即『鄭』字。曰用𢆶茲三四夫䭬首曰今即『余』字。《解字》云：『余從舍省聲。』以此論之，是從古文『余』，不必從『舍』省矣。𧶠無匫則寇是囗此字蝕。不丏『乏』字。𡺸此字未詳。余曰或以匡季告東宮曶曰才在唯朕囗此字蝕。賞償東宮匫曰賞償曶禾十秭遺十秭𢽍敢厶私秭囗此字蝕。秭或弗賞償則囗此字半蝕，未詳。山此字未詳。秭匫或即曶用田二又有臣囗此字蝕。月伯庶父敦有『月』，薛尚功讀為『舟』字。用即曶田十曰乃五夫曶受匡山此字未詳。秭

右共百有三十七字，蝕者四字，半蝕者一字，存百有三十二字，未詳者四字。

鼎高二尺，圍四尺，深九寸，款足作牛首形。《藝文類聚》引《三禮鼎器圖》云：『牛鼎，容一斛者是也。』銘分三節：第一節蓋因王錫忽赤環赤全珊等，而用金作牛鼎，以祀文考宄伯也；第二節則小子𠭯與井叔訟以金百爰贖五夫，忽受五夫而為誓詞也；第三節則匡衆寇忽禾十秭，忽告東宮，因與匡季為誓詞也。合四百字。乾隆戊戌歲，巡撫公得于長安，屬坫為釋文。土花歷錄，不盡識也。既命工鋟剔，字蹟顯露，因以偏旁證之古籀，而可辨者咸得焉。巡撫公矜此幸存，與同幕士更唱再和，成聯句一首。以坫如豫章之識韓城鼎也，令畧疏文意，兼紀由來，書于詩後。若夫字畫難稽，或磨泐未析，則從闕疑之例云。壬寅之二月十有五日，錢坫記。

陳倉石鼓昔初得，秋帆韓始欲歌辭不敏。偉哉斯鼎晚方出，竹嶼坐使才人俊難忍。鑄成二尺徑四尺，道甫字或如螭又如蚓。東坡欲讀歎塞默，稺存南仲如尋有謁僢。賴通六藝求偏旁，季逑頗涉百家知的埻。文云生霸合班志，以霸為魄差可引。秋帆又云賞平馬証許書，有賞平無償乃其準。推尋井氏得穆傳，竹嶼考驗王居值京尹。同名不嫌或齊忽，道甫去古未遠猶稱朕。信知穆後有共宣，稺存不到周餘入獵狁。豐宮當時大祫禘，季逑重器昔聞陪業簴。銘功示世真恢奇，秋帆覆鼏入門何軥殷。六卿無事飽公餗，竹嶼同姓駿奔分社裖。百鈞涵牛自腹凋，道甫半面鑄饕尤目眕。雷雲舊制匝糾結，稺存彩翠細文浮癮胗。薦之仍几承以黼，季逑佐以莞筵繢之純。巧倕如過訝齕指，秋帆力士試扛曾絕臏。豈知楚問至郟鄏，竹嶼早見秦謀動儀軫。子孫永寶嗟云云，道甫匕鬯一驚憂惷惷。遷都已謝挈瓶智，稺存入泗還聞貢金隕。休屠出世先崢嶸，季逑長翟模形亦輪囷。此時此鼎落何處，秋帆藏壑藏舟守其牝。咸陽原頭赤流燒，竹嶼渭水都前綠封畛。曾鄰馬冢勢隉杌，道甫留鎮終南骨巉嶙。誰云有耳竟沈埋，稺存幸免折足遭牽紖。宣和大索究誰獲，季述神物欲降須天允。時清一出世方寶，秋帆斗際多年氣成蜃。廟堂之質古所惜，竹嶼草莽如遺孰當愍。試讎經傳識科斗，道甫藉埽俗學喧蛙黽。泥沙乍脫尚斑駁，穉存颜色驟開還彭⿺真粦。靜思世事直奔駒，季述卻愛字鋒仍畫隼。與君拂拭過銑鋈，秋帆使我摩挲類珉珚。焦山鼎存苦狹陋，竹嶼吳郡地大空隱賑。靈巖之山水之涘，道甫積翠疑鬟黛疑鬒。明駝千里好移致，穉存錦罽十重宜載稇。詎因魑魅避光芒，季述要伴金仙置闌楯。鈞金摩拓動都邑，秋帆闤縣傳看走愚惷。便從空界與山壽〔二〕，竹嶼不共恒沙隨劫盡〔三〕。高齋古色燭鬚眉，道甫祕室清吟鉥肝腎。成詩或讓侯喜奇，穉存識字庶謝楊雄哂。季述

【校記】

〔一〕《澄清堂稿》卷下錄此詩無銘文釋文及錢坫題記，題作『曶鼎歌畢中丞沅席上分賦』，題下並有小注云：『詩本分賦，《樂游集》刊為聯句』。聯句者姓名亦被删除。『曶』底本作『忽』，兹據詩正文與《澄清堂稿》改。

〔二〕『空界』，《澄清堂稿》卷下作『物外』。

〔三〕『恒沙隨劫盡』，《澄清堂稿》卷下作『劫灰隨數盡』。

集終南仙館觀董北苑瀟湘圖卷聯句圖以謝玄暉送范彥龍詩『洞庭張樂地，瀟湘帝子遊』二語為境

一綠千里何迢迢，秋帆人煙不接水氣驕。竹嶼雲霞今古見復消，道甫天若蓋笠峰覆瓢。獻之扁舟胡來波上飄，穉存絲風微吹絲雨撩。季述前有雙姝颜若苕，秋帆下謫經歲猶垂髫。竹嶼仙骨一束從風搖，道甫欲

出天外難招要。獻之坐中一人衣帶影，穉存華蓋柄曲星垂杓。季逑瑤罕戌削侍從幺，秋帆乘風而來氣忽飈。竹嶼得非有虞從二姚，道甫往帝七澤都三苗。獻之從舟三人靜不囂，穉存緑袂乍舉朱唇歊。季逑排笙組瑟相和調，秋帆始若有慕終無聊。竹嶼將毋楚人為楚謡，道甫傾耳欲聽心搖搖。獻之萬象匪意所及料，穉存零陵内史仙格饒。季逑新亭促别心焉忉，秋帆詩非沈約迺謝朓。竹嶼想涉太古神寥寥，道甫憑誰意會來生綃。獻之鍾陵仙人官庶僚，《圖畫見聞志》：源，鍾陵人。穉存微軀遠寄如鷦鷯。季逑中洲北渚時逍遥，秋帆瀟江湘江初上潮。竹嶼水色欲盡天為繚，道甫其下雜插蘆葦蕉。獻之間以弱柳垂煙條，穉存一千年前新月嬌。季逑遠映漁子來巖腰，秋帆罾若蛛網人蠨蛸。竹嶼目所到處神與超，道甫真宰上訴誰遮邀？獻之靈均墜魄已莫招，穉存王郎經湘亦復夭。季逑蛟宫龍堂悲寂寥，秋帆水底大集文壇梟。竹嶼靈珠出握光入霄，道甫以日為夜星為朝。獻之幻作墨寶猶騰熇，穉存翻飛落手豈倖徼。季逑裝之古錦匣亦雕，秋帆東西北隨使者軺。竹嶼秋堂展翫清以瀏，道甫題詩媿比英咸韶。獻之直須大斗胸中澆，穉存為公浮白歌離騷。季逑

卷下

今體詩

開成石經聯句并序

唐刻十二經及《五經文字》、《九經字樣》，在今西安府學後舍，通計石二百二十有八枚。按宋黎持記石舊在務本坊，天祐中韓建築新城，委棄于野。朱梁時劉鄩守長安，從幕吏尹玉羽請，輦入城中，置唐尚書省西隅。汲郡龍圖呂公復徙置於府學，分為東西，次比而陳列焉。明嘉靖乙卯地震，石半摧陷。本朝康熙庚子，曾經裒輯，未蕆厥功。乾隆壬辰，中丞畢公持節關右，釋奠伊始，詢訪古刻，見下宇傾圮，植石零落，顧瞻悚息。旋於榛莽鎪會，復得遺刻數十方。爰議修建堂廡，排比甲乙，分植其間，用以侈錫方夏，垂示永久。竊惟經典所以載道，顧道雖無窮，而器則有敝。石經肇自炎劉，熹平所立，凡四十六碑。魏正始間仿之，所謂一字、三字諸刻，久隨運代遷徙。至後蜀成都、宋開封、臨安，並有樵勒。今惟祥符僅存四石，杭郡僅存八十七石而已。夫《書》原稽古，

《易》著觀文。竊歎古今鑒藏家偶得宋元剞劂叢書、别集，每相珍惜夸詡。矧夫聖謨古訓，復為唐賢校勘書寫，勒在堅珉，垂諸東序，天球大貝，其為寶貴，當更何如？而世之人往往未暇顧此，其得謂知所先務者耶？壬寅春正月上丁，中丞致祭廟廷，同人咸往觀禮。竣事後，循覽貞石，相與共賦長律一章，以志其事，凡八百字，并屬泰來書於碑末，用代題名云爾。

孔壁羣經在，秋帆斯書八體更。請觀唐太學，道甫直紹漢東京。伊昔乾綱振，江寧張復純止原初因泰道清。殷憂開福祚，獻之仁讓戢戈兵。發迹同陽武，稺存除姦過子嬰。冗員裁伎術，季逑隻日見公卿。馭世方多暇，秋帆司天亦有禎。李充陪釋奠，道甫翟黼奏開黌。秘閣東西列，止原遺編甲乙呈。其時冬十月，獻之二載號開成。鳳漏傳深禁，稺存天香雜佩珩。軒堯臨斧扆，季逑稷契掌機衡。先鄭原遥胄，秋帆臣覃敬署名。備官兼祭酒，道甫乞上法熹平。拜表稱干冒，止原鋪墀久屏營。五三經戹𡰥〔一〕，獻之百六卷從横。帝曰嘉斯績，稺存疇咨展乃誠。宿儒須日拔，季逑天語自風行。識藉揚雄洽，秋帆讎資子政精。校量秦博士，道甫趨走魯諸生。法變陳留蔡，止原形摹下杜程。殊文删⿴囗乙囯，即日月，唐武后造。獻之新字戒䨓𩃬，音彎觥，吳孫亮造。樣自由元度，稺存音仍用德明。選毫知兔泣，季逑驅石有神驚。一一蒲車載，秋帆堂堂露闕盛。琅玕交動影，道甫絲竹暗藏聲。元白真箝口，止原韓裴欲眩睛。扇天當北戶，獻之切地倚南榮。峭似崩雲駐，稺存駢疑駭浪撐。蛟龍時攫畫，季逑奎壁夜晶瑩。焕矣依天府，秋帆巋然鎮斗城。卜年傳萬萬，道甫碩畫自庚庚。豈意壇山石，止原難藏汲縣塋。斯文愁一墜，獻之大夏竟同傾。節角薶苔蘚，稺存榱題竄鼬鼪。流傳多贋版，季逑剝落半沉阬。一片從樵牧，秋帆何方避鼓鉦。代移應鬼守，道甫時去懼雷轟。有客來開府，止原多年此駐營。使君終好武，獻之幕吏竟非傖。便訝摧為礮，稺存翻成愛似瓊。聖經危更續，季逑物理否還貞。浮世真過隙，秋帆嘉賓等食苹。朅來同訪古，道甫悵好值新晴〔二〕。壁水深浮藻，止原林鴟細學鶯。偶因尋贔屓，獻之復此覲崢嶸。鈎勒曾緘篋，穉存摩挲獨倚棖。升堂欽禮器，季逑忘味等韶韺。與士為模楷，秋帆伊誰覆棟甍。時清修廢事，道甫公德及斯氓。謂中丞。手自披趺額，止原心憐共瓦鐺。護加丹楯麗，獻之出帶土花頳。石鼓初遷地，穉存蘭亭頗覆罌。是碑猶磊磊，季逑試擊尚硜硜。賴子窮三體，秋帆因公更一鳴。許書時不用，道甫周籀俗何輕。呴史譏非妄，止原參功詎合旌。為求文歷歷，獻之直使意怦怦。有口初嫌士，『對』字从『口』，漢文帝改从『士』。穉存三田竟易畾。『疊』字从『畾』，王莽改从三『田』。罔非秦忌改，秦忌『辠』字，用『罔』『非』字為之。季逑彡景葛書并。『影』本作『景』，葛洪《字苑》始加『彡』。似此諸經易，秋帆能無下士爭？書循安國偽，道甫傳亂左丘盲。九易惟從費，止原三詩直取亨。雅詞加虫鳥，『虫』音虺。獻之禮本失濯鬃。古文『祧』作『濯』，『祊』作『鬃』。玉筯非無伎，穉存珉材若待評。時如追史佚，季逑隸豈守秦嬴。當代開蓬館，秋帆呈書及晏楹。雅流胥薈萃，道甫藝術有根莖。藜火虬檐澈，止原仙才虎觀盈。百家刪稗莠，獻之萬卷別瑤瑛。論列須公等，穉存招要盡國英。陽冰曾獻柬，季逑江式有餘情。玉燭調方久，秋帆鴻都事合賡。蜀經成露電，道甫宋刻久榛荆。作聖誠超古，止原如川一到瀛。卑唐徒爾爾，獻之佚漢自諻諻。揖讓黃虞夏，穉存翱翔頡誦彭。魯魚迷早辨，季逑科斗寫誰令？舊刻爭留詠，秋帆新材待發硎。大書重作頁，道甫文治翊恢宏。止原

【校記】

〔一〕『屖屈』，《詩傳》卷二十二作『屈屖』。

〔二〕『悵』，《詩傳》卷二十二作『暢』。

華清宮故址聯句

甲觀推三輔，秋帆離宮溯盛唐。邑當秦内史，竹嶼山作古陰康。統自先天禪，道甫祧承五葉昌。麾戈綏國步，穉存負斧振王綱。百度依皇極，季逑諸臣凛憲章。封巒兼泰華，長洲吴紹昱德甫拓地盡河湟。上理幾元化，秋帆真靈降帝鄉。長生期縹緲，竹嶼中禁厭周防。懿此邦之右，道甫隗其鬱以蒼。根蟠西土厚，穉存陰逼午雲涼。嶺半分星宿，季逑峰多雜雨暘。懸流明鏡夾，德甫注壑委紳長。溉霧晴難覺，秋帆烝霞曉不遑。巖端呈絳闕，竹嶼樹杪架飛梁。萬戶銅交鎖，道甫層岡粉界墻。百司環近陛，穉存十宅錯迴廊。花萼迷前路，季逑星躔接九潢。踆烏光隱映，德甫支鵲影微茫。七挍覓依蓀，秋帆千官鶴引吭。鏗鏜虯拂郁，竹嶼開扇雉飄颺。珠靭驕三國，道甫金羈鬭五王。煒衣同輦侍，穉存黃繖一輪張。大駕方逾畛，季逑前驅已過閶。受朝簾箔暗，德甫頒朔瑪璜鏘。蓬觀私榮李，秋帆沙隄黨植楊。陳辭無董勸，竹嶼懸象有禎祥。麴蘗調玄漠，道甫宮商儼贊襄。嵩呼中谷應，穉存天語隔煙詳。陟降由旬島，季逑低徊十六湯。星津詞鄭重，德甫月地幸彷徉。紫玉裁為篴，秋帆青霓想作裳。樓臺長結霧，竹嶼卉木不知霜。昔在恢基日，道甫由來閱武場。唐自高祖武德六年始幸溫湯，校獵於驪山，嗣是著為令典。穹霄乘作肅，穉存外事用惟剛。衰草無邊白，季逑驚沙一片黃。英雄歸駕馭，德甫飛走識騰驤。叱咤風雲氣，秋帆趻趲劒戟光。熊彪相顧盼，竹嶼狐兔敢遮藏。藉使韜鈐習，道甫兼令士馬強。載惟思尚父，穉存諫不拒東方。隙駟俄成逝，季逑從禽遽兆亡。錄纔淪洽鏡，德甫柄蚤失干將。養虎真遺患，秋帆封狼肯受戕。三塗容易裂，竹嶼四扇苦難搪。火箭飛黃屋，道甫金戈指御牀。親征詔元降，穉存下殿議先倡。貂珥倍行幄，季逑蛾眉勉急裝。將軍何跋扈，德甫天子太彷徨。殺氣橫官路，秋帆陰風慘佛堂。白飄三尺練，竹嶼紅斷一枝棠。掩袂辭孤驛，道甫銜枚走北邙。帝車聊蜀道，穉存天意自儲皇。內草方傳命，季逑前茅已劃疆。蚩尤行就僇，德甫黃道復當陽。司隸章重覩，秋帆勾陳氣載揚。九河供洗甲，竹嶼八駿頓廻韁。去似春難別，道甫來如夢未忘。翠微晴歷歷，穉存新漲綠汪汪。澀浪猜鳴佩，季逑宮花罷晚妝。安從鸜鵒問，德甫酸遺荔芰嘗。錦韈愁雙掩，秋帆金釵淚一行。星仍廻七夕，竹嶼雨祇怨三郎。短景勞催馭，道甫長星勸舉觴。軒弓看欲墮，穉存秦壁待誰禳？有客歌長恨，季逑含情訪未央。陰符資聖姥，德甫嘉頌第元萇。氣候三春盡，秋帆虛無一徑妨。坐憐斜日瘦，竹嶼行愛野雲翔。蹇產金仙閣，道甫蚴蟉玉女房。檐虛凋菡萏，穉存瓦鬬破鴛鴦。冷蕊低妨帽，季逑幺荷緩挹漿。暗紅流不散，德甫真豔洗猶香。守吏邀傾蓋，秋帆耕民拾墜璫。探懷惟古意，竹嶼發韻總清商。舊史書承統，道甫綏猷倚晙良。如何三紀盛，穉存旋致耄期荒。重色原傾國，季逑由奢每積殃。存亡機自決，德甫修短運靡常。幾見宵烽誤，秋帆空悲夜市忙。何因降西母，竹嶼堅坐話滄桑。道甫

上巳前五日同人觀桃杜曲聯句

韋杜春光麗，良辰好共探。秋帆地鄰天尺五，節近月重三。竹嶼澮浥煙痕斂，霏微霽景含。獻之遙瞻林灼灼，恰傍柳毿毿。穉存紫霧藏深塢，紅雲護曉嵐。秋帆幾株浮遠岸，一樹照澄潭。竹嶼密蔭依叢竹，繁陰拂古柟〔一〕。獻之枝頭鶯語滑，蕊底蝶情憨。穉存笑靨迎風豔，嬌姿倚日酣。秋帆斜侵溪女鬢，輕壓野夫

擔。竹嶼螺髻堆濃碧，魚鱗漾蔚藍。獻之望中迷匼匝，眺處極參覃。穉存渺渺通長薄，盈盈駐短驂。秋帆穿林驚晛晥，掠水聽呢喃。竹嶼綴錦疑施幄，凝香別有龕。獻之冶游窮水北，舊事憶江南。穉存磵繞幽人宅，桃花磵為趙凡夫別業。溪環處士庵。唐六如號桃花庵主。秋帆橫塘波似鏡，空谷石長谽。竹嶼草嫩宜調馬，桑穠待浴蠶。獻之晴絲空外卷，花氣晚來醃。穉存打槳多蘭艇，連杠動筍籃。秋帆狂思傾百榼，興每擘雙柑。竹嶼歲序驚飄梗，朋遊少盍簪。獻之驅車經灞滻，廻首隔崤函。穉存東閣賓還集，西郊樂且耽。秋帆沖懷陪謝傅，雅尚得劉惔。竹嶼小隊臨青綺，行廚挈素盦〔二〕。獻之炊鱸香噴椀，浮蟻綠盈甔。穉存飯煮青精滑，茶翻白乳甘。秋帆珠喉憐薛訪，蠟板愛何戡。竹嶼鸜舞何妨達，魚喰未覺貪。獻之悠然齊物我，曠矣視彭聃。穉存競識題襟趣，終懷投轄慚。秋帆新篇凌鮑謝，深契託僑郯。竹嶼促席玄言得，揮毫妙義參。獻之永和蘭渚會，正始洛濱談。穉存坐久昏鴉集〔三〕，言歸暮鼓鐔。秋帆水嬉差可擬，泥飲尚能堪。竹嶼崔護門長掩，樊川路自諳。獻之他年追勝賞，聯騎更趂驔。穉存

【校記】

〔一〕『柟』，杏雨草堂本作『楠』。

〔二〕『絜』，杏雨草堂本作『潔』。

〔三〕『鴉』，杏雨草堂本作『雅』。

重修灞橋紀事聯句

秦關浩蕩依天險，竹嶼渭水蒼茫到海遙。道甫鼇極深蟠分地絡，秋帆鼉梁高峙建霞標。季逑銀濤隱撼

驚鱗屋，竹嶼玉蝀斜飛想鵲橋。道甫憑眺宏規嗟漢代，秋帆摩挲鉅製紀神堯。季逑朝宗玉帛輸千品，竹嶼祖道衣冠集百僚。道甫三疊陽關朝雨歇，秋帆一聲河滿別魂銷。季逑芙蓉佳氣通仙杖，竹嶼楊柳東風拂苑條。道甫紅映長林鋪綵纈，秋帆綠齊芳草雜蘅蘼。季逑晴沙徑僻容鷗占，竹嶼碕岸莎平任鶴翹。道甫廣陌微聞歌緩緩，秋帆廻隄極目水迢迢。季逑何人簾幕修花譜，竹嶼幾輩旗亭問酒瓢。道甫葺帽衝寒驢背滑，秋帆絲鞭趁曉馬蹄驕。季逑時移物換徵前史，竹嶼戟折沙沉閱幾朝。道甫鐵馬嘶風悲斷壟，秋帆銅人辭月泣深宵。季逑池荒興慶寒蕪碧，竹嶼燒入昆明劫火焦。道甫望裏一杭行泛泛，秋帆吟邊獨木步搖搖。季逑觀濠詎有蒙莊興，竹嶼涉洧空傳鄭國謠。道甫勝地遺墟留宿莽，秋帆清時惠政紀重霄〔一〕。季逑旬宣屢駐中丞節，竹嶼諏度頻煩使者軺。時奉諭旨，以橋為漢唐故蹟，命中丞與修亭少司空相度，重事修建。道甫原隰周防無壅水，秋帆川涂經畫見乘橇。季逑千夫應節趨鼛鼓，竹嶼萬袂連雲競冶銚。道甫誰遣神人鞭巨石〔二〕，秋帆却驚巧匠結棼橑。季逑江干歷碌聯鑣騎，竹嶼煙際咿啞出浦橈。道甫齾齾危闌排雁齒〔三〕，秋帆澄澄倒影臥虹腰。季逑馮夷擊鼓喧清夜，竹嶼織女廻車拂絳綃。道甫路近隑州思載舫，秋帆春回上苑聽遷喬。季逑縈紆素練侔雲漢，竹嶼映帶嚴城傍斗杓。道甫瑰麗詞宜銘析里，秋帆崢嶸氣已敵凌歊。季逑登臨共美黃圖壯，竹嶼文筆爭誇陸海饒。道甫礲石千秋同記述，秋帆洛陽碑版至今昭。季逑

【校記】

〔一〕『紀』，杏雨草堂本作『祀』。

〔二〕『鞭』，杏雨草堂本作『驅』。

〔三〕『齾齾』，杏雨草堂本作『曆曆』。

同人集環香吟閣分賦聯句四首

秦阿房宫鏡

十二金人鑄未完，秋帆銷兵仍復寫團圞。幾經焦土塵光掩。竹嶼曾並離宫月影寒。嶺翠似鬟愁更照，道甫苑花如面記嘗看。若教應語還多憶，周穆王有應語鏡〔一〕。稺存合共銅仙泣露盤。季逑

漢未央宫瓦

紫微宫闕久荒涼，未央一名紫微宫。竹嶼片玉仍題字未央。曾共朝陽麗鳷鵲，道甫不隨夢雨化鴛鴦。繁華幾見承椒寢，稺存詩句猶思讌柏粱。安得青禽為主客，季逑再來清夜話滄桑。秋帆

隋興國寺塔

岧嶢紺宇俯晴空，道甫普六龍潛有舊宫。寺為文帝潛邸。貝葉幾曾經浩劫，稺存楊花猶自怨春風。庭

陰鶴化寒煙碧〔二〕，季逑檐角雅翻夕照紅。謾向禪林問殘碣，秋帆九成臺殿總蒿蓬。竹嶼

唐景龍觀鐘

崇仁坊裏客游頻，穉存金簴年時憶尚真。長樂舊諧天上韻，季逑玄都不墮世間塵。樓空故苑憑誰主，秋帆宅廢南鄰記有人。觀故長寧公主第。我正閒房春睡美，竹嶼未妨霜氣下侵晨。道甫

【校記】

〔一〕『有應』，杏雨草堂本無。

〔二〕『陰』，杏雨草堂本作『除』。『寒』，杏雨草堂本作『塞』。

石供軒小集賦得關中食品聯句八首

華山薯蕷出仙掌峰

齋廚炊乍熟〔一〕，堪愛玉玲瓏。秋帆瀋想高承露，柔疑細削葱。峰下者歧出如指。竹嶼飯分毛女飽，持較肉芝豐。道甫凡嶺應無此，仙根合配嵩。《別錄》：薯蕷出嵩山。穉存

司竹監筍監在盩厔

芒曲千叢竹，春來被町畦。季逑纔看蒼蘚破，忽訝紫苞齊。秋帆菜把應同送，櫻盤好共攜。竹嶼回思三徑裏，乳燕正銜泥。南中筍有名『燕來』者。道甫

秦嶺石髮嶺在藍田

誰遣青如髻〔二〕，毿毿一望初。稺存淨宜山雨沐，涼愛水風梳〔三〕。季逑秀色連眉見，清齋理鬢餘。秋帆蓴絲知有替，歸夢故應疎。竹嶼

沙苑蒺藜苑在大荔

監牧傳佳植，離離接遠皋。道甫品應超苜蓿，性豈雜蓬蒿。稺存小摘青絲籠，輕翻綠雪毫。季逑連宵銀海眩，煎點莫辭勞。秋帆

南星驛酒驛在鳳縣

無復楊枝碧，惟餘竹葉青。舊傳鳳州三絕為手、柳、酒〔四〕。竹嶼當杯空戀月，過驛祇流星。道甫鄉味憑誰別，山光咲客醒。穉存嘉陵江水便，渾欲載千瓶。季逑

花馬池鹽池在定邊

為愛秋霜似，溓溓出堡中。秋帆堆來看磊落，點去訝青紅。鹽有青紅色者。竹嶼舊職官徒設，高原馬欲空。宋、明皆於此以鹽易馬。道甫祇今資榷計，惟道領河東。穉存

蘆關黃羊關在安塞

俊味傳肥羜，黃花遠戍來。季逑牧從清水堡，檻傍拂雲堆。秋帆底藉凝酥炙，差宜臘酒陪。竹嶼醉餘思壯日，生擊向金臺。道甫

丙穴嘉魚穴在寧羌

潛鱗浮錦浪，千里供珍廚。穉存共詠芡枯句，閒尋斫鱠圖。季逑登盤分甲乙，把酒憶江湖。秋帆碧玉嘉陵水，何人釣緑蒲？竹嶼

【校記】

〔一〕『廚』，杏雨草堂本作『頭』。

〔二〕『髻』，杏雨草堂本作『結』。

〔三〕『涼』，杏雨草堂本作『淳』。

〔四〕『州』，杏雨草堂本作『縣』。

畢沅集外詩詞

畢沅集外詩詞

輯録説明：自《夙願》至《雲濤表弟謁予武昌節院出其世傳清溪草堂重臺桂畫卷索題撫今追昔不勝風木人琴之感因成絕句五章聊寫先世之情好竚盼後起之重榮亦風人長言不足之義至詩字之工拙不及再計矣》其三，輯録自杏雨草堂本《靈巖山人詩集》；自《送友人之山陰》至《韓城行館寄冬友》，輯録自青箱書屋本《靈巖山人詩集》；《無題》二首分別輯録自錢泳《履園叢話》卷八及王培荀《聽雨樓隨筆》卷一；《壽王述菴臬使六十聯句》一篇，輯録自王昶輯《湖海詩傳》卷二十二；《秋日喜竹嶼先生至大梁弇山夫子招集嵩陽吟館聯句竝寄述庵先生即用其送行詩韻》輯録自王復《晚晴軒稿》卷五；《渡江雲·送嚴道甫歸金陵》輯録自王昶輯《國朝詞綜》卷三十八。

夙願

夙願何曾副一毫，十年漂泊尚青袍。停舟蘆渚愁姑惡，走馬花村喚伯勞。豈有文章儕屈宋，但期刀筆佐蕭曹。綠蓑青笠瓜皮艇，海上何人坐釣鰲？

杏雨草堂本王批「姑惡」、「伯勞」絶對。

答友人詢問近況

嘯志歌懷水石間，懶從碧蘚上牆班。窮非有鬼持家拙，睡任多魔屬疾閒。綠盡簾櫳因傍竹，涼生庭館為當山。故人倘問年來事，雲到晴空未易還。

移居

庭虛房曲夜如何，自把新詩自懺磨。南部笙歌天外遠，西鄰燈火壁間多。石排甲乙煩袍笏，病守庚申謝綺羅。一榻茶煙半圭月，不知人世有蹉跎。

赤欄干外四垂天，一度登臨一惘然。丁部似曾聞小説，午橋何處問平泉？瓦瓶竹葉安心醉，紙帳梅花抱影憐。惆悵樓頭陳事滿，小春天氣雨如煙。

食蟹次笏山先生韻四首

秋來何物最相憶？霜前菊花霜後鱸。長安巨蟹更難得，津門遠致道甚紆。以少而貴物愈美，主人酌客為設菹。尖團那復細決擇，空螯咀嚼味亦腴。吾家吏部酷嗜此，拍浮寧數高陽徒。古人今人不相及，尊前風味何嘗殊。秋光彈指詎可失，不然空類包無魚。呼童曉入菜市口，青錢三百豈待逋。清狂畢竟推我輩，酒酣起舞如旋胡。客來不速食庶幾，持螯設難微軒渠。

吳淞之東婁水曲，風物不數蓴與鱸。漁人編簖絡秋水，水底蕭緯曲復紆。一燈熒熒守江畔，蟹螯俯拾雜草菹。珍珠紅滴酒初熟，鼎盤屈曲金液腴。客中時作故鄉夢，清興不減煙波徒。即此一物動秋思，江鄉風景良獨殊。何處插籬種黃菊？幾人彈鋏歌無魚？不如東歸恣快意，舊約不啻償宿逋。雲多水闊稻粱足，況有晚炊供雕胡。荻花空濛夜蕭瑟，臥聽郭索行清渠。

何物公子肝腸無？橫行側睨松江鱸。平湖斷岸煙水闊，爬沙那顧趋走紆。八月霜清香稻熟，腹茫快剪如剝菹。外剛內柔漸充美，遂挾傲骨含精腴。行藏詭譎性疏妄，一十二種繁有徒。巨螯多足類如此，厥狀大同而小殊。縱橫豈但笑螺蛤，氣象直欲吞鰕魚。須臾觳觫投沸鼎，咫尺淵藪難逃逋。先生當筵恣大嚼，熟讀爾雅非含胡。手香新染菊葉綠，愁看黃甲如犀渠。

吾愛元放有異術，玉盤盛取西風鱸。惜乎不致震澤蟹，使我秋思偏縈紆。含黃斫雪有真味，味美不在醯與菹。食蟹趣與作詩等，爬搜剔抉皆清腴。會次領略味外味〔一〕，揣量輕重非吾徒。仁者見仁智者智，蟹圖蟹譜人人殊。新橙佐食頗適口，常材卻棄輕衆魚。言味已落第二乘，安得更上窮搜逋。擅場得意服老手，如説百寶波斯胡。待公他日志林就，請公放蟹歸河渠。

【校記】

〔一〕『領』，杏雨草堂本原作『飲』，據文意改。

杏雨草堂本王批

為蟹作傳，妙絶。（『行藏詭譎性疏妄，一十二種繁有徒。巨螯多足類如此，厥狀大同而小殊』）

道經盤山因使期迫促不得登悵然有作

五盤絕嶺亘天長，鐵鎖高攀願未償。靈實修成丹灶廢，英雄老去劍臺荒。古松歷歷蟠幽壑，疏磬泠泠出上方。寄語山靈勿嘲笑，他時應許叩雲莊。

懷舊遊詩寄王夢樓諸桐嶼兩同年四十韻

風物蕭疏秋暮天，玉堂獨下思淒然。良朋相去各千里，勝事回思已一年。日下聲華儕賈馬，朝端詞賦詡雲淵。成名何必慚王後，作佛應能在覬先。衹覺鵠形難刻畫，那辭楮葉費雕鐫。春遊古寺看花放，夜宿寒窗待月圓。揮翰西清同起草，聯吟小閣共成篇。靜拈玉笛翻新曲，閒買銀魚促綺筵。長晝正逢佳麗處，青年遑問歲華遷。及時花卉須滋長，特達圭璋豈棄捐。出守一麾俱足幸，趨朝五夜竟何緣？不堪出入成單獨，難必班行再接連。梅好任開殘雪苑，茶甘懶趁夕陽泉。空思初地松如蓋，不問何時月上弦。欹枕悶聽杉徑雨，登樓愁對石溪煙。枉將佳句傳新詠，無復清談啓妙詮。寂寂書堂垂繡幕，離離竹影冷苔磚。癡雲盡日猶凝岫，巨艦乘風遂濟川。每倚小庭風磴立，遙望兩地德星懸。關河路遠音書少，詩酒情深友好偏。引睡劇知書有味，消愁便覺酒無權。雲程正遠思騰翮，春水方生待放船。時擬請假歸省。循吏名傳方藉藉，懷恩心切正拳拳。袁安善教慈而愨，黃霸新民靜且專。卻許小胥鈔紀傳，更容開士奉周旋。但逢好石教停馬，時遇奇書請俸錢。齊物論堪同彼此，養生主豈落空玄。一觴一詠消長晝，無辱無榮任晏眠。六詔雲煙山隱見，五溪浦嶼棹洄沿。新栽佳樹圍紅檻，自鑿方塘種白蓮。案牘清晨勞點勘，琴尊良夜互招延。素屏曲逯圍虛閣，斑管縱橫落彩箋。舊事恍如春夢裏，別愁應動晚風前。萍蓬蹤跡何能定？湖海親情益見憐。異地有懷同悵望，八行遙寄頗精妍。浮沉莫與時爭競，涼暖須憑道節宣。花鳥優遊兼吏隱，雲山管領屬神仙。淵明未免閒情累，弘景曾無俗慮牽。報國各舒平昔學，曰歸同買五湖田。一江春水一竿竹，共釣槎頭縮項鯿。

杏雨草堂本王批

七言長律至四十韻，前賢集中罕見。妙在一氣折旋，絕無餖飣處。

好句一路，如吮而出。（『梅好任開殘雪苑，茶甘懶趁夕陽泉。空思初地松如蓋，不問何時月上弦。欹枕悶聽杉徑雨，登樓愁對石溪煙』）

勖以正論，匡以不逮，古人交道如是。（『浮沉莫與時爭競，涼暖須憑道節宣』）

道中

初冬柳已髡，策馬向郊原。落日未沉嶺，孤村早閉門。年豐酒價賤，市遠古風存。安得抛塵世，移家築短轅。

江浦贈劉省堂明府同年

桂花舊夢記分明，邂逅江頭老弟兄。同譜晨星人易散，京華癸酉同人，邇年日漸零散矣。隨車春雨政初成。石交喜挹如蘭味，玉笛愁聽折柳聲。回首碧波新漲滿，滔滔難盡故人情。

寄懷友人時傳經萬峰寺

入山今兩月，佳境易忘歸。石腳鈎雲住，鐘聲挾鳥飛。滿樓惟削壁，六月未生衣。衹有詩成後，應憐和者稀。

舟過丹徒王夢樓同年因柬一首

征帆小駐日方晡，為訪長安舊酒徒。如此江山天下少，似君詞賦世間無。乞將白地明光錦，為寫空林獨往圖。憐我未能雲谷住，星軺千里事馳驅。

杏雨草堂本王批

頷聯愧弗敢當。（『如此江山天下少，似君詞賦世間無』）

清空一氣。（『乞將白地明光錦，為寫空林獨往圖。憐我未能雲谷住，星軺千里事馳驅』）

狄道謁楊忠愍公祠

荒祠遺像肅精靈，箕尾當年炳列星。兩疏千秋懸日月，一門雙節抗雷霆。東林黨論風初煽，西廠鈎辭織不停。碧血孤忠真莫雪，同時冤獄痛張經。

而今

二七良時及孟冬，夫人歸余在己巳冬十月。小春庭院月溶溶。蘭芳菊秀稱佳偶，虀苦荼甘薄素封。舞鳳鏡臺留聘物，彩鸞甲帳斷仙蹤。而今淪謫塵緣盡，知在天都第幾峰？

杏雨草堂本王批 製題妙絕。

遺簡

音塵契闊抵天涯，絮話他年出處偕。搜篋易慳憐旅況，擘箋難盡寫離懷。卿真良友辭多吉，僕本狂生事總乖。芝帙偶翻遺簡在，燈昏淚眼忍重揩。

終宵

吟蛩唧唧換啼鵑，開眼終宵直到明。沉痛心魂疑我死，迷離境界認君生。靈車碾月來無跡，鬼馬因風蹴有聲。房中聞鬼哭及車馬聲。鼠印塵煤蛛網榻，晝衣繡被尚縱横。

杏雨草堂本王批 真沉痛語。（『沉痛心魂疑我死，迷離境界認君生』）

春來

青草長廊別院幽，春來雪霽又風柔。畫簾啓處窺微步，花檻憑時記小留。薌澤尚縈金約指，粉奩忍把玉搔頭。眼前光景心中事，天澹雲開懶倚樓。

恨不

歲晚征人去路遙，乞假省覲，十二月南下。丁寧眠食話連宵。羅繻繡罷纏香裹，玉箸啼殘濕絳綃。茂苑遲來花未落，灞橋重見雪初消。余次年四月抵西安，夫人先於二月攜家入關矣。早知人後歸難必，恨不同卿理畫橈。

廿年

辛苦虀鹽我自慚，廿年家累一身擔。到來死別眉纔展，憶昔生離境豈堪。綠鬢染霜嗟老至，青山採藥並誰探？翻思對泣牛衣日，便學王章也自甘。

連日大風遣悶庚寅

塞垣枯柳綠絲抽，杯酒飛光不可酬。惱煞顛風三十六，一番吹起一番愁。

憶姑蘇十首

虎丘

七里山塘路，紅橋宛轉通。銀燈搖夜月，翠袖引春風。花隱珠簾外，香留鏡舫中。畫樓臨綠水，步屧總虛空。

靈巖

佳麗山添色，繁華劫換灰。玩花人響屧，採硯客眠苔。葉落梧宮冷，簫聲鶴市哀。記曾攜□伴，蹋月上琴臺。

寒山

靈境藏山腹，雲深石磴穿。笙歌喧佛地，羅綺照花天。空谷香為國，高人雪號泉。吳儂莫相笑，驛吏本神仙。趙凡夫以擅勝故疲於迎送，時號『山中驛吏』。

鄧蔚

銅井梅花發，蒼苔萬樹齊。香深人去遠，雪滿鶴來迷。澹澹琴三疊，盈盈水一谿。煙鬟七十二，遙指五湖西。

西洞庭

澤國沉奇境，民風枝鹿初。村連山縹緲，地挾水空虛。鬼斧鎪雲骨，靈威閟玉書。石公招我去，浪跡狎樵漁。

滄浪亭

池館塵囂遠，銀塘菡萏秋。濯纓人不見，飲酒韻長留。宋代多文采，兒時記釣遊。為曾權相占，林石尚含羞。

獅子林

裂分靈鷲石，壘作小飛來。地底螺紋合，檐前鳥道開。華嵩雙咫尺，眉睫鎖崔嵬。十抱青松樹，倪迂手自栽。

逸園

山盡全湖出，波光浴翠微。魚龍助騰嘯，樓閣貯清輝。地許風人占，天容月鏡圍。梅花千萬樹，夢逐雪香霏。

穹窿山

絕壑丹梯路，遙聞金闕鐘。雲雷藏秘籙，天帝肅靈容。道友思裴迪，仙蹤訪赤松。具區湧勝概，縱眺大茅峰。

石湖

楞伽孤塔近，落帽記重陽。波滉紅闌影，風迴紫蓼香。雲龕藏石佛，月艇泛夷光。文穆長吟處，名藍敞草堂。

成紀寓齋不寐感賦

雞嶺劘天障月輪，霜華滿砌感蕭晨。巡城饞虎飢求食，啄屋啼烏夜嚇人。曉市提囊量玉粟，危峰帶斧拾松薪。土磽歲儉艱生計，挾纊如何議拊循。

杏雨草堂本王批

憫農望歲，一片慈悲。

過延川攝縣事詹丞有惠政喜而有作

斗大城懸絕嶺分，荒村鈴柝夜深聞。灣灣澗繞垂垂柳，疊疊峰成片片雲。樂只愧予推衆母，丞哉嘉爾號神君。災區飛挽資鄰邑，絲亂全憑治不紊。

贈涇陽李道士

道人家本住蓉城，鸞馭何年降杳冥？古峭宛如松骨格，清癯渾似鶴儀形。身能溽暑披長褐，樓傍層崖敞碧櫺。時擷落花充早膳，自栽三秀滿閒庭。追隨仙吏朝元巳，來往神山役六丁。叱石成羊春草綠，咒龍為杖野風腥。雲根細斫供琴薦，檉版新裁作枕屏。幾度桑田逢變海，億番苔砌看生蓂。玄言詮出長生訣，小楷書傳護命經。黃紙朱符堪卻祟，牀頭匕首每通靈。長臨花徑收朝露，愛立松臺辨夜星。噀酒晴空飛驟雨，控拳寒臘起驚霆。庚申坐守孤燈碧，甲子頻周兩鬢青。鳳翮席容雲裏臥，霓裳曲許月中聽。折將若木煨茶灶，行向銀河洗石瓶。玉屑飯餐恒不餓，瓊粕酒飲最難醒。渡江蓮可充吟舫，入谷霞堪結幔亭。獨上淨臺朝北斗，曾騎赤鯉戲南溟。筠籃所在收芝菌，金斸長攜掘茯苓。藥圃四時香馝馞，書窗五夜火晶瑩。潛游紫府渾無礙，百煉黃芽未克寧。棋局秋風攤竹塢〔一〕，釣船春雨泊蘆汀。瓦壺細酌天泉冷，石鼎時聞桂子馨。轉注六書明梼杌，寫生叢蓼綴蜻蜓。窮探嶽瀆皆留記，宴處盤盂悉有銘。世味視同波底月，身名指點曙餘星。我慚簪組羈關輔，渠得逍遙向渭涇。縱詡雲霄扶日近，可知蒲柳望秋零。但言山水心先喜，忽話榮華目漸暝。安得乞身同爾去，五湖煙水共揚舲。

【校記】

〔一〕「塢」，杏雨草堂本原作「鄔」，據文意改。

予自荊州旋署月尊已先期歸南得詩三章

畫棟巢營乳燕飛，纔從郢渚卸征衣。誰知陌上花開候，偏向江南緩緩歸。

剪江春水碧無情，雲沚單棲雁影橫。寄語一椿難忍事，孤兒終夜喚娘聲。

小閣題詩罷晚餐，空階簷雨滴潺湲。浣花箋上桃花色，染出嫣紅總淚痕。

武陵行館得裕曾姪秋闈捷報詩以誌喜

江南驛使遞文鱗，桂籍標題姓氏真。餘慶早鳴金鸑鷟，夙根元降石麒麟。芸箱責重思先子，蓉鏡光深照替人。叢菊花逢開口笑，羽觴斟酌過三巡。

是夕遣僮南歸聞月尊尚在天台進香附詩以寄

武陵木落洞庭秋，試院今為三宿留。葉葉芭蕉陣陣雨，教人怎不惹離愁。

訓育恩同己子深，孩時提抱到而今。泥金一紙傳香界，我佛應添歡喜心。裕曾自幼撫養，聞捷音，喜可知也。

□□□□□□□，□□銷盡淚痕斑。昨宵月□□□□，□□□□雙闕間。

和童梧岡無題四首〔一〕

其三〔二〕

吳山回首碧雲流，十載心情半醉休。畫舫紅燈檀板月〔二〕，夢魂何處伴牢愁？

【校記】

〔一〕原作四首，《靈巖山人詩集》卷十五有《和童梧岡無題三首》，已録其中三首，未收此首，兹據杏雨草堂本收録。

〔二〕『板』，杏雨草堂本原作『版』，據文意改。

笏山先生新移海淀寓園得句索和因次原韻〔一〕

其二

回首松門一逕遮，瑞園流水板橋斜。漁歌樵笛天隨里，翠竹江村子美家。楊柳溪山迴晚棹，夕陽樓閣研疏花。先生依舊能寒素，午夜鳴蛙靜不嘩。

【校記】

〔一〕此題原為二首，《靈巖山人詩集》卷十六已錄同題一首，未收其二，茲據杏雨草堂本收錄。

送延清弟南歸〔一〕

其三

莫辭遠道歷間關，世事浮名且共删。驅遣煙霞歸筆墨，平章風月到湖山。板橋茅店人千里，蟹舍漁莊水一灣。松桂十年成約在，肯教猿鶴悵清閒。

【校記】

〔一〕此題原為三首，《靈巖山人詩集》卷十六已收《送延清弟南歸二首》，未錄其三，兹據杏雨草堂本收錄。

雲濤表弟謁余武昌節署出其世傳清溪草堂重臺桂畫卷索題撫今追昔不勝風木人琴之感因成絕句五章聊寫先世之情好竚盼後起之重榮亦風人長言不足之義至詩字之工拙不及再計矣〔一〕

其三

古桂如雲綠影低，先慈曾此掩重閨。兒時常話平泉事，每到花時句屢題。天香書屋，余母初居於此，即開重臺桂花處也。

【校記】

〔一〕此題原為五首，《靈巖山人詩集》卷三十九已錄同題（「署」作「院」）四首，未錄其三，兹據杏雨草堂本收錄。

送友人之山陰

關河方凍合，君又會稽行。别母花辭蒂，依人草寄生。一峰當馬立，亂石與舟爭。如見山陰戴，相煩為寄聲。

移居

尺五城南好結鄰，深沉小院絕香塵。半車家具猶嫌累，幾帙殘書未覺貧。薄宦由來仍作客，索居到處總依人。長安寒士知多少，廣廈何勞庇一身。

江邊老屋似漁舟，煙水蒼茫隔幾秋。遠道音書常恨别，小庭風木逈含愁。傳來雞肋原無戀，占得蝸廬豈自由。不敢推簾向南望，白雲紅樹兩悠悠。

泰安道中

小春風物尚絪緼，嵐影天光色不分。席帽氈衣驅馬去，不知衝破泰山雲。

上山

石滑霜濃出路遲，客愁難訴白雲知。攀躋縱到層霄上，一步淩空一步危。

青箱書屋本王批見道之言。（『攀躋縱到層霄上，一步淩空一步危』）

下山

峰迴絕壑看無底，立馬巑岏怯據鞍。為語僕夫須慎重，上坡容易下坡難。

青箱書屋本王批更妙。（『上坡容易下坡難』）

入婁江界

已抵婁江界，還家半日程。遠峰多畫意，古木易秋聲。酒價豐年賤，鄉音久客生。入門看弟妹，不寐話離情。

青箱書屋本王批

至性出以綵筆，讀之真移我情。（『酒價豐年賤，鄉音久客生。入門看弟妹，不寐話離情』）

落花八首

東風何事妒花蹊，小白輕紅悉委泥。盛到十分天所忌，豔當絕等福難齊。愔愔院宇簾慵捲，寂寂園亭酒懶攜。幾度憑闌成悵望，不堪煙草正淒迷。

祇作人間信宿緣，韶華正好便生天。鸜林貴返虛無路，龍樹能參解脫禪。得傍瓊筵纔幾日，一歸瑤圃動經年。索居正爾無聊甚，腸斷春山泣杜鵑。

小院迴廊正夕曛，風停紅雨亦紛紛。難圓已是如春夢，易散何堪效彩雲。鳳泊鸞漂真類我，香殘粉剩更憐君。西園不用成高會，自過芳時酒怕聞。

風未吹殘雨未侵，芳華祇是怯春深。能將脫略狂奴態，默會乘除上帝心。南北東西隨去住，山林臺閣任升沉。阿儂不乏怡顔處，庭覆甘棠一樹蔭。

小園空結護花鈴，日日山童掃未寧。紅粉何難如脫屣，丹砂不謂果遺形。畫屏煖拶香盈座，玉笛寒吹月一廳。無限惜春憐別意，鬢絲贏得早星星。

不甘花事便闌珊，仍對殘枝強自寬。如意亂揮剛興發，所思他適轉心安。氣清倍覺閒牕靜，陰綠能生小閣寒。斑管麝煤雲母紙，從今寫向畫圖看。

來惟小住去難留，珥墜鈿遺總是愁。村店不聞人喚酒，山莊曾見客登樓。無端別恨情千種，有準佳期歲一周。蜂蝶豈知春已老，暗尋潛覓未曾休。

繁華早識事非真，細算何曾負好春。舞女更番辭甲第，庫錢億萬假丁緡。葉分佳蔭貽諸子，風挹遺芳襲後塵。一色紅雲常不散，移家擬作十洲民。

青箱書屋本王批

妙句。（『風停紅雨亦紛紛』）

連日同行諸公相繼墜馬詩以戲之

絕塵馬逸快無前，衮衮諸公肯息肩。未許佳人誇掠鬢，卻疑賀老似乘船。穿花蝶比雙飛墜，藉草人貪一晌眠。痛定不知思痛否，前途珍重著先鞭。

青箱書屋本王批

中有至理，仕宦者宜銘座右。（『痛定不知思痛否，前途珍重著先鞭』）

宿雙塔堡望月

一輪端正月，萬里泬寥天。不信好秋色，相看意悄然。寒侵砦磧骨，愁促戍夫年。思婦當窻織，高樓合未眠。

蒼龍嶺

石級盤空去，行人伴鹿羣。夜分猶有日，山半已無雲。岳洞魚龍氣，秋林錦繡紋。傳云人定後，仙樂不時聞。

過衛源書院喜晤吳大鑑南同年即以贈别並柬朱三克齋太守三首

晚春客路落花天，不信同君擁被眠。聚散行蹤疑夢裹，悲歡情話雜燈前。又成小别真彈指，再得重逢定隔年。折取隴梅何處寄，綠波人泛鏡湖船。時鑑南將回會稽。

灑淚窮途飲恨長，中年骨肉痛摧傷。雲堂草殯君銜恤，尊甫樸庭年伯中途病没，權殯朱仙鎮古寺。月閣風簾我悼亡。晤對此心同耿耿，相期前路總茫茫。翻思書館蓮池畔，舊夢新篇共権量。壬申冬與鑑南讀書保陽古蓮池，迄今二十年。

一第春闈歲指庚，滄桑小刼十年更。修文我是憐長吉，近得諸二申之訃音。失職人終惜賈生。王夢樓、宋小巖出守方州，相繼罷去。風逐萍蹤難會合，克齋捕蝗延津，往來竟不得一見。嶽舒蓮豔愛將迎。更闌拈罷停雲句，泠雨酸風撲短檠。

青箱書屋本王批

起語從天而降。(『晚春客路落花天』)

題王孤雲長江萬里圖

我觀長江圖,遺憾髮毫無。不同凡畫本,衹足供清娛。横卷十丈勢萬里,流經蜀楚來三吳。海門特峙插雲漢,千派萬派歸尾閭。峰巒兩岸如蓓蕾,爭與水勢屈曲東南趨。溝洫澗渚浦溆港,分合明於脈絡連形軀。其間城郭屯戍暨官守,沿革創廢脩載無留餘。牛毛繭絲十萬字,要害險隘宜防宜守,立論誠良謨。直教禹力不到處,筆補闕略功猗與。形勢名勝具歷歷,功用堪與嶽瀆一經相翼扶。桑欽敘志世所重,觀者稽攷殊艱劬。倘令前人見此卷,應慚山情水意繪寫多粗疏。我今校勘地理學,思力獨出追古初。注茲挹彼足參考,左圖右史真堪佐我萬卷世外之奇書。

青箱書屋本王批

筆力可以扛鼎。(『峰巒兩岸如蓓蕾,爭與水勢屈曲東南趨。溝洫澗渚浦溆港,分合明於脈絡連形軀。其間城郭屯戍暨官守,沿革創廢脩載無留餘。牛毛繭絲十萬字,要害險隘宜防宜守,立論誠良謨。直教禹力不到處,筆補闕略功猗與。形勢名勝具歷歷,功用堪與嶽瀆一經相翼扶』)

治嘗謂古詩之難,莫若敘事,敘事如指諸掌,古文、古詩之妙處具在於此,其適用處亦在於此。杜陵詩史,正此之謂也。

徐居士畫龍歌

本朝畫龍稱巨來周璕，千金購一頭不回。後誰繼？徐居士，濃墨淋漓浪作堆。偶然驤首六合窄，九天雲垂海倒立。我來遠視不敢近，心恐其中有霹靂。一鬐半爪俱神奇，自云渡江親見之。層空蚴蟉兩龍挂，倒捲銀河作雨飛。故獨傳神最真切，所翁未易分優劣。空堂展卷寒風生，澎湃驚濤時起滅。居士身瘦才最雄，怪物鬱律蟠心胸。數奇不偶人已老，聊寄深情毫素中。龍兮龍兮我告汝，四海蒼生望霖雨。何不翻騰上九霄，滿腹雷霆快一吐。

寄題隨園壁

警露仙禽唳九皋，半標誰得較孤高。地當六代人多感，筆有千秋論不撓。泥滯征輪如有角，袖懷名紙欲生毛。午窻睡起支頤坐，茶鼎風前沸雪濤。

畫弄琴書夜老莊，無心出岫笑雲忙。慣司風月雙斑管，占斷煙嵐一草堂。積蘚剗餘堦尚綠，落花掃後地猶香。忘情亦有關情事，紅稻親分海鶴糧。

一雨門前水滿溪，春蔬已喜翠連畦。酒清應用奇書下，花好須徵故事題。蔭日且從雙樹合，延山盡放四墻低。逸人未必無勞處，竹杖尋芳手自攜。

似此人應絕代稀，一回握手一依依。鶯憐紅樹何辭囀，鷺愛清池不忍飛。杯酒英雄俱論定，笑譚文字已探微。從君游即如從學，虛往常教實始歸。

青箱書屋本王批

贈隨園詩多矣，似此超超玄箸，得未曾有。

治無題隨園詩，蓋逃難也。

此句恐複第二首。（『延山盡放四墻低』）

惟隨園足以當之。（『從君游即如從學，虛往常教實始歸』）

奉勑重修華嶽廟成詩以落之

嵂崒峰巒接昊蒼，天教敦物華山一名敦物山鎮西方。秩尊每與三公等，靈響潛通一氣傍。棟宇何年開廟貌，登封自古肅朝章。金函玉節遺徽遠，月殿雲窗奕葉荒。聖代即今崇祀典，偹員于此護封疆。殷勤章奏陳丹陛，億萬金錢賚玉皇。巨礎直思移碣石，宏村真欲截扶桑。役夫雜遝晨昏聚，鼛鼓琤崇遠邇揚。巘巘飛檐淩鳥道，潭潭突廈亘虹梁。雕鏤靈怪棲方供，畫彩簪纓肅兩廊。夭矯銅龍銜日出，褵褷鐵鳳入雲翔。霧生仙掌經堂冷，風起蓮峰石閣香。最好憑欄舒遠目，忽疑遺世入仙鄉。渭河漾戶寒流碧，秦嶺銜窗落日黃。殿迥早沉千障月，地偏先得九秋霜。山川盤鬱迷巴蜀，松檜陰森識漢唐。突兀穹碑磨嶽麓，輝煌金榜麗奎光。偏瞻諸相超凡遠，小憩層軒引興長。薦享匪祈身茀祿，吉蠲惟祝歲豐穰。為欣葳事揮柔翰，潑墨淋漓污苑牆。

青箱書屋本王批

七言長律，古人所難。公集中獨有之，且能游刃有餘，真力大于身也。此種大力盤旋之處，唯少陵五言長律有之，元白已難嗣響。公以七言倣之，是何等巨手。（『最好憑欄舒遠目，忽疑遺世入仙鄉。渭河漾戶寒流碧，秦嶺銜窻落日黃。殿迥早沉千障月，地偏先得九秋霜。山川盤鬱迷巴蜀，松檜陰森識漢唐』）

韓城行館寄冬友

落木渺愁予，秋風小別餘。憑將一片意，寫此數行書。涼夜多霜雪，前途慎起居。龍門雲浪穩，鄭重託雙魚。

青箱書屋本王批

天然勝致，不事雕琢，在集中又是一格。

無題

上林佳處午橋邊，半染紅霞半著煙。記得曲江春日裏，一枝曾占百花先。

玉笛歌殘喚奈何，軍門倚仗涕痕多。羽衣法曲漁陽鼓，都入迎娘水調歌。

無題

壽王述菴臬使六十聯句

河岳騰精氣，奎光協斗躔。泰符呈景運，輔世仰名賢。畢沅豐玉推鴻寶，靈椿紀大年。鳳麟華胄遠，峰泖隱居偏。吳泰來夙學天人貫，含章德藝全。幽思呑卦畫，妙解証蹄筌。嚴長明璀璨紋成錦，崢嶸筆似椽。董帷耽寂寂，邊笥號便便。沅早折郄詵桂，先驅祖逖鞭。豹文終炳蔚，鳳藻必騰騫。泰來鑾輅臨江介，仁膏被海壖。四巡亭伯頌，三禮杜陵篇。長明班馬才堪埒，楊盧譽敢先。詩題紅藥署，職奉紫薇天。沅簪筆揮珠玉，持衡掇杞楩。丰神欽仲寶，幹局重僧虔。泰來公望真隆矣，卿才信美旃。由來梁棟具，不慮雪霜纏。長明駱馬纔驚越，蠻烽欲照滇。弄兵連畇町，負固集獷狿。沅慷慨從軍志，艱難出塞篇。金沙波浩瀚，鐵壁路回邅。泰來伐叛舒長策，招攜握勝權。傳書嗤陸賈，鑿空陋張騫。長明徼外鴞音革，天邊虎旅旋。白狼充職貢，朱鷺奏喧闐。沅武庫將韜甲，威弧未戢弦。連營趨玉壘，振旆指金川。泰來箐密千林暗，硐危萬仞懸。飛橦尋木杪，度索掛峰巔。長明風鶴殊多警，沙蟲劇可憐。援桴勞上相，贊畫賴中堅。沅吹律和風應，攻車吉日涓。賈生工餌敵，衛國善籌邊。泰來帷幄謀千里，機鈐必九淵。

繩橋馳露布，雪嶺耀霜鋋。長明偃鼓驚三覆，鳴鉦駭兩甄。纔看驅虎兕，倏已靖氛祅。沅款塞輸賨馬，歌風徧芋田。燕然銘可勒，鄜閣頌宜鐫。泰來絳闕頒新詔，彤墀繞瑞煙。承恩龍節迓，拜命鷸冠鮮。長明棘寺平反數，槐堂歲月延。樞廷辭僾直，方岳寄旬宣。沅禮意隆三接，光榮沐九遷。雲山豫章郡，琴鶴使君船。泰來滕閣延清賞，匡廬對瀑泉。聲華馳赤棒，況味守青氊。長明暫許松筠返，俄聞綸綍傳。河潼開旭日，汧渭駐雲軿。沅豸節霜威肅，烏臺月彩圓。香山仍學道，摩詰愛逃禪。泰來籬菊寒逾秀，巖松翠更妍。長明憶從龍榜後，相契鳳池前。人海嗟寥濶，官曹喜接聯。沅江湖來素侶，車笠訂前緣。泰來共理懷人篋，欣逢初度筵。岸容花爛漫，庭影鶴翩躚。長明八水青霞映，三峰紫氣連。紅包商嶺橘，碧綻嶽池蓮。沅織女初迴馭，洪崖正拍肩。謝庭春樹曉，荀幄午香煎。泰來即事真蓬閬，他年友偓佺。琅璈聽競響，介祉頌綿綿。長明

秋日喜竹嶼先生至大梁弇山夫子招集嵩陽吟館聯句竝寄述庵先生即用其送行詩韻

離筵憶倚推，鎮洋畢沅弇山別序迫揫斂。棊園箭橚森，江寧嚴長明道甫甘谷菊掩冉。擔簦應招邀，歙方正澍子雲停驂脫幽嶮。齊竽列方濫，餘姚邵晉涵二雲楚履曳真忝。堂儲玉杯册，陽湖洪亮吉稚存榻展桃笙簟。蕭辰近糕萸，復涼候屏卼䡇。索居感榮列，陽湖孫星衍淵如盼友比淒滄。鳴騶忽到門，沅踆烏未沉崦。撫塵願初愜，長明適館愛如慊。相於敘契括，正澍還期味清畬。窻虛語韓雞，晉涵闕曉聽秦獫。思情各難述，亮吉

贈什同再檢。求賢故希千，復設教聊與葳。大梁欝瑰奇，星衍東壁聚光燄。麗澤我占兑，沅善俗君庶漸。才逢令狐憐，長明論折五鹿憸。敦情比投醪，正澍矻俗同喚魘。蓬麻好扶植，晉涵弦縵勤習厭。康民冀登衽，亮吉樹學待磨玷。華年愓瞿瞿，復晏歲行苒苒。陳觴尋深宀，星衍合坐啓半广。薰鑪蟠螭紋，沅風牖闔螺靨。門從月規闢，長明逕藉石勢掩。酸鹹别嗜好，正澍華縟付損貶。高臺遠遺繁，晉涵名園近方弇。林深日俱青，亮吉花豔秋不淡。茶聲寫松吼，復琴曲感鱏噞。劇談妙通玄，星衍抽詩秀於染。為歡未渠央，沅望益一何歉。林端嶺重重，長明雁外河閃閃。枚叔雖至梁，正澍康公尚分陝。仁聲達嘉胏，晉涵餘事勤書槧。述庵廉訪近著金石集成。星郵静叜㑋，亮吉雲墉敵重隒。西安方輯省垣。弭災鴻集澤，復奏食蠶待饜。時朝邑河溢，廉訪親往履勘。結綬咸推陽，星衍依蓮想從儉。奕奕蘭館開，沅軒軒風幔颭。文雄或摔幟，長明筆鋭時代裓。博聞知黄能，正澍釋詁通白歛。用陸璣《詩疏》。綺才春葩敷，晉涵澄懷海波瀲。幕中黄星巖、王半莽、石華、汪少山、趙晉齋、程彝齋、余伯扶、史赤霞、楊賓山諸君皆一時才彦。蘭根擢芳苑，亮吉荷葯出泥濂。靈均今衙官，謂錢獻之。復文舉昔薦剡。曾聞廣容納，星衍奚用老沖澹。絳趺鮮營渝，沅白璧去瘢黶。多公下士誠，長明異彼上交諂。連茹擢英英，正澍曲藝鄙婞婞。功庸勉彝鼎，晉涵述作託刀槧。所惜道阻長，亮吉時增思酸憯。江鄉懷哉歸，復人物碩且儼。月莊蟹豐螯，星衍露陌稻垂𦼮。終當買舠艇，沅相與稅魚䱷。褰裳望淞泖，長明開徑訪苕剡。記取鷗鷺盟，正澍歲月一矆睒。晉涵

渡江雲 送嚴道甫歸金陵

十年三話別，灞陵踏雪，纔過落燈時。擁鑪寒料峭，欲去頻留，屋後馬長嘶。離愁飽慣，到今宵、怕說將離。誰遣此、金尊紅燭，雙鬢已成絲。　垂垂，秦淮柳色，綠似青門，任春風自吹。待再來、環香吟閣，秋以為期。記曾同掬天池水，怎回頭、仙夢都非。人去遠，蓮花共予相思。

附錄

弇山畢公年譜

吳江門人史善長仲文撰次

雍正八年庚戌 一歲

公於是年秋八月十八日未時生太倉州鎮洋縣西關賣秧橋之榮慶堂邸第。

按：公《四十生朝自述》詩云：『吾家老宗系，本自新安分。一遷玉峰麓，再遷婁江濆。』蓋公高祖國志公，明崇禎閒從休寧卜宅崑山縣東南鄉吳淞江之濱，今綠葭浜畢氏先塋在焉。曾祖泰來公，諱祖泰，始遷太倉。大父見峰公，諱禮。父素菴公，諱鏞。前母趙太夫人。母張太夫人，諱藻，系出中吳，浙江常山令淞南先生德純女孫，貴州印江令笠亭先生之項女，母顧太恭人。與武林閨秀林以寧、顧姒齊名，時號西泠十子。太夫人幼承母訓，親聞經史大義及古今忠孝廉節事，皆默識其原委。雍正六年，少宰黃公叔琳奉命督修海塘，寓居吳下，與淞南先生同年至契，聞見峰公陰行善事，曰：『其後必昌。』由是締姻，實生公。江鄉風俗，常以八月十八日傾城士女至吳淞江干觀潮。公適誕於是日，見峰公因錫名曰潮生。其《六十自壽》詩所云『予生恰值潮生日，花滿天香月滿輪』者是也。

九年辛亥 二歲

十年壬子 三歲

十一年癸丑 四歲

弟瀧生。

十二年甲寅 五歲

祖母汪太夫人卒。

十三年乙卯 六歲

公天性穎異。素菴公少羸弱，久謝舉業，見公資禀絕人，私語太夫人曰：『異日亢吾宗者，必此子也。吾多病，不能自課。君嫻文事，宜嚴督之。』太夫人手授《毛詩》、《離騷》，纔一過，輙能覆誦，由是母教益勵。

乾隆元年丙辰 七歲

二年丁巳 八歲

弟澐生。

三年戊午 九歲

曾祖母趙太夫人卒。

四年己未 十歲

始學為詩。《自題慈闈授詩圖序》云：『沅甫十齡，母氏為講聲韻之學。閲一二年，稍稍解悟。繼以東坡集示之，日夕復誦，遂鋭志學詩。同里張丈冰如為繪《慈闈授詩圖》，自題四絕，用誌家學所自。』

五年庚申 十一歲

六年辛酉 十二歲

太夫人命公出就外傅，從嘉定毛先生商巖受業，為制業，根柢經術，淵雅深醇，一洗時下側媚之習。

里中尊宿如沈光祿起元、顧行人陳塝並老於文，稱爲後來傑起。

七年壬戌 十三歲

八年癸亥 十四歲

九年甲子 十五歲

公所著《靈巖山人詩集》四十四卷存稿始於是年，迄辛未，爲《硯山怡雲集》四卷。

時方卒業《文選》，泛覽秦、漢、唐、宋諸大家，窮其正變。詩取徑眉山，上溯韓、杜，出入玉谿、樊川之間。蓋甫入文壇，已獨樹一幟矣。

十年乙丑 十六歲

楊編修繩武雅推重公，每索觀近作，親爲評騭，奬借不容口。集中有即座賦呈詩。

十一年丙寅 十七歲

齋中芭蕉作花，公賦詩，有序云：『紅蕉書館忽放蕉花一朵，狀大如斗，日舒一瓣，現黄金色。殷麗溢目，芬芳襲人。自夏徂冬，榮而不萎。觀者以爲文字之祥，賦詩紀異。』

浙西范處士西坪善弈，稱國工，常主公家。公偶坐旁觀，偶與對局。范讓公僅可三子，訝爲天授。見峰公以游藝廢學，力禁之。後游輦下，亦竟無抗手者。集中有《秋堂對弈歌》追紀其事。

十二年丁卯 十八歲

讀書硯山書堂。

十三年戊辰　十九歲

春二月，汪夫人來歸。

夏四月，素菴公卒。公擗踴號慟，不能起。太夫人慮過哀毀，命理舊業，仍居硯山書堂。於時惠徵君棟博通諸經，著書數十種，至老彌篤。公叩門請謁，問奇析疑。徵君輒娓娓不倦。由是經學日邃。

十四年己巳　二十歲

十五年庚午　二十一歲

長洲沈文愨公德潛以風雅總持東南，海内翕然宗之，公從之游。每稱公詩有獨往獨來之概，南朱北王，不能不讓後賢獨步。嘗同遊香雪海，賦《探梅歌》暨《梅花》七律十首，亟為歎賞。是歲見峰公卒。公髫齡即為大父鍾愛，其《四十生朝自述》詩云『寶護比珠玉，愛養如心肝。下筆為文章，一見便喜歡』也。

十六年辛未　二十二歲

綠葭浜濱臨吳淞江，每春秋展墓，歲必數至，至則盤桓佇戀。賦《吳淞櫂歌》五十首。太夫人語公以讀書期於有用，朱子謂鄉村坐壞人，曷往遊京師，且省舅氏，當益擴聞見。由是治任北上。

十七年壬申　二十三歲

春二月就道，夏抵京師，館族祖給諫誼槐蔭書堂。

著有《三山攬勝》、《白門訪古》、《渡江》、《燕臺》諸集。

嘗賦《病馬行》，直隸總督方恪敏公觀承、少司空裘文達公曰修一見，有國士之目。

秋九月，訪舅氏寶田先生於保陽。時婁東張助教鳳岡先生敘以經術名於海内，主講蓮池書院，與寶田先生為族舅弟。因是留公肄業，切劘最深。吳下經生首推張惠公，兼聞緒論，引伸觸類，於漢唐諸儒之説疏證精覈，其學大成。

有《蓮池吟草》上下卷。

十八年癸酉　二十四歲

秋八月，應順天鄉試，中式舉人。正考官協辦大學士合河孫文定公嘉淦，副考官禮部侍郎滿洲嵩公壽，本房監察御史桐城張公若潍，知貢舉副都御使江都申公甫。

十九年甲戌　二十五歲

春闈報罷，謁外王父笠亭先生於天雄書院，旋歸里門。

有《五湖載酒集》上下卷。

二十年乙亥　二十六歲

春夏家居，為近遊，東西洞庭，屐齒都遍。

秋七月，長子念曾生。

九月，復束裝北上。歲暮抵京師，補授内閣中書，入直軍機處。故《庚辰春朝》詩中有『西垣初直纔臨亥』之句。

二十一年丙子 二十七歲

公儤直樞庭，目擩手披，才思敏給。大學士傅文忠公恒、汪文端公由敦久筦機地，識鑒宏遠，早以公輔期之。

有《青瑣吟香集》前後凡三卷。

二十二年丁丑 二十八歲

二十三年戊寅 二十九歲

二十四年己卯 三十歲

公少年風姿英爽。值西北用兵，公屢欲從軍，不果。其後悼亡詩有云：『書生無命問腰犀。』可以見其志已。

秋八月，弟澐應江南鄉試，中式舉人。

冬十月，平定回部，大兵凱旋。奉旨從優議敘，軍功加一級。有《聖武遠揚平定回部西陲永靖大功告成恭紀》詩。

二十五年庚辰 三十一歲

春三月，以內閣中書應禮部會試，中式第二名進士。總裁大學士常熟蔣文恪公溥、刑部尚書金匱秦文恭公蕙田、禮部侍郎滿洲介公福、副都御使金匱張文恪公泰開、本房編修平湖錢公大經。

夏五月，對策太和殿。上覽《經學》、《屯田》二篇，嘉獎再三，拔置一甲一名，授翰林院修撰，充日講起居注官〔二〕。有《臚傳紀恩詩》云：『敢冀茂才居異等，免嘲名士總虛聲。』又『詩書少荷慈闈訓，姓字親叨御筆題。』皆紀實也。

著《閬風集》前後三卷。

按：吳中舊有『潮到維亭出狀元』之諺，己卯秋，潮適過之，至是果驗。

【校記】

〔一〕『充日講起居注官』，原誤作『充日講官起居注』，據文意改。

二十六年辛巳　三十二歲

散館，入直翰林院。時弟澐以庚辰應試留京，一時聲名籍甚。旋南歸。公他日賦詩〔一〕，有『愁吟軾轍聯牀句，怕説機雲入洛年』之句。

【校記】

〔一〕『他』，嘉慶本作『佗』。

二十七年壬午　三十三歲

二十八年癸未　三十四歲

掌院劉文正公統勳以公才望夙著，凡院中文章制誥，悉委公手定。

二十九年甲申　三十五歲

春二月，長女智珠生。

公先寓石虎衚衕裘文達公第。冬十月，移居宣武門外聽雨樓，樓後二小軒，湯少宰右曾書額曰『得石』。

有《聽雨樓存稿》四卷。

三十年乙酉　三十六歲

春二月，陞授詹事府右春坊、右中允。

三十一年丙戌　三十七歲

春三月，充會試同考官，陞授翰林院侍講。欽命教習庶吉士，兼《一統志》方略館纂修官。

是歲，弟澐以舉人分發江西，試用知縣。

三十二年丁亥　三十八歲

春三月，以講官侍耕藉。時久旱，上盼雨綦切，聞林閒布穀聲，有御製《耕藉禮成》詩一章。召公給筆札，即時和進，稱旨。

夏五月，遷右春坊、右庶子，掌坊事，仍兼侍講。

上以公才可大用，非詞臣能盡其所藴。冬十月，特旨補授甘肅鞏秦階道。

十二月，出京，請假歸省。按：《四十生朝自述》詩云：『丁亥補外初，烏私念明發。一麾六千里，暫假五十日。上堂拜我母，母心大歡悦。』

有《萍心漫草》一卷。

三十三年戊子　三十九歲

夏四月，抵甘肅。總督吴公達善知公才略，奏留綜理新疆經費局務，遂駐蘭州。

秋九月，兼署按察使事。

有《隴頭吟》一卷。

三十四年己丑 四十歲

有《崆峒山房集》二卷。

夏四月，汪夫人卒於蘭州官舍。夫人名德，字清芬，吳郡人。父禱嗣黃山，夢神以綠衣女子畀之，是生夫人。年二十來歸。得太夫人歡，與公伉儷綦篤。有悼亡詩數十首，安仁『望廬』，子荆『除服』，無以踰其哀思也。

三十五年庚寅 四十一歲

甘肅連歲旱荒，各屬官倉已空，方議撥運。公於春二月東行安會，《道中感時述事寄蘭省當事諸公》詩有云：『已絕全生望，猶為半死人。』又：『解渴爭泥水，充飢盡草根。四年三遇旱，十室九關門。』又『怪鳥呼魂魄，妖狐噉血胔。』又『賣兒償一飯，鬻婦索千錢。吞聲知淚盡，分手尚衣牽。』又『可憐人餓死，賑册尚留名。』率沈痛，不忍卒讀。

夏六月，得大雨，賦《春雨》詩二十韻。奉旨調補安肅道。

秋八月，奉命隨總督明公山出關，經理屯田，自木壘河至吉木薩，往返數萬里。

有《秋月吟箚集》、《杏花亭吟草》各一卷，奇峭雄傑〔二〕，詩格至是一變。

階州惡少糾結黨朋，武斷鄉曲。有書吏舞法，羣起折毀其宅。長吏畏縮，莫敢問。公與明公適來分捕，窮鞫得實，列罪為三等，無漏網者。作《哀愚民》一篇，以儆官吏。

【校記】

〔一〕『峭』，嘉慶本作『陗』。

三十六年辛卯　四十二歲

春正月，奉旨補授陝西按察使。時大駕巡幸山東，趨赴行在請訓。詢及甘肅連年苦旱，具奏宿麥未登、新苗待槁狀甚悉。有旨飭督臣加意賑撫，並將通省積欠籽種、口糧、銀四百萬兩全行豁免。

夏四月，抵任，廉得奸宄為閭里蠹者三十餘人，悉寘於法，境内肅然。

弟澐沒於江西寧州公寓。公先有《夢三弟》詩，至是聞訃，有《哭延青三弟》詩，因罄廉俸為姪裕曾置產。

五月，署理布政使事。

冬十月，奉旨補授布政使。

十二月，護理巡撫印務。會兩金川蠢動，京兵及各省綠營兵揀派入蜀，凡所徵調，皆公任之。又思金川谷邃碉堅，利用槍礮攻擊，火藥、鉛彈，川省所貯未必能足，復撥解西鳳、興漢等營及西安清軍廳藥、彈共二十五萬斤、火繩三千斤，送廣元縣存貯備用。旋有旨飭辦，而公已先十日運送矣。其平生精神周密多如此。

著有《青門集》一卷。

三十七年壬辰　四十三歲

春正月，奉旨督理陝西軍臺事務。是月回布政司任。

公雖調遣軍務，偶有餘暇，不廢吟詠。《上元前一日喜雨》詩云：『五更斗入清涼夢，萬物平添歡喜心。』又《花朝復雨》詩云：『洗兵佇看邊氛靜，上市喧傳米價平。』痌瘝民情，隱然可見。又《二月二十日夜夢中得二十八字醒後能記》詩云：『俯仰平生任俠名，崢嶸身世劒縱橫。淵深岳峻空今古，二十年前心已平。』公自云詩甚奇，然不解所謂也。

是年恭逢皇太后八旬萬壽，請以本身、妻室封典貤封曾祖泰來公資政大夫、曾祖母趙氏夫人，於是三世均霑寵誥，時論榮之。

夏六月，奉命護理巡撫印務。按：西安使署靜寄園諸詩、《題梅花道人殘竹畫卷》皆署篆時作。時大軍進勦小金川，其地風高氣肅，節候早寒。公請征兵衣履，先於藩庫借領銀兩，分派營員製造。又慮各營率沿邊散布，地僻物稀，西安、同州二屬貨既充牣，工匠易集，即飭設局製備，於八月望前全數運送軍營。而辦理西路糧餽，鄂侍郎寶復有長夫輓運不若騾馱為便之奏。公謂南路軍營山峻道紆，需糧更急，請將陝西所買騾四千頭解至成都，就近調撥二千〔一〕，赴南路應用，而以二千解送西路，則西、南兩路軍儲均可早獲騾運之益。上覽奏，並深嘉之。

秋九月，回布政司任。

公以蘇東坡先生曾任鳳翔通判，故於十二月十九日生辰設祀，招賓客賦詩，始於是年。公先成七古一篇，和者十有四人。自此歲以為常。凡知名之士來幕中者，皆續詠焉。

【校記】

〔一〕『近』，嘉慶本誤作『進』。

三十八年癸巳 四十四歲

春正月，奉旨護理巡撫。

二月，奏請添改棧内驛遞，以節馬力。時撥運部庫銀五百萬兩，又續解軍營火藥。公令以火藥先運寶雞，俟運鞘騾頭倒回，馱送廣元，接替轉運，省費數萬。

閏三月，請設長安斗門鎮、朝邑大慶關主簿，部議從之。

夏五月，河、洛、渭水並溢，朝邑之東西境凡二十七村莊，衝塌民房八千九百六十六間，被災民口二萬六千三百六十七人。公馳往查勘，分别賑卹，全活甚衆。

自四月至十月，籌備南棧運送京兵，並添派陝、甘兩省綠營兵三千，又派吉林兵四千、西安駐防兵二千，又添派索倫兵一千，章程預定，毫無紛擾[一]。又接運軍餉銀一千五百萬兩，撥解火藥二十五萬斤、鳥槍三千桿、腰刀四千把，一一籌應妥速。復親由寶雞以至寧羌，往來巡護，途次凡四閱月，耕牧無驚。其各臺安設車馬夫騾，自潼關至咸陽，皆已改撥，移駐防兵之用。自興平至寧羌州，各站俱於大兵過竣後概令撤回歸農。每奏入，輒奉硃批曰：『用心可嘉，如所議速行矣。』曰：『諸凡皆妥。』曰：『如此留心籌畫料理，真能不負任使。』

冬十一月，補授陝西巡撫。

著有《終南仙館集》前後共三卷。

是年長子念曾娶婦陸氏，誥封朝議大夫陸公寅女，廣西泗城府知府受豐妹。

【校記】

〔一〕『毫』，嘉慶本誤作『豪』。

三十九年甲午 四十五歲

春二月，奉賜《評鑑闡要》全部。

關輔自去冬至春不雨。省西關舊有太白山神廟，公致齋步禱，遣官於靈湫取水，甘霖立沛。按：太白山即《禹貢》『惇物』，在郿縣境，高二百九十里，峰頂積雪，四時不消。有靈湫數處，歷代以來，久著靈異。公《東坡生日》詩云：『太白西南作靈雨，公前請封後及予。』自注云：『郿縣太白山神，東坡先生曾請封公爵。後降乾隆五年，川陝總督尹公繼善奏請列入祀典。』至是具摺，奏請封號。有旨加封昭靈普潤太白山神，並御書《喜雨》詩章賜公。公有恭和詩並跋一首。

京察屆期，吏部開列在外督撫名單進呈，奉旨：『畢沅著交部議敘。』

夏五月，迎太夫人至署，公弟瀧隨侍。公莅任秦中，屢次迎養。太夫人以年老不欲遠涉，惟作詩箴之云：『讀書裕經綸，學古法政治。功業與文章，斯道非有二。汝宦久秦中，洊膺封圻寄。仰沐聖主慈，寵命九重賁。日夕為汝祈，冰淵慎惕勵。譬諸欂櫨材，斲小則恐敝。又如任載車，失誡則懼躓。捫心五夜慚，報答奚所自？我聞經緯才，持重戒輕易。勿以求煩苛，勿以察猥細。勿膠柱糾纏，勿模棱附麗〔二〕。端己勵清操，儉德風下位。大法而小廉，積誠以去偽。西土民氣淳，質樸鮮縻費〔三〕。豐鎬有遺音，人文鬱炳蔚。況逢郅治隆，鈞陶綜萬類。閭閻守耕鑿，饁畝士依媢。大田歲屢豐，多遺秉滯穗。鼓腹徧康衢，擊缶樂酒饎。民力久普存，愛養在大吏。潤澤因時宜，撙節善調劑。古人樹聲名，根柢性情地。一一踐履真，實心貫實事。曩蹟永不磨，昔賢庶可跂。千秋照汗青，今古合符契。不負生平學，不存溫飽志。卓哉韓范賢，治績前史備。事事規模之，其乃克有濟。上酬高厚恩，下爲家門庇。我家祖德詒，箕裘罔攸墜。痛汝早失怙，遺教幸勿棄。衰年逼桑榆，垂老筋力瘁。曳杖看飛雲，目斷秦山翠。睡起日高舂，乾鵲噪新霽。披衣覽鏡匳，霜雪滿鬢髻。惟餘望汝心，任大勤自毖。書此遠寄汝，汝宜日誦記。勉旃矢弗渝，用作官箴肆。』至是就養官署，一路察訪政聲，聞長安父老俱稱中丞之賢，太夫人喜，抵署又賦詩云：『驂騑乍解路三千，風物秦川慰眼前。到處聽來人語好，頻年豐樂使君賢。』『連朝話舊到更深，不盡婁江望遠心。莫怪老人添白髮，兒童幾輩換鄉音。』『周遭竹嶼與花潭，檻外雲光映翠嵐。儘有瑣窗詩料在，不須回首憶江南。』

秋八月，監臨文闈。

冬十月，典試武闈。

時川省軍營連次克捷，公籌運礮子、箭枝，協撥銀鑲，章程如前。又請開采寧羌州銅礦，改留壩廳通判為同知，改三原縣為要缺，奏入，並報可。

是年遵川運例，為弟瀧入貲為員外郎。〔三〕

【校記】

〔一〕『模』，嘉慶本誤作『摸』。

〔二〕『糜』，嘉慶本作『縻』。

〔三〕此條底本無，據嘉慶本補。

四十年乙未 四十六歲

公器量閎深，惟以維持風教、激揚士類為己任，天下翕然歸之。關中舊有書院，為馮恭定先生講學地。公莅任後，諮訪明師，必取博通今古、品行方正者主之，妙選俊髦，潛心斆學，共相觀摩。後與司道按月輪課，親赴書院，詳加甲乙，並飭各府州縣書院皆實心延訪通人，其姓名、籍貫及更換開館日期，具報撫藩衙門察核，兼責成本道訪查，有不稱職者更之，以收實效，勵人才。奏入，諭各省建立書院處皆倣之。

春三月，兼署西安將軍印。按：是月十六日行經鳳翔，同嚴侍讀長明宿東湖坡公祠，坐月宛在亭，流連竟夕，賦七言絶句五首。侍讀與嵇學政承謙繼和，田太守錫莘勒石湖上。公命修葺祠宇，開通湖水，復還舊觀。

涇陽龍洞渠即鄭白渠，故道歷唐、宋、元、明，代加修理，灌溉農田，為利甚溥。渠傍仲山之麓，鑿石而成，流泉百道，噴薄如斗，俱委輪渠内，勢若建瓴。惟渠與涇河僅隔一隄，涇水泥多，每值暴漲，倒灌渠中，易致淤積，歲修動項不敷。司事者因循遷就，日復一日，泥滓充積渠底，增高水源，旁溢下流，地畝逐漸減少。不及時經理，必至淤塞斷流，使數千年美利遂至湮沒。公親詣仲山洪口，周覽形勢，與司道籌議修濬。至次年工竣，奏聞。

夏四月，卸將軍事。

五月，修理棧道工竣。

六月，清釐八旗馬廠空地，在興平、盩厔、扶風、武功四縣境内，每旗分地一百二十頃，共九百六十傾，牧放馬匹。公署任西安將軍時，以官兵移駐新疆，現存馬三千五百匹，只需四旗廠地，足充牧放。其餘四百八十頃，飭交地方官招募附近居民開墾納租，為八旗賞卹之用。奏入，准行。

秋九月，禱澤華山之金天宮，大雨三晝夜，老幼踴躍歡呼。公具奏，御書『岳蓮靈澍』四字，縣諸嶽廟，並御製《喜雨》詩以賜。公敬和，兼為跋尾，以誌光榮。又著《華山祈澤記》一卷，勒石廟中。

是歲前後運送川營部庫銀一千萬兩，又添派陝兵二千名，撥解火藥十萬斤、箭十萬枝。逮大兵攻克勒烏圍，紅旂奏捷〔一〕，奉上諭：『大功指日告成，一切善後事宜尚需經費。』公從容規畫，輒先期預備，以待凱旋。有《聞官兵攻克美諾連破碉卡殺賊大勝誌喜》詩。

【校記】

〔一〕『旂』，嘉慶本作『旗』。

四十一年丙申　四十七歲

春二月，大、小金川全境蕩平。有《平定兩金川大功告成恭紀鐃歌》十八章。旋奉欽頒御製文一軸。

三月，署理陝甘總督印務。

夏四月，抵蘭州，任直省學政。是科例選拔貢生，公以新疆之鎮西府迪化州宜禾、昌吉二縣俱經建學，設有附學生，應與內地各屬一體考試，如有足稱選拔之才者，酌量拔取一二名，以昭鼓勵，奏可。

六月，回巡撫任，即束裝馳詣灤河。召見避暑山莊，蒙恩賞戴花翎。隨奏呈所輯《關中勝蹟圖誌》三十卷。上覽而嘉之，命儒臣撰錄提要，鈔入《四庫全書》。

秋八月，回西安。

九月，孫蘭慶生。

冬十一月，兼署西安將軍印。是月十九日，合葬大父見峰公、大母汪太夫人、父素菴公、前母趙太夫人於鎮洋縣十九都之新阡，並營張太夫人生壙。蓋公先於六月間遣弟瀧歸籍卜地，至是始克蠲吉也。

十二月，舅氏竇田觀察來西安。

是年，姪繼曾由鎮洋縣籍充選拔貢生，公弟瀧子。

四十二年丁酉　四十八歲

春正月，卸將軍事。

夏五月，奏請修岳廟及諸古蹟，其略云：『太華山為西陲靈岳，廟在華陰縣東五里，禋祀岳帝，自唐虞三代以來，即為望秩居歆之所，規模輪奐，靈蹟巋然。年久失修，殿宇牆垣多有朽滲傾坍之處。去秋瞻覲陳奏，荷蒙俞允，茲於本年二月興工。再關中係臨邊重鎮，西接新疆，為外藩朝覲往還必經之所。沿途古蹟如灞橋、溫泉、崇仁、慈恩兩寺，俱漢唐名勝。近年以來，所有陵墓祠宇雖經臣次第補修，但勝蹟既多，工費亦鉅。既未便頻請動項，亦不宜任其荒頹。因與司道等悉心集議，總期節縻費而壯觀瞻〔一〕，事不勞而工易集也。』有旨：『著將陝省應解戶部正項內扣存十二萬兩。』

是時金川既已平定，往來差務絡繹。公以地方情形今昔不同，設官分職，貴乎因地制宜，庶名實相副。至衝途繁劇，尤宜添設佐理。乃奏請更定西安府屬之興平，鳳翔府屬之扶風、岐山、鳳翔四縣改為衝繁中缺；西安府屬之鄠縣、盩厔，同州府屬之大荔、朝邑四縣改為繁難中缺；又同州府屬之華州，吏目外添設州判一員；西安府屬之涇陽縣丞，請移駐冶峪鎮。又請將提標五營馬廠在西安府屬之長安、咸陽、興平、鄠縣、高陵等縣境内者，及後營廠地在邠州屬之三水、淳化二縣境内者，除沙磧、堿灘、土脈、磽瘠不堪耕種外，約可墾地一百七十頃六十九畝，招民墾種，以歸實用。

公雖當燕閒，而國計民生無一不熟籌胸次。尤好表章前哲，大學士黄公廷桂、尹公繼善、陳公宏謀、總督吴公達善在秦時皆有善政，奏請入祀名宦祠。

京察屆期，吏部開列在外督撫名單進呈，奉旨：『畢沅著交部議敘。』

秋八月，監臨文闈。有《試院中秋翫月》詩。

冬十月，典試武闈。時新疆人士不遠萬餘里，雲集觀光。公請嗣後凡嘉峪關以外鎮西、迪化等屬，不論鄉、會試，均照雲、貴之例，每名給驛馬一匹，奏可。

【校記】

〔一〕『麋』，嘉慶本作『糜』。

四十三年戊戌　四十九歲

公在秦，頻祈雨澤，皆獲有秋。

春二月，親詣郿縣太白山神祠報祭，並奉御頒『金精靈澤』四字殿額。

夏五月，復遣官取水靈湫，甘霖三日。御賜《得雨志慰》詩。

嘗因事經咸陽縣北畢原，展謁元聖周公墓，諮訪後裔，有姬姓奉祀生一人守墓。公以關、閩、濂、洛諸儒後裔皆有世襲之職，至伯禽少子之食采於東野者為東野氏，已於康熙年間聖祖仁皇帝加恩，世襲翰林院五經博士。今咸陽為元聖祠墓所在，宗支單弱，雖有奉祀生之名，實與齊民無異。請加恩添設五經博士一員，准將咸陽姬姓嫡派子孫，照曲阜東野氏之例，予以世襲，俾永奉元聖周公及文、武、成、康四王陵祀。奏入，部議允行。

秋八月，竇田觀察入都，公侍太夫人餞送灞橋河上，有五古一首。

次孫芝祥生。

四十四年己亥 五十歲

春三月，巡閱興漢鎮標兵。

夏四月，署理陝甘總督印務，赴蘭州任。

五月，至西寧日月山督辦西藏班禪額爾德尼入覲事。

秋七月，回巡撫任。

八月，恭屆萬壽恩科鄉試，監臨文闈。

冬十月，典試武闈。

奉賜御題《西藏戰功全圖》十六幀、御製《久任》詩一幅。

西安古稱天府，四塞自豐鎬宅京而後，秦、漢、隋、唐咸建都於此，因是掌故甲於他省。公來撫茲土七年，名山大川以暨故墟廢井，車馬經由過半。於山則終南、惇物、太乙、華山、武功、太白，於水則灞、滻、涇、渭、灃、滈、潦、潏，其閒存亡分合，雖孔傳、班書、桑經、酈注，迄無定論，錐指莫由，其他襲故沿譌，更難究詰。古之纂述，如《關中記》、《三輔決錄》、《咸鎬古事》、《兩京新記》、《兩京道里記》，皆散佚不傳。幸宋敏求《長安志》，藏書家尚有副本，因屬通人蒐薈羣籍，凡與秦中文獻關涉者，計得千五百種，發凡舉例，類聚區分，文成數萬，為門一十有五，分類五十有一，合成一百卷。親加裁削，為《西安府志》八十卷。

時以太夫人寢疾，久未即安，憂形於色，故《五十自壽》詩有『掄年只數君恩重，問寢惟祈母病瘳』之句。十二月八日，太夫人卒於西安官舍。先是，奏懇解任，未得請。丁憂後續奏，諭旨：『著回籍。明年巡幸江浙，在蘇接駕。』按：公自太夫人來署後，孺慕如孩提。每因公出歸，凡途中所歷，必縷陳山水奇勝處，以博歡笑。故太夫人有《聞大兒話華嶽諸奇勝》五律三首，其警句云：『踏空來日月，穿海出星辰。峰頭難度鳥，樹腹可藏人。』又『千山藏一寺，削壁貼孤亭。雨過河流濁，煙收樹色青。』又『崖空俱可館，石小亦成巒。』皆唐音也。有《培遠堂詩集》四卷行世，青浦王少司寇昶為之序。太夫人二女，長汾，次湄；公女智珠，並能詩。閨門風雅，一時方之劉妹、謝女，由太夫人之教也。

四十五年庚子 五十一歲

春正月，奉太夫人靈櫬歸里。

三月，大駕南巡，公出潼關迎蹕，屢蒙召對行殿，慰問甚至。公具陳少日孤貧、賴母教養成立狀。上嘉歎，御書『經訓克家』四大字以賜。公既奉賜，乃擇靈巖山之陽建御書樓，旁築祠宇，奉太夫人像，六時瞻禮，俾子孫毋忘國恩家嬍。

秋七月，祠成，嘉定錢少詹事大昕為之記，錢唐梁侍讀同書書石，其略云：『弇山畢公早年失怙，奉慈命讀書山中，感晝荻之勤，勵斷齏之操，用能處寬閒寂寞之區，具先憂後樂之志。及學成而大魁天下，出入禁闥，保障方面。當代推之，一以為燕、許，一以為韓、范。而公抑然自下，指讀書故廬，淚涔涔落，謂：「吾母之訓，言猶在耳也。」度所以妥先靈者，惟此地為良，爰築祠堂於斯，且自誉壽藏於斯〔一〕。山中人皆走相告，曰：「如中丞公，洵所謂五十而慕者乎？」』《御書樓記》亦少詹撰，並勒石祠内。又有問梅禪院，以太夫人生時虔禮大士，故事之如生云。

冬十月，江蘇巡撫傳奉御旨：『陝西巡撫員缺緊要，畢沅前任西安最久，熟悉該處情形，且守制將屆一年，一時不得其人，著前往署理，不必來京請訓。』公聞命即行。十一月，抵西安任，中懷銜卹，時復情見乎辭。其《題沈雲浦永慕圖》云：『病心心模糊，飲血血瀝漉。蘸血寫慈顔，斑斑染素幅。』又云：『展圖見君心，掩圖令我哭。此即蓼莪篇，沈痛起振觸。』又云：『麻衣正廬居，題詩忍卒讀』也。

【校記】

〔一〕此句底本無，據嘉慶本補。

四十六年辛丑　五十二歲

春三月，華陰岳廟工竣，遵旨繪圖進呈，有《奉敕重修華嶽廟落成恭紀》七言排律二十韻。

甘肅河州循化廳撒拉爾番回因爭教仇殺，知府楊士璣、副將新柱同往查辦，均被害。公聞，即令提督馬公彪帶領西安綠營兵一千名迅赴河州，而將軍伍公彌泰、副都統薩公炳阿亦帶滿營兵一千六百名星馳協勦。尋聞賊陷河州，逼蘭州，焚燒關廂，官兵傷折大半。公飛調延綏鎮兵一千五百名，令從固原、平凉一帶前往；興漢鎮兵五百名，令從略陽、鞏秦一帶前往；又調潼關協將都司等帶兵三百名，赴營接濟。猶恐各路兵程途遙遠，即晝夜遄行，亦需時日，而賊勢猖獗已甚，請發八旂勁旅〔一〕，簡派熟悉軍務大臣帶領，前來策應，方可立就勦除。是時文報隔絶已六日，傳聞異辭。公選幹弁赴蘭偵探，始悉賊前此攻圍甚急。後官兵陸續齊集，加以土兵，不下二萬，殺賊甚多。賊初屯城内五泉山，近移西南之龍尾山梁，去城較遠。其地西、北兩面俱隔黄河，西南隔洮河。西寧兵由遵化一帶繞出其後〔二〕，而河州收復，小路已經堵禦，大兵會勦，立可殲擒。惟狄道在河、蘭之閒，東通秦鞏，山勢險窄。公先慮賊竄入，密飭延綏、興漢二鎮兵由安定閒道馳往，截其後路。既入奏，有旨：『畢沅在陝西境内，聞甘省逆賊滋事，即能悉心調度，事事妥協，並有先辦而與朕旨相合者，實屬可嘉。著賞給一品頂帶、大小荷包各一對，仍交部從優議敘。』公奏謝，有云：『番回小醜，肆逆稽誅。覆載尚且不容，鄰封豈宜忽視？明知遠道行師，不無繁費，然繁費之事小，而遲誤之事大。用是不揆檮昧，因事酌籌，實職分所當為，詎褒嘉之敢望。』奉硃批：『具此識見，然後可任封疆。』

秋七月，逆回平定。

嗣河溢朝邑縣境，城中及東、南、北三鄉五十三村莊溺斃男女八百三十餘人，衝塌民房二萬二千三百九十六閒，被災民口三萬四千六百八十餘人。公奏請給銀修葺埋葬，並分别撫卹加賑，各有差。

新校《山海經》成，一考篇目，二考文字，三考山名水道。自序云：『役於官事，校注此書，凡閲五年。自經傳、子史、百家、傳注、類書所引，無不徵也。其有闕略，則古者不著，非力所及矣。既依郭注十八卷，不亂其例，又以考定目錄附於書。其云「新校正」者，仿宋林億之例，不敢專言箋注〔三〕，俟後之博物也。』

公嘗以金石文字之在六朝前者，多足資經典考證； 其唐後所載地理、職官及人物、事蹟，亦可補正史傳譌誤。關中舊有田概《京兆金石志》，而唐史載乾元中京師壞鐘像，私鑄小錢； 會昌中李都彥以鐘鐸納巡院，充鼓鑄用； 宋史載姜遵知永興軍，太后詔營浮圖，毁漢唐碑碣以代甎甓，是關中金石日亡日少。廣為搜薈，數年閒得金十三、瓦三、石七百八十有一。公餘稽經諏史，訂誤補亡，撰《關中金石紀》八卷，盧學士文弨、錢少詹大昕序之。

公哀慕太夫人不衰，八月十五夜，更鼓四下，寢不成寐，泫然感述，又敬題先太夫人手鈔唐詩選後各一首〔四〕。

所著有《終南仙館續集》二卷、《玉井搴蓮集》一卷，皆再撫秦中時作。

九月，長子念曾卒。

冬十月，盤查同州府屬監糧，尋以失察甘肅冒賑事，奉旨降為三品頂帶，仍辦理陝西巡撫印務，不准支給養廉。

十二月，盤查西、鳳、邠、乾四府四屬監糧。

是年奉賜御製《古稀說》一幀、《改教》詩墨刻一幅、《全韻》詩、《擬白居易新樂府》各一部、《甘省秋收及得雨情形》詩墨刻一卷。

【校記】

〔一〕『旂』，嘉慶本作『旗』。

〔二〕『繞』，嘉慶本作『遶』。

〔三〕『箋』，嘉慶本作『牋』。

〔四〕『鈔』，嘉慶本作『抄』。

四十七年壬寅　五十三歲

公前後撫陝，至是已十年。嘗賦《上元燈詞》十首，其首章云：『絡角星河不夜天，春燈人自卜春田。兒童編作秧歌唱，關内豐登已十年。』亦自喜也。

春二月，奏以『興、漢二屬暨終南山一帶地方險要，宜改設官屬，俾資控制而重稽防，請陞興安州為府，改州吏目為府照磨；漢陰縣為附府安康縣，其州縣學正、訓導以次遞改漢陰舊治。另設撫民通判，駐劄州西南二百四十里磚坪，歸安康管轄。另設分防縣丞。又紫陽縣西南一百八十里之二州埡、平利縣東南四百八十里之鎮坪，與川、楚連界，二州埡添設主簿，即裁西安府知事缺，改駐於此，鎮坪添設巡檢。漢中府屬西鄉縣南三百里之大池壩添駐分防縣丞，褒城縣南一百三十里之黄官嶺添駐巡檢，而裁汰舊設青橋驛驛丞缺。至終南一山，綿亘西鳳、漢興、商約，周圍數千餘里，東自咸寧大義峪，由藥王堂舊縣關南至興安北境約七百餘里，應與舊縣關迆西地名孝義川添駐西安府分防〔一〕，同知山西，自長安子午谷由江口西南至五郎關直抵漢中府北境，約亦七百餘里，應將西安府水利通判改為分防通判，移駐五郎關。臣荷聖恩，簡任巡撫，先後十年，於地方一切因革事宜隨時悉心體察，凡此改設，明知有費更張，但今昔情形迥然大異，而山川阨要，形勢阻深，不得不為未雨綢繆之計，斷不敢因循拘泥，惜有限之費〔二〕，致異日貽悞地方也』。部議允行。

又奏修西安城垣及城外灞橋。遵旨勘估，於明春開工。

秋八月，盤查延、榆、綏、鄜各府州屬監糧。

其月長女智珠贅婿陳暻，光祿寺卿孝泳子。

冬十一月，上諭大學士、九卿、科道及各直省督撫，凡士習民風、官方吏治尚有未經整飭者，直抒所見，據實陳奏。公覆奏，大旨以為『國家大計不過民生、吏治二端，而建官之本在勤民，勤民之要惟足食。竊謂衣食之源，農田為上，畜牧次之，因土宜而盡民力，收自然之利，施於西北等省，尤當而易行。關右大川如涇、渭、灞、滻、灃、滈、潦、潏、河、洛、漆、沮、汧、汭等水，流長源遠，若能就近疏引，築堰開渠，到處可興水利。或勸民自為疏濬，或酌借公項，代為辦理，則以時蓄洩，自無水旱之虞，而瘠土皆良田矣。又古來雲中、北地、五原、上郡諸處畜牧為天下饒，至以谷量牛馬。若飭令各屬有司詢問鄉堡，每邑計其成數，情願畜牧者約有若干人，駝馬羊牛約需若干匹，由府彙報到司，酌籌閒款購買，分給民閒，令其試養。俟次年孳生後，除交還官項外，餘即賞給本人，以為資本，則邊氓生計可望漸臻饒裕。終南、太白、汧渭、沙苑之閒，尤係歷代畜牧之場，亦可徐徐籌辦，果有成效，則新疆各路屯兵民户俱可做而行之，令其耕作與畜牧相兼，此實邊土無窮之利也。又近日之吏，病在貪酷者日事誅求，而良善難安生業；因循者聽從胥隸，而閭里鮮得寧居；其中稍有才具者，又復以應酬為能，不以地方為事，當隨時釐剔而創懲之。並飭各州縣官於本境四鄉，或一歲之内，或一季之内，必輕車減從，周遍巡行，按查保甲，稽察游惰。如有利病所關，應行應革事宜，具稟上官，隨時查辦』。奏入，部議以格於成例，不果行。

是年奉賜御製《言志》詩墨刻一卷、《知過論》墨刻一卷、補刻明代端石《蘭亭圖帖》一卷。公著《樂遊聯唱集》。時在幕府者，長洲吴舍人泰來、江寧嚴侍讀長明、陽湖洪孝廉今翰林院編修亮吉〔三〕、孫文學今山東袞沂曹道星衍、嘉定錢明經今乾州州判坫，皆吴會知名士。門人伏羌令楊芳燦序之。

【校記】

〔一〕「迆」，嘉慶本作「迤」。

〔二〕「限」，嘉慶本誤作「恨」。

〔三〕「院」，嘉慶本闕。

四十八年癸卯　五十四歲

春正月，奉旨復還原品頂帶，仍准支給廉俸。

二月，續奉諭旨：『畢沅現已服闋，准實授陝西巡撫。』

公以去冬關中年豐人樂，因與吴舍人泰來及幕中文士為消寒之會，自壬寅十一月十七日始，每九日一集，至癸卯二月二日止，分題拈韻，成《官閣圍爐詩》二卷。

三月，署理陝甘總督印務，抵蘭州任。次女還珠生。

夏四月，回巡撫任。京察屆期，吏部開列在外督撫名單進呈，奉旨：『畢沅宣力封疆，克稱厥職，著交部議敘。』

六月，省城開工。

秋八月，奉命監臨文闈。

冬十月，典試武闈。

十一月，至榆、綏二屬勘災，並奏明輕重戶口，分撥銀米，撫卹及蠲緩加賑各有差。

是年奉賜《勦捕臨清逆匪紀略》一函、《平定兩金川戰圖》十六幀。

四十九年甲辰　五十五歲

春二月，奉賜御筆玉屏詩畫墨刻二幅。

夏四月，甘肅鹽茶廳逆回聚眾攻奪城堡，由靖遠渡河，焚掠靜寧、隆德、莊浪，逼近平涼，勢甚警急。公聞即調西安滿漢兵三千五百名星速策應。而鳳翔、隴州、汧陽山險徑雜，有通甘小路一十七處，恐賊乘虛闌入，則搜捕轉難，復選本標及滿營兵，前後得二千，屬副都統敷公倫泰帶往鳳翔。又調山西太原鎮兵一千協力防禦。是時賊屯通渭之石峰堡，分走伏羌、秦安，並靜寧州之底店雷打灣，驛道梗塞〔一〕。公先有請發京營勁旅之奏，至是，命大學士公阿公桂、尚書男福公康安、領侍衛內大臣侯海公蘭察等統領火器、健銳兩營兵二千名赴甘進勦，於六月中過西安。公議以底店雷打灣大路賊匪為肘腋之患，必先廓清，而後以全力殲之，則石峰堡勢孤無援，立可摧破。又檄興漢鎮總兵三德帶兵二千，由秦州直趨秦安，繞截其後，賊不能竄，用能於浹旬之閒面縛凶渠，殲絕餘醜〔二〕。至於糧饟、軍火、騾馬、鍋帳，凡京營及各省兵往來供支，萬緒叢萃，咄嗟立辦。

秋七月，大兵凱旋。

八月，兼署西安將軍印。

九月，卸事。

冬十二月，奏請陛見。

按：《東坡生日設祀詩》一帙，是年公序而刊之，有云：『覽乎遺文，嗟不並世。求其宦蹟，近在於茲。』蓋公尚友蘇公，見於篇什者非一。其《東湖坐月》云：『論我平生太徼幸，宦遊多得近前賢。』又《重過東湖》云：『焚香莫怪低頭拜，熟讀公詩已卅年。』抑何神往於峩眉也。

【校記】

〔一〕『驛』，嘉慶本作『馹』。

〔二〕『殲』，嘉慶本作『殘』。

〔三〕『徼』，嘉慶本作『僥』。

五十年乙巳　五十六歲

春正月，赴京陛見。奏進《華嶽圖志》，有云：『十三門部居州次，期鉅細之無遺；卅二卷類聚區分，庶始終之可貫。』

二月，上御乾清宫考試翰詹諸臣，召公至南書房和詩。

既出京，途次保定，奉命調補河南巡撫。時以豫省河工連年漫溢，衛輝一帶屢被旱災，公具摺謝。上硃批云：『論恒情則陜要於豫，論目前則豫要於陜。汝自知之，無俟多諭，一切勉之可也。』在途屢接諭旨，籌畫災賑事宜。公由彰德至衛懷，一路詢問僚屬農民冬春所得雨雪是否即可耕種狀。及抵任，奏請截留漕糧二十萬石，以平市價、濟民食，並運貯楚旺、五陵、濬汲等縣水次官倉，以待撥用。上覽奏，增給三十萬石。硃批云：『所思周到，調汝實得人矣。如此盡心，民瘼或邀天佑，朕為彼一方民慰幸也。』

是月，次子嵩珠生。

公抵汴日，遣官馳赴太白山靈湫取水。三月十五日，水到開封，設壇大相國寺，率文武步禱。越二日，得雨二寸餘。有《禱雨大相國寺為充公和尚題朝清涼山圖》及《喜雨》詩。旋奏請開封、河南、彰德、歸德、懷慶、陳州六府、許、陝二州等屬四十八州縣所有本年及上年未完錢糧倉穀俱緩至秋後開徵。又請蠲免衛輝府屬及附近災區之武陟、修武、原武等本年應徵地丁錢糧。又請於前緩徵之祥符、陳留、蘭陽、儀封、滎澤、内黃六縣積歉旱重，請旨全行豁免。其餘分別蠲緩，各有差。又請濬賈魯、惠濟兩河，以資商運，其略云：『目今雨澤缺少，田功未赴，小民更多失業。趁此青黃不接之時，鳩工開挖，將年力可用者挑赴河干，酌給口糧，以資力作。是此舉不但於民食商販有益，而以工代賑，無業窮黎亦可藉資餬口，實為一舉兩得。』先是，有旨：『被淹積歉之區加賑一月口糧，無地極貧下戶加賑兩月。』至是更請於汲、淇、新鄉、獲嘉、輝、延津、濬、滑、封丘、考城、武陟、修武、陽武、原武十四屬，無論極、次貧民，再加賑卹兩月。

柘城巨盜聚黨三百餘人，劫奪村落，抗拒官兵。公督同司道親往，立擒之，悉置於法，民皆悅服。

上嘗登瀓霽閣，念公勤勞，御製詩書扇以賜，並大小荷包三對，仍交部議敘。

自五月至六月，先後奏報各屬得雨，入土一二寸及六七寸不等。

秋七月，覆奏引河分溜分數及睢州大壩情形，其略云：『睢州大壩龍門淤成膠泥，大灘雖得挑水壩之力，亦由上淤，引河分溜，并弛下新河，沖刷極深。是以龍門淤厚，溜勢北趨。誠如聖諭，實為極好機會。臣等自當隨時相度籌辦，俾高家寨一帶險工不致著重，以期永慶安瀾。』

八月，奏報各屬雨澤霑足，秋禾豐稔，並河水減落、堤工穩固各情形。

冬十月，同大學士公阿公桂、河道總督蘭公第錫會勘高家寨，挑水壩各工訖事。

十一月，遵旨親赴桐柏山，尋淮水發源處，具奏。並估修東瀆大淮神祠及禹廟工程。奉賜御製《淮原記》云：『今歲豫旱於春夏，荆、歙旱於夏秋，因循淮水弱而清口淤。既而豫得雨於夏末，則更黄水盛而清口有倒灌之患。其間晝夜卜度，來往疇咨，蓋不可屈指數矣。因思淮之弱，必其原之微，或有沙石壅塞，以致遏其流乎？其時撫臣畢沅以辦理賑卹事宜，不能分身往，則命布政使江蘭往，致禱淮瀆祠，且相其原之形勢。既而江蘭奏淮瀆故有祠，更有禹廟，並得三大井於禹廟東，引歸正河，遂成巨川。因具圖貼說呈覽。朕觀其圖，谿澗縈繆，山林深秀，所謂三泉者，未必即真原也。其時賑卹章程已定，迺命撫臣畢沅親至胎簪山頂，遂得真淮原，具圖以來。於是導淮自桐柏之言始信，蓋胎簪即桐柏之中峰，桑欽《水經》非誤也。酈道元注以為淮、澧同原〔一〕，西流為澧，東流為淮。則今之分水嶺實在胎簪峰下，按圖可求，淮、澧分流，此又一證也。夫天下之理，豈易窮哉！若據江蘭之奏，定三井為淮原，則胎簪之真原湮矣。然弗湮也，桑欽、酈道元之語固在也。今偶湮之，而後世必有執《水經注》以笑我君臣之不讀書矣。茲不惟喜瀆原之得真，更以嘉古人之用心勤，而千載之下必有相知之人也。江蘭向在部中，為能馳馬耐辛苦之能員，是以屢陞用至今職，而於登峰造極跋涉以求得真原，乃讓身軀孱弱佔畢之儒臣，斯則在立心之堅定與不堅定及讀書與不讀書之分耳。既記其巔末〔二〕，並以嘉畢沅也。沅其勉之。』公奏謝，有云：『原原本本，闢《方言》三井之訛；是是非非，援酈注雙流之證。』

十二月，閱兵南陽。

時許州壽民張正朔年一百歲、商城縣壽民董以文年一百一歲，公奏，旌之。

【校記】

〔一〕『淮』，底本及嘉慶本均作『注』，據上下文改。

〔二〕『巔』，嘉慶本作『顛』。

五十一年丙午 五十七歲

春正月，奉賜《經筵御論》一卷。

二月，奏請借項修築沁隄，俾固河防，兼可以工代賑。春雨霑足，薯種足資民食，分撥各屬，乘時栽種。

三月，趨赴正定行在迎鑾。蒙恩賞穿黃馬褂，並賜御製詩一章。公奏謝，敬和恭進。

夏四月，詣登封報謝嵩嶽，見舊有配殿，塑泰、華、衡、恒四嶽帝像。公以五嶽秩並尊崇，今四嶽列其配享，於典禮未協，且建在二門外，東西對向，尤為慢褻。乃於三門外迆南半里得空屋一所，移奉神像，改為五嶽靈祠。其廟中舊配殿改塑風、雲、雷、雨四神。按：公《嵩陽吟館集》凡三卷，中有《嵩嶽紀游六十首》，皆爾時作。

豫省連歲洊饑，凡有恒產之家，急求鬻產餬口，其價值不及平時十分之二三，甚有以種麥將熟之地賤價准賣者。山西豪強富戶聞風赴豫，舉放利債，藉此准折地畝。公與藩司酌議，通飭各屬出示曉諭，凡民間自乾隆四十九年以後賣出田產，如價值過賤者，許其備價，呈明地方官取贖，以三年為限。至近日連麥准買之地，限半月内呈明，聽令原主收割，除歸原價，仍照典鋪二分取息之例按月算給。若買者先已收割，即核計所收麥價，除去本利，其贏餘同地退還。儻有估據，不行放贖，即依重利盤剝例從重治罪，使豪強無能兼并，而貧民不致終於失業。奏入，奉硃批：『此奏實可嘉，恐汝地方官力量不及，即明降旨，照汝所請行矣。』於是有私邀中保贖回者，亦有呈明官府斷結者。上批公奏云：『好。今陞汝為湖廣總督。俟此事辦完，汝方可赴任。』並有旨交部議敘。公奏謝，有云：『維元氣有回期，歲稔必資夫恒產；奈蚩氓無遠慮，計窮早棄其先疇。爰思調劑之宜，使豫省各還其素業；並立勸懲之術，俾晉民無缺於朱提。藉昭處事之均平，實屬應為之職分。』

秋七月，挑濬賈魯河工竣。開歸所屬濱河州縣蝗，嚴飭搜捕。有《捕蝗》詩一首。河工秋汛安瀾。奉旨交部議敘。

八月，奉命監臨文闈。時湯文正公斌子姓式微，公訪得其嫡孫有為諸生而學臣遺未錄送者，徑取其名註冊入試，是科果領薦。

冬十月，典試武闈。

屬伊陽縣有拒捕戕官之案，奉旨仍留河南巡撫任。公來河南，至是已二年，目擊旱荒之苦，故舉政發令，民無不感泣者。新安方上舍正澍在公幕中，為作《河南新樂府》六章：一《請漕糧》、二《靖柘城》、三《開沙河》、四《錫詩扇》、五《種蕃芋》、六《設粥廠》，紀公之事頗詳。

五十二年丁未　五十八歲

春三月，閱兵河北。

夏四月，挑濬陶北河。

五月，工竣。

六月，河洛沁驟漲，自三五尺至一丈二三尺不等。睢州下汛十三堡堤工東西漫口各二十餘丈。公督同司道，分赴上游險工，往來搶護。而下游水深湍猛，亟應圈堤築壩，刨槽下埽，並於大河分溜處斜築雞觜挑壩，逼溜歸河，以期迅速合龍。又查明睢州、寧陵、商丘、永城、鹿邑、柘城六屬被水村莊，分別賑卹蠲緩。上命大學士阿公桂臨工，會同籌辦。

秋八月，奏報豫省一百六廳州縣秋禾分數，合計約收九分有餘。

九月，弟瀧在籍，以公命蠲吉。二十三日，奉張太夫人櫬，合葬贈榮祿公新阡。

冬十月，奏報合龍日期。奉旨：『畢沅著交部議敘。』按：公集有《塞黃河決口新樂府》六章。

十一月，奏以下南河同知改駐黑岡，俾便要工。公以河務積勞，遘疾幾殆，至歲暮始稍瘳。故明年有《新正病起遣懷》，又《病起耳聾》諸詩。

是年奉賜皇極殿燈聯詞墨刻，又賜緙絲蟒袍一件、御用大荷包一對、小荷包二對。

自關中移節，迄今三載。公暇蒐羅金石文字，考其同異，聚而揭之，編為《中州金石記》五卷。

五十三年戊申　五十九歲

春三月，設壇大相國寺祈求雨澤，並遣官分詣嵩嶽太白山龍湫取水。公率僚屬，虔心步禱。

自三月至五月，大河以南陸續得雨，深透麥收，仍約十分至七分不等。惟河北各屬節次得雨不過二三寸，麥收歉薄。公親詣輝縣，祭告衛原廟，並遵旨撥運麥穀十萬石，減價平糶。又飭將常、漕各倉不拘常例，糶借兼行，民食賴以充裕。復於衛原之百泉、懷慶之丹河、九道堰及附近太行山麓向有泉源者，飭令道府等集夫疏濬，以收灌溉之利。其後甘霖疊沛，轉歉為豐。有《禱雨紀事》及《喜雨》詩。又請將臨河新灘有地無收之糧銀，改於通省攤徵，及積年帶徵未完錢糧〔一〕，分年攤完，以紓民力。旋奉旨寬免。

會荆州江水異漲，潰決堤塍，荆州闔境被淹〔二〕。上以湖廣諸事廢弛，特授公為總督，兼署湖北巡撫，不必來行在請訓。又發部庫銀一百萬兩為工賑之用。

秋八月，馳抵荆州，接印視事，即會同欽差大學士阿公桂、戶部侍郎德公成相度情形，詳悉籌辦。時荆郡城中積水雖就消涸，而屋舍損壞十九，一切資糧器具漂失無存，居民多於高阜搭蓋席篷，風棲露宿。公至之日，查明貧乏戶口，按月散賑，給資修葺。其餘被水災區，若荆屬之公安、監利、石首、松滋、枝江、宜都及武昌府屬之江夏、武昌、咸寧、嘉魚、蒲圻、興國、大冶，漢陽府屬之漢陽、漢川、黄陂、沔陽，黄州府屬之黄梅、廣濟、黄岡、羅田、蘄水、蘄州，安陸府屬之潛江、天門、荆門、當陽，德安府屬之雲夢、應城，並宜昌府屬之長陽為最，飭委道府先行勘明輕重災分、戶口細數，分别撫卹加賑。或借給口糧籽種，即令於先後涸出地畝補種穀蔬，或布種冬麥。此外窮民無業者，現在城隄各工並舉，自可悉赴工次力作，以工代賑，不致流離。

至荆州萬城隄漫決二十餘處，公往來履勘，因見大江自松滋而下，折向東北，荆州府城一帶江面比上下游較窄，中有淤沙一處，漸長漸大，叢生蘆葦，土名窖金洲。江水至此，順洲分南北流，至尾始合。蘆根四面盤結，水過處淤積泥沙，洲身日甚日高，障蔽南面，逼溜北趨，水勢梗塞，不得不直注隄根。下游愈壅，則上游湍悍，愈無處宣洩，其沖潰實由於此。公飭官屬將洲上蘆葦悉數剷伐，刨根犁土，永無萌發，使江流不致頂沖。然後乘勢酌挑，引河引溜注入，沖刷洲沙，自當日就平坦。設遇江水盛漲，亦可平漫洲頂，無壅遏之患。而北岸迤東一帶水流漫緩，漸次淤出，新灘則隄塍均足，資保護矣。奏入，奉硃批：『所奏頗合機宜。』

又奏修荊州城工、關帝廟工、萬城隄土石各工、文武衙署、滿漢各營兵房。又請以水利同知移駐萬城隄。條縷章程，纖悉周備。尤於撫賑一事，恐不肖胥吏冒混剋減，先飭各屬將村莊堡垸名目、災戶姓名口數、輕重災分極次等第，詳立檔冊，於查實後出示曉諭，使小民咸知應領確數。仍與司道等分路按冊抽查，毋令絲粟得飽慾壑。公謂稍一滋弊，即不足宣布皇仁，徧甦民困。其經緯精密如此。

按：公《荊州述事詩十首》有云：『人鬼黃泉爭路出，蛟龍白日上城遊。』『涼月千家嫠婦哭，清霜萬杵役夫聲。』『寃埋魚腹彈湘怨，哀譜鴻鳴寫楚吟。』昏墊之情，蕩析之狀，略可見矣。

九月，卸巡撫事。

冬十一月，抵武昌省。

是年奉賜御製文二集兩函、御筆仿李迪《雞雛待飼圖》墨刻一卷。

【校記】

〔一〕『積』，嘉慶本作『節』。

〔二〕『闔』，嘉慶本作『閤』。

五十四年己酉　六十歲

春二月，至荊州。

三月，萬城隄土石各工全竣，遵旨鑄造鐵牛九具，安鎮隄壖，添建江神祠。並以水師營守備兼管江防，設卡巡護。又以隄根坑潭之處甚多，皆由歷久民間歲修，就近取土所致。若水漲停注，頗礙隄身。請即於窖金洲翻犁洲地時挖取蘆根，遍植隄外，一二年生長茂密，根柢盤固〔一〕，即可捍禦奔流，似亦化無用為有用之一法。奉硃批：『甚是之舉，一舉兩得也。』又請修文廟考棚、龍神祠、府城隍廟。京察屆期，吏部開列督撫名單進呈，奉旨交部議敘。續奉諭旨：『此次工程浩大，畢沅能遵照指示機宜，認真辦理，妥速竣工，著交部議敘。』

夏四月，閱兵宜昌、襄陽，順勘老龍隄工，添築挑溜碎石壩四座。

按：公自荊州往來宜、襄，凡所經歷，率以詩紀之，如《當陽》、《長阪坡》、《麥城》、《仲宣樓》、《峴山亭》、《習家池》、《鹿門山》、《夫人城》、《三游洞》、《至喜亭》、《扇子峰》、《絳雪堂》等數十首，皆憑高望古，感喟淋漓。其《蝦蟇培》、《黃牛峽》二章，山川奇險，洞心駴目，靡不抉摘呈露，視少陵入蜀諸作，殆如驂之靳也。

秋八月，公六十初度，賦《自壽》詩十首，有句云：『為戀主恩非戀職，只求民隱不求名。』『私願康寧同物我，最虞衾影負君親。』大臣心事，真能以民物為一體者。

長孫蘭慶娶婦曹氏，翰林院侍讀學士、廣東學政仁虎女。

九月，勘估常德府石櫃工程，並巡閲撫、提二標及鎮筸、永州鎮各營官兵。

有《涉沅十九首》、《浮湘十首》、《衡嶽紀游六十首》。

姪裕曾應江南鄉試，中試舉人，公弟澐子。

冬十一月，兼署湖南巡撫事。

十二月，卸事，旋武昌。

是年奉賜御批《通鑑》全部〔二〕、御製《平定臺灣二十功臣像贊序》墨刻一卷、《生擒林爽文紀事語》墨刻一卷、《生擒莊大田紀事語》墨刻一卷、編訂《詩經樂譜全書》一部、御題《太常仙蝶》詩並韓幹《明皇試馬圖》墨刻各一分。

【校記】

〔一〕『盤』，嘉慶本作『槃』。

〔二〕『奉』，底本誤作『春』，據嘉慶本改。

五十五年庚戌　六十一歲

春正月，奏請修復潛江縣仙人隄，其略云：『易家拐隄在澤口西北，正當漢江之沖。上年六、八兩月，江流異漲。上游宣泄不及，倒漾而西，致江陵、監利、荊門均有滯淹。今隄已沖刷成潭，不堪補築。若不就舊人所築廢隄，因勢修復，一經汛水漲發〔一〕，四屬田廬同受浸灌之害，則賑費更鉅。且借帑興修，數只三萬餘兩，攤之四屬，緩以三年，尤屬眾擎易舉，閭閻生計不致有竭蹶之虞，而保衛田廬，實多裨益。』

是時公莅楚已二載，勤於庶事，凡所興作，皆隨時制宜，因利乘便，羅全局於胸中，然後口講指畫，秩如就理。其為政不務察察之行，而綜覈名實，物無遁情，吏治翕然丕變。

楚南北江湖縣亘，往往盜匪出沒，侵掠商旅。公飭有司暨營汛巡邏搜緝，連獲巨盜二十餘，悉置於法，由是盜風漸戢。

北省民情健訟，甚或借端誣陷，冀以株連洩忿，一呈内牽至數十餘人，迨控准，則原告隨亦竄匿，多有累年不結者。故諺有『只圖准，不圖審』之語。訟棍蠹役，因以為利，州縣積案益多，訐告彌衆。公接閲詞狀，即將具呈人押交藩臬審辦，或督同親訊，如虛坐誣。並遴派道府分投各屬，就近提訊。若原告規避逾兩月，即將被告人證勘問明確，照新例詳銷，仍緝獲原告，治罪棍蠹，訪拏重懲。二歲中審結大小一千五百餘案，民遂無敢妄訟者。

滇銅運船，必經由楚境。公酌議章程，條為五事：一、銅船宜雇募堅固，二、銅斤宜過稱足數，三、險灘宜預為趨避，四、水摸工價宜酌水勢加增，五、水摸偷竊宜嚴加防範。又勘定各灘，由險改平者十二，由平改險者六，新增險灘五。

夏五月，第三女懷珠生。

秋七月，兼署湖北巡撫。

九月，卸事。

冬十月，復兼巡撫。

十二月，卸事。

是年恭逢聖主八旬萬壽慶典，覃敷曾祖以下三世，晉贈榮祿大夫，妣皆贈一品太夫人。公奏懇祝嘏。上念地方緊要，諭止之。至是一再籲祈赴闕，始得請。

奉賜《論語集解義疏》一部、御製《入巖口》各詩墨刻一卷、《萬壽衢歌樂章》全部、集石鼓文、御題張照墨刻、王穀祥《春雛待飼圖》墨刻、《涇清渭濁圖》墨刻各一卷。

江夏萬廷模年八十四，通城金逢貯妻張氏年八十五，並五世同堂。公奏，旌之。

【校記】

〔一〕『漲』，嘉慶本作『長』。

五十六年辛亥　六十二歲

春二月，赴京陛見，恭進宋人布畫山水及李廷珪墨一方。御製詩二章並《墨雲室記》，命公與内廷諸臣恭和進呈。上久倚重公，獎勵甚至，恩免繳項銀三萬兩。

三月，回武昌任。

夏四月，奏改荆門州為直隸州，管轄當陽、遠安二縣。又請裁江陵縣郝穴鎮、監利縣朱家河巡檢二缺，各改設主簿一員。部議准行。

楚省鹽務，自公實心釐剔，革陋規，絕私販，歲輒溢銷十餘萬引。時奉諭旨，以湖南之永順、湖北之宜昌皆與川省相近，何妨改食川鹽，以便民食，著各督撫核議。公議覆以為永順、宜昌為鄰私入楚門戶，其出沒處所，水則山深陝險，陸則鳥道羊腸，實遏私之咽喉。就兩府民食而論，每年額銷不過三千餘引，淮商似不必爭此綱地。而有不能不爭者，全恃此數處險隘，以為敵私之地耳。今若改食川鹽，則如居室之毀其牆垣，全無捍衛，為利不過兩府，而為害殊繫通綱，實有捍格難行之勢，應請仍循其舊。奏入，上嘉納焉。

奉賜御製《四得論》、《四得續論》墨刻二卷、御書《墨雲室記》、《古墨歌》墨刻一分。

六月，第三子鄂珠、第四女琁珠生。

秋七月，奉賜瓷盌一件。

冬十月，廓爾喀滋擾後藏，王師西討。公懇恩酌派分理軍需，奉硃批：『可以不必。』

十一月，奉賜御刻唐顔真卿《書朱巨川告身》一卷。

五十七年壬子 六十三歲

春二月，京察屆期，吏部開列在外各督撫名單進呈，奉旨：『畢沅著交部議敘。』

夏四月，奉命馳往湖南，審辦巴陵縣鳳凰廳暨道州等案，並巡閲撫、提二標、永州、鎮筸鎮各營官兵。有《重登岳陽樓》及《紅苗竹枝詞》二十首。

六月，旋駐荆州。

次女還珠許字陝西巡撫秦公承恩子。

秋七月，回武昌。

九月，荆州城工竣。

冬十月，巡閲宜昌、襄陽鎮各標營官兵。時大軍克復後藏，廓爾喀畏懼乞降，京兵凱旋過境，公遵旨轉飭所屬，按例應付，一無紛擾〔一〕。

姪耀曾應順天鄉試，中式舉人，公弟瀧子。

是年奉賜欽定《舊五代史》一部、御製《正陽橋疏渠記》墨刻一卷、《圭瑁説》、《搢圭説》墨刻兩軸及蘇軾《超然臺記》墨刻一軸、《回疆三十韻》墨刻一卷。

【校記】

〔一〕「紛」，嘉慶本作「分」。

五十八年癸丑　六十四歲

春三月，奏請添設安陸營把總一員，分管陸路塘汛，並於竹山營裁汰一缺，以均繁簡。

夏六月，兼署湖北巡撫事。楚地西通秦蜀，北接汴梁、黄州，路達江、廣、荆州，聯壤湘南，為滇黔之通衢。漢口、樊城、沙市三大鎮，賈舶如雲，向來市易錢文，率多攙雜小錢，屢禁不止，頗為錢法之害。公以三楚不產銅鉛，並無奸民私鑄，則來源盡由私販，奏請分飭上下游各關隘嚴密稽查，一面勒限，設廠收買。自五十五年以來，先後收買小錢三十萬九千餘斤，發交寶武局鎔出銅鉛，湊供正鑄，停買滇銅一年。至是復請常用收買，繳局改鑄，以期日久淨盡。並諭商船店鋪，有外來存積小錢匿不赴官繳首者，一經截獲，即以私販治罪。其應行應禁錢文，設木版釘錢於上，分別註明，頒給市廛，畫一遵守。仍飭南北各道府於要隘關口實力督查，以清其源。

秋八月，卸巡撫事。

九月，復兼巡撫事。

冬十月，恩頒暎咭唎國所進嗶吱一端。

十二月，卸巡撫事。

是年奉賜御製《十全記》墨刻一卷、《臺灣戰圖》十二幀、御製《喇嘛說》墨刻一卷、《修德修刑論》及《書隋文帝改元事》墨刻二卷、《西藏善後事宜》詩並《凱旋兵丁各歸本營紀事》墨刻各一分。

通城縣民胡楚英年百歲、興國州民劉之印年八十八、廣濟縣民余錫臺年八十二，並五世同堂。公奏，旌之。

按：公自訂集四十卷，始於甲子，迄於癸丑，故自題集後云『新編四十九年詩』也。其再題一首自序云：『予丱角就傅，得唐六如畫譜一册，暇輒學為山水，師亦弗禁。年十五，先太夫人教之學詩，謂其體接風騷，義通經史，非數十年冥心孤詣、憔悴專壹不能工。因遵慈訓，舍畫專攻詩。今忽忽花甲周矣，頭白目眵，老境漸逼，搜篋中賸稿，編《靈巖山人集》四十卷，雖不能盡合風雅之旨，而刻楮鏤冰，此中亦頗費苦心，略開面目。恨吾母不及見是集之成，曷勝痛感。過此以往，精力日衰，思致孱弱，恐不能再有進境，且仔肩艱鉅，時懔鼎占覆餗之戒〔一〕，不敢復耽吟詠。政閒公退，末由消遣，仍寫倪黄小幅，聊以自娛。此後或偶有小詩，亦不過如香山入洛以後觸景抒情，託之水流花放，不再刻意求工矣。』續編一集，為《繪聲漫稿》，系以詩云：『且拋風月雕鐫手，聊作煙雲供養身。未必名山容置我，終思文苑列傳人。』雖執辭彌謙，而得失寸心，亦足徵其自信之篤也。

【校記】

〔一〕『懔』，嘉慶本作『凜』。

五十九年甲寅 六十五歲

春三月，駕幸天津。公先於歲首專章請覲，既報可，二月由楚北上，馳詣紫泉行在。蒙召見，垂詢楚南北地方情形，奏對稱旨。賜詩一章，命即和呈進。時畿輔望雨綦切，公和詩有『披衣五夜勤民意，靈雨宵零理可推』之句，是夕果得雨。上大悅，賜福橘一盤。公以年老多病，乞補京秩。上諭云：『汝是好總督。汝且去。』乃於趙北口送駕。

夏四月，回武昌任。

五月，兼署湖北巡撫事。

秋八月，奉命監臨文闈。旋卸巡撫事。會陝西安康縣、四川大寧縣邪教案起，皆稱傳教，係湖北人展轉牽引，至以百數。公馳赴襄、鄖，按獲訊辦。

九月，奉旨摘去花翎，降補山東巡撫，即卸交總督印務，仍馳往房縣，督緝遞上傳教要犯，先後擒獲一百八十餘人歸案，定擬覆奏。

冬十月，自襄陽啟行。

次孫芝祥娶婦汪氏，候選知府奐孫女，太學生瑚女。

十一月，抵山東巡撫任。時河南衛、沁二河秋汛泛溢，淹及東省之臨清、德州、館陶、冠縣、恩縣、邱縣、夏津、武城暨臨、德二衛。蒙恩加兩倍賞卹，所有本年應納秋糧概行豁免。公至之日，即親歷災區，查放展賑，並請將本年漕米一體全蠲。猶慮加賑以後，去麥秋尚遠，民食既急，必致糧價日增，復籌款，遴委幹員，分赴沿河一帶豐收處所，按照市價糴買，由水程運至附近災區等屬，分晰存貯，預備明春平羅之用。又由東昌而至臨清，催趲漕運，挑濬閘河，靡不悉心籌畫，依限蕆功。奉硃批：『此番可謂用力矣。』有旨交部議敍。自十月至十二月，濟南附近五十一州縣連報得雪五六寸，或有積至尺餘者，民間交口稱誦，以為非公敷宣帝澤，不足以感召休祥，蓋二十年僅見之事也。

第三女懷珠許字至聖七十三世孫襲封衍聖公孔慶鎔。

是年奉賜御筆《四十二章經》墨刻一卷、行楷書墨刻二函、御製《續纂祕殿珠林》、《石渠寶笈序》墨刻一分、欽頒『慎戒思存』墨刻。

有《繪聲漫稾》暨《海岱驂鸞集》共一卷。

六十年乙卯　六十六歲

春正月，奉上諭：『畢沅前因竹谿縣邪教奪犯毆差一案降補山東巡撫，咎在失察，尚非不可原宥之過，著加恩，仍補授湖廣總督。』

公與學政阮公元商議修纂《山左金石志》，搜羅廣博，攷證精核。會有湖督之命，諄屬阮公繼成其事〔二〕。書成，凡若干卷，其義例皆公定也。

先是，奉旨：『明年即屆歸政，所有各省民欠銀穀，各督撫查明，奏請豁免。』公未去任前數日，飭查山東通省節年正耗，民欠銀四百八十七萬四千二百十一兩零，又常社米穀五十萬四千二百石，悉奏除之。旋卸巡撫事，遵旨即赴新任。

二月，行次襄城，聞貴州銅仁苗民石柳鄧、湖南永綏苗民石三保聚眾滋事，即兼程由襄、荊馳至常德。接奉諭旨，令駐荊、常適中之地，籌辦軍火糧餉，妥速接濟，且為後路應援。時調任總督福公寧、提督劉公君輔帶兵在鎮筸，進勦永綏、乾州、鳳凰等三廳，其地並為賊藪，徵調益多，轉饋彌亟。公奏於常德設局，就附近辰州之長岳、常澧及荆州等屬水次各州縣，先儘常社存穀，刻期碾運常郡，寬為儲備，由辰州軍需總局陸續解赴軍營。惟辰州以上，向用苗夫背負，此時自未便再行。且運費浩繁，若以船隻轉運，朗江上游即通五谿蠻地，較用夫自為省便。已飭常德府縣多雇麻陽小船，米到即兑運至辰州，除酌留辰郡，以備將來乾州打通接濟兵食外，餘用原船徑運辰谿糧臺存貯。辰谿為鎮筸咽喉，驛路運道俱由於此。又自巖門砦以至筸城四五十里，巖重徑仄，山後即係苗寨，出沒之處甚多，必須派委文武大員專司輓運。並於辰谿駐兵三百名，用資防護。而巖門砦以上層層設卡撥兵，既衛軍糧，兼可周防後路。再逆苗皆藏匿山谷，非火攻不能得利。已飭各該營縣將現存火藥先行解用，並飭武昌、漢陽二府督標中軍，武昌同知等分頭製造，並鉛彈、火繩，隨造隨解。又札湖北藩司，别在漢口多多預備硝磺，運至常德，交營配製。一切軍行器械亦俱接續備辦，隨時調用。又辰郡上游客商，有因逆苗驚擾逃避來常者，飭府縣酌給口糧，妥為安置。其鄰近苗寨各州縣，諭令鄉村鎮市團練壯健協力堵防，並諭苗衆安分力耕，毋為逆黨煽誘，自貽後悔。如有奮勇急公、擒獻首惡石三保及偵探虚實報聞者，立予重賞。至瀘谿，係通乾州要隘，且為辰州門戶；浦市尤沿江第一大市，運道所必經。前雖被賊焚掠，尋亦奔竄。近聞督臣福寧有三面進兵之議，則東路必由瀘谿而入，設有阻隔，所關非細。瀘城只有兵四百名，蘇木谿三百名，浦市二百名，守禦尚單，已札撫臣姜晟於前調北省兵過辰時即截留一千名，在瀘谿、浦市防守，且備進勦乾州之用。又北省宜昌之鶴峰州、施南之來鳳縣均與永順接壤，鎮臣張廷彥前將施南等處防兵帶往保靖，該處地方緊要，不便守備空虚。已令於本鎮標兵内抽撥七百名，前補施協額兵原數，並添派兵八百名，在於鶴峰、來鳳、宣恩等處各隘口設卡嚴防，不特捍禦有資，兼可為保靖後路援應。節奉硃批曰：『所辦合宜。』曰：『諸凡用心可嘉。』曰：『此次布置有何說？好！』

閏二月，抵辰州，與湖南巡撫姜公晟會籌軍務，復檄調武昌督撫二標兵一千名來辰。飭鎮筸鎮總兵袁敏統轄，留駐瀘谿，搜捕附近零星苗匪。並檄宜昌鎮總兵張廷彥迅速進兵，由保靖花園汛一路直向永綏。又於現在撫卹之三廳難民中遴選丁壯，練集義勇，支給口糧器械，派令防守城卡。如果得力，照臺灣義民例獎賞。各寨熟苗宣諭招徠，被脅者准令自首，安分者加以撫綏，其有爭先助順、效命前驅，即分別獎勵，事平後將逆苗田產分給，並酌給籽糧牛具，以廣皇恩而收邊效。奏入，奉上諭：『畢沅著交部議敘，並賞給大荷包一對、小荷包四個。』賊冦瀘谿及歐谿、洗谿，公添派守城兵四百名，令總兵袁敏擊退之。又令副將豆霨帶兵四百名出駐草潭，犄角歐、洗，兼為古丈坪一路聲援。

三月，軌者寨百戶石上進等帶同乾州西北六十二寨苗民詣辰投誠。是時大學士公福公康安、四川總督和公琳已攻破松桃、嗅腦，統安籠、松潘二鎮兵直抵永綏，提督劉公君輔兵亦來會，賊解圍潰走。公飭令於花園、隆團等處安設臺站，一應糧餉、軍火，寬為儲備，轆轤轉運。總兵張廷彥、遊擊馬天奇駐兵接護，其附近各寨落降苗，賞給銀布米糧或牛具籽種，安心力作，以散其黨。奉上諭：『畢沅奏辦糧儲、軍火等摺，辦理妥協，諸凡留心，可嘉。著加恩賞戴花翎，並賞大荷包一對、小荷包二箇。』

夏五月，新寨左近龍鼻蓿等三十二寨頭人石兆元詣辰投誠。又有辰州西界旦武營等二十五寨、板犁坪等四十三寨苗民咸來就撫。

六月，保家樓苗寨頭人石大貴帶同永順、保靖，及乾州西北八十八寨苗人詣辰投誠。

秋七月，大營進駐長營哨。公馳至軍，與兩帥籌商善後之事，並於鎮筸一路查催臺站，復回辰州。

八月，乾州、保靖、永綏、永順二百五十七寨苗民詣辰投誠。

冬十月，奉上諭：『首逆吴半生業已俘獲。畢沅於辦理糧饟、軍火等件均無貽誤，著交部從優議敘。』

十一月，大營生擒賊渠吴八月。乾州陷賊良民，及乾屬降苗前為吴八月等焚劫逃竄，乘閒來歸者，公飭令按名入册，散給衣糧，搭蓋篷廠，並各路災民，按月散賑，即委各員分路詳查妥辦，毋使失所。

十二月，降苗縛獻賊渠石老四，斬之。

公綜理儲胥，綢繆軍實。自七月以後，六省之師雲集楚境，供支日不下數萬，而賊氛充斥，動為運道之害。既設法疏通，源源相繼，咄嗟立應；又安撫難黎，招納降苗，心力煩紆，鬚鬢為之頓白。每苗寨頭人入見，公輒便坐，不設兵衛，肫肫懇懇，宣示朝廷威德，勉以自新。羣苗咸叩頭涕泣而去，相戒勿負公恩。故前後招安各苗五百有七寨，迄無一反側者。

是年奉賜御製《上元燈詞册識語》墨刻一分、《平定安南戰圖》墨刻一分、御製《福康安奏報大勦逆苗》詩、《和琳奏報勦捕秀山苗匪》詩墨刻各一分、《福康安和琳奏攻克黃瓜寨賊巢》詩墨刻一分。

姪憲曾應順天鄉試，中式舉人，弟瀧子。公聞捷喜甚，有《得憲曾姪北闈捷報喜而有作》一首。復馳書貴州學政、門人洪亮吉云：『是子詩文俱有根柢，今獲雋，愜吾願矣。』

是歲有《五谿籌筆集》一卷。

【校記】

〔一〕『屬』，嘉慶本作『囑』。

嘉慶元年丙辰　六十七歲

春正月，恭逢太上皇帝紀元周甲之期，御殿授寶，皇帝登基，授受礼成，謹撰《典全》一篇以獻。奉上諭：『此次畢沅所進詩册，措詞典雅，尚為得體。著賞給蟒袍料一件、大荷包一對、小荷包四箇，以示獎勵。』續奉恩詔：『文官在京四品以上、在外三品以上，各廕一子，入監讀書。』公長子念曾早亡，以長孫蘭慶承廕。

湖北枝江賊起，宜都、長陽、長樂各有賊應之，詭稱白蓮教，聚黨數千人，四出焚掠。公聞報飛章奏，即兼程馳至枝江之望佛山，與巡撫惠公齡調兵進勦，連克蕭家巖、栗子山、長嶺沖、方家、大山等寨，擒斬數百人。復進克太和山，山頂草棚布滿，悉縱火焚之，斬二百餘人。蒙恩賞給玉扳指一箇、黄絲珊瑚豆大荷包一對、小荷包四箇，續賞大荷包一對、小荷包四箇。公駐軍山梁，餘匪竄入山北之灌灣腦，而宜昌府境宋家觜、對馬山又各有賊數千人，分擾遠安、東湖、當陽。公遣兵分往協防，復檄調河南南陽鎮兵一千，自荆門進發；陝西興漢鎮兵一千，自鄖陽進發。兩路合力以蹙之，則賊勢不虞滋蔓。未至，當陽陷。公急馳，抵荆州，料簡現兵四百餘名，團集鄉勇，督同荆宜施道高杞、署宜昌鎮總兵黄瑞等，由河溶徑趨蘇家河，破卡，殺賊二百餘人，直薄城下。南陽鎮總兵阿克東阿率兵來會。公令三面安營，佯留一面為可竄之勢，而陰於左近隘口部勒兵勇，分路設伏，伺其出輒擊斬之。凡有間諜，無不立擒者。是時北省諸標營兵皆徵赴苗疆，十不存二三，賊偵知守備空虛，乘間竊發，遠近勾結，煽誘荆、宜、襄、鄖、施五郡，所在充斥，多且數萬，少者數千人，破保康、來鳳、竹山，燒呂堰、樊城，圍襄陽，三楚震動。公先有請發京營勁旅分駐襄、鄖、荆、宜之奏，至是，特命西安將軍恒公瑞、烏魯木齊都統永公保統滿兵二千來楚。公札恒、永二帥暨興漢鎮總兵文圖，由興安進勦鄖陽之賊。又札大學士、四川總督孫公士毅由秀山一路，兩江總督福公寧由龍山一路，進勦施南之賊；原任四川總督鄂公輝進勦襄陽之賊。公自與前將軍舒公亮留屯當陽。賊衆登陴，抗禦甚力。公令於城外分築礮臺，製造雲梯，日夜環攻不息。又募驍健丁數千，扼守要隘，殲其外援二千餘人。蒙賞喜字玉扳指一箇、大荷包一對、小荷包四箇，續賞黄辮大荷包一對、小荷包四箇。襄樊告警，恐賊擾及下游，預調江西兵二千駐守武昌。甫入境，孝感賊起。公奏，令前將軍明公亮督兵，破，斬之。鄖陽亦定。上以當陽日久不下，盼捷綦殷。

夏六月，公親臨前敵，指揮將士。四面如牆，而進以火箭、火彈拋射城中，風狂燄發，燒其礮臺並近城席棚、房舍數百閒。復用計誘斬偽大元帥楊啟元。

秋七月，克東門，賊退聚西北。我兵奮擊，殺一千餘人，擒偽帥陳德本，餘黨悉平。因籌當陽善後六事：一、編審民户，二、分撥營兵，三、裁撤鄉勇，四、賑卹良民，五、旌奬忠節，六、修建城垣，奏皆報可。

公躬攬戎機，兼籌全省軍火、糧饟及徵發他省兵馬，半年以來，遠則施南、宜昌，近則襄陽、枝江，諸大營援應供饋靡弗仰給。攝萬緒於寸心，應百變於一瞬，左宜右有，隨機合節。又置身於桴鼓矢石之閒，從容擘畫，凝然秩然。雖其才力絶人，由是精神亦頗耗矣。

旋奉旨卸湖廣總督篆，專查難民撫卹及賑贍荆州府屬之先為水淹者。

八月，仍還總督任。蒙賞白玉喜字扳指一箇、大荷包一對、小荷包四箇〔一〕。仍總管撫賑之事。親詣潛江、天門、沔陽、漢川、荊門、鍾祥各州縣，履勘災區，疏銷積水，查明戶口，分別撫卹加賑，並奏修沿江堤工。賊竄鍾祥，公飭守令嚴堵溫峽口，而自馳至觀山軍營，與總統永公保、廣州將軍明公亮定議，擊破之。賊走黃龍壋，公馳抵襄陽，分飭沿河各卡，截獲逸匪三百餘人。並督同巴里坤鎮總兵徐昭德、襄鄖道胡齊崙率兵，邀擊賊於青河口，復殺二百餘人，生擒頭目夥黨一百五十餘人。又刊發簡明告示，如賊中有悔罪投出者，許以更生，量給口糧安置。先後從賊中逃出乞降不下二千人，皆免死，給予口食，安頓鐵佛寺，令地方官密為稽查，復委員攜帶銀米，分赴各村莊安撫難民，即以解散餘黨。奉硃批：『此計是，正宜如此。』蒙賞白玉扳指一箇、黃辮大荷包一對、小荷包四箇。

秋九月，奉上諭：『畢沅前此勦洗當陽賊匪，擒渠俘逆，肅清縣治，著有勞績，不可不加之懋賞。著賞給輕車都尉世職，用昭優獎。』時大兵征苗已二載，大學士貝子福公康安、四川總督伯和公琳先後並薨於軍，上命廣州將軍明公亮、湖廣提督鄂公輝馳往總統。公以苗疆略定，天討用申，宜即裁撤各苗寨官兵，而於四面要隘之處酌留防守。因條縷其事，密疏陳奏，其略云：『今乾州已復，首逆吳半生、石三保、吳八月亦以次就擒，僅止石柳鄧未獲，勢力窮竭，無可逞其伎倆。雖此外未勦撫者尚多，然俱零星寨落，散處山谷，其地不納賦稅，其人不供差傜。而以十萬之兵駐守蠻荒，山巒瘴霧，毒氣侵人，師旅久勞，未免疲頓，又多疾病傳染。且苗眾以三廳為窟穴，以耕種為生計，今見駐有重兵，廢時失業，口食無資，自謂必無生理。石逆等反得從中煽誘，以遂其糾結抗拒之計。苗人甚眾，誅不勝誅。以臣愚見，轉不若乘其窮蹙，予以自新。即如臣上年招降永順、保靖及永綏、乾州東北境之五百餘寨，至今並無攜貳。以此類推，苗人亦非敢終於怙惡，不過求延喘偷生耳。仰維聖主胞與為懷，凡負氣含生，皆同赤子，伏乞赦其不共之罪。敕下明亮等宣示恩慈，先於四面各路將防兵安派停當，扼其要隘，固我藩籬，再將苗寨兵徐徐撤出，各還各省營汛，庶處處營伍充實，安堵無虞，關係實為至鉅。所有苗疆地方，楚省以鎮筸、乾州、永綏為最要，鎮筸後路之巖門、高村、沅州，乾州後路之浦市、瀘谿、河谿，永綏後路之花園、隆團，永順之古丈坪，及黔省之銅仁、正大營、松桃、嗅腦等處，除本營額兵外，酌量增添，通盤籌算，周圍扼要不過十二三處，留兵二三萬，分布控制，即有出外滋事者，就附近各營，用前人鵰勦之法以懲儆之，或其同類仇殺及尚有梗化之徒，只須於各降苗內用以苗攻苗之計，不值再加以兵力。臣擬先將湖南、貴州兵儘為本處防守，或不敷，另議酌添。俟募補新兵足數，再令各歸本營。仍飭鎮協內之驍勇幹練者，酌留一二員，與本省鎮將合力防守。又湖廣提督向駐常德，距苗境幾四百里，辰州為三廳咽喉，僅以副將在彼，兵亦較少，不足以壯聲威而資彈壓。請將提督改駐辰州，以便就近控制。如此則兵不血刃，民各相安，而苗疆永慶敉寧矣。』奏入，上命下其章於軍中，俾將軍等議之。僉云：『平隴計日可破，宜姑緩，以待石柳鄧之就縛。』即如所議施行。而一時督撫諸公讀其疏者，咸以公老成謀畫，思深而慮遠，雖趙充國之屯金城，賈捐之之棄珠厓，無以踰此也。

冬十月，上以襄陽賊氛屢竄，特發京營健鋭、火器兵二千，山東、直隸兵各二千，星馳合勦。公奏調直隸、山東、山西、陝西馬各五百匹；分遣幹員，親赴邊口挑買，復得三千餘匹，解送軍營，為衝陣之用，所需鑼鍋、帳房，趕造接解。一切軍火、糧饟，安設水陸臺站，添雇夫騾、船隻，派員分投，源源滾運。親督鎮道弁兵等於後路堵防。施南旗鼓寨蕩平，太子少保福公寧率師回赴宜昌，攻賊滋坵、槲坪。而太子少保尚書惠公齡亦盡殲深沖、涼山之賊，奉命來襄，代永公保為總統，每向公諮訪，開心見誠，多所贊益。樊城經兵燹之後，人煙凋弊，井市寥闃。公稽考史乘，兹地舊有城垣，自晉以來，廢興不一，至前明傾圮，不再修，實襄郡北江屏蔽，奏請復築城垣，以還其舊。

十二月，將軍明公亮既破平隴，追擊石柳鄧，斬之，生擒其子石老喬，旋吳廷義亦就俘。上念公前奏，命即馳往湖南，籌議安撫，分撤各路官兵。公覆奏云：『苗疆久駐重兵，地多荒廢。苗民戶口繁多，惟耕種自食其力。三廳歲止一收，情形本甚拮据。今蒙浩蕩深仁，撤兵俾安耕作，首以清釐民苗地畝，給還掌管，總不出來年二三月以内，即使一律播種，不致有誤春耕。俟撫臣汪新抵襄接辦，告知一切緊要事件，即行起程。』

是年奉賜御製《宣諭建儲書事》墨刻一卷、欽定《石刻十三經》一分、《四庫全書總目》一分。

著有《采芑集》一卷。

【校記】

〔一〕『蒙』，嘉慶本作『奉』。

二年丁巳　六十八歲

春正月三日，遵旨自襄陽啟行，馳往湖南，會辦苗疆善後諸事，其湖北軍務交於巡撫汪公新接辦。

弟瀧向病噎，公雖在軍旅，時時致珍藥，冀克培養。至是聞訃，痛念手足，為專人經紀其喪。

二月，抵乾州，與將軍伯明公亮、内大臣侯額公勒登保、内大臣子德公楞泰、巡撫姜公晟、提督男鄂公輝詳悉籌議，撤回湖北滿漢官兵七千二百四十餘員名，前赴襄陽、宜昌協勦並四川、雲、貴官兵亦一體陸續抽撤，分赴達州、南籠各軍營，聽候調遣。三廳甫定，公暨姜、鄂二公奏請加賑，及附近之麻陽、瀘谿、永順、保靖四縣難民，各展至五、六月底停止。又會奏苗疆添設營汛官兵、新設土弁、修築城堡各事宜，其略云：『苗境地廣山深，將來留兵全撤，兵額較少，不足以資控制。是築堡添兵，實為目前急務。今於花園汛設立一鎮，以附近之永綏協保靖營隸之，改乾州營為協，以辰州副將移駐，隸提督統轄。其湖廣提督兼駐辰州，應將洞庭協移駐常德，而以常德城守營移駐洞庭。此外，如鎮筸屬之巖門汛、廖家橋、得勝營、小鳳凰營、樂豪，乾州屬之鎮谿所、喜鵲營、強虎哨、灣谿、河谿，花園屬之隆團、涼水井、沙子坳，永綏屬之滚牛坡、鴨保寨，辰州屬之瀘谿、烏宿、洗谿、浦市，永順屬之古丈坪，均擬設營駐兵，互相犄角。其中有因原設額兵不敷防禦，擬請增添者；有向無營分，今請添設者；有將原設營分酌量移駐者，皆察看地勢緊要，節節布置，期於控馭得宜。統計苗疆兩鎮、兩協各營汛，共添兵四千八百七十五名，大小員弁擬添總兵一員、參將一員、遊擊一員、都司五員、守備七員、千總十一員、把總二十二員、外委三十四員、額外四十四名，酌量分駐，彼此互相稽察，苗寨悉在範圍，庶邊防呼應既靈，而藩衛益昭嚴密。又鎮筸所屬之四營、永綏所屬之六里，地方遼闊，羣苗錯處。前經和琳奏定章程，擇各路降苗之明白曉事者，酌放土守備、千把、外委等缺，管理苗民。除前此明亮、額勒登保、德楞泰驗充拔補外，臣等隨時驗放，前後約四百餘人。凡苗眾爭鬬、竊盜等事，責成查辦，並照四川屯練降番量給饟銀之例，依次遞減，仍察看苗人是否始終悅服，分別陞降賞革，以示勸懲。其保靖所屬六、七、八三都亦一體設弁給銀，用資約束。至乾州、鎮筸、永綏、保靖各處城垣，業經勘估興修，其餘官兵安營之處，濠溝壁壘，粗有規模，只須補葺加高，毋庸另建。此外零星營卡，即令該弁兵自行砌築。惟兵房一項，應請一律蓋造。每名給房一間，各就本營汛地鱗次搭蓋，安置兵眷。而辰郡撥駐提標兵一千三百餘名，帶眷遷徙，亦應按照人數添蓋兵房，俾供栖止。』奏入，並敕部如所議行。

奉賜聖製詩五集一分。

三月，教匪回竄應山，武漢戒嚴。公撤出北省標兵九百餘名，交前任提督劉公君輔帶領，馳駐漢口鎮。復親歷鎮筸、永綏一帶苗寨，周加賞賚，撫諭倍至。苗衆擁道歡迎，伏地感泣。並勘視三廳城堡各工及衙署兵房。事訖，仍回辰州。

四月，撤廣東、西兵四千名，飭交高州鎮總兵木騰額、新太協副將官保等帶往達州協勦。又撤廣東兵一千七百餘名，飭交潮州鎮總兵托爾歡等分領回粵。

五月，撤回雲南兵一千八百九十七名、廣西兵三千名，分赴南籠、西隴調遣，續撤廣東兵三千名回粵。各處城堡、營汛、兵房次第修造，添募新兵足額，留營差操。苗疆外省防兵數萬，至是全撤。方公甫至之初，遠近諸苗向嘗為逆者，猶芽蘖其間，反覆靡定，當事深憂之。公怵以嚴威，結以恩信，身率數騎，出入蠻寨之中，推心置腹，如我赤子。見者爭稽顙悅服，奔走偕來。遂乃洗甲韜弓，還師振旅。境外有長城之固，軍中無刁斗之驚，戎政具修，邊患永弭。跡其從容鎮靜，若無所難。而五月未周，萬里咸輯。南人服諸葛，吐蕃拜令公，方諸古人，何慚鼎美矣。苗疆向有神祠，土人稱為白帝天王，苗民畏服，屢著靈異。奏請敕封神號。又從前三廳殉難文臣彭鳳堯、武臣明安圖等四十四員、紳士王乙魁等四十餘人，並盡節婦女，查明，請旨議卹。

公自為諸生時，讀涑水《資治通鑑》，輒有志續成之，凡宋元以來事蹟之散逸者，網羅搜紹，貫串叢殘。雖久典封圻，而簿領餘閒，編摩弗輟，為《續通鑑》二百二十卷。始自建隆，訖於至正，閱四十餘年而後卒業。復為凡例二卷、序文一首。畢生精力盡於此書，至是乃付剞劂。藝林鴻寶，海內爭欲先覩為快。

公體素豐碩，頻歲久勞勩，時時致疾，猶盡心國事，宵旦不敢自安。是月二十三日，偶失足仆地，侍者掖起之，左手足微不仁，遂病。上聞，特賜御藥房修活絡丹二十丸，屢降旨詢問，諭令安心靜攝。公感激主恩，雖在牀蓐，仍力疾視事。辰州本邊徼，無良醫，藥品尤劣，服餌久不效。至閏六月後，病日亟。次子嵩珠、長孫蘭慶來侍疾，惟屬以讀書上進、勉報鴻慈，無一語及私。

秋七月三日丑刻，卒於辰州行館。臨終手草遺疏，流涕望闕，作叩謝狀，情詞悽愴。並請以長孫蘭慶改襲輕車都尉世職，而以次子嵩珠承廕。疏入，奉上諭：『湖廣總督畢沅，老成練達，勤幹有為，宣力封圻二十餘載。前歲勦辦苗匪，經理軍儲，並無貽誤。上年教匪滋事，該督帶兵收復當陽，曾賞給輕車都尉世職。嗣駐劄辰州，辦理湖南苗疆善後及撤兵各事宜，積勞嬰疾。特由驛馳賜丹丸，俾資調理。旋據該督奏稱，數日以來，尚能力疾視事。節次諭令安心靜攝，以冀速痊。茲聞溘逝，殊深軫惜。著加恩晉贈太子太保，所有應得卹典，該部察例具奏。至前賞該督輕車都尉世職，著照所請，令伊嫡長孫畢蘭慶承襲，其應得廕生移給次子畢嵩珠，以示眷念施恩至意。』

有《五谿籌筆續集》一卷。

八月，靈輀旋武昌。

冬十月，抵里。禮部專疏請卹，奉旨依議。蘇州府知府任公兆炯親詣，讀文致祭。其文曰：『皇帝諭：祭病故原任湖廣總督畢沅之靈曰：鞠躬盡瘁，臣子之芳蹤；卹死報勤，國家之盛典。爾畢沅性行純良，才能稱職。方冀遐齡，忽聞長逝。朕用悼焉，特頒祭典，以慰幽魂。嗚呼！寵錫重壚，庶慰匪躬之報；名垂信史，聿昭不朽之榮。爾如有知，尚克歆享。』

嘉慶三年春三月十八日，其孤嵩珠、鄂珠及孫蘭慶等奉櫬卜葬吳縣上沙。舊有陸氏水木明瑟園，公愛其幽曠，購為別業，至是遂營吉壤。少司寇青浦王公昶表阡，少詹事嘉定錢公大昕誌其墓，信今傳後，百世下庶有徵焉。

右《年譜》一卷，善長於丁巳夏初從事辰州行館〔一〕，承公命，掇拾編次，甫及半而公已病矣。將病前數日，公笑語善長曰：『吾屢以此事屬君，君牽於衆務，卒未就。平生本末，咸在聞知，比十年尤所親見，心勞力瘁，具有萬端，庶君能條縷而宣達之。惟冀速成，幸毋嫌能事促迫也。』嗚呼！孰意其將歸道山〔二〕，若有先見耶。

公長身偉幹，豐頤而廣顙，疏眉目，容止威重，望若天人。其政務崇國體，卹民艱，僚屬推誠，不為苛察，人亦無敢售以欺詐。所交皆當代鉅卿。初在樞庭，史文靖公居政府，每見，必稱大才。機鑒精明，引薦多成偉器。今大學士諸城劉公、四川總督宜公、前兩江總督福公、雲貴總督富公、陜撫秦公、雲撫江公、貴撫馮公、楚撫汪公，並其向時屬吏也。尤好延攬英畯，振拔孤寒，士之負笈擔簦走其門者如鶩，片長薄技，罔弗甄錄，海內慕為登龍。餘姚邵學士二雲經術湛深，陽湖洪編修稚存、孫觀察淵如文章博贍，咸得公講授汲引之力。逮沒，士林痛傷之。

性恬淡，無他嗜好，獨愛鑒別名人手跡，凡晉魏以來法書、名畫、秘文、秘简暨金石之文，抉剔蒐羅，吳下儲藏家羣推第一。

勤學，富著述。從少至老，無一日廢書。每鏤布一種，遠近爭求，至為紙貴。今未刊者尚有《靈巖山人文集》八卷、《史籍攷》一百卷、《河間書畫錄》四卷、《三楚金石記》三卷、《湖廣通志》一百卷〔三〕。嗚呼，盛矣！

善長向客西徼，早識公。越十年，迺就幕府。又六年而公卒，從其喪由辰州歸，及兹始克送葬。然知己之感，未嘗一日去諸懷也。

公嘗夢其前生為終南山道士，故寫《終南招鶴圖》以寄意。其沒也〔四〕，辰郡首邑沅陵喪歸以八九月，與公姓名字並符合，益歎降嶽列星，非偶然者，因併記於末。

時嘉慶戊午夏四月〔五〕，善長謹識。

【校記】

〔一〕『於』，嘉慶本誤作『子』。

〔二〕『孰』，嘉慶本誤作『熟』。

〔三〕『廣』，當作『北』。

〔四〕『沒』，嘉慶本作『歿』。

〔五〕『時』，嘉慶本無。

先祖宫保公遺有《經訓堂叢書》、《關中勝蹟圖》、《靈巖山人詩集》、《年譜》，各版片向藏家園，庚申燬於兵燹。長慶大懼宫保公一生著作泯沒不傳，先將《年譜》一卷付梓，餘俟陸續重鋟。

同治十一年仲夏上澣，孫長慶謹識。曾孫庭森、蔭笏謹校。

畢沅傳記資料

錢大昕《潛研堂文集》卷四十二《太子太保兵部尚書湖廣總督世襲二等輕車都尉畢公墓誌銘》

嘉慶二年秋七月庚午，兵部尚書、湖廣總督、世襲輕車都尉鎮洋畢公以疾終於辰陽行館。公久在行間，勛勞懋著，及移駐楚南，籌畫善後之策，苗境敉寧。上聞公積勞遘疾，手足不仁，即馳賜上藥，諭以安心調攝。公自念受恩深重，且當三楚多事，不敢以私誤公，力疾視事，有加無瘳，遂致不起。遺疏入告，九重軫恤，加贈太子太保，諭祭如禮。文通武達，生榮死哀，可謂令德考終也已。諸孤奉公柩歸吳門里第，越明年三月十有八日，卜新阡於吳縣靈巖鄉上沙里，以元配汪夫人祔，禮也。大昕與公同里閈，先後入館閣，論文道古，數共晨夕。晚歲雖雲泥分隔，而公不忘久要，書問屢至，每有撰述，必先寄示。兹諸孤述遺言，請文刻諸貞石，大昕泫然不敢辭。

按狀：公諱沅，字纕衡，一字秋帆，自號靈巖山人。先世居徽之休寧，明季避地蘇之昆山，又徙太倉州，後析置鎮洋縣，遂占籍焉。曾大父泰來公，大父見峰公，父素庵公，皆厚德敦行，識者謂其後必大。公自少穎悟，甫六歲，母張太夫人手授《毛詩》、《離騷》，過目即成誦。十歲審聲韻，十二習制舉義，十五能詩。稍長，讀書靈巖山，從沈文慤公德潛、惠徵君棟游，學業益邃。弱冠後，游京師。乾隆十八年，中順天鄉試。又四年，授内閣中書，大學士傅文忠公一見器重，即令入直軍機處。公練習掌故，治事識大體，樞廷諸公，咸以公輔期之。二十五年，會試中式，名在第二，及廷對，纚纚數千言，議論剴切，上親擢第一。是歲，始定新進士前十名於讀卷日引見，公儀觀秀偉，進止有度，天顔甚喜，臚唱，授翰林院修撰。館中經進文字，多出公手，皆典重有禮。遷右春坊右中允，再遷翰林院侍讀，充日講起居注官，轉左春坊左庶子。三十二年，上親耕耤田，御觀稼臺，公侍直，奏對稱旨，宣示御製詩，給筆札令賡和，詩成進覽，稱善。是冬，授甘肅鞏秦階道，召見，諭曰：『汝軍機舊屬，達於政治，不徒文學優長也。』到官，即留辦新疆經費局。又從總督出嘉峪關，察勘屯田，自木壘河至吉木薩，往返數萬里，途中多紀行詠古之篇。尋調安肅道。三十六年，擢陝西按察使。入覲，具言甘肅頻年苦旱狀，有旨諭督臣加意賑卹，并免積欠四百萬兩。尋擢陝西布政使，兼護巡撫印務。時大兵征金川，由陝入蜀，公督理臺站，饋餉充足。三十八年，河、渭、洛三水溢入朝邑界，公馳往，分别賑卹，全活甚衆。擢陝西巡撫。歲旱，禱太白山，得甘雨。清理八旗及提標馬廠空地，募民開墾納賦，為賞卹之用。又奏修西嶽廟及元聖周公墓，訪其後裔，置五經博士一人，以奉祀事。濬涇陽龍洞渠。在陝六載，兼署西安將軍者再，署陝甘總督者一，特賜戴孔雀翎，恩遇之隆，漢大臣莫及焉。丁張太夫人艱，甫及一年，上以陝西任重，復起公署巡撫事。會甘肅回賊陷河州，逼蘭州城，公檄調滿、漢兵先後赴援，又請簡八旗勁旅，令大臣總統援應。及事平，上曰：『畢某在陝西，聞甘省逆賊滋事，即能悉心調度，事事妥協，並有先辦而與朕旨相合者，實屬可嘉，著賞給一品頂帶。』其後，平凉逆回復倡亂，攻掠通、渭、静、寧，驛道梗塞，公復調兵助剿，又分兵出間道繞其後，俾不得他竄。公之盡心國事，不分畛域，多此類也。五十年，調河南巡撫，是時河南、北頻年苦旱，而河水泛溢，壞民田廬舍。公既受命，即奏請截留漕運，以平市價。諸州縣被災戶，展賑兩月，其徵收未完銀米，視被災分數，或全免，或緩徵，俱得允行。自後積水漸消，禱雨輒應，歲獲豐稔。又奉命詣桐柏山求淮源，公躬履嶄嵒，尋其脈絡，繪圖以進，特蒙嘉獎，御製《淮源記》述其事。尋賞穿黃馬褂，擢湖廣總督。未行，以伊陽拒捕案被議，仍留巡撫任。五十二年，河決睢州，溢寧陵、商丘、永城、鹿邑、柘城諸縣，詔大學士阿文成公臨視，會同籌畫，自夏迄冬，凡五閱月而蕆事，撫卹災黎，蠲緩借種，全活無算。明年，河北三郡旱，遵旨撥運米麥，減價平糶。又濬治百泉、丹河、九道堰，引水溉田。尋授湖廣總督。時江水異漲，溢入荆州城，下游州縣亦多淹沒。訪得江心有窖金洲，阻塞水道，為上游之害，亟命拔去蘆葦，居民毋得占據。仍於北岸築垻，逼溜南趨，以資保護。賑卹被淹人戶，城垣堤岸，衙署兵房，次第修葺。又革除鹽課陋規，禁絶私販，每歲溢銷十數萬引。五十九年，入覲天津行在，賜御製詩，隨於幄次賡和，自陳早衰多病，乞京職自效，溫諭不允。是秋，以湖北姦民傳教案，左遷山東巡撫。臨清、館陶諸州縣被水，遵旨加兩倍賑卹，豁免秋糧及本年漕米，委員於豐收處糴糧食存貯，以備來歲平糶。六十年春，恩詔普免各省民欠。公查出東省節年所欠正耗銀四百八十七萬有奇，常平社倉米穀五十萬有奇，咸奏除之。時已得再任湖督之命，拜奏而後行。其勇於任事，無遷延顧望如此。初入楚境，聞苗疆有警，即馳赴常德，籌畫轉餉。既而大學士嘉勇公、福公、四川總督和公先後到楚，檄調六省兵會勦，供支日不下數萬。公移駐辰州，督運軍儲，輸將相繼。大兵既擒首逆吳半生等，乾州、永順、永綏、保靖諸苗五百餘寨，先後詣辰乞降。公承詔撫諭，咸感泣叩頭而去。嘉慶元年春，湖北枝江賊起，詭稱白蓮教，而宜都、長陽、長樂教匪一時應和，四出焚掠。公馳赴枝江，與巡撫惠公調兵進勦，連破蕭家巖、栗子山、長嶺沖諸寨。時北省標營兵皆調赴苗疆，姦民乘虛誘集匪徒，分擾諸縣，當陽、保康、來鳳、竹山相繼失陷。詔諸大帥分路攻剿，而公與將軍舒公攻當陽，即選驍勇，扼山隘，殲其外援三千人。賊悉力死守，公親督將士，以火箭、火彈射入城中，燒其礮臺及蓄聚。七月，克東門，賊退守西北，復擊殺殲二千餘人，擒其偽帥，縣境悉平。事聞，賜賚優渥，賞輕車都尉世職。復馳至襄陽，督同鎮道邀擊賊於青河口，破之。時征苗大學士貝子福公、總督和公相繼徂謝，公密奏乾州已復，首逆就擒，惟石柳鄧未獲，而以十萬之衆駐守蠻瘴，苗人見有重兵，生計無資，石逆轉得從中煽誘，不若因其窮困，許以自新，酌節裁撤苗寨官兵，而於四面設兵防守，其有出外滋事及同類讐殺者，用以苗攻苗之法，可不再煩兵力。詔下其章於軍中議之。未幾，大兵破平隴，斬石柳鄧等，遂詔公馳往湖南，籌議善後及撤兵事。二年春，抵乾州，周歷三廳，撫諭苗寨，清釐民苗地畝，給還耕種，咸伏地感泣，各歸生業，各省兵亦次第撤回。公遵旨留駐辰州，與巡撫姜公、提督鄂公會奏，請移提督駐辰州，而以辰州協駐乾州，洞庭協駐常德，又於花園汛添設一鎮，以永綏協保靖營隸之。它要隘之處，撥兵屯守，聯絡控制。其苗寨酌設土弁，以資約束。又估修城堡營房，賑撫難民，卹贈殉難官弁及紳士婦女。皆得旨敕部議行。而公以炎瘴致疾，食少事煩，未極大年，此海内識與不識，靡不驚怛墮淚者也。

公識量閎遠，喜愠不形於色，遇僚屬以禮，議事不執己見，人人皆得盡其言。若大疑難事，衆莫識所措者，公沈機立斷，雖萬口不能奪。久莅方面，職事修舉，不以察察為明，亦不以煦煦要譽。所薦拔多至大僚，或在同列，亦未嘗引為己功。公天性純孝，既貴，自傷祿不逮養，賴母氏教誨成立，迎養官齋，修潔白之膳。及張太夫人棄世，遇諱日，哀慕出涕。嘗陳情上前，御賜『經訓克家』四大字，隨於靈巖南麓築樓，以奉御書，旁建張太夫人祠堂，俾子孫毋忘所自。與竹癡、梅泉兩弟友愛無間，視諸姪如己子。兩妹早寡，為置産贍其孤甥，俾克有成。生平篤於故舊，尤好汲引後進，一時名儒才士，多招致幕府。公務之暇，詩酒唱酬，登其門者以為榮。

性好著書，雖官至極品，鉛槧未嘗去手。謂經義當宗漢儒，故有《傳經表》之作。謂文字當宗許氏，故有《經典文字辨正書》及《音同義異辨》之作，謂編年之史莫善於涑水，續之者有薛、王、徐三家，徐雖優於薛、王，而所見書籍猶未備，且不無詳南略北之病，乃博稽羣書，攷證正史，手自裁定，始宋訖元，為《續資治通鑒》二百二十卷，别爲《攷異》附於本條之下，凡四易稿而成。謂史學當究流别，故有《史籍攷》之作。謂史學必通地理，故於《山海經》、《晉書·地理志》皆有校注，又有《關中勝蹟圖記》、《西安府志》之作。謂金石可證經史，宦跡所至，搜羅尤博，有關中、中州、山左《金石志》。詩文下筆立成，不拘一格，要自運性靈，不違大雅之旨。有《靈巖山人詩集》四十卷、《文集》八卷。

公生於雍正八年八月十八日，春秋六十有八。汪夫人淑慎有壼德，候補知府□□女，先公三十年卒。子三人：念曾，候補員外郎，早沒；次嵩珠，一品廕生，候補員外郎；次鄂珠，候選員外郎。女四人：長適陳暻；次許字秦□□；次許字孔慶鎔；次未許字。孫二人：蘭慶，承襲二等輕車都尉；芝祥，候選員外郎。曾孫二人。

銘曰：洛牧命虞，分陝翼周。十連有帥，統小諸侯。魏晉暨唐，職均名别。都督總管，節度觀察。峴首羊杜，秦塞范韓。先後禦侮，為國屏垣。猗與畢公，懋德之裔。文章潤身，溫飽非志。南宫首選，北闕臚傳。風度凝重，儼若神仙。智方行圓，明體達用。三館楷模，中朝梁棟。帝曰汝諧，試之監司。盤根錯節，利器無窮。乃撫三秦，冰澄月朗。籌邊餉軍，萬里指掌。乃撫汴洛，載修河渠。荒政具舉，黔首以蘇。乃撫齊魯，正躬率下。廣宣皇仁，民抃而舞。江漢之滸，控扼蠻荆。公督餽餫，士飽馬騰。潢池偶警，親提桴鼓。胸有甲兵，人百其武。負嵎猶鬭，一鼓而殲。露布星馳，錫命用占。苗逆已擒，苗民來格。公承廟謨，為永久策。出入叢箐，涉歷瘴雲。遮道羅拜，共戴尊親。迺撤貔貅，乃設屯戍。烽燧罔驚，藩籬孔固。大星忽隕，梁木其傾。楓宸悼惜，崇班晉膺。公之恩榮，勳名終始。頒祭尚方，澤及孫子。硯山之陽，水木明瑟。某水某丘，舊游髣髴。井槨是卜，公其樂兹。我文紀實，或無愧詞。

王昶《春融堂集》卷五十二《兵部尚書都察院右都御使湖廣總督贈太子太保畢公神道碑》

嘉慶二年七月，兵部尚書、都察院右都御史、湖廣總督畢公卒於湖南辰州。遺疏上，聖心軫悼，晉贈太子太保。應得卹典，令部察例具奏。又命嫡長孫畢蘭慶世襲輕車都尉，次子畢嵩珠給與蔭生。尋蘭慶等奉喪歸吳中，而禮臣議請撰文。諭祭文有『性行純良，才能稱職，鞠躬盡瘁，卹死報功』之褒，於是恩禮優隆，哀榮備至。蘭慶等擇以三年三月十八日大葬於吳縣上沙之新阡，既請少詹事錢君大昕志於幽竁，復屬昶以隧道之文。

公名沅，字纕衡，一字秋帆。曾祖諱祖泰，由休寧遷太倉。嗣太倉分縣鎮洋，遂為縣人。祖諱禮，父諱鏞，咸以惇德篤行重於鄉閭。三代歷次邀恩封贈，皆如公官。公少孤，資性穎悟。六歲，母張太夫人授以《毛詩》、《離騷》，過目成誦。十歲，明聲韻。十五，能詩，從長洲沈宗伯德潛、惠徵君棟游，學業益深邃。二十二，北行，寓保陽，總督方敏恪公有國士之目。乾隆十八年，順天鄉試中式。又二年，補内閣中書，直軍機處。大學士富察文忠公、戶部尚書汪文端公皆以公輔期之。二十五年，成進士，以一甲第一人及第，授翰林院修撰。二十九年，擢左中允。明年，陞翰林院侍讀，充日講官、起居注教習、庶吉士。三十一年，充會試同考官。尋轉左庶子。上知公可大用，特授甘肅鞏秦階道，旋調安肅道。三十二年，奉旨授陝西按察司使。時翠華東幸，覲於行在。上詢甘肅亢旱情形，據實陳奏。有旨諭督臣加意賑恤，並豁免通省積欠四百萬。十月，擢陝西布政使。十二月，護巡撫印務。時征四川大、小金川，京營及各省之兵先後入蜀，取道潼關及南北棧。公調運糧餉夫騾，撥解軍火器械，安設臺站，源源協應，民間一無紛擾。三十八年五月，河、洛、渭三水並漲，朝邑被衝。分別賑恤，全活甚衆。十二月，授陝西巡撫。三十九年春旱，虔禱於太白山，遣官取水靈湫，雨立應。請旨加封昭靈普潤太白山神。又勘西安八旗馬廠空地在興平、盩厔、扶風、武功四縣者四百八十餘頃，悉募民開墾，歲納租賦，為八旂賞卹之需。重修華嶽廟暨漢唐以來名蹟。又以秦中碑版最多，萃而置之府學，俾毋散佚。濬涇陽龍洞渠，灌溉民田。并墾提標五營牧廠地一百七十餘頃，歸於實用。是時陝西鄉試，嘉峪關外鎮西、迪化府州士子雲集，請照雲、貴之例，毋論鄉、會試，每人給予驛馬。元聖周公墓在咸陽縣北畢原，有姬姓奉祀生一人。援曲阜東野氏之例，置五經博士一員，請世襲，并奉文、武、成、康四王陵祀，報可。是年十二月，丁張太夫人憂，回籍。明年十月，陝西巡撫員缺，奉旨：『畢沅前在西安最久，熟悉情形，且守制將屆一年。著前往署理。』十一月，抵西安。四十六年，甘肅河州番回相仇殺傷。及蘭州知府、副將聞警，即屬提督馬彪、西安將軍伍彌泰等統滿、漢兵往擊討之。繼聞陷河州，逼蘭州府城，又檄延綏、興安二鎮，一由固原、平涼，一由略陽、鞏秦，分道並入。適上命大學士章嘉文成公督勦，殲之化林坪，賊遂平。四十九年四月，甘肅平涼番回復亂，由靖遠渡河，破通渭，掠靜寧及隆德、莊浪，盤踞底店、石峰堡。公先調滿、漢三千五百名赴勦，并請發京營勁旅。上仍命文成公偕富察文襄公領健鋭、火器兩營兵進勦。公告以當先廓清底店，則石峰堡勢孤無援，可立奏功。文襄公如其言，番回窮蹙乞命，械赴京師。先是，西安省城日久頹圮隊剝，公謂關中天府，係伊犁、回部、西藏各外藩朝貢所經，請帑興修，逮三年而工畢。并修潼關城堞，鞏固崇隆，逈踰於舊。五十年正月，進京陛見，調河南巡撫。豫省頻旱，又水溢，沿河田舍被淹。公請截漕二十萬石平市價，以濟民食。未完錢糧倉穀，請全豁免，且分別加賑展賑。奉旨：『所思周到，調汝可謂得人。如此盡心民莫，或邀天祐。朕為彼一方民慰幸也。』并增給三十萬石以賑之。十月，會同文成公勘驗高家寨挑水壩各工，訖事，赴桐柏山尋訪淮源，具圖覆奏。蒙賜御製《淮源記》。五十二年六月，河決睢州，督率司道，往來搶護。會文成公亦至，於河分溜處斜築挑壩，逼溜歸河。五十三年，河北懷慶三府雨稀，麥收薄。遵旨撥運麥穀十萬石，減價平糶，又令常平社倉各米不拘常例，糶借兼行，民食賴以充。又疏濬衛源之百泉，懷慶之丹河、九道堰，及近太行山向有泉源者，俾夫以工受直，而田亦皆收灌溉之利。時夏秋多雨，漢江及洞庭、鄱陽諸水俱驟漲出江，以截江流，故江水亦騰踴，決荆州堤，潰城而入。奉旨，授湖廣總督，兼署湖北巡撫。發銀一百萬兩，為工賑之用。八月，抵荆州，同文成公勘潰決緣由，蓋因江自松滋而下，至荆州萬城堤折而東北，北流本窄，又有窖金洲，沙長數里，以障其南，兼之盛漲，無所宣洩，直注堤根，潰決實由於此。乃盡剗洲旁蘆葦，於對岸楊林洲斜築土壩，並築雞嘴石壩，逼溜南趨，以刷洲沙，無致壅遏而北，於是城堤皆足保護矣。又請修城中文武衙署、兵民房屋，并請賑被災戶口。其外二十九州縣之同淹者，分別輕重，確勘撫卹。窮民均令赴工力作，以資代賑。奏入，皆奉旨嘉獎。五十四年三月，勘襄陽老龍堤，添築挑溜石壩。九月，又勘估常德石櫃堤工。明年，奏修復潛江仙人堤。條議銅運過境章程：一、銅船宜雇募堅固，二、銅斤宜過秤足數，三、險灘宜預趨避，四、水摸工價宜酌水勢加添，五、防範水摸偷竊。又勘四川至湖北江中各灘，由險改平者十二，由平改險者六，新增險灘五。雲南銅運始獲安行。先是，湖北數年前上下汰侈黷賄賂，吏治廢弛呰窳，而民風日益兇悍，上故以整頓屬公。公緝盜賊，嚴刁訟，清庶獄，年餘審結大小一千五百餘案。而遠界秦蜀者，奸宄尚未盡除。五十九年八月，陝西之安康、四川之大寧邪教起，皆稱傳教由湖北。公馳赴襄鄖訊辦。有旨：『降補山東巡撫。』是秋，河南衛、沁二河水溢及山東沿河州縣，奉旨加兩倍賑恤。公請將本年漕米蠲免，復遴員分赴豐收處，按價糴買，運至災屬存貯，備明年春夏間平糶之用。奉旨：『此番可謂用力。』六十年正月，仍授湖廣總督，即赴新任。時先有恩旨，以明年歸政，各省民欠銀穀，令督撫查數，奏請豁免。公臨去任，將山東積欠四百八十七萬、常社米穀五十萬四千餘石悉奏蠲之，不肯遷延諉謝也。二月，次襄城，聞貴州銅仁苗民石柳鄧、湖南永綏苗民石三保等四出鈔掠，馳赴常德。奉旨令駐荆、常適中之地，為後路應援。是時乾州鳳凰廳諸處盡為賊藪，且圍永綏。雲、貴及湖廣官兵分駐鎮筸，轉餉甚急。公令長沙、岳陽、常德、澧州、荆門州各屬先儘常、社兩倉存穀，刻期碾運，由辰州轉解軍營；且令雇船從朗江以達五溪，較用夫背負為便。而辰谿、崖門砦以上多苗寨，派文武能事者駐兵防護，運道始為周密。其辰州以上逃徙各商給予口食，安置鄰近苗寨。州縣團練鄉勇協力堵防。北省之鶴峰、來鳳、宣恩各隘口添兵分駐，兼為保靖後路聲援。連奉溫旨褒美。旋抵辰州，檄鎮筸鎮駐兵瀘溪，搜捕宜昌、鎮岳，由保靖直向永綏。熟苗有被脅者，准其自首，示以若先效順，候事平，分給逆苗田產，又賞給銀布米糧，以散其黨。繼聞永綏圍解，即在花園、隆團一路安設臺站。六省之師，每日供支數萬，迅速周詳，上聞而益嘉之。自三月至八月，乾州苗民五百餘寨先後詣辰乞降，公便坐傳見，不設兵衛，導以朝廷威德，勉令自新。羣苗涕泣叩頭去，迄無一反側者。嘉慶元年，湖北賊起，詭稱白蓮教，宜都、長陽各聚數千人為應。公赴枝江，調兵搜勦，連破蕭家巖、栗子山各寨，擒斬千餘，賊竄山北。而宜昌別有賊數千，分擾遠安、東湖、當陽，復調河南南陽、陝西興漢二鎮兵往援。未至，當陽陷。隨統官兵，募鄉勇，與前護軍統領舒亮進圍之，殲其外援三千人，斬偽帥楊啟元等。七月，破城，因奏當陽善後六事：一、編審民戶，二、分撥營兵，三、裁撤鄉勇，四、賑卹良民，五、旌獎忠節，六、修建城垣。其他儲備徵發，供支策應，遠近紆籌，鬚鬢為之頓白。又委員攜銀米，分赴村莊，安撫難民，免使賊誘。奏入，奉旨：『此計是，正宜如此。』又奉旨：『畢沅前此勦洗當陽，肅清縣治，著有勞績，不可不加懋賞。著賞給輕車都尉世職，用昭優獎。』其冬，賊在宜都、宜昌者將竄陝、蜀。上發京營健鋭、火器兵二千，山東、直隸兵二千來合勦。公既奏調山、陝馬二千匹，又令人赴邊買三千餘匹，解送大營濟用。時賊勢蔓延，而乾州已復，因密奏：『逆苗石三保等就擒，石柳鄧雖在，旦晚可獲。以十萬之衆駐守環攻，苗人見有重兵，生計無資，賊首反得從中煽誘。不若乘其窮蹙，予以自新，而於四面要路派兵防守，且就降苗内擇其趫捷者，以苗攻苗，不至再煩兵力。撤出官兵併勦襄、鄖、宜昌，諸賊自可即日埽除。』上下其章於軍中，皆以為宜。十二月，官兵破平隴，斬石柳鄧，復擒吳廷義等。於是將軍明亮酌撤官兵，前赴達州、宜昌，軍聲大振。明年，公遵旨留駐辰州，綜攬南北諸軍事，羽檄紛沓，心規手畫。久歷蠻荒，炎天瘴毒，積勞成疾。初患眩暈，手足不仁。繼瘍生於背，病聞，降旨慰問，命以安心調攝，賜之丹藥，而已莫能療矣。七月初三日，卒於官舍，年六十有八。

公配汪氏，誥贈一品夫人，早卒，終身不復娶。長子念曾，亦先歿。孫二：蘭慶、芝祥。次子嵩珠、鄂珠。曾孫二：永滋、景緒，俱幼。女四：一適陳暻，一字秦耀曾，一字衍聖公孔慶鎔，一未字。

公自僕直内廷，習於朝章國政。少為裘文達公所知，會試出蔣文恪公門下，明通闊達，兼有兩公之長。出仕西陲時，拓地二萬餘里。名臣宿將，來往邊徼，皆與之上下諏諮。且掌新疆經費局，行軍轉餉，諸利弊貫串熟悉，故四川、陝西、湖廣軍務頻仍，而公兼權熟計，經理裕如。自以文學經濟上結主知，不肯有所附麗。旌節所至，盡心國事，勤求民隱，至於二十六年，蓋歷省總督、巡撫中未有如是專且久者。公每入覲，輒命在南書房和詩，備顧問。所進古器物，御製詩文紀之。又撰進《關中勝蹟圖志》，詔錄入《四庫全書》。太上皇帝授寶歸政，恭進《典詮》一篇，典雅得體，賞賚優渥。前後所賜御筆、繡蟒、詩扇、扳指、荷包諸物不可勝紀。

天性孝友，迎張太夫人至西安官署，先意承歡，靡間晨夕。及丁憂回籍，適上南巡，迎鑾，詢及家事，奏承母氏教養，始得成立。上嘉歎，賜『經訓克家』額以褒之。友愛二弟，始終弗替。聞不足，輒俸以濟。督教諸姪，鄉試中式者三人，由諸生拔貢者一人。嘗謂為政貴識大體，治尚寧靜，故洞悉屬員賢否，而不以機智鉤距，不為科條繳繞。望之溫然，無內外大小，皆馭之以恩。人服其寬，樂為之用。篤於朋舊，愛才下士。老友如中書吳泰來、侍讀嚴長明、編修程晉芳諸人，招致幕府，流連文酒，名流翕集，望若登仙。侍讀邵晉涵、編修洪亮吉、山東兖沂道孫星衍咸以博學工文，前後受知門下，情誼周摯。其餘藉獎借以成名者甚衆。

少嗜著述，至老不輟。所撰《續資治通鑑》、《史籍攷》，並《靈巖山人詩文集》，又關中、中州、山東

《金石記》、《河間書畫錄》，共若干卷。每遇古書善本，校而錄之。若《山海經》、《夏小正》、《說文解字舊音》、《釋名疏證》、《三輔黄圖》、《太康地志》、王隱《地道志》、《晉書地理志新補正》、《道德經攷異》，又若干卷，時賢皆奉為祕寶。

公仕宦日久，太倉舊宅傾圮，丁憂時移居蘇州。又於靈巖山建御書閣以奉賜書，故自號靈巖山人。晚年得山後陸氏水木明瑟園，將葺為退老計，未果。今蘭慶等卜宅兆於此，亦公之志也。

夫昶與公鄉試同年，同直軍機處，又為西安按察使，知公行事為詳，庸敢掇其關於軍國之大者，勒諸貞石，以示後世。餘已載少詹事之志，故不備書。

銘曰：保釐之德，綿於南方。文昌華蓋，錫羡垂光。始以文學，馳譽巖廊。繼以勳業，播績封疆。經文緯武，用綏戎行。仁扇嵩華，澤覃湖湘。苗民逆命，兼患欃槍。爰親旗鼓，爰時餱糧。速彼羣醜，即我鈇斨。潢池未殄，星隕其芒。九重嗟悼，昭示旗常。聿晉公孤，聿賜綸章。卜兹吉兆，上沙之陽。水木明瑟，冠於江鄉。左鄰靈巖，宸翰所藏。星輝霞煥，下麗重岡。公騎箕尾，訣蕩翺翔。榮恩百世，雲礽之慶。

洪亮吉《更生齋集文》甲集卷四《書畢宫保遺事》

畢宫保名沅，鎮洋人。以湖廣總督辦理湖南紅苗，復接辦湖北教匪，往返籌餉，及銷核軍需各項。嘉慶二年六月，以勞卒於辰州軍營。有旨加太子太保，諭祭葬。其遺孤乞錢詹事大昕、王侍郎昶立傳及墓道碑，本末悉具。今特錄遺事數則，得之翰林同官及公所自言與余所親見者。

公生平之學，其得力處在能事事讓人，然公遭際實亦半由此。乾隆庚辰，公會試，未揭曉前一日，公與同年諸君重光、童君鳳三，皆以中書值軍機。諸當西苑夜直，日未昃，諸忽語公曰：『今夕須湘衡代直。』公問故，則曰：『余輩尚善書，倘獲雋，可望前列，須回寓偃息，并候榜發耳。湘衡書法中下，即中式，詎有一甲望耶？』『湘衡』者，公字也。語竟，二人者徑出不顧。公不得已，為代直。日晡，忽陝甘總督黃廷桂奏摺發下，則言新疆屯田事宜。公無事，熟讀之。時新疆甫開，上方欲興屯田。及殿試發策，試新貢士，即及之。公經學、屯田二策條對獨詳核，遂由擬進第四人改第一，諸君次之，童君名第十一。蓋是年讀卷官秦尚書蕙田奏殿試佳卷獨多，故進呈有十二本，非故事也。

在翰林六載，以久次充補日講起居注官。值上耕籍田，講官惟籍田侍班，與御座最近。先是，勵編修守謙侍班日行立欹斜，特旨申飭。是日，復應勵侍班。勵窘甚，知講官中惟公易制，先一夕走公寓，曰：『明日必須君代我，我業語君，即歸，閉戶臥，倘誤，不任咎也。』公亦不得已，代之。翊日，上三推畢，回坐御幄中。諸大臣依次出耕籍田，在上前者，僅講官四員耳。上忽語曰：『布穀、戴勝，一耶？二耶？』公立班在前，即出奏曰：『布穀即戴勝。』上是之，因詢甲第，又知為第一人，因諭曰：『汝能詩乎？』對曰：『翰林職也。』上喜，即以『戴勝降于桑』命題，公頃刻成五言八韻詩呈進。上稱善，遂有意嚮用矣。及已官巡撫，復值上耕藉田，語諸大臣曰：『朕于此曾拔擢一人。』蓋指公也。

公性寬平，官陝西久，諸細事或弛廢。適上命原任大學士李公侍堯以三品銜署理陝甘總督，駐西安，久不去，意欲翻駁數案及鉤考諸屬吏。公以李故相也，不敢與鈞禮，每日平明即撤儀從上謁，到皆在司道前。李知公之敬己也，厲威嚴不得發。留數日，意不懌，馳去。于是諸愓息者始安。嗣李以重罪逮入都，公送之獨遠，復執手流涕乃別。李在刑部獄語人曰：『一路來愛我者惟畢公耳。』公之處同官友朋，類皆若此，然人不能學也。

公愛士尤篤，聞有一藝長，必馳幣聘請，惟恐其不來，來則厚資給之。余與孫兵備星衍留幕府最久，皆擢第後始散去。孫君見幕府事不如意者喜慢罵人，一署中疾之若讐。嚴侍讀長明等輒為公揭逐之，末言：『如有留孫某者，衆即捲堂大散。』公見之不悅，曰：『我所延客，諸人能逐之耶？必不欲與共處，則亦有法。』因別搆一室處孫，館穀倍豐于前。諸人益不平，亦無如何也。公軍旅非所長，又易為屬吏欺蔽，卒以是被累，身後田産資畜皆沒入官云。

《清史稿》卷三百三十二《畢沅列傳》

畢沅，字纕蘅，江南鎮洋人。乾隆十八年舉人，授內閣中書，充軍機處章京。二十五年一甲一名進士，授修撰。再遷庶子。三十一年，授甘肅鞏秦階道。從總督明山出關勘屯田，調安肅道。擢陝西按察使。上東巡，覲行在，備言甘肅旱。諭治賑，並免逋賦四百萬。擢布政使，屢護巡撫。師征金川，遣沅督餉，軍無匱，授巡撫。河、洛、渭並漲，朝邑被水。治賑，全活甚衆。幕民墾興平、盩厔、扶風、武功荒地，得田八十餘頃。濬涇陽龍洞渠，溉民田。嘉峪關外鎮西、迪化士子赴鄉會試者，奏請給驛馬。置姬氏五經博士，奉祀文、武、成、康四王及周公陵墓。修華嶽廟暨漢、唐以來名蹟，收碑碣儲學宮。屢署總督。四十一年，賜孔雀翎。四十四年，丁母憂，去官。四十五年，陝西巡撫缺員，諭：『沅在西安久，守制將一年。命往署理，非開在任守制例也。』

四十六年，甘肅撒拉爾回蘇四十三為亂，沅會西安將軍伍彌泰、提督馬彪發兵討之。事平論功，賜一品頂帶。甘肅冒賑事發，御史錢灃劾沅瞻徇，降三品頂戴。四十八年，復還原品，尋實授巡撫。四十九年，甘肅鹽茶廳回田五復亂，沅遣兵分道搜剿。上命大學士阿桂視師，沅治軍需及驛傳供億，屢得旨獎勵。

沅先後撫陝西十年，嘗奏：『足民之要，農田為上。關右大川，如涇、渭、灞、滻、灃、滈、潦、潏、河、洛、漆、沮、汧、汭諸水，流長源遠。若能就近疏引，築堰開渠，以時蓄洩，自無水旱之虞。古來雲中、北地、五原、上郡諸處畜牧，為天下饒，若酌籌閒款，市牛羊駝馬，為畀民試牧；俟有孳生，交還官項，餘則畀其人以為資本。耕作與畜牧相兼，實為邊土無窮之利。』議未行。

五十年，調河南巡撫。奏：『河北諸府患旱，各屬倉儲，蠲緩賑卹，所存無多，請留漕糧二十萬備賑。』既又請緩徵民欠錢糧，並展賑，上溫諭嘉之。命詣胎簪山求淮水真源，御製《淮源記》以賜。五十一年，賜黃馬褂，授湖廣總督。伊陽盜秦國棟戕官，上責沅捕治未得，命仍回巡撫。五十三年，復授湖廣總督。江決荆州，發帑百萬治工。沅奏：『江自松滋下至荆州萬城堤，折而東北流，南逼窖金，荆水至無所宣洩。請築對岸楊林洲土壩、鷂嘴石壩，逼溜南趨，刷洲沙無致雍遏。』又請修襄陽老龍堤、常德石櫃隄、潛江仙人堤，鑿四川、湖北大江險灘，便雲南銅運。

五十九年，陝西安康、四川大寧邪教並起，稱傳自湖北。沅赴襄陽、鄖陽按治，降授山東巡撫。上以明年歸政，令督撫察民欠錢糧豁免，奏蠲山東積逋四百八十七萬、常平社倉米穀五十萬四千餘石。

六十年，仍授湖廣總督。湖南苗石三保等為亂，命赴荆州、常德督餉，以運輸周妥，賜孔雀翎。嘉慶元年，枝江民聶人傑等挾邪教為亂，破保康、來鳳、竹山，圍襄陽，沅自辰州至枝江捕治。當陽又陷，復移駐荆州，上命解沅總督。旋克當陽，獲亂渠張正謨等，復命沅為總督如故，予二等輕車都尉世職。尋奏亂渠石三保、吳半生、吳八月等皆就獲，惟石柳鄧未獲；請撤各省兵，留二三萬分駐苗疆要隘。上諭曰：『撤兵朕所願，但平隴未克，石柳鄧未獲，豈能遽議及此？』尋獲石柳鄧。上命沅馳赴湖南鎮撫。疏言：『樊城為漢南一都會，請建甎城，以工代賑。』二年，請以提督移辰州，增設總兵駐花園汛。尋報疾作，手足不仁，賜活絡丸。旋卒，贈太子太保。四年，追論沅教匪初起失察貽誤，濫用軍需帑項，奪世職，籍其家。

沅以文學起，愛才下士，職事修舉；然不長於治軍，又易為屬吏所蔽，功名遂不終。

《清史列傳》卷三十《大臣傳》次編五《畢沅傳》

畢沅，江蘇鎮洋人。乾隆二十二年，以舉人為内閣中書、軍機處行走。二十五年一甲一名進士，授修撰。三十年，陞侍讀。三十一年，陞左庶子，授甘肅鞏秦階道。嘗從總督明山出關查屯田，奏請調安肅道。三十五年，擢陝西按察使。三十六年，陞陝西布政使。

三十八年，授陝西巡撫。三十九年，與陝甘總督勒爾謹奏言：『甘省地瘠民貧，全賴官倉接濟。前收捐監銀，以補常平缺額。嗣因日久弊生，奉諭停捐，而倉儲缺額尚多，不能如數籌補。竊謂捐監之弊，皆大吏稽察不嚴所致。甘省農民藉糴糧為生，邇來歲慶屢豐，價值平減，若乘此有秋，准復捐監舊例，聽閭閻自為輸納，以裕倉儲，以濟民生，於事誠便。』奏上，得旨允行。並命沅詳定章程，嚴密稽察。

四十一年，賞戴花翎。四十三年，以高樸在葉爾羌私採玉石，運送回京。沅審訊樸家人，供辭不實，降旨責沅草率。四十四年十二月，丁母憂，去職。四十五年十月，諭曰：『陝西巡撫員缺緊要，畢沅前在西安最久，熟悉該處情形，且守制將屆一年。現在一時不得其人，著前往署理，亦非開在任守制之例也。』四十六年三月，甘肅撒拉爾番回蘇阿洪等爭立新教，互相仇殺，並害知府、副將等官，搶占河州。沅聞報，即選西安綠營精兵，會西安將軍伍彌泰、提督馬彪等勦捕。賊偪蘭州，又調各路官兵守禦進勦，安設臺站，以速郵傳，糧餉、馬匹、軍火、器械籌備皆裕。逆番就擒，收復河州。上諭：『畢沅在陝西境內，聞甘省有事，即能悉心調度，事事妥協，實屬可嘉。著賞給一品頂帶，並交部優敘。』七月，奏拏獲川省嘓匪艾隆等。旋以甘省捐監州縣通同揑災冒賑，沅未據實查參，諭令沅自行議罪。沅請罰繳銀五萬兩，備甘省官兵犒賞之用。御史錢灃奏參沅前署督篆時，於該省折捐冒賑諸弊，瞻徇前任，其罪較揑災各員無減，請敕部比照議處。四十七年正月，上諭：『畢沅在甘省兩署督篆，於該省歷年積弊，亦無不知之理，乃竟巧為支飾，降三品頂帶，仍留巡撫任，停止俸廉，並不許呈進貢物。』四十八年正月，復還原品頂帶，仍准給養廉。是月，服闋，實授巡撫。四十九年，甘省鹽茶廳屬回民聚衆滋事，沅奏調各路官兵搜勦，又奏籌辦軍需及沿站供支各事宜，俱得旨奬勵。

五十年二月，調河南巡撫。二月，奏：『河北一帶未得雨澤，各屬倉儲因連年積歉，蠲緩散賑，所存無多，請截留漕糧二十萬石，以備賑借之需。』上如其請。又奏請將民欠錢糧概予緩徵，及展賑兩月，溫諭嘉之。五月，奏柘城縣姦民聚衆抗官，帶兵親往，拏獲要犯，審明正法。又奏諭民毋得私自囤積，以平糧價。又濬賈魯、惠濟等河。奉硃批：『諸凡皆妥。』十月，奏查明淮水發源在桐柏山，賜御製《淮源記》。五十一年正月，恩旨賞穿黃馬褂。五月，奏：『豫省連歲不登，山西富戶聞風赴豫放債，準折地畝，貧民失業。現飭屬曉諭，報明地方官，酌覈原價取贖。』奉諭有『盡心民事，居心公正，深識大體』之奬。六月，擢湖廣總督。因伊陽縣戕官首犯秦國棟等日久未獲，不准前赴新任。旋因陝省盤獲秦國棟，沅以緝捕不力，仍回巡撫本任。五十三年，荊州被水，復擢湖廣總督，奉諭即速往荊州辦理撫卹事宜。旋奏興修監利、江陵、公安、廣濟、黃梅等縣隄工。五十四年，奏續添荊江雞嘴壩工，及打築萬城隄工。上嘉之。嗣以河南考城縣城垣移建非地，徒滋糜費，沅曾奉飭，未據實陳奏，有旨交部嚴議。五十九年，以湖北竹谿縣民人王占魁等傳習邪教，川省委員查拏匪犯夥黨糾搶毆斃差役，沅未奏。及奉旨，降補山東巡撫，摘去花翎，罰繳湖廣總督養廉五年，再罰山東巡撫養廉三年。是年，奏臨清等十州縣疊被旱澇，飭屬及時採買存貯，以備平糶。

六十年，仍授湖廣總督。時湖南苗石三保滋事，命往荊州、常德等處籌辦糧餉、軍火等件。沅抵常德，設局籌運，又以瀘溪為辰州門戶，浦市為沿江大市，且轉運必由之路，守兵單弱，奏調湖北省兵分助防守；又於湖北省州縣與永順接壤各隘口，俱添兵防守，且為聲援。又奏：『辰州三廳及瀘溪等處村市焚燒，被難之民既妥為安置，其中不乏壯丁，現飭屬招募團練，又各寨熟苗近來亦知大義，且步履驍健，用以先驅，必能得力。現已出示曉諭招徠。又以各苗寨中有寄居客戶，不皆安分之人，趁此點出散賑，就便清釐客民，訊明鄉里，遞回原籍。於撫輯之中，即寓剔除之意。』諸奏皆有旨嘉奬。旋以轉運妥協，賞戴花翎。又以各苗寨紛紛投誠，官兵攻賊，節經痛剿，糧餉、軍火均得應期足用，交部優敘。

嘉慶元年正月，湖北省邪匪聶傑人等滋事，沅自辰江馳赴枝江等處帶兵會剿。當陽又有匪徒戕官，沅奏往荆州就近調度，又奏賊情鬼蜮，輾轉煽惑，鹽梟土棍多附和入夥，愚民被脅相從，蔓延可慮，請發京營勁旅三千名，酌量分駐。上諭：『畢沅因州縣紛紛稟報，未免張皇失措，不能得有把握。』又以襄陽賊匪潛出滋事，由沅調度失宜所致。傳旨申飭。六月，又以攻剿當陽，曠日持久，傳諭嚴行申飭，旋降旨交永保總督統辦。七月，沅奏督率兵勇將當陽賊匪全數剿滅，上諭畢沅已將當陽肅清，所有湖廣總督篆，仍交畢沅接管。繼以惠齡奏生擒首逆張正謨等，沅並賞給輕車都尉世職，作為二等承襲。九月，奏抵襄陽偵探逃匪，生擒頭目田德魁等，又奏：『刊發簡明告示，令生擒各賊内曉事者，齎回賊營，徧行曉諭。日來悔罪投誠者，絡繹不絕。』奉諭：『自應如此辦理，畢沅仍當加意防範，不可稍涉大意。』十月，奏言：『黔、楚苗匪首逆吳半生、石三保、吳八月等，俱以次就擒，僅石柳鄧未獲，已屬勢窮力蹙，請將各省營兵撤回本省營伍，所有苗疆地方扼要處所，酌撥二三萬名分布控制。』上諭軍機大臣曰：『官兵撤退，朕所素願。但現在平隴尚未攻克，苗匪詭譎異常，且教匪聲息相通。現石柳鄧等未能拏獲，即行撤兵，伊等亦無忌憚，尤非良策，豈能遽議及此？』沅旋以冒昧自陳。十二月，明亮等奏斬梟石柳鄧等，蕆功獻馘。上以沅於苗疆情形諳悉，命速馳往湖南，會同鄂輝、姜晟悉心籌酌，加意鎮撫。沅奏言：『襄陽等處教匪，尚稽殄滅。先儘楚北之兵撤令歸伍，以資彈壓。』又奏：『樊城為漢南一大都會，本年猝被賊擾，因無城垣可恃，遂多蹂躪。臣駐守以來，察看形勢，必須建築甎城，方可捍衛。今乘難民空閒，需食正殷，就地招徠，以工代賑，洵為一舉兩得。』得旨俞允。二年二月，奏：『辰州偪近苗疆，為三廳門戶。請將提督常駐辰州，稽查彈壓，提標四營兵於常德、辰州分駐。俟苗地安靜，提督每歲於辰州、常德往來駐劄。』又請添設總兵於花園汛，又於附近平隴之強虎哨撥駐守備一員，以資犄角。三月，又奏鳳凰、永綏、乾州等處酌添兵丁分駐，又請各處修城築堡，酌給新設苗弁餉銀。諸奏入，奉旨皆依議行。時上以邪匪尚未剿淨，諭沅查明焚掠處所難民，復業者妥為撫綏。

六月，以疾入奏，諭曰：『畢沅奏五月内頭暈失跌，左手足麻木不仁。現仍力疾照常辦事。覽奏，殊為廑念，著加恩賞給御藥房修合之活絡丸。』七月，卒於官。諭曰：『湖廣總督畢沅，宣力封圻二十餘年，辦理軍需，積勞嬰疾。兹聞溘逝，殊深軫惜！著晉贈太子太保世職，令其孫承襲。』八月，諭：『畢沅前在湖廣辦理教匪，失察過多，不必予謚。』四年九月，諭：『從前畢沅身任湖廣總督，不能實力整頓，貽誤地方，以致教匪潛謀勾結，乘間滋事。畢沅又不能督飭所屬迅速剿除，迄今匪徒蔓延，皆由畢沅於教匪起事之初辦理不善，其罪甚重。昨又據倭什布查奏胡齊崙經手動用軍需底帳，畢沅提用銀兩及餽送領兵各大員銀數最多。畢沅既經貽誤地方，復將軍需帑項任意濫支，結交餽送，骩法營私，莫此為甚！儻畢沅尚在，必當重治其罪。今雖已身故，豈可復令其子孫仍任官職？所有承襲輕車都尉世職之長孫畢蘭慶，及承襲畢沅廕生之次子畢嵩珠，俱著革去，不准承廕。』十月，追產入官。

錢泳《履園叢話》卷六《耆舊·秋帆尚書》

鎮洋畢秋帆先生，負海内重望，文章政績，自具國史。乾隆五十二年，先生為河南巡撫。六月廿四日夜，湖北荆州府江水暴漲，隄潰城決，淹没田廬，人民死者以數十萬計。七月朔日，得襄陽飛信，先生即於是日先發藩庫銀四十萬兩，星夜解楚賑濟，一面奏聞。高宗皇帝大加奬賞，以為有督撫才。不數日即擢授兩湖總督，兼理巡撫事務。泳時在幕中，親見其事。先生為人仁而厚，博而雅，見人有一善，必咨嗟稱道之不置。好施與，重然諾，篤於朋友。如蔣莘畬、程魚門、曹習庵諸公身後事，皆為料理得宜，雖千金不顧也。家蓄梨園一部，公餘之暇，便令演唱。余少負戇直，一日同坐觀劇，謂先生曰：『公得毋奢乎？』先生笑曰：『吾嘗題文文山遺像，有云：「自有文章留正氣，何曾聲妓累忠忱。」所謂大德不踰閑，小德出入可也。』余始服其言。時和公相聲威赫奕，欲令天下督撫皆欲奔走其門以為快，而先生澹然置之。五十四年夏，和相年四十，自宰相而下皆有幣帛賀之。惟先生獨賦詩十首，並檢書畫銅甆數物為公相壽。余又曰：『公將以此詩入《冰山錄》中耶？』先生默然，乃大悟，終其身不交和相。六十年二月，貴州苗民石柳鄧、湖南苗民石三保等聚衆劫掠，人民震恐。先生聞之，即馳赴常德籌辦滅賊之計。事既平，尚駐辰州，以積勞成疾，卒於當陽旅館，年六十七。後二年，和相果伏法。先生著作甚多，一時不能盡記。尤好法書名畫，嘗命余集刻《經訓堂帖》十二卷，海内風行，至今子孫尚食其利云。

陳康祺《郎潛紀聞二筆》卷十一

鎮洋制府撫河南，乾隆五十二年，湖北荆州府江水暴漲，隄潰城決，淹沒田廬，人民死者以數十萬計。七月朔，得襄陽飛信，制府即日先發藩庫銀四十萬兩，星夜解楚賑濟，一面奏聞。高宗大加獎賞。不數日，擢兩湖總督。昔汲長孺之發倉，猶待矯詔，且所發粟數，史亦無徵。制府此舉，固由仰體聖慈，其識量亦不媿封疆矣。

陳康祺《郎潛紀聞二筆》卷十一

錢梅谿泳《履園叢話·耆舊》一門，載畢秋帆督兩湖時，值公相和珅年四十，自宰相已下，皆有幣帛賀之，惟秋帆獨賦詩十首，並檢書畫銅瓷數物，為公相壽。梅谿曰：『公將以此詩入《冰山錄》中耶？』秋帆默然，乃大悟，終其身不交和相云云。康祺按：秋帆制府愛古憐才，人所共仰，其交和珅，懾於權勢，未能泥而不滓，亦人所共知。梅谿，畢氏客，固宜諱莫如深，惟欲以拒絶權門，歸功於一言之諫沮，其然，豈其然乎？

徐世昌等編《清儒學案》卷八十一《蘭泉學案·蘭泉交游·畢先生沅》

畢沅字湘衡，號秋帆，又號弇山，鎮洋人。初由舉人官内閣中書，入直軍機處。乾隆庚辰，成一甲一名進士，授撰修。歷官至湖廣總督，值永綏苗民及川、楚教匪先後作亂，督師勦捕，出駐辰州。嘉慶二年，卒於軍中，年六十有八。

先生愛才如恐不及，當巡撫陝西、河南時，一時名宿如吳中書泰來、嚴侍讀長明、程編修晉芳、邵學士晉涵、錢州判坫、洪編修亮吉、孫觀察星衍等，皆招致幕府。少嗜著述，至老不輟。謂經義必有師承，因敘述源流，為《傳經表》一卷、《通經表》一卷。謂讀書必識文字，因考校同異，為《說文解字舊音》一卷、《經典文字辨正書》五卷、《音同義異辨》一卷。謂編年之史，莫善於涑水，續之者有薛、王、徐三家，皆未詳備，因始宋訖元，為《續資治通鑑》二百二十卷。謂史學必通地理，故於《山海經》、《晉地理志》皆有校訂，為《山海經校本》十八卷、《篇目考》一卷、《晉書地理志新補正》五卷，又輯《太康三年地記》

一卷、王隱《晉書地道記》一卷、《三輔黃圖補遺》一卷及《關中勝蹟圖志》三十二卷。謂金石可證經史，宦迹所至，加意搜羅，為《關中金石記》八卷、《中州金石記》五卷。他如《夏小正攷注》一卷、《釋名疏證》八卷、《釋名補遺》一卷、《續釋名》一卷、《呂氏春秋校正》二十六卷、《老子道德經考異》二卷、《墨子校注》十六卷、《篇目考》一卷，皆攷證精密，有功藝林。其詩文下筆即成，不拘一格。有《靈巖山人詩集》四十卷、《文集》八卷。

畢沅詩文集著録情況

孫星衍《孫氏祠堂書目·内編》卷四

《靈巖山人詩集》四十卷　畢沅撰

《清史稿卷》一百四十八《藝文志》集部别集類

《靈巖山人文集》四十卷，《詩集》二十卷，畢沅撰

武作成《清史稿藝文志補編》集部總集類

《樂遊聯唱集》二卷，畢沅等編

丁日昌《持靜齋書目》卷四

《樂遊聯唱集》二卷經訓堂刊本

國朝畢沅編撫陝時與幕下士聯句詠古之篇

楊紹和撰、楊保彝增補《海源閣書目》別集類國朝

《靈巖山人詩集四十卷》 清畢沅撰 《年譜》一卷 清史善長撰 清嘉慶四年畢氏經訓堂刻本 九册

孫殿起《販書偶記》卷十六別集類

《靈巖山人詩集》四十卷 鎮洋畢沅撰 《年譜》一卷 吳江門人史善長撰 嘉慶己未經訓堂刊 沅著有《關中勝跡圖誌》，四庫已著錄。餘有《續資治通鑑》、《山左金石誌》、《西安府誌》多種，不及備載。撰輯《經訓堂叢書》。

畢沅評論資料

裘曰修《裘文達公詩集》卷十《送畢秋帆觀察陝右》

書生習氣未破除，妄分中外成軒輊。玉堂金馬矜清華，百賦千詩情所寄。木天以外官皆粗，不向風塵稱俗吏。豈知黄卷青鐙中，世間何者非吾事？平時報國惟文章，一日臨民在康濟。聖人御宇撫八紘，一民一物勞位置。為官擇人人稱官，量材寧復拘恒例。畢君秀發江南英，中舍羣誇紫薇麗。前年蕊榜第一人，三百名中拔其萃。殿前從此荷深知，珥筆時時傍丹砌。翩然奉命出隴頭，半壁巖疆得專制。金微舊塞紇干城，佇看峩冠擁千騎。三秦兩蜀古咽喉，巴僰番夷交錯地。煌煌金印隨赤符，時清直可臥而治。詞臣本色未全拋，萬古仇池讀遺記。浣花老人有遊踪，以今較昔誰榮悴？春明廻首揖諸公，臨歧莫灑離亭淚。

袁枚《隨園詩話》卷四

凡作詩者，各有身分，亦各有心胸。畢秋帆中丞家漪香夫人有《青門柳枝詞》云：『留得六宫眉黛好，高樓付與曉妝人。』是閨閣語。中丞和云：『莫向離亭爭折取，濃陰留覆往來人。』是大臣語。嚴冬友侍讀和云：『五里東風三里雪，一齊排著等離人。』是詞客語。夫人又有句云：『天涯半是傷春客，飄泊煩他青眼看。』亦有慈雲護物之意。張少儀觀察和云：『不須看到婆娑日，已覺傷心似漢南。』則的是名場耆舊語矣。

袁枚《隨園詩話》卷四

昔人稱謝太傅功高百辟，心在一丘。范希文經略西邊，猶戀戀于曩日之圭峰月下，與友人書，時時及之。秋帆尚書巡撫陝西，有《小方壺憶梅》詩，節其大概云：『仙人家住梅花村，寒香萬頃塞我門。門巷寂寂嵌空谷，冷豔繁枝環破屋。塵緣未了出山去，回頭別花花不語。北走燕雲西入秦，問梅精舍知何處？歲云暮矣風雪驟，驛使音稀斷隴首。天涯人遠乍黄昏，料得花還如我瘦。松林翠羽最相思，夢繞南枝更北枝。花神曩日盟言在，重訂還山在幾時？香落琴絃彈一曲，爾音千里同金玉。花如不諒余精誠，請問鄧尉山樵徐友竹。』徐名堅，蘇州木瀆人，能詩工畫，余舊交也。張文敏公《題横山西廬》云：『壺中長日静中緣，我亦曾經四小年。不及蒼髯牆外叟，梅花看到菊花天。』與畢公同有心在一丘之想。

袁枚《隨園詩話》卷十一

吴中詩學，婁東為盛。二百年來，前有鳳洲，繼有梅村；今繼之者，其弇山尚書乎？《過吴祭酒舊邸》詩云：『我是婁東吟社客，瓣香私淑不勝情。』其以兩公自命可知。然兩公僅有文學而無功勳，則尚書過之遠矣。尚書雖擁節鉞，勤王事，未嘗一日釋書不觀，手披口誦，刻苦過于諸生。詩編三十二卷，曰《靈巖山人詩集》。『靈巖』者，尚書早歲讀書地也。

附《批本隨園詩話》批語

畢秋帆高身長面，類山東人。最愛演劇，署中僕從官親，即戲班腳色，而小旦尤多，皆其姬妾之戚也。秋帆為人卻渾厚，善於應酬，風流則有之，功勳則不敢許也。其先世以棉花賣買起家，出于相國敏中門下。後又寄和相國珅門下，遂至督撫。和珅敗後，抄家奪謚，一敗塗地，後人亦無繼起。子才稱其詩比梅村，奉承太過，秋帆亦必不敢當。

袁枚《隨園詩話》卷十一

蔣用庵有句云：『花以春秋分早晚，天于才命各升沉。』斯言是也。然有才無命，終不能展布經綸。徐英公遺將，必用方面大耳者，曰：『取彼福力，成我功名。』余按：嵩陽，毒地也，代公到而龍遠徙。欒陽，苦泉也，房豹臨而味變甘。此其明效也。天子知弇山尚書最深，故中州奇荒，移公於秦中；荊州水災，移公於楚省。公所到處，便能變醨養瘠，元氣昭回，古今人若合一轍。然非有至誠慘怛之懷，亦不能上格天心，而下孚民望。公有《荊州述事》詩十首，仁人之言，不愧次山《春陵行》。今錄其八，云：『一色長天接混茫，登高無地問蒼蒼。突如禍比焚巢慘，蠢爾危于破釜忙。海市應開新聚落，渚宮重見小滄桑。最憐豸繡烏臺客，披髮何由訴大荒？魯侍御贊之，全家陷沒。』『涼颸日暮暗淒其，棺槥縱橫滿路歧。饑鼠伏倉餐腐粟，亂魚吹浪逐浮屍。神鐙示現天開綱，聞水患前數日，江上時有神鐙來往。息壤難堙地絕維。那料存亡關片刻，萬家骨肉痛流離。』『浪頭高壓望江樓，眷屬都羈水府囚。人鬼黃泉爭路出，蛟龍白日上城遊。悲哉極目秋為氣，逝者傷心淚迸流。不是乘桴便升屋，此生始信即浮漚。』『生生死死萬情牽，騷客酸吟《哀郢》篇。慈筏津迷登彼岸，濫觴勢蹶竟滔天。不知骨化泥塗内，祇道身經降割前。此去江流分九派，魂歸何處識窮泉。』『雲夢蒼茫八九吞，半皆餓口半游魂。鮫綃有淚珠應滴，鰲足無功極恐翻。救急城填成死劫，劈空刀落得生門。若非帝力宏慈福，十萬蒼靈幾個存？』『手勅親封遣上公，勤民堂陛一心通。金錢内府催加賑，版築《冬官》記《考工》。直欲犀然窮罔象，肯教鶉結哭鴻濛。宵衣五夜批章奏，飢溺真如一己同。』『大工重議築方城，免使蚩氓祝癸庚。涼月千家嫠婦淚，清霜萬杵役夫聲。蟻生漸整新槐穴，虎旅重開舊柳營。我有孝侯三尺劍，誓將踏浪斬長鯨。』『江水茫茫煙靄深，紙錢吹滿挂楓林。冤埋魚腹彈湘怨，哀譜鴻鳴寫楚吟。南國鄭圖膏雨逮，西風潘鬢鏡霜侵。莫嗟病骨支離甚，康濟儒生本素心。』

附《批本隨園詩話》批語

荆州水患，係乾隆己酉年事。秋帆《荆州述事》詩，不敘水患之由。其於梅調元之冤獄，未知若何也。

袁枚《隨園詩話》卷十一

古名臣共事一方，賡唱疊和，最為佳話。唐白太傅刺杭州，而元相觀察浙東，彼此以詩往來，為昇平盛事。近日秋帆尚書總督兩湖，適蒙古惠椿亭中丞來撫湖北，致相得也。

袁枚《隨園詩話》卷十一

畢尚書宏獎風流，一時學士文人趨之如鶩。尚書已刻黄仲則等八人詩，號《吴會英才集》。

袁枚《隨園詩話》卷十一

以部婁擬泰山，人人知其不倫。然在部婁，私心未嘗不自喜也。秋帆尚書德位兼隆，主持風雅。枚山澤之癯，何能及萬分之一。乃詩人好相提而並論。孫淵如太史云：『惟有先生與開府，許教人吐氣如虹。』徐朗齋孝廉云：『弇山制府倉山叟，海内龍門兩扇開。』

袁枚《隨園詩話》卷十一

秋帆尚書撫陝時，有《上元燈詞》十首，莊重高華，是金華殿上語。一時幕中學士文人，俱不能和。為錄四章云：『碧樹紅闌萬點明，戟門蓮漏轉三更。交春便抱祈年意，不聽歌聲聽雨聲。』『鼓鉦殷地走輕雷，寶燄千枝百戲開。瞥見廣場波浪直，雙龍爭挾火珠來。』『仙舘明輝麗絳霄，銅駝四角綴瓊翹。夜長樺燭添寒燄，春曉終南雪未消。』『十年持節駐秦關，夢斷蓬瀛供奉班。記得披香頻侍宴，紅雲萬朵駕鰲山。』

袁枚《小倉山房詩集》卷二十五《寄陝西撫軍畢秋帆先生兼呈令舅張少儀觀察》

九天臚唱掣金鰲，三輔風雲擁節旄。殿上策猶推賈董，關中功已重蕭曹。軍興五載民如忘，章奏千回帝總褒。想見終南山色裏，一輪卿月比前高。

春滿軍門有所思，百花頭上看花時。采風手纂《長安志》，感舊情深吉甫詩。公修《西安志》，梓尹文端公詩。已屈君平參幕府，冬友。更招小戴作經師。敬咸。知公偶折金河柳，也折人間第一枝。

下官銜本隸旌麾，卅載身因奉母歸。一面未曾瞻華嶽，八行先自賜珠璣。游仙夢記風前遠，隔水琴彈海上稀。多感羔裘千里贈，教儂暫脱芰荷衣。

聽説張敷住渭陽，故人棖觸九回腸。自然杖履身還健，多少雲龍事未忘。半世韶華同逝水，一門宅相好輝光。煩公代寄滄桑信，最小袁絲鬢已蒼。

王昶《湖海詩傳》卷二十二《蒲褐山房詩話》

秋帆制府少得詩法於其舅張郎中少儀。登大魁，入詞垣，愛才下士，海内文人咸歸幕府。凡有吟詠，信筆直書，天骨開張，無繪句絺章之習。又好刻書，惠定宇徵君所著經説，悉為剞劂。生平有幹濟材。在陝重建省城，又修華陰太白祠及涇渠。在豫開賈魯河，修桐柏淮源廟。金川用兵，凡軍裝、騾匹，陸續協濟。故深受主知，取其所撰《關中勝蹟圖志》三十二卷，錄入四庫館書中。又取所進李廷珪墨、北宋刻絲山水，題詩嘉賞，以示優眷。至每逢入覲，必令在南書房矢音賡和。出領封疆，入參侍從，亦節使中罕見也。

王昶《官閣消寒集序》

今來西安，道甫侍讀復示《消寒》之集，則分題鬥韻，略如予輩都下所為。蓋河間中丞一時風雅，總持東南，宿望英才，半在幕府；而竹嶼舍人復主席關中書院，園林鐘鼓，相與更唱迭和，故其工若此。夫西安四方冠蓋所衝，節使之署，文武兼資，書疏填委，疑若異于京卿之清簡，而乃能從容文酒，詩不拘體，體不拘格，往往馳騁上下，出怪奇以相角勝，殆少陵所云『游泳和氣，聲韻寖廣』者歟？讀是詩也，區寓之隆平，政事之易簡，賓主之盛而能文，皆於此稔之。斯集雖小，詎可忽諸？今者秋將中矣，或歲晚務閒，從中丞後，與諸君子唱于唱喁，繼京雒之舊游，以續兹集，其事不尤可幸歟？

李調元《雨村詩話》卷二

從古詩人如李、杜、韓、白諸巨公，千古宗之，不啻泰山北斗，然從未有祭其生辰者。東坡生於宋景祐十二年十二月十九日，江蘇中丞商丘宋漫堂犖刊《施注蘇詩》，竟曾首舉是會。……後乾隆甲辰年，陝西中丞畢秋帆沅復偕吳泰來等十四人，復供像於撫院署祭之，刻有《設祀詩》。公有『酌酒壽公公色喜，滿堂盡是詩弟子』句，則又盛矣。

李調元《雨村詩話》卷十六

袁子才今年八十有一矣，自七十以上，四海文人以詩遙祝者甚多，而以畢秋帆先生為第一，曾有寄祝隨園前輩七十詩四首。……四首褒獎如分，無一諛詞浮語，非子才不足以當之，洵傑作也。

洪亮吉《北江詩話》卷一

畢宮保沅詩，如飛瀑萬仞，不擇地流。

洪亮吉《北江詩話》卷一

畢宮保沅詩，如洪河大川，沙礫雜出，而渾渾淪淪處，自與衆流不同。平生所作，歌行最佳，次則七律。憶其《荆州水災紀事》云：『劈空斧落得生門。』又云：『人鬼黄泉爭路没，蛟龍白日上城游。』真景亦可云奇景。至《河南使署喜雨詩》云：『五更陡入清涼夢，萬物平添歡喜心。』則又民物一體，不愧古大臣心事矣。

洪亮吉《卷施閣集·詩集》卷二《道中無事偶作論詩截句二十首》

氣粗語大定何如？百輩先慚筆力輸。各有醇疵不相掩，弇山前後兩尚書。謂畢宫保詩集才氣橫溢，絕似前明王尚書世貞。

徐鏃慶《玉山閣詩選》卷六《哭畢尚書》

尚書白髮憂南紀，身死蠻荒實可傷。一疏罷兵關社稷，公疏請撤苗疆兵。廿年持節老封疆。枕邊遺表含殘淚，江上靈輀送夕陽。漂泊舊時門下士，武陵回首涕霑裳。

往時祖帳霧冥冥，峴首山前碧幰停。豈料伏波猶矍鑠，翻驚大樹頓飄零。千秋灑淚思江漢，八月悲風繞洞庭。不得往從親執紼，荆臺南哭萬峰青。

太息音容非渺茫，昔游歷歷記難忘。詩篇酬唱開東閣，絲竹依稀到後堂。八百孤寒誰更接，暮年勳業亦淒涼。舊恩未報人將老，卻為傷公轉自傷。

生前幕府三千士，死後名山萬卷書。哀干至尊齊痛惜，傳聞歧路盡唏噓。羊公惠愛旌麾久，李相端凝臺閣虛。自有鐘彝垂不朽，黃扉龍首定何如？

南望靈巖雲水深，藏書山館枕寒林。頻勞軍國蒼生計，空負江湖白首心。梁木衹今難再仰，焦桐終古痛知音。廣桑儻有重逢路，負笈他生擬更尋。

錢泳《履園叢話》卷二十二《夢幻·紅面金甲神》

乾隆戊申年六月廿四日夜，荆州大水灌城，人民死者以千萬計。半月前，荆州府署中有幕友某，蒲圻人，夜夢有紅面金甲神持長鞭驅之甚急，次夜復夢如前。遂欲辭館，太守問其故，笑不言。固叩之，乃以實告。太守驚曰：『署中恐有火災耶。』因備水缸數十百具，置之大堂前，此友竟飄然歸矣。及水至，滿城盡為衝決。四更初，又有紅面金甲神隨燈數百盞，由西北至東南，城門自開，水為之洩，活人無算。制府畢秋帆先生有七律十章，以紀其事。

錢泳《履園叢話》卷二十三《雜記上·蘇東坡生日會》

畢秋帆先生自陝西巡撫移鎮河南，署中築嵩陽吟館，以為燕客之所。先生於古人中最服蘇文忠，每到十二月十九日，輒為文忠作生日會。懸明人陳洪綬所畫文忠小像於堂上，命伶人吹玉簫鐵笛，自製迎神、送神之曲，率領幕中諸名士及屬吏、門生衣冠趨拜，為文忠公壽。拜罷張宴設樂，即席賦詩者至數百家，當時稱為盛事。迨總督兩湖之後，荆州水災既罷，苗疆兵事又來，遂不復能作此會矣。嗚呼！以公之風雅愛客，今無其繼，而没後未幾，家産籍没，子孫式微，可慨也已。

舒位《乾嘉詩壇點將録》

玉麒麟畢秋帆。智勇功名，天下太平。

王豫《羣雅集》卷八

制府長厚好學，召致名士，考訂經史，下及金石碑版。糾訛正謬，付之梓氏，厥功典籍不小。而禮遇賢俊，悉本真誠，故為當時人望所宗，幾有斗南一人之目。程魚門客幕府，病甚，制府同洪稚存輩晨夕侍湯藥，閲月不少衰。及卒，素衣哭泣，設主受唁，得賻，以遺其孤。真古賢高義，有足風者。或謂寄情文史，督學職内事耳，恐非封疆大吏所宜，然也。

王豫《江蘇詩徵》卷一百五十五《盟鷗溆筆談》

尚書制作鴻才，不在曹、王下。予尤愛其《發家書》句云：『筆到下時言易盡，封當緘後事仍多。』情至語也，可與任侍御『無言便是別時淚，小坐強于去後書』同一不朽。

邵堂《大小雅堂集·論詩六十首》

各世詩篇畫土臣，弇山才調壓英賓。别彈百八孤寒淚，四海蒼茫哭此人。畢弇山

潘瑛、高岑國《國朝詩萃初集》

太保詩法得傳於其舅張少儀夫子，清靈雋雅，純任性情。生平經濟恢宏，才兼文武。而好古愛才，有天下龍門之望。王夢樓侍讀屢以公命見召。瑛以老母故，未獲瞻韓。而吾鄉余少雲秀才、鄧石如布衣咸荷恩寵，備述風義。至今思之，猶令人低回不置也。

聶銑敏《蓉峰詩話》卷三

畢秋帆尚書節制兩湖時，袁簡齋、王夢樓、洪稚存諸前輩俱客署中，一時風雅特盛。先生公餘吟詠，大雅不羣，奄有漁洋風味。刻《靈巖山人詩集》。余嘗讀其《硯山怡雲》一卷。……諸什均可謂風思霞想，縹緲欲仙。

聶銑敏《蓉峰詩話》卷三

先生留心民瘼，非徒以放懷詩酒獨擅風流。方節制全楚時，荆襄正遭水患。先生撫卹之餘，復仰憑弔，發為悲吟。有七律八首，備載《隨園詩話》中，兹不復錄。唯錄其《田家雜興》十首。……諸詩摹繪入微，宛然田家景象。先生又有《捉雞行》一首，情詞懇切，不減工部《石壕村》詩。

王培荀《聽雨樓隨筆》卷一

畢秋帆先生沅撫陜時，大軍討金川，先生送火藥於四川之廣元，又修棧道，送駝騾。及白蓮教之亂，總督兩湖，會川兵截殺秀山教匪，有功於蜀甚大。所至考訂金石，修復古跡。馬嵬坡楊妃墓久荒，為之竪碑建亭，刻詩於石。余來川經過，記其一云：『玉笛歌殘喚奈何，軍門倚仗涕痕多。羽衣法曲漁陽鼓，都入迎娘水調歌。』含蓄藴藉，餘味曲包，好使議論者拜下風矣。

王培荀《聽雨樓隨筆》卷一

大學士阿文成公桂平定兩金川，武功昭著。其孫四川總督那彦成為立廟。凱旋時，過陜西，與撫軍畢秋帆沅夜飲話舊。秋帆贈詩，雄偉壯麗，所謂金鐘大鏞，可陳廊廟者也。

方恒泰《橡坪詩話》

學杜而得其悲涼壯闊者，於畢秋帆制府見之。

潘清撰《挹翠樓詩話》

鎮洋畢秋帆尚書著有《靈巖山人詩集》。開府秦中時，愛才如命，海内文人咸歸幕府。因刻《吴會英才集》，凡寒士無力者，取其著作，悉為開鐫。詩高華名貴，迥非郊、島者流。

符葆森《國朝正雅集》卷十八《寄心庵詩話》

畢秋帆先生詩喜作秀句。余最愛其兩押『綠』字云：『笑指畫中山，春風吹不綠。』『照影盡花枝，春波不能綠。』此外如《枕上聽雨》云：『一樣愁人眠不得，何曾窗外有芭蕉？』似詞人撰句，不意衣被寰區者，亦能辦此也。

符葆森《國朝正雅集》卷十八引吳翌鳳《懷舊集》

弇山宮保情深念舊，尤喜剪拂寒畯。開府秦、豫，不獨江左人才半歸幕府，而故人罷官者亦往往依之。余作輓詩有云：『杜陵廣廈今誰繼，八百孤寒淚下時。』蓋道其實也。詩體華實並美，斐然作者之林。

徐經《雅歌堂甃坪詩話》卷二

成都守趙實君先生，前為中翰時，上陜撫畢中丞有句云：『銜官求仲兼羊仲，弟子溫生與石生。』詩名錦里唐天寶，書法蘭亭晉永和。』中丞極愛賞之。中丞，吳人。嘗於靈巖自為生壙，題其額曰：『栖托好佳。』又題一聯：『花草舊吳宮，卜兆千秋如待我；湖山新畫障，臥遊終古定何年？』後任兩湖總督，卒葬其地。今遊靈巖者，每至畢墳，恒想見其風雅。

沈壽榕《玉笙樓詩錄·續錄》卷一《檢諸家詩集信筆各題短句一首》

從來畫餅多名士，忌類爭雄槩不凡。官貴多金聲氣廣，宋綿津宋公犖後畢秋帆畢公沅

沈金藻《紫茜山房詩鈔》卷六《舟中讀近代諸先生詩各題一絶》

海樣情深最愛才，功名薏苡不須猜。若將袁趙評詩格，也踏金鼇頂上來。畢秋帆先生

沈景修《蒙廬詩存·外集·讀國朝詩集一百首》

琪花瑶艸孕深巖，寶籙靈文出秘函。占盡人間矜貴氣，散仙合與署頭銜。畢沅《靈巖山人集》

葉德輝《郋園讀書志》卷十二

公全集奇警之句極多，洵所謂才大如海者。平生愛才如命，揮金如土，至今流風餘韻，獨有令人聞風興起之思。其卒也，吴翊鳳輓詩云：『杜陵廣廈今誰繼，八百孤寒淚下時。』亦可見公之遺愛矣。余因服膺公之為人，而并喜讀其詩。讀孫淵如星衍贈隨園詩云：『惟有先生與開府，許教人吐氣如虹。』又徐閬齋鎔慶詩云：『弇山制府蒼山叟，海内龍門兩扇開。』想見當日老輩宏奬後生，人人感知歌頌，求之今日，豈可得哉？

徐世昌《晚晴簃詩匯》卷八十九《詩話》

秋帆少從歸愚游，以能詩聞。天性和易，篤於故舊。開府西安時，愛才下士。老友如吴竹嶼、嚴東有、程魚門，門人如劭二雲、洪稚存、孫淵如、錢十蘭諸人，咸招致幕中。一時名流翕集，流連文酒，殆無虚日。又性好游覽山水，為詩益多且工。稚存嘗輯秋帆遺事，謂其生平得力處在事事能讓，然易為屬吏所欺蔽，卒以是被累於身後。蓋德優於才。其詩春容大雅，亦肖其為人。

徐世昌《晚晴簃詩匯》卷一百四十一李學璜《題靈巖畢尚書詩集》

三策天人論最精，半生旌節著功名。誰從治水籌邊日，猶有揚風扢雅情。繡閣羣花司筆硯，龍門四海走豪英。汾陽未免豪華累，難得虚懷下士誠。

靈巖山館足盤桓，滿擬功成早挂冠。一自鳴騶辭谷口，空留别墅閉江干。驥逢峻坂加鞭亟，鳥入青雲斂翮難。到底負他猨鶴約，萬株梅影不勝寒。

袁行雲《清人詩集敘録》卷三十六

今觀通籍前作，五古《渡海曲》，七古《題馬和之十八應真卷後》、《訪惠定宇先生》、《吴淞櫂歌五十首》、《秦淮水榭雜詩二十首》、《過孔北海墓》，長歌短詠，刻畫微至。官翰林院所作《易水行》、《游大石壁放歌》、《宋范中立山水畫障歌》、《鷲峰寺觀旃檀佛像》、《秋堂對弈歌為范處士西坪作》、《天慶宫觀劉鑾塑像》、《西山紀游詩二十首》、《古北口》、《望筆架山戲作長句》、《興安大嶺歌》、《木蘭行圍即景》、《盤山紀游詩》，大抵以壯浪為宗。官陝甘後所作，如《游崆峒》、《寧夏詠古》、《過鳥鼠同穴山》、《自蘭州至嘉峪關紀行一百韻》、《赤金峽》、《古玉門關》、《蒲海望月歌》、《訪唐侯君集紀功碑》、《大宛馬歌》、《觀東漢永和二年裴岑紀功碑》、《抵迪化城有作》、《吉木薩行帳與紀曉嵐前輩夜話》、《博客達山歌》、《火山行》、《冰山行》、《于闐采玉歌》、《苦塞行在巴里坤作》、《鳴沙山》、《渡黑水》、《三危山》、《麥積山》諸篇，得攬朔方、河西、敦煌、吐魯番、新疆風物之美，頗見異彩。又有《荆州述事》、《入川棧道詩》、《訪王右丞輞川別業有序》、《嵩嶽紀游詩》、《闕里詩》、《黄河決口詩》、《衡嶽紀游詩》、《紅苗竹枝詞》，尤是採擇。沅少從其舅氏張鳳儀受詩，生母張藻為女詩人，有《培遠堂集》。中年後提倡樸學，詩益進。每至勝處，動輒數十篇。而提倡風雅，可與袁枚齊驅。《隨園詩話》亟稱其《荆襄水患》七律八首。洪亮吉稱其詩『如飛瀑萬仞，不擇地流』。舒位等選《乾嘉詩壇點將録》，以沅比之『玉麒麟』，名列第三，是固亦能詩者矣。